GAIL REITANO

Gail Reitano a grandi dans le New Jersey et vit aujourd'hui sur la côte ouest des États-Unis. Elle a publié des nouvelles et des essais. *Liberata* est son premier roman.

LIBERATA

GAIL REITANO

LIBERATA

Traduit de l'anglais (États-Unis) par
Marie de Prémonville

ÉDITIONS ANNE CARRIÈRE

Titre original :
ITALIAN LOVE CAKE
Première publication : Bordighera Press, New York, États-Unis.

ISBN : 978-2-266-32908-8
Dépôt légal : février 2023

À Nick et Ava

« J’ai prospéré.
Je n’ai pas vécu complètement seule,
j’ai vécu seule mais pas complètement… »

Louise Glück,
Formaggio

1938

Littlefield, New Jersey

1

Jusqu'à ce jour, j'avais été l'enfant de quelqu'un, et voilà que subitement je me retrouvais seule.

Ma mère venait de mourir et j'avais vingt-deux ans, l'âge qu'elle avait elle-même quand notre père avait conçu le projet de nous quitter. Ma mère, Carmela, venait juste de donner naissance à Sammy, mon plus jeune frère. Trois ans plus tard, notre père, Giuseppe Genovese, partait en abandonnant derrière lui ses trois enfants. Aucun de nous n'avait encore l'âge de raison. Il avait aussi laissé dans son sillage un commerce en proie aux difficultés financières – le Five&Ten –, ainsi qu'un parfum de scandale qui allait coller à la peau de ma mère comme pèsent toujours sur les femmes la honte et l'infortune, surtout lorsqu'elles sont aussi jeunes et belles que l'était Carmela.

Nous n'avons jamais su ce qu'était devenu notre père. À la mort de ma mère, nous ignorions même s'il était encore en vie. Avec mes frères, nous ne parlions jamais de lui. Je me disais que, pour des garçons, il avait dû être encore plus difficile de grandir sans père. Pour ma part, je n'arrêtais pas de penser qu'à l'âge que j'avais

Carmela Genovese était mariée, mère de trois enfants et allait bientôt être abandonnée.

À l'issue des obsèques, nous nous sommes réunis dans le salon, et personne ne disait mot. Les amis avaient apporté des plats et des gâteaux qu'ils avaient préparés et M. Esposito, un vieil ami de la famille que nous surnommions monsieur E., avait autorisé mes frères à boire tout le vin qu'ils voulaient, si bien qu'ils s'étaient tous deux écroulés avant même que le dernier invité soit parti.

Nous habitions l'appartement situé au-dessus de la boutique. À présent que tout le monde était rentré chez lui, seule au milieu du salon, j'ai remarqué que j'avais oublié de tirer les rideaux comme je le faisais chaque soir. Je me suis demandé si, de l'autre côté de la rue principale de Littlefield, mes voisins d'en face m'espionnaient derrière leurs voilages en dentelle jaunis. Tout comme moi, ils avaient ouvert leurs fenêtres à cause de l'air étouffant, ce qui laissait pénétrer cette humidité terrible qui s'étendait au nord-ouest jusqu'à Philadelphie et au sud-est jusqu'à Atlantic City. C'était toujours ainsi, l'été : l'humidité pesait tel un linceul sur le sud du New Jersey. Littlefield se situait au beau milieu d'une plaine parsemée presque exclusivement de fermes, où aux beaux jours les mûriers regorgeaient de fruits sucrés tandis qu'à l'automne les airelles semblaient flotter sur les marais, sous la vaste couverture des pins. La ville s'étendait sur des kilomètres, mais nous nous trouvions en son centre.

Alors que je lissais ma jupe, j'ai aperçu mon reflet dans le miroir. Si mes voisins m'observaient bel et bien, verraient-ils une femme, ou bien la jeune fille que j'étais encore quelques jours plus tôt ? Mes cheveux tombaient bien, plongeant sur l'épaule en une courbe harmonieuse, et ma robe faisait des plis élégants, en partie parce qu'elle appartenait à Maman et était trop grande pour moi. Après le diagnostic de cancer, sa mort était survenue très rapidement, et les jours où son état lui permettait de discuter avaient été trop rares. J'avais passé mes journées à la soigner, oubliant moi-même de manger, et tous les soirs je m'endormais en pleurant. Assise à son chevet, sa main dans la mienne, je m'inquiétais constamment des responsabilités qui étaient désormais les miennes. C'était devenu pour moi une idée fixe. S'en rendit-elle compte ? Parfois, elle me fixait d'un regard pénétrant, comme si elle essayait de lire dans mes pensées.

Ses dernières paroles m'accompagnent encore :

Sois forte.

Ne laisse pas les hommes te bousculer.

Veille sur tes frères.

La pièce était encore tout illuminée car j'avais allumé chacune des lampes pour recevoir après les obsèques, mais à présent que les invités étaient repartis et que mes frères dormaient, j'ai senti une vague de panique froide m'envahir à la pensée de ce qui m'attendait. Il allait falloir que je trouve le moyen de gérer le magasin et mes frères, et cette perspective me terrifiait.

En temps normal, avant de rentrer chez lui, monsieur E. vérifiait que les portes étaient bien verrouillées. Mais en ce jour particulier, il n'était pas lui-même, et dans la confusion et le chagrin, personne n'avait remarqué qu'un inconnu était entré. Je me trouvais dans la cuisine où j'achevais de faire la vaisselle lorsque, me retournant, j'ai aperçu dans l'encadrement de la porte un homme que je ne connaissais pas. J'ai d'abord cru qu'il s'agissait d'un ami de mes frères, mais il faisait plus âgé qu'eux. Il avait un regard doux et paraissait un peu égaré, et c'est peut-être pour cette raison que je n'ai pas pris peur. Il avait la peau lisse comme s'il venait de se raser, et des vêtements propres et repassés. On aurait dit qu'il était venu présenter ses condoléances avec plusieurs heures de retard. Avait-il connu notre mère ?

J'ai remarqué la crasse sous ses ongles. *Sans doute un fermier*, ai-je songé en le voyant dans son costume mal ajusté mais bien entretenu. Il s'était plaqué les cheveux en arrière, mais à l'évidence ils n'étaient pas bien coupés. Je l'ai immédiatement rangé dans la catégorie des hommes avec lesquels la ville s'attendrait à me voir sortir. Il semblait italien lui aussi, peut-être même un bon parti. Les fermiers ne manquaient jamais de nourriture.

« Venez par ici », ai-je dit en le guidant vers le rez-de-chaussée dans l'intention de le faire sortir.

Mais une fois dans la petite entrée – sur laquelle donnaient d'un côté la porte vers la rue et de l'autre la porte du Five&Ten –, j'ai ressenti le poids écrasant du deuil qui imprégnait tout l'appartement à l'étage et je n'ai plus eu envie de remonter. Ni d'être seule.

Il m'a suivie dans la boutique. J'ai déambulé sans but le long d'un rayon, comme je le faisais fréquemment le soir. Il m'a rejointe alors que j'avais un moment d'hésitation près de la caisse, avant de me rappeler avec soulagement que je l'avais bien verrouillée. Sa main s'est posée sur mon épaule et il m'a doucement fait pivoter vers lui. Il s'est pressé contre moi, j'ai senti le rebord dur du comptoir contre mon dos, et subitement il m'a embrassée, longuement et avec fougue. Il avait une haleine sucrée, masculine, sans arrière-goût de bière ou de cigarette. Son corps était tendu contre le mien, et nous sommes restés ainsi une minute entière, jusqu'à ce qu'il recule soudainement avec un geste d'impuissance, les deux bras allongés sur les côtés. Il a attendu que je dise quelque chose, et c'est alors que j'ai compris qu'il ne parlait peut-être pas anglais. Voyant que je restais muette, il s'est toutefois lancé : « Moi nouveau en ville. Juste arrivé. » Ainsi, il était bien italien, fraîchement entré en Amérique par un port de débarquement quelconque, et sans doute en quête d'une épouse.

Il s'est incliné légèrement, ce qui m'a paru drôle. Peut-être était-il gêné, honteux de son geste. Quoi qu'il en soit, une seconde plus tard il a tourné les talons et je l'ai regardé repartir en direction du vestibule, jusqu'à la petite porte qui donne sur la grand-rue. Je suis restée immobile jusqu'à l'entendre se refermer.

J'ai traîné plusieurs minutes près de la caisse, incapable de bouger, appuyée au comptoir. J'ai embrassé du regard le Five&Ten et, dans chaque objet, chaque arrangement, j'ai vu la preuve de l'amour et du soin que notre mère avait apportés au magasin.

Épuisée, je suis remontée à l'étage, et c'est là que je les ai entendus. Mes frères, Gino et Sammy, se trouvaient sur le palier devant la cuisine. Avaient-ils feint de s'écrouler, ivres morts, un peu plus tôt ? Quoi qu'il en soit, ils me croyaient sans doute profondément endormie dans ma chambre, porte fermée, ou bien ils n'y avaient tout simplement pas réfléchi. Ils n'avaient aucune raison de soupçonner que j'étais dans l'escalier, juste de l'autre côté de la cloison.

J'ai entendu Gino dire : « On n'a qu'à se débarrasser de Marie, et on sera parés. On peut la sauver, cette foutue boutique. On y arrivera. En mettant Salvie dans la boucle. »

Salvie Esposito. Monsieur E.

Même en tendant l'oreille, je n'ai pas perçu de réponse de Sammy, le benjamin de notre fratrie.

« C'est nous qui devrions commander, ici », a poursuivi Gino.

Que mijotait-il au juste ? Gino avait beau être dur, c'était aussi un lâche. S'il avait osé me dire tout cela en face, je l'aurais frappé. Pour l'heure, je ne voulais pas que mes frères sachent que j'avais surpris leurs petites manœuvres secrètes.

J'ai contemplé le couloir miteux, les murs familiers à la peinture marquée, l'escalier étroit aux marches usées qui menait à la boutique. Tout cela, tout ce qui avait été le monde de Maman ces dix-sept dernières années était désormais mien.

2

Nous étions en pleine crise économique, au beau milieu de la Grande Dépression. Je voyais les clients habituels, des femmes qui avaient été des amies de Maman et qui lui restaient fidèles mais n'avaient que très peu à dépenser. Les emplois se faisaient rares, les voisins partageaient ce qu'ils pouvaient et se lamentaient, parfois même pleuraient. Dans chaque conversation, chaque regard, frémissait une étrange tension et dès l'instant où une femme portait la main à son porte-monnaie, la menace du désespoir était palpable. Les gens parlaient de la Grande Dépression et chuchotaient que la guerre couvait en Europe ; pourtant, au « Marché de Ferrara », l'optimisme était de mise.

« Ce ne sera plus long, maintenant, a clamé Eddie Ferrara à la femme qui faisait la queue devant moi à la caisse. Il suffit de patienter. On verra bientôt une reprise. » Si Eddie n'avait pas été si gentil, je l'aurais volontiers contredit. J'étais la seule de la famille à venir faire les courses chez lui, et à chaque fois c'était un véritable casse-tête et un crève-cœur de tenter de faire durer aussi longtemps que possible le peu d'argent qu'il me restait. Gino et Sammy n'avaient probablement aucune idée de ce quc coûtait la nourriture. Dieu merci, ils se plaignaient rarement, même si soir après soir notre dîner n'était composé que de haricots et d'un peu de pâtes. Le coût de toutes les denrées ne cessait d'augmenter, chaque fois que je saisissais un sac de farine ou de sucre il était plus cher que la veille, or j'avais constamment besoin de ces ingrédients à présent que je m'étais mise à la pâtisserie pour arrondir les fins de mois. Je parcourais les étals en me remémorant quels articles achetait Maman et lesquels elle considérait comme trop onéreux, et je passais sans m'arrêter devant les olives importées.

Étant donné que le Five&Ten était en sursis, j'avais baissé la garde et autorisé monsieur E. à faire livrer sur mon aire de chargement des marchandises qui n'avaient rien à voir avec mon commerce. Je redoutais de lui demander ce que contenaient ces sacs qui avaient tendance à arriver de nuit – je me disais que moins j'en savais, mieux cela valait pour moi. En échange de cet arrangement, chaque semaine monsieur E. me remettait une enveloppe d'argent liquide d'un geste éloquent, accompagné d'un regard appuyé. Parfois, je remarquais une pointe d'urgence dans son comportement, une pression plus forte dans la paume de ma main. « Pour toi, Mari. » Dans son anglais bancal, il prononçait mon prénom sans *e*, en roulant le *r* et en accentuant la première syllabe.

Mais, même avec le supplément de monsieur E., je n'avais toujours pas les moyens d'acheter le stock que j'aurais voulu. Alors je reprenais systématiquement le même bric-à-brac bas de gamme, ma commande habituelle chez Corley, six carnets au papier indécemment fin, quatre yoyos – les enfants en raffolaient – et des chaussettes pour femme décorées de minuscules broderies roses qui ne résistaient pas plus de deux lavages, bien que les chaussettes elles-mêmes fussent de bonne qualité. Et aussi quelques articles de mercerie, des nécessaires, des ciseaux et des paniers de couture.

Un jour, alors que je bouclais une commande, Mme Romasello est entrée. « Où sont les garçons ? a-t-elle demandé d'un ton autoritaire.

— Je dois pouvoir vous aider », ai-je répliqué d'un ton véhément en m'approchant du comptoir.

J'avais été piquée au vif par les commentaires de Gino qui me tournaient encore en tête. *C'est nous qui devrions commander, ici.* Même dans un bon jour, Mme Romasello était déjà tout à fait capable de me mettre en boule. Ne voyait-elle donc pas que c'était moi qui passais mes nuits à éplucher les catalogues pour trouver les produits au meilleur prix ? Croyait-elle vraiment que Gino, Sammy, ou même le perfide Kenny (qui avait été l'employé de Maman et travaillait désormais pour moi) savaient distinguer un torchon d'une nappe ? Constatant qu'elle continuait à me fusiller du regard, je suis allée me planter dans l'embrasure de la porte de l'arrière-boutique, comme le faisait Maman, campée sur ses belles jambes, pour lancer des ordres d'une voix bien assurée. « Que quelqu'un vienne servir Mme Romasello. »

Occupés à flemmarder dans le canapé et à boire des sodas, mes frères et Kenny ont levé les yeux vers moi comme si j'interrompais une réunion capitale de la Société des Nations. Du petit transistor montaient les glapissements de cet affreux curé, le père Coughlin. *Soutenez l'Italie pour vous sentir plus forts*. Depuis le début de la Grande Dépression, les prix n'étaient pas les seuls à flamber : la colère des hommes semblait elle aussi se débrider. Ils passaient leur temps à crier et je voyais de plus en plus de femmes avec un œil au beurre noir ou des bleus sur les bras. Coughlin avait beau être prêtre, il avait un discours de dictateur. Peut-être était-ce désormais la même chose.

« Éteignez-moi ça ! » ai-je aboyé.

J'ai été sidérée de voir Gino obéir. Mais c'est Sammy, si différent de son aîné paresseux et hostile, qui s'est aussitôt levé pour aller servir Mme Romasello.

Jadis, mes frères et moi vivions en harmonie, mais depuis la mort de Maman l'appartement me paraissait étriqué, rempli de leurs odeurs et de leurs caprices masculins, et la moindre conversation était émaillée d'accès puérils de bravade virile. Aux yeux de Gino, j'étais un obstacle, cette grande sœur sur laquelle il comptait toutefois pour répondre à ses besoins essentiels, pour faire sans fin la cuisine et la lessive. Pour Sammy, son cadet de plusieurs années, je représentais moins une contrariété. Il semblait apprécier le mal que je me donnais, mais pouvait rapidement se laisser influencer par son frère. Mon plus cher espoir était que Gino tombe amoureux et parte s'installer très loin. C'est pour servir cet objectif qu'un samedi soir j'ai décidé d'aller au cinéma. S'il fréquentait quelqu'un, il y avait de fortes chances qu'ils se trouvent là et, si je connaissais la fille, je pourrais jouer de mon influence pour faire comprendre à sa famille qu'avec mon frère ils avaient décroché le gros lot. Mon autre raison de me rendre dans une salle bondée un samedi était le film lui-même, *Vous ne l'emporterez pas avec vous*, qui mettait en scène Jean Arthur et Jimmy Stewart, une femme et un homme que leurs conditions sociales incompatibles n'empêchaient pas de tomber amoureux l'un de l'autre.

J'avais besoin de cette distraction. J'étais déjà allée au cinéma dans la semaine, le mercredi, car c'était la « soirée Assiette » – pour attirer les clients, on leur offrait une assiette gratuite. Je comptais bien me constituer un service pour six.

En parcourant l'assemblée du regard, je me disais que se trouvaient peut-être là de futurs clients pour mon activité de pâtisserie. Le samedi soir accueillait un public différent, pour qui payer dix cents de plus était sans conséquence. Je n'arrivais pas à croire qu'il existait encore des gens qui avaient de l'argent. Si je pouvais m'en faire repérer, ce serait une bonne chose – qu'ils voient la nouvelle Marie capable de gagner deux dollars pour une heure et demie de travail.

Mon commerce de gâteaux se portait bien. La fille de Mme Ricci m'avait appelée pour m'apprendre que son mari avait enfin réussi à décrocher un emploi. Au début, je n'avais pas compris ce que cette nouvelle avait à voir avec moi. « C'est grâce à votre gâteau, Marie. » Puis Mme Tilton était passée à la boutique, et je crois bien que c'était la première fois que je l'y voyais. Non seulement elle avait chanté les louanges du gâteau que j'avais confectionné pour l'anniversaire de son fils, mais elle avait aussi acheté un paquet de serviettes en papier. « Vous savez, Paul avait le béguin pour une fille. Et maintenant, ils sont ensemble et c'est sérieux entre eux. »

Voyant que les spectateurs prenaient place, je me suis pressée de rejoindre le balcon pour voir si Gino s'y trouvait. C'est là que les couples s'installaient pour s'embrasser. J'avais beau avoir reçu un baiser dans la boutique, être vue en public, même dans une salle obscure, voilà une liberté qui en tant que propriétaire du Five&Ten m'était refusée. Je ne pouvais me permettre de faire l'objet du moindre commérage. Je m'étais laissé leurrer par la chimère des couples amoureux montrant leur passion au grand jour, mais j'avais compris désormais qu'avec la mort de Maman ma jeunesse m'avait été volée.

J'ai pris ma place en bas au moment où débutaient les actualités. Hitler défilait dans une petite rue qui ressemblait à la nôtre à Littlefield, hormis la montagne à l'arrière-plan. Une vaste foule l'acclamait et le saluait, le bras droit tendu, même les enfants. La caméra s'est braquée brièvement sur le visage d'une jeune femme séduisante dans l'assemblée. Son expression de ravissement m'a rappelé celle de sainte Thérèse, avec ces signes caractéristiques de l'extase mystique : les yeux chavirés et les lèvres entrouvertes en un doux sourire.

Le film a fini par démarrer et je me suis aussitôt identifiée au personnage de Jean Arthur. Bien que relativement aisée, sa famille ne pouvait rivaliser avec celle de Jimmy Stewart, composée de banquiers, et l'héroïne se torturait à l'idée de ne pas en être acceptée. Heureusement, le personnage masculin était bien déterminé à poursuivre cette histoire d'amour jusqu'au bout, et à la fin tous les siens adoraient sa dulcinée.

Je suis rentrée en flânant dans la brume tiède de cette belle soirée d'été. Il était tard, aussi suis-je montée sur la pointe des pieds. Malgré l'heure, au lieu de me rendre directement dans ma chambre, j'ai gravi les marches recouvertes de linoléum usé jusqu'au deuxième étage, où près de la cuisine se trouvait une pièce minuscule que j'appelais l'ex-voto et qui était entièrement dédiée à ma mère. Ses vêtements, ses objets et les petits bibelots de céramique au milieu desquels nous avions grandi y étaient rangés ou entassés, ainsi que toutes sortes de souvenirs d'elle. Après sa mort, j'avais donné une place d'honneur à son saladier en cristal taillé, au milieu du vaisselier du salon, mais bon nombre d'objets mystérieux pour moi restaient empaquetés. Parfois, lorsque je montais à l'ex-voto, j'ouvrais un carton au hasard.

Maman, je suis là.

Je commençais toujours par m'annoncer.

Je me suis assise par terre et me suis mise à farfouiller dans les chemisiers, les foulards et les dessous délicats. Çà et là, une petite broderie circulaire cachait un trou. Au milieu de ses nombreuses robes et jupes, j'ai cherché quelque chose qui ressemble aux tenues que j'avais vues dans le film et qui ne soit pas trop abîmé. J'ai sélectionné plusieurs vêtements et, après les avoir minutieusement inspectés, j'ai choisi une jupe sans aucune tache, marque de rouille ou imperfection. Elle était longue, gansée d'un gros-grain bleu marine. Carmela devait l'avoir portée pour la dernière fois autour de ses vingt ans, c'est-à-dire l'âge que j'avais maintenant.

Si tant est que les fantômes existent, je savais que ma mère était présente dans cette pièce avec moi. J'ai même senti un léger souffle me frôler lorsque mon regard s'est posé sur une carte postale tombée d'un carton.

Elle était écrite en italien, aussi n'ai-je pu déchiffrer que la signature : *Ada*.

Qui était Ada ?

J'ai passé les deux soirées suivantes à reprendre d'abord la taille – Maman était plus plantureuse que moi – puis à raccourcir l'ourlet. Quand j'ai enfin pu lâcher ma machine à coudre, j'ai pris le temps de m'étirer puis j'ai essayé la jupe. C'est alors que je me suis rendu compte que je n'avais pas de chemisier pour aller avec : il me fallait quelque chose de léger, en coton, pour compenser la lourdeur de l'ourlet en gros-grain. J'ai décidé que, le lendemain, je laisserais mes frères s'occuper du magasin pour foncer chez Paola Couture – naturellement sans leur dire ce que j'allais faire. Gino en particulier avait horreur que je dépense de l'argent.

Mais à mesure que l'été avançait, je sentais chaque hausse de température dans mes jambes et au creux de mon ventre, et un film de transpiration recouvrait mes bras nus. Je ressassais intérieurement le baiser dans la boutique. Je peinais à me concentrer, hormis sur ces tressaillements dans mon corps qui se révélaient plus puissants que tout ce que j'avais ressenti jusqu'alors, et qui ne faisaient qu'ajouter à ma léthargie. J'étais d'humeur tendue et me montrais cassante avec les garçons au magasin.

Le samedi suivant, le film à l'affiche était *Vacances* de Cukor, avec Katharine Hepburn et Cary Grant. Je suis arrivée en avance, pourtant la salle était déjà pleine. Cette fois, j'ai veillé à garder les yeux fermés pendant toutes les actualités, afin de m'épargner le spectacle des chars rentrant en Allemagne. Malheureusement, j'ai attrapé au vol la vision d'une multitude d'écolières en chemisier blanc qui défilaient au pas cadencé en agitant le bras, leurs sacs à dos se balançant en rythme. Le soutien que récoltait Hitler était terrifiant. J'ai parcouru le public du regard sans pouvoir déchiffrer les expressions sur les visages de ces gens que je connaissais depuis toujours. Étaient-ils aussi effrayés que moi ? ou bien captivés ? Impossible à dire devant leur air figé.

J'avais mis la jupe retouchée et le chemisier parfait que je m'étais offert – croisé, avec des manches mi-longues qui bouffaient délicatement aux épaules. J'étais folle de joie de constater que ma tenue n'était pas si différente de celles que portait Katharine Hepburn, avec ses jupes crayon et ses tuniques impeccablement repassées. Il en allait de même pour ma silhouette, étroite à la taille et légèrement plus rebondie au niveau du buste et des hanches. Quant à ma chevelure, je la tenais de ma mère : épaisse, noire et ondulée. Je me sentais libre et sensuelle, aux anges sous l'éclairage jaune tamisé, jusqu'au moment où, en regardant autour de moi, j'ai remarqué que pratiquement tous les spectateurs étaient par deux. Des couples mariés. Et quelques-uns plus jeunes, qui avaient préféré s'installer en bas.

Le principe de l'intrigue était parfaitement ridicule. Était-on réellement censé croire que le personnage joué par Cary Grant était prêt à abandonner sa brillante carrière de banquier et sa riche fiancée pour satisfaire son irrésistible envie de voyager ? Lorsque la lumière s'est rallumée, j'ai vu tous ces visages ivres de satisfaction. Nous étions là, englués dans cette crise économique qui semblait ne jamais devoir finir, et pourtant on nous faisait croire qu'en Amérique tout était possible. Ma mère avait succombé à ce mirage. Je n'étais pas certaine de pouvoir en faire autant.

C'est en me levant pour partir que je l'ai aperçu. En train de remonter l'allée, l'homme qui était apparu dans ma cuisine le soir des obsèques de Maman. Il ne portait pas de costume, simplement un pantalon de travail usé et une chemise à manches longues. Il avait des bras musclés. C'était sans doute un ouvrier, ou un travailleur agricole, ce qui avait été ma première impression. Ses cheveux étaient plus beaux en désordre que plaqués en arrière. Il était bronzé, ou peut-être naturellement mat, ce qui lui donnait un air rustre et dur. Je me suis glissée dans la foule pour rejoindre la sortie. L'homme était derrière moi. Je me demandais s'il m'avait repérée.

C'était une belle soirée au ciel dégagé, et l'assemblée s'est lentement dispersée en petits groupes pour flâner ou discuter, et reculer le plus possible le moment de s'enfermer à nouveau dans l'air étouffant. J'ai eu une seconde d'hésitation à la hauteur du guichet, et j'ai attendu de voir s'il regarderait dans ma direction. Il s'était replié sur le côté du bâtiment et était appuyé contre la vitrine derrière laquelle des affiches colorées vantaient les divertissements à venir. J'ai été soulagée de ne reconnaître personne aux alentours, car je ne voulais pas de témoins à ce que je m'apprêtais à faire. J'ai fait signe à l'homme et il s'est aussitôt approché. Il m'a proposé une cigarette.

« Je ne fume pas », ai-je dit.

Il a souri avant d'allumer la sienne. J'ai attendu d'entendre à nouveau le son de sa voix, tout en redoutant ses phrases saccadées lorsqu'il tenterait peut-être d'expliquer d'où il venait, ce qu'il faisait ou comptait faire. Rien de tout cela ne m'importait. Je ne voulais rien avoir à faire avec l'Italie, ce vieux pays, ni subir l'optimisme du nouvel arrivant. Nous autres Genovese n'étions pas là depuis très longtemps, et il y avait déjà tant à protéger et à prouver. Je n'avais rien à faire des luttes de cet homme. Aux conseils donnés par Maman sur son lit de mort, j'avais ajouté mes propres principes :

Bats-toi.
Lorsque tu n'es pas de taille face aux épreuves que l'on t'inflige, ne le laisse pas voir.
Tu es américaine, à présent. Continue à tracer ta voie.
Veille sur tes frères, mais pas au-delà de certaines limites...

L'homme s'est encore rapproché de moi. Il a tourné la tête sur le côté pour exhaler une bouffée de fumée. « Je raccompagne », a-t-il annoncé en désignant le coin de la rue, et nous nous sommes mis en route.

J'ai veillé à ne pas lever les yeux pour ne pas croiser le regard d'une éventuelle connaissance, mais personne ne faisait attention à nous. Pendant tout le trajet, je revivais ses baisers, son corps serré contre le mien et en même temps la pression de son pénis, et le comptoir qui me cisaillait les reins.

Je l'ai fait entrer par la porte d'en bas et l'ai guidé dans le couloir menant à la boutique. Je ne pouvais l'emmener à l'étage car mes frères s'y trouvaient.

La lumière des lampadaires de la rue se déversait sur les comptoirs et dans l'air flottait un parfum familier et réconfortant, les senteurs mêlées de l'encaustique et de l'eau de lavande que je vaporisais. Brusquement, cet homme dont j'ignorais le nom m'a entourée de ses longs bras. Il s'est mis à m'embrasser avec plus de passion que la première fois, et lorsqu'il a posé les mains sur ma poitrine, sans rudesse mais avec insistance, et que ses pouces ont frôlé mes tétons, la sensation m'a débordée et a effacé toute résistance en moi. Il m'a prise par la main pour m'emmener dans la réserve, où on déballait le stock et où les garçons écoutaient la radio. Entre deux baisers enflammés, il a gémi. C'était la première fois que j'entendais un homme gémir. Bientôt une sorte de musique s'est jouée entre nous et nous nous sommes affalés sur la banquette miteuse où les hommes s'installaient pour déjeuner. Il a glissé ses mains sous ma jupe, m'a embrassé les genoux. Il était doux, expérimenté – ne l'étant pas moi-même, il m'était difficile d'en juger, mais tout semblait si naturel, et sa surprise à lui si sincère, que je me suis aussitôt détendue. Lorsqu'il a fini par venir en moi, j'ai eu mal, mais d'une douleur délicieuse qui m'a délestée de tous mes tracas, de mes obligations et de l'œil vigilant de la ville.

Une seule rencontre. Je ne devais plus jamais le revoir.

3

Mes vêtements de la veille étaient éparpillés sur la chaise dans ma chambre. Je consacrais d'habitude le dimanche à ranger et à préparer la semaine suivante mais, ce jour-là, je me sentais trop fatiguée. J'avais même manqué la messe, pour la seconde fois seulement de ma vie. Quant à la première, j'étais alors trop jeune pour pouvoir m'en souvenir : c'était le jour où mon père nous avait quittés. L'essence des traumatismes passés flotte au gré du vent, et une atmosphère de malaise diffus régnait alors dans l'appartement. Je me rappelle que c'était une journée comme aujourd'hui, et que ma mère n'avait pas réussi à sortir de son lit – ou peut-être me l'avait-on raconté plus tard, que mon père était parti au milieu de l'été.

Dès l'instant où j'ai ouvert les yeux, je me suis sentie déphasée. Presque aussitôt, tout s'est enchaîné. J'ai entendu quelqu'un frapper violemment à la porte d'en bas en criant. En me penchant par la fenêtre du salon, j'ai aperçu Kenny, la tête levée vers moi, qui me faisait signe de lui ouvrir. J'ai enfilé ma robe de chambre et suis descendue.

« Corley dit que si on ne lui donne pas son chèque, il viendra demain récupérer son stock », a-t-il annoncé.

Nous nous tenions dans l'embrasure de la porte, bien visibles depuis la grand-rue qui par chance était encore plongée dans le sommeil. Je m'inquiétais toujours d'être vue en train de parler avec un homme, même Kenny qui était marié et heureux en couple et dont tout le monde savait qu'il travaillait pour moi. Je me demandais ce qu'il voyait, en me regardant. Je n'étais plus vierge. Je me sentais échevelée, ragaillardie, comme un oiseau qui aurait ébouriffé ses plumes après s'être trempé dans l'eau fraîche d'une fontaine.

« Corley est passé hier, mais je ne t'ai pas trouvée, a ajouté Kenny, hors d'haleine.

— Il ne peut pas reprendre son stock, ai-je répliqué.

— C'est ce que je lui ai dit.

— Réponds-lui qu'il aura son chèque demain. »

Il a haussé les épaules. « Tout ce verre qui passe au four, ça coûte cher. »

Après l'avoir remercié, j'ai refermé la porte. Je suis remontée m'habiller, et je venais à peine de m'installer devant une tasse de café que la sonnette a retenti. C'était monsieur E., avec son air de savoir déjà ce qui se passait, qui venait fouiner.

« Mari », a-t-il simplement dit. Il cachait derrière son dos un gros bouquet de glaïeuls, qu'il a brandi avec une expression triomphante. Il apportait également un panier de courgettes et, dans un sac à part, une brassée de fleurs de ces mêmes fruits, dont je ferais des beignets légers, avec de la mozzarella et du basilic.

Il m'a présenté ces cadeaux avec son air de séducteur, la fierté du mâle nourricier, l'attitude protectrice qu'on attendrait d'un père.

J'ai fait un pas de côté pour le laisser entrer le premier, par égard pour son âge et pour lui confirmer qu'il avait le pouvoir de me faciliter la vie – enfin, si je l'y autorisais, ce qui n'était pas du tout mon intention. Non seulement il avait cinquante-cinq ans, mais c'était en tout point un homme du passé. Il avait aidé ma mère, et à présent c'est moi qu'il aidait, mais cela ne lui donnait droit à rien de plus.

« Où sont-ils ? a-t-il demandé en cherchant mes frères du regard.

— Ils dorment. »

Je me suis dirigée vers la cuisine pour refaire du café. Tout en m'affairant, je sentais mon corps pulser. Avoir fait l'amour m'avait transformée.

Il y avait dans la voix de monsieur E. une certaine urgence, et je me suis demandé ce qu'il tramait avec mes frères. Il les emmenait avec lui pour ses affaires, et il était bon pour eux d'avoir un homme mûr auquel se confier. Il y avait des sujets desquels je ne pouvais pas me mêler. Les garçons avaient besoin d'intimité. Mais, depuis quelque temps, je sentais une tension entre eux et monsieur E. qui me faisait craindre qu'il les ait entraînés dans une histoire louche. Par deux fois, j'avais surpris Gino, Sammy et Kenny agglutinés autour du petit transistor Philco noir, en train d'écouter le père Coughlin déverser son fiel. Et pas plus tard que la semaine précédente, lorsque j'avais demandé à Kenny pourquoi un nouvel arrivage de marchandises n'avait pas encore été déballé, il m'avait répondu : « Ça vient de Feldman. »

Je me moquais bien de savoir d'où provenaient les cargaisons. « Je veux que tu me débarrasses ça d'ici. Sur-le-champ ! » avais-je ordonné. J'attendais impatiemment ces articles de cuisine, notamment une ménagère en inox étincelante bas de gamme que j'étais certaine de vendre.

Gino avait éteint la radio d'un geste brusque. « Tu sais, Marie, on devrait acheter *chrétien*. Feldman n'est pas le seul fournisseur. »

Je n'en avais pas cru mes oreilles. Feldman était le seul à m'envoyer quand même sa marchandise lorsqu'il n'avait pas été payé. Il adorait notre mère. Il aurait fait n'importe quoi pour nous aider, nous et le magasin.

« Sans Feldman, les étagères seraient vides ! ai-je hurlé, avant de désigner la radio. Tu penses peut-être que ce sont ces hommes mauvais qui vont nous aider ? Les gens croient déjà que les Italiens sont menteurs et voleurs. Et voilà qu'en plus on serait intolérants et remplis de haine ? Tu ne fais que répéter ce que tu as entendu. Tu n'es qu'un perroquet ! »

Monsieur E. a tapoté sur la table, me ramenant brusquement dans le présent. « Tu sais, Mari, c'est un bel appartement.

— J'y suis heureuse, ai-je acquiescé, la tête ailleurs.

— J'aime tellement tes garçons. »

On aurait dit qu'il parlait de mes fils.

À quoi auraient ressemblé nos vies, si Maman avait accepté d'épouser monsieur E. ? Je savais qu'il l'en avait suppliée. Mes frères l'adoraient. Et ils ne se gênaient pas pour parler de moi entre eux. *Marie est fragile. Marie est instable.* Ce qui ne faisait que confirmer ce qu'un vieil Italien traditionaliste comme monsieur E. pensait des femmes en général, à savoir que nous étions prêtes à toutes les compromissions pourvu qu'on prenne soin de nous. Voilà qui les arrangerait bien, tous les trois, de me voir enchaînée en permanence à mes fourneaux. À cuisiner les produits que rapporterait monsieur E. pendant que mes frères se régaleraient joyeusement.

« Salvie, je vous en prie, ne les encouragez pas à écouter ce prêtre. » Il savait que lorsque je l'appelais par son prénom c'était sérieux.

« Il a de bonnes choses à dire.

— Je n'aime pas du tout son discours sur les juifs et les chrétiens. Les temps sont durs pour tout le monde », ai-je ajouté en haussant le ton.

Je pensais à Ruth et Gersh Oletsky, nos amis et voisins juifs qui possédaient la mercerie à deux numéros de chez nous. Je me suis remémoré une conversation que j'avais surprise entre Maman et monsieur E., près de la porte de derrière.

« Je me bats pendant la guerre, Carmela. Il y a vingt ans. Puis je viens à New York, et je sais quoi faire », lui avait-il dit.

Elle avait alors opiné, comme si elle connaissait son histoire et qu'il ne faisait que la ressasser.

« Carmela, on soutient l'Italie.

— Pfff, avait-elle répliqué.

— On a gagné, en 1918. Après, on a rejoint les *Fasci di Combattimento*, pour les anciens militaires. On combat le communisme, et Mussolini aide le petit gars. On organise et on le tient au courant.

— Vous le tenez au courant, Salvie ? » Ma mère s'était campée sur une hanche, l'air sceptique. « Ça ne me plaît pas », avait-elle commenté en baissant la voix. *Monsieur E. était-il fasciste ?*

« Mussolini peut compter sur nous.

— Il se croit au-dessus de tout.

— Carmela, avait-il soupiré. Carmela, tu m'entends ? Tu comprends ? »

Un silence avait accueilli sa question. Je voyais leurs ombres découpées dans l'embrasure. J'avais regardé Maman secouer sa jolie tête, puis croiser ses bras en travers de sa poitrine, le menton en avant. « Mais oui, Salvie, mais oui. » *Quelle était la question ?*

« Je n'ai pas de quoi payer Corley », ai-je lancé à monsieur E. d'un ton sec. La somme hebdomadaire qu'il me remettait ne suffisait plus. Dieu seul savait comment j'allais régler la précommande de fournitures pour la rentrée. Si nous ne faisions pas de grosses ventes à cette période, nous ne pourrions pas tenir jusqu'à Noël. Jusqu'ici, nous avions toujours réussi à vivoter entre les vacances scolaires, mais cette année, huit ans après le krach boursier, nous étions encore embourbés dans la dépression. J'avais beau me détester d'en être là, il fallait regarder les choses en face. J'avais des besoins. *Nous* avions des besoins.

Il a posé sa lourde pogne sur mon poing serré. « Tu sais, Mari. Tout peut s'arranger. »

J'ai desserré les doigts et retiré ma main. « On s'en est déjà sortis, ai-je argué, mais cette fois, c'est différent. »

Il arborait un sourire patient. « Mes affaires ne sont pas très bonnes non plus.

— L'huile d'olive se vend toujours », ai-je répliqué. Il avait une entreprise d'importation à New York, où il faisait des allers et retours. Il semblait avoir de belles rentrées d'argent, et de nouveaux contrats en permanence.

« Tu sais, tu es une bonne femme d'affaires, Mari. Meilleure que ta mère. » Il a expiré avec emphase.

« Non, Salvie. Pas meilleure… Je suis seulement… » J'ai failli ajouter « plus jeune », mais je me suis retenue.

« On pourrait faire équipe, Mari. Toi et moi. Je prends soin de toi. Je te donne tout l'argent dont tu as besoin. »

Je suis restée impassible. J'avais bu trop de café, et mon estomac s'est mis à se tordre.

Il a ramassé son chapeau. « Je paie Corley. Pas de problème.

— Je veux que vous me promettiez de ne pas les entraîner dans quoi que ce soit », ai-je lancé, en référence à mes frères. Je l'ai suivi vers la sortie, et juste au sommet de l'escalier il a fait volte-face et m'a pris la main. « Je veux des enfants, Mari. »

C'était forcément une plaisanterie.

« Vous savez qu'il ne peut rien se passer entre nous », me suis-je empressée de rétorquer.

Il a baissé les yeux vers moi et m'a jaugée comme il l'aurait fait d'une tomate, d'une vulgaire marchandise. Puis il a planté son regard dans le mien. « Avec toi, Mari. »

Maman était une femme on ne peut plus directe. Et s'il y avait bien une chose qu'elle m'avait transmise, c'était son franc-parler. Il suffisait de regarder ma vie pour en déduire que c'était même mon seul luxe. Un jour, je l'avais vue gifler monsieur E., bien que ce souvenir fût un peu flou. Ma colère à moi était différente. Elle était bien présente, mais comme endormie, apaisée par l'apparition d'un homme les bras chargés de cadeaux. Car chaque cadeau était une promesse d'avenir que l'on me tendait comme si j'avais remporté un concours.

« Dis à Gino de passer me voir, quand il se réveille », a-t-il ordonné d'un ton plus abrupt. Il s'est engagé dans l'escalier d'un pas alerte.

Ce n'était que de la fanfaronnade, une démonstration de sa supposée jeunesse, comme si, à la cinquantaine passée, il pouvait encore y prétendre.

« Tu sais quoi ? a-t-il conclu une fois en bas, avec le décor animé de la grand-rue derrière lui.

— Quoi ? » J'ai planté mes deux mains sur mes hanches.

« Entre Italiens, on doit se serrer les coudes.

— Roosevelt ne veut pas d'une guerre, ai-je répliqué.

— Crois-moi. Ça arrive. Dis à Gino de venir me voir. » Il a mis son chapeau, puis est sorti dans la lumière du soleil.

Je suis remontée directement à la chambre de mon frère. « Gino, réveille-toi, gros fainéant. Debout ! Monsieur E. veut que tu passes le voir. »

Gino a fait basculer ses longues jambes poilues sur le côté du lit en se frottant paresseusement les yeux. « Il est venu quand ?

— À l'instant. Il repart juste. »

Il s'est redressé, soudain alerte. « Pourquoi tu ne m'as pas réveillé ? »

Il s'est rué hors de la pièce, avant de se raviser au dernier moment et de revenir sur ses pas pour déposer sur ma joue un baiser fugace, puis il s'est précipité à la salle de bains.

4

Une nouvelle semaine pesante s'est écoulée, où il m'a fallu rappeler aux garçons leurs obligations et éprouver la portée de ma propre autorité sur eux. J'ai forcé Kenny à rester tard pour réorganiser le stock, dans l'espoir de raviver les ventes de l'été. Nous étions au creux de la vague. Mais, même sans clients, il restait toujours trop à faire. J'espérais que toutes ces tâches me distrairaient du vide sidéral que la mort de Maman laissait dans ma vie. Je me trompais.

Je m'en étais tirée tant bien que mal les premières semaines, mais soudain on aurait dit que toute énergie m'avait quittée. Et Mimi Rizotte et Ruth Oletsky, les amies de Maman, n'arrangeaient rien en reprenant avec moi les vieilles habitudes qu'elles avaient avec elle. Toutes nos conversations tournaient autour de l'argent, du délabrement de l'économie et des ragots qu'elles avaient entendus. Elles partageaient les histoires des malheurs des autres car elles se savaient elles-mêmes à l'abri du scandale. Elles étaient mariées et installées, tandis que mes moindres faits et gestes étaient scrutés à la loupe. Pourquoi diable Marie Genovese était-elle toujours célibataire ?

Je passais la plupart de mes journées assise seule dans la boutique, à examiner les comptes, à choisir les produits à commander, à tenter de sauver notre affaire alors que j'aurais dû être de sortie avec mes anciennes camarades de classe, Angie et Tina, qui vivaient la vie dont je rêvais. Angie possédait une voiture, portait de beaux vêtements et flirtait avec les hommes ; quant à Tina, qui s'était mariée jeune, elle ne se privait pas pour autant de rire en public avec ses amis, tous entassés au Sweet Shoppe à boire du lait aromatisé.

J'avais pris l'habitude de faire une sieste, l'après-midi. Lorsque la lumière lourde et crue du soleil se déversait par la vitrine de la boutique, je montais m'allonger sur le lit de ma mère, qui était désormais le mien, et je fixais le plafond. Comme il faisait trop chaud pour dormir, je passais en revue tous mes sujets d'inquiétude : l'argent, le magasin, la solitude, les relations tendues avec mes frères, Kenny et monsieur E. Et je venais d'en ajouter un à la liste : la peur d'être enceinte. J'avais déjà une semaine de retard. Pourtant, je n'avais aucun désir de revoir cet homme. Je n'avais rien éprouvé de plus que la pulsion puissante d'accueillir un homme en moi et, à présent que c'était chose faite, je pressentais qu'il faudrait la prochaine fois ajouter un ingrédient non négligeable, un sentiment dont je savais qu'il existait, bien que ne l'ayant jamais éprouvé moi-même : l'amour.

Cet après-midi-là, incapable de fermer l'œil, je me suis levée et suis montée à l'ex-voto. Sur une étagère en hauteur étaient rangés les livres de recettes de

Maman, six en tout. J'en ai descendu un et me suis confortablement installée par terre. Je venais à peine de l'ouvrir quand j'ai entendu les pas de Gino dans l'escalier.

« Qu'est-ce qui se passe avec Sammy ? s'est-il exclamé en entrant en trombe dans la pièce. Il refuse de déballer la papeterie. Je le lui ai demandé cent fois. »

Il faisait si chaud que tout le monde était sur les nerfs. Gino remplissait l'encadrement de la porte de sa silhouette large et menaçante, et je savais qu'il jouait la comédie. D'ordinaire, je l'aurais ignoré, mais ce jour-là je n'étais pas d'humeur.

« Prenez le reste de la journée. Tous les deux. Et sortez d'ici. Je veux être seule. Dis à Kenny de s'occuper de la boutique. »

Gino m'a dévisagée, sous le choc. « J'y vais », a-t-il obtempéré en reculant.

« Fais ce que tu veux, mais hors d'ici », ai-je lancé en haussant la voix de colère, et j'ai vu l'expression de surprise sur son visage. *Oui, regarde-moi bien*, ai-je pensé. *Aujourd'hui tu vas m'épargner tes conneries*.

Dès qu'il a été sorti, j'ai ouvert le premier livre de recettes de ma mère, rempli de sa belle écriture. Il était recouvert de dessins stylisés de coupes de fruits, et j'ai reconnu le papier peint qu'elle avait utilisé la seule et unique fois qu'elle avait fait refaire la cuisine. Carmela avait relié le livre comme les sœurs du Sacré-Cœur nous l'avaient appris, bien serré, avec un dernier pli compliqué, aussi contraint et épineux que la religion même.

Je suis allée directement à la section pâtisserie. Maman disait toujours qu'il ne fallait pas sous-estimer les vertus réconfortantes du blé, à condition de l'utiliser complet, et dans la mesure du possible de le moudre soi-même. Mimi Rizotte avait une source spéciale d'approvisionnement, une de ses amies habitant dans la ville voisine qui séchait elle-même le grain lavé en l'enveloppant dans un torchon. Puis elle se nouait ledit torchon autour de la tête et le gardait là jusqu'à ce que le blé soit sec. La farine tirée de ces grains chouchoutés était-elle vraiment meilleure que celle que j'achetais chez Ferrara ? Tout ce que je savais, c'est que mes frères se laissaient amadouer par la nourriture, surtout les desserts.

J'ai réuni tous les livres de recettes et les ai rapportés sur mon lit, où j'ai passé le reste de l'après-midi à étudier les instructions précises notées par Carmela de sa grande écriture ronde empreinte de vie et de jeunesse. Par moments, entre veille et sommeil, je glissais dans une rêverie où je la revoyais en train de faire des gâteaux. C'était Maman qui m'avait appris à aimer une maison, ses rituels et son matériel.

Je suis restée allongée là, dans la chaleur de la pièce qui se faisait de plus en plus oppressante. Soudain, mon regard s'est posé sur la recette du gâteau d'amour à l'italienne. Sur cette page, il y avait plusieurs taches de nourriture. Je me suis demandé si Maman avait trouvé cette recette dans une revue pour dames, par exemple le *Ladies Home Journal*, ou bien si elle lui avait été transmise par la famille. En lisant la liste des ingrédients, je n'ai rien repéré qui pût provoquer un état d'extase amoureuse. La base en était une simple pâte composée de farine, de sucre et d'œufs. La ricotta, en revanche, ferait rapidement monter le prix de revient.

Je me suis levée et suis descendue chercher un moule à gâteaux en Pyrex. J'avais récemment commandé ces ustensiles en verre miraculeux pouvant passer au four sans éclater. Il n'y avait pas un bruit dans la boutique, et Kenny se trouvait dans la réserve à fumer une cigarette, les pieds sur la table. En me voyant, il s'est dressé d'un bond. « Gino et Sammy étaient censés m'aider à déballer », a-t-il geint en désignant un tas de cartons d'un mouvement du menton. Puis, lentement et sans un regard pour moi, il s'est traîné jusqu'à la pile. Je lui ai épargné mon air de dégoût et suis sortie faire une petite visite à George, le propriétaire de la fromagerie. Là, avec le restant du budget hebdomadaire du foyer, j'ai acheté de la ricotta.

J'ai pesé, mélangé et saupoudré ce qu'il me restait d'anis. L'été, mon amie Angie et moi allions nous promener au parc entourant le lac, où l'anis poussait à foison de part et d'autre du sentier, embaumant l'air de son parfum de réglisse. Angie et moi étions jeunes et aimions parler de l'avenir, aussi avais-je toujours associé la senteur de l'anis à l'espérance. J'ai décidé d'ajouter une pincée de menthe, qui, à en croire l'un des livres de Maman, attirait l'argent et le désir sexuel, ce qui me faisait rire. J'ai eu un instant de confusion en lisant dans la recette que la pâte devait être disposée au fond du moule, pour recevoir ensuite le mélange à base de ricotta. Maman avait écrit : *le fromage riche coule au fond et forme un coussin léger*. Comment diable la pâte et le fromage pouvaient-ils ainsi échanger leurs places en cours de cuisson ?

J'ai décidé de surmonter le tout d'une épaisse couche de glaçage à la vanille, dans laquelle j'aurais préalablement incorporé le reste de ma menthe des champs, remède parfait contre le ventre froid. Je pensais à Gino, dont je doutais que la digestion fût bonne. Sinon, pourquoi ce caractère si difficile ?

Puis j'ai fait deux vœux. Le premier, que le gâteau soit réussi, de sorte que je n'aie pas gaspillé mon argent ; et le second, que Gino rencontre une gentille fille et aille emménager avec elle sur la lune. Et si le ciel m'en accordait un troisième, ce serait d'être libérée de cette succession sans fin de journées passées à cuisiner, à faire le ménage et à me tracasser.

Pendant les quatre-vingts minutes interminables de la cuisson, j'ai ouvert à deux reprises la porte du four, au risque de causer une chute de température qui aurait pu ruiner le gâteau, simplement pour observer la magie en train d'opérer – la permutation des couches. Je me suis perdue dans cette rêverie secrète, à imaginer le fromage glissant sous la pâte qui s'affermissait, comme si tous les nuages du ciel descendaient pensivement embrasser la terre. Les arômes sucrés se combinaient à l'étrange métamorphose en train de s'accomplir, dans cette union d'une telle puissance qu'elle me faisait penser à l'amour. Je n'en savais pourtant rien. Car, à l'évidence, ces quelques minutes volées sur la banquette n'étaient pas de l'amour.

Une fois le gâteau refroidi et le glaçage achevé, j'ai appelé dans la boutique et Kenny m'a répondu. Ainsi que je le soupçonnais, mes frères étaient là eux aussi. Comme par hasard, c'est quand j'étais le plus en colère qu'ils décidaient de rester dans les parages. Avaient-ils peur ? Mais de quoi ? Que je les jette à la rue ?

En avais-je seulement le pouvoir ? J'ai crié à Kenny de monter, en ramenant mes frères au passage.

Je leur ai coupé à chacun une part de gâteau, que je les ai regardés manger. Ils souriaient, transportés d'extase par ces délices que je leur présentais. Ç'aurait pu être le moment idéal pour une trêve, si ce n'est que je balançais entre espoir et méfiance et que j'étais bien décidée, si l'un d'eux osait la moindre critique, à les massacrer tous les trois.

5

Gino et Sammy avaient dû vanter les mérites de mes gâteaux, car du jour au lendemain j'ai reçu ma première commande importante. Priscilla Ashworth a appelé le magasin – ou plutôt sa gouvernante. J'ai essayé de me remémorer Mme Ashworth. L'avais-je déjà aperçue en ville ? Étant l'épouse de l'homme le plus riche de Littlefield, un banquier de surcroît, c'était forcément une snob. Les gens tenaient les banquiers pour responsables de la Grande Dépression. Il était de notoriété publique que la propriété des Ashworth se trouvait au bout d'une longue allée menant jusqu'au lac, et je m'imaginais un de ces décors hollywoodiens dans les films que j'aimais tant, des enfilades de pièces hautes de plafond, un grand escalier majestueux.

À ce jour, je n'avais tenté que trois des recettes de Maman. Le *Boston cream pie* – l'emblématique gâteau à étages garni d'une crème à la vanille et nappé d'un glaçage au chocolat – avait été un vrai désastre, de même que le cheesecake. Il me fallait encore un peu d'entraînement pour ces deux-là. Le gâteau mousseline pour le gendre de Mme Ricci s'était révélé un peu sec, même si l'intéressé avait réussi à décrocher un nouveau travail. Mais mon gâteau d'amour à l'italienne avait immédiatement rencontré un franc succès.

« Vous faites quoi, comme genre de desserts ? » J'avais tout de suite décelé une pointe d'irritation dans la voix, comme si la gouvernante des Ashworth avait été pâtissière elle-même et que je lui avais volé la vedette pour cet événement particulier.

« Pour quelle occasion ? » ai-je répondu afin de gagner du temps, tout en cherchant désespérément un nouveau nom à l'incroyable gâteau jaune transformiste.

Elle a eu une seconde d'hésitation. « L'anniversaire de Monsieur. Il va avoir trente-huit ans. Et ça ne le réjouit pas. »

J'étais certaine que Priscilla Ashworth n'aurait pas approuvé les confidences auxquelles se livrait son employée de maison. *Et ça ne le réjouit pas*. Peut-être celle-ci a-t-elle eu vaguement conscience d'en avoir trop dit, car après s'être raclé la gorge elle a demandé d'un ton plus formel : « Quel genre de gâteaux avez-vous en magasin ?

— J'en fais un délicieux à la vanille avec un fin glaçage au fromage blanc. Il s'appelle… » J'avais les paumes moites. Je voulais cette commande, mais je n'avais pas de nom moins exotique pour le gâteau d'amour à l'italienne.

« Vous ne m'avez pas demandé pour combien », m'a-t-elle interrompue un peu plus aimablement. Il était clair qu'elle était pressée de passer commande pour pouvoir raccrocher et rapporter à sa patronne qu'elle s'était occupée du dessert. « Six personnes, peut-être sept. Je dirais six, mais je vous appellerai si c'est plus, a-t-elle conclu.

— Pour quand voulez…

— Dans huit jours. » Elle m'a donné la date précise et a noté mon adresse. « Quelqu'un passera le chercher à 15 heures. »

Elle a raccroché avant même d'avoir discuté du prix, et sans que j'aie eu à trouver un nom d'emprunt à mon gâteau.

J'avais étalé tous les ingrédients devant moi. Mais pour une préparation destinée à M. Ashworth, que je voyais pratiquement tous les jours se garer dans sa belle Packard noire, il fallait un vœu, et pas n'importe lequel. Un vœu en lien avec notre situation à Littlefield. Il y avait chez les Italiens ce désir implicite d'impressionner les riches Anglo-Saxons. Du milieu de mon salon, j'avais une vue de biais sur la banque, dont l'architecture me rappelait les bâtiments classiques en Italie. Ses imposantes colonnades et ses moulures ornées semblaient dire : *L'argent et la prospérité sont à votre portée, il vous suffit de travailler dur*. Je travaillais dur, et pourtant l'argent et la prospérité ne se bousculaient pas au portillon.

Au début, mes frères ont paru flattés que je leur laisse tenir la boutique le jour le plus chargé. Mais ils ont rapidement déchanté en se rappelant qu'ils aimaient partir tôt le samedi soir pour aller courir les filles. Je les ai laissés dans la réserve, en train de nouer leur tablier, en promettant d'être de retour à 16 heures, une fois le gâteau remis en main propre. Gino n'était pas ravi, mais Sammy, toujours le premier à me soutenir, m'a adressé un clin d'œil complice.

J'ai préparé la garniture et le glaçage, que j'ai réservés au frais. Le corps lacé par les cordelettes de mon tablier, je me sentais à la fois professionnelle et séduisante, et dans cet état de satisfaction je n'ai même pas perdu mon calme en constatant que mes frères avaient fini le beurre sans me prévenir. Ce qui signifiait que j'allais devoir sortir en racheter et dépenser encore de l'argent pour cette recette déjà coûteuse. J'ai saisi mon porte-monnaie, me suis précipitée chez Ferrara, et la course m'a pris moins de vingt minutes.

Pour quelqu'un sur le point de se livrer à un mélange hasardeux, je me sentais aussi assurée qu'une sorcière devant son chaudron. Car comme j'étais à court de menthe des champs, j'ai mentalement demandé à la pâte soyeuse d'accepter ma petite touche d'anis, dont j'avais lu qu'il pouvait être utilisé pour favoriser un nouvel emploi. Il était censé encourager la fertilité et la passion, ce qui était également une bonne chose, mais le plus important était la perspective d'autres commandes suivant celle-ci. Puis j'ai pensé : *Pourquoi m'en tenir là ?* J'avais un petit bocal de fenouil, que j'avais cueilli dans le jardin de monsieur E. Les propriétés du fenouil étaient aussi attrayantes que celles de l'anis, son proche parent. Bien que dotés de vertus calmantes, ils étaient tous deux capables de réchauffer le sang. Je me suis imaginé M. Ashworth montant et descendant de sa voiture, car c'était la seule image que je possédais de lui, celle de sa silhouette élégante en costume et chapeau chic. Il se mouvait avec retenue, en homme important, et je me demandais parfois s'il avait jamais éprouvé l'envie de tout laisser tomber.

Pendant la cuisson du gâteau, il me fut impossible de me concentrer, aussi ai-je déambulé dans l'appartement. Maman avait réussi à en faire un vrai foyer. Nous étions une légion de femmes qui savaient créer un intérieur accueillant et j'avais ajouté ma touche personnelle à ses efforts, une petite orchidée en tissu accrochée à chaque rideau en dentelle, qui se nichait au creux des plis pendant la journée. Comme toutes les femmes, je tirais toujours les rideaux le soir. Les étagères et une collection de bibelots disparates avaient été fraîchement époussetées. Je m'étais assurée que le saladier en cristal taillé de Maman était placé bien au centre du vaisselier. À l'intérieur du meuble, je conservais religieusement son plus beau linge de maison, à sortir tels des habits de cérémonie lorsque j'aurais un homme dans ma vie. Sans avoir à ouvrir le tiroir, je visualisais le tissu empesé, impeccablement repassé à la pattemouille.

J'ai fait les cent pas, dans les vapeurs odorantes du gâteau d'amour à l'italienne, tellement chargées d'espoir que j'avais envie de m'habiller tout spécialement, de me parer comme le faisait Maman quand les apparences avaient leur importance. J'avais toujours admiré son style vestimentaire, comme un défi à sa situation de mère célibataire. Endosser le costume d'une veuve n'était pas dans sa nature. Elle préférait glorifier ce qu'elle avait, ses compétences et ses talents, et cette belle silhouette qu'elle aimait à magnifier. C'est pourquoi, sans me soucier de la tâche salissante qui m'attendait – à savoir l'application du glaçage –, j'ai enfilé ma nouvelle robe bain de soleil, que j'avais précieusement mise de côté, avec ses tournesols d'un jaune éclatant sur un fond caramel, ses pinces élégantes au corsage et ses larges bretelles qui mettaient en valeur mes bras. J'ai même glissé à mes pieds mes plus belles sandales et remonté mes cheveux en un chignon flou afin d'avoir moins chaud.

Lorsque la sonnette a tinté à 15 heures tapantes, j'ai soudain été prise de panique. N'étant pas pâtissière professionnelle, je n'avais pas de fond rigide sur lequel poser le gâteau, ni de carton pour le transport. Pourquoi n'y avais-je pas pensé ? Pourquoi n'en avais-je pas dans la réserve du Five&Ten ? C'était peut-être une idée à creuser, d'ajouter des ingrédients pour la pâtisserie. L'urgence de la situation présente impliquait d'utiliser une de mes propres assiettes. En réalité, je n'avais que le plat en cristal de Maman, et l'idée de le laisser sortir de la maison et qu'il soit ébréché ou, pire encore, perdu me perturbait. Mais c'était cela ou une de mes assiettes du mercredi soir. Non seulement je n'avais pas envie de casser mon service, mais j'étais embarrassée par l'aspect ordinaire du plat. Rien que de penser que cette commande partait chez M. et Mme Ashworth, un puissant sentiment d'insécurité m'envahissait. Et si le gâteau ne leur plaisait pas ? Et s'ils le jugeaient trop « italien », et donc inférieur ? Je suis descendue en toute hâte ouvrir la porte.

Je m'attendais à trouver la gouvernante à qui j'avais parlé au téléphone, mais c'est M. Ashworth lui-même qui se tenait sur le seuil. De près, il semblait différent, comparé à la vue globale que j'en avais depuis ma fenêtre au moment où il quittait la banque, déjà tendu vers la mission de rentrer chez lui, les traits à demi dissimulés par son feutre. De près, sans son chapeau, il était beau.

Il m'a accueillie avec un sourire poli plaqué sur le visage et une raideur qui contrastait avec la chaleur qui a furtivement allumé son regard. Puis il a brusquement pris un air un peu sidéré, comme s'il se retrouvait face à face avec un puissant ventilateur. Toutefois, je n'ai lu dans son expression aucune trace de jugement, aucune affirmation du gouffre social qui nous séparait. *Je sais que vous savez qui je suis.*

M. Ashworth s'est avancé d'un pas, ce qui m'a contrainte à reculer d'autant dans l'étroite cage d'escalier. Mais il y avait dans son attitude quelque chose qui rendait tout geste ou toute action de ma part totalement accessoire. Il était là pour récupérer son gâteau et agissait en conséquence.

Je me suis félicitée intérieurement d'avoir eu le réflexe d'échanger ma salopette constellée de farine contre ma robe à fleurs. Mais il semblait n'accorder aucune attention ni à moi ni à ma tenue. Il avait surtout l'air légèrement déprimé, et je n'aurais su dire si c'était une conséquence de la chaleur ou bien si cet homme considérait l'existence même comme une épreuve. Peut-être était-il tout simplement d'une nature morose. *Je n'aimerais pas être la malheureuse affublée d'un mari pareil*, ai-je songé.

« Il fait chaud », ai-je dit bêtement. Nous avions atteint le palier du premier niveau de l'appartement. Une brise soudaine, sans doute la première de la journée, est venue joliment gonfler les rideaux de dentelle, et la seconde d'après la touffeur est retombée.

« Pourrais-je avoir un verre d'eau, je vous prie ? a-t-il demandé.

— Bien sûr », ai-je répondu hâtivement, trop heureuse de rompre l'embarras ambiant.

L'espace d'une seconde, nous sommes restés debout côte à côte, à embrasser du regard le salon impeccablement rangé. Le canapé sombre, le tapis richement coloré qui était le joyau de l'appartement et les deux fauteuils rembourrés sur lesquels j'avais disposé mes deux plus beaux carrés de lin, venus de ma grand-mère, pour adoucir le toucher chaud et rugueux du velours. Bien que majestueux, les fauteuils étaient usés et, en regardant cet homme inspecter la pièce, je me suis demandé ce qu'il voyait.

Je l'ai examiné plus attentivement. Il était grand et élancé, doté d'une tignasse blond-roux que je n'avais jamais vue d'en haut car son chapeau me la cachait. Sa chevelure était vigoureuse, coupée de manière étonnamment juvénile, ce qui laissait soupçonner sous ces airs hautains un M. Ashworth plus espiègle. Il n'était pas d'une beauté classique, mais il y avait dans son regard bleu une certaine indocilité. Il portait fort bien le costume et j'imaginais des jambes solides, musclées même, dissimulées sous la coupe avantageuse de son complet. Il finirait par perdre ses cheveux, les présages en étaient visibles. Mais je considérais que c'était autour de l'âge qu'avait M. Ashworth que les hommes atteignaient l'apogée de leur beauté physique – grâce à l'indiscrétion de sa gouvernante, je savais qu'il frôlait la quarantaine.

Je lui ai tendu un verre d'eau bien froide qu'il a bu à longs traits. Puis il s'est tourné vers les grandes fenêtres à guillotine donnant sur la rue et sur sa banque, sur le trottoir opposé.

« Pourquoi ne pas vous asseoir pendant que j'emballe le gâteau ? » ai-je proposé.

Le résultat à la sortie du four était extraordinaire, et le plat raffiné de Maman, avec ses délicates bordures dorées, produisait un effet magnifique. Je me suis demandé pourquoi je n'avais pas pensé plus tôt à utiliser ce plat. Pour quelle occasion improbable le réservais-je ? Et pourquoi le considérais-je comme trop beau pour mes frères et moi, mais parfait pour les Ashworth ? Voilà qu'à présent je le prêtais, avec la possibilité qu'il ne me soit jamais rendu.

Mon autre préoccupation était de préserver le gâteau de la chaleur, car je redoutais qu'à peine sortie du réfrigérateur, la crème se mette à fondre. Il me fallait une boîte et je n'avais qu'une seule option : le carton à chapeau que Maman avait précieusement conservé. Avec le tapis turc et le plat en cristal, c'était un objet qu'elle chérissait et qui ne serait jamais jeté. Le carton était rond, de taille parfaite. L'extérieur était rose pâle, assez approchant des boîtes à gâteaux que j'avais vues. L'intérieur était orné de petites roses jaunes. Maman y avait autrefois conservé son voile de mariée, rebrodé de minuscules perles. J'ai descendu le couloir au pas de course jusqu'à ma chambre, ai saisi la boîte sur son étagère et l'ai minutieusement inspectée. En reniflant le couvercle, j'ai été soulagée de ne détecter qu'un très léger parfum de lavande.

Précautionneusement, j'ai déposé le gâteau dans le carton, noué le ruban du couvercle et vérifié la solidité de la poignée en satin.

En me voyant rentrer dans la pièce, M. Ashworth s'est levé.

« Je vous déconseille de le tenir par la poignée », ai-je indiqué avec un sourire en lui tendant le paquet.

Il semblait s'être ressaisi, comme si l'eau et le calme ambiant l'avaient apaisé. Il avait toutefois une légère expression de déception, tel un enfant voyant arriver la fin de la fête et son ballon de baudruche retomber lentement au sol. C'est seulement à cet instant que je me suis rappelé que c'était son anniversaire.

« Joyeux anniversaire. » J'ai été incapable d'ajouter un « monsieur Ashworth » qui aurait été bien trop cérémonieux.

Il a pris le gâteau par la poignée, a remis son chapeau, libérant ainsi son autre main pour la placer sous le carton. « Merci, Marie », a-t-il répondu.

J'ai senti ma gorge se serrer en entendant prononcer mon prénom. Je mourais de soif et j'ai redouté la migraine.

« Vous êtes certaine de vouloir que je prenne ce carton ? » Il l'a soulevé délicatement. « Il est beau, a-t-il ajouté en souriant.

— Oh non, je vous en prie, prenez-le. Et n'oubliez pas de mettre le gâteau au frais dès votre arrivée.

— En effet. Avez-vous été payée ?

— Non, mais rien ne presse. »

J'ignorais ce qui m'avait pris. Pensais-je vraiment qu'un banquier se promenait sans un sou sur lui ? qu'un homme aussi riche que M. Ashworth n'avait pas à se préoccuper de régler son dû ? qu'il ne pouvait plonger la main dans une poche élégante pour en sortir un portefeuille spécial, gonflé d'un nombre indécent de gros billets ?

« Combien vous devons-nous ?

— Je ne sais pas, ai-je avoué.

— Vraiment ? Vous ne savez pas ? » Il a ri, et ce jaillissement inattendu lui a visiblement fait plaisir. C'était un rire naturel, celui qu'il s'autorisait sans doute devant sa famille et ses amis lors d'élégantes soirées dont il était le centre d'attention. Il avait suffi de cela pour qu'il devienne soudain quelqu'un d'autre, et plus seulement l'homme d'affaires dans sa Packard avec chauffeur. Son expression de défaite l'avait quitté. « Quel genre de gâteau est-ce ? » Il y avait dans sa voix une certaine exubérance.

« On l'appelle gâteau d'amour à l'italienne », ai-je répondu avec une franchise qui m'a paru de circonstance.

Il a planté son regard dans le mien. « Qu'y a-t-il dans ce gâteau, Marie ? Du chocolat, de la vanille, des amandes ? » Son regard était plein de vie.

« Attendez de l'avoir goûté », ai-je répliqué, la chaleur me montant soudain au visage. Comment diable Maman aurait-elle décrit son gâteau ? « *Torta deliziosa* », ai-je conclu avant de commettre l'impensable, porter ma main à mes lèvres comme pour envoyer un baiser en direction du gâteau. Je me suis interrompue net au moment où mes doigts se détachaient de ma bouche.

Il a de nouveau ri de bon cœur. « Marie, qu'y a-t-il dans cette *torta deliziosa* ? »

Il était évident qu'il me taquinait dans l'intention de prolonger notre conversation ridicule.

« Vanille, ricotta, glaçage au beurre, ai-je répondu, le cœur battant.

— Mon Dieu, a-t-il commenté en secouant la tête, alors je ferais bien de rentrer le mettre au frais au plus vite. »

Je l'ai suivi jusqu'en bas de l'escalier. C'est alors qu'il a conclu, sans se retourner : « Je demanderai à Ella de vous appeler pour que vous lui disiez ce que nous vous devons. »

Et il a disparu. Et avec lui le gâteau, dans le plat spécial de Maman, dans son carton à chapeau, en route pour la belle demeure des Ashworth au bord du lac.

Je me suis assise là où il avait pris place quelques minutes plus tôt et à travers les voilages, j'ai contemplé le linteau de pierre de la Banque du Peuple, occulté par endroits par la frondaison de bouquets d'érables. J'ai rêvassé ainsi un long moment, absorbée par ce spectacle, cherchant à deviner ce que M. Ashworth avait vu pendant qu'il m'attendait dans mon propre salon. J'étais toujours perdue dans mes pensées lorsque Gino et Sammy sont entrés en trombe dans la pièce.

« Je croyais que tu devais redescendre », a aboyé Gino en serrant ses larges poings. Sammy se tenait derrière lui, un sourire amusé aux lèvres.

« J'ai oublié, ai-je répondu, ce qui était la stricte vérité.

— J'ai un rendez-vous, moi », a argumenté Gino d'un ton adouci, et il était clair à son regard qu'il savait que quelque chose s'était produit que je n'aurais su expliquer. J'ai vu qu'il remarquait que j'avais mis ma robe, que pendant des jours j'avais laissée accrochée à la porte de ma chambre comme pour exhiber les modifications que j'y avais apportées.

Après leur départ, je suis restée au salon, dans le fauteuil de Maman, à regarder le ciel. C'est alors que j'ai ressenti cette pesanteur caractéristique dans mon bas-ventre qui annonçait l'arrivée de mes règles.

6

Le téléphone s'est mis à sonner tous les jours, et bientôt j'avais des commandes à ne plus savoir qu'en faire. Plusieurs femmes de la ville m'ont appelée pour savoir si mes ingrédients étaient frais. C'étaient des Italiennes – jamais une Anglo-Saxonne n'aurait posé une question pareille car enfin, comment aurait-elle fait la différence ? Je m'en voulais de porter une mauvaise opinion sur mes meilleures clientes, d'autant plus qu'elles se montraient très élogieuses et ne discutaient jamais les prix. Si par hasard le glaçage bavait légèrement ou si j'avais mis un peu trop de sucre – ou pas assez –, elles ne paraissaient pas s'en rendre compte. En constatant leurs faibles exigences, je me sentais supérieure. Je me surprenais même à les pénaliser de manière infime, par exemple en augmentant le prix de vingt-cinq cents ou en changeant l'horaire de livraison lorsque cela m'arrangeait – peut-être était-ce l'esprit frondeur de ma mère qui s'exprimait à mon insu à travers moi.

La gouvernante des Ashworth a fini par téléphoner pour s'enquérir de ce qu'ils me devaient. Ella s'est excusée en m'expliquant que ses patrons avaient été absents.

« Ils ont aimé le gâteau ? ai-je demandé.

— Je crois, oui. »

Je crois, oui ? N'avaient-ils donc eu aucune réaction ? Cela ne me surprenait qu'à moitié, car je les imaginais trop gâtés, trop habitués aux mets compliqués pour s'extasier sur un simple gâteau d'anniversaire, qui après tout n'était là que pour soutenir des bougies et servir de prétexte à chanter.

« Ça fera deux dollars vingt-cinq cents », ai-je répondu, ajoutant un petit supplément au passage. Ella m'a informée que le jardinier la conduirait en ville plus tard dans la journée et qu'elle viendrait me payer. Ah, et elle avait mon plat à me rendre, a-t-elle conclu.

Après le déjeuner, j'ai feuilleté mes catalogues en quête d'ingrédients pour la pâtisserie. J'avais déjà décidé de commander une demi-douzaine de cartons de transport. Puis une image a surgi dans mon esprit sans crier gare, une vision d'Ella en train d'écraser le carton à chapeau de Maman d'un grand coup de talon avant de le jeter au rebut.

Ella était une grande femme mince aux yeux doux. Elle portait les cheveux coupés court au carré, légèrement recourbés au niveau de sa mâchoire arrondie. Elle était noire, et je me rappelais l'avoir déjà aperçue en ville.

« Tenez. » Elle m'a tendu mon dû, ainsi que le plat de Maman, intact.

Je l'ai remerciée, et j'allais m'enquérir du carton à chapeau lorsque Ella s'est exclamée : « Mon Dieu ! »

avec un regard en biais vers l'argent que j'avais maintenant en main. Le fait d'avoir gagné autant rien qu'en confectionnant un gâteau m'électrisait. Tout en étudiant son uniforme coquet, je me suis demandé quel genre de vie c'était d'avoir un emploi stable chez des gens riches, dans une magnifique demeure, et à mon tour j'ai ressenti un petit pincement de jalousie. Même si le col amidonné et la rigidité de son maintien auguraient un certain formalisme dans le quotidien de la maison.

Ce que j'avais pris pour de l'impolitesse lorsque nous avions parlé au téléphone n'était en réalité que l'expression d'une terrible timidité. Ella avait pourtant dans le regard une lueur de sagesse et, dans d'autres circonstances, je l'aurais sans doute invitée à prendre une tasse de thé à la cuisine pour partager les potins. J'ai toutefois rapidement abandonné l'idée, car je savais que je ne résisterais pas à la tentation de l'interroger sur M. Ashworth.

Les jours suivants, la routine a repris le dessus. Nous étions fermés le dimanche et, le lundi étant une journée creuse, nous en profitions pour faire l'inventaire. Le mardi, le moral général remontait et une petite reprise des affaires annonçait le réel démarrage de la semaine. À l'approche de la rentrée scolaire, les clients se faisaient plus nombreux, et nous nous réjouissions de devoir renouveler fréquemment le stock de crayons, de cahiers et de classeurs à spirale. Pourtant, immanquablement, j'arrivais à court d'argent juste quand il fallait repasser commande. C'est là que les petits suppléments gagnés avec mes gâteaux se révélaient les bienvenus.

Gino est venu me trouver alors que je balayais la réserve après une livraison. Il était amoureux. Je n'avais eu aucun mal à le deviner, vu la fréquence à laquelle il se douchait et se rasait avec soin, ces derniers temps. Il avait aussi évoqué le fait qu'il économisait pour s'offrir un costume zazou, et je lui avais recommandé de ne pas jeter son argent par les fenêtres. « Tu auras l'air d'un criminel », avais-je argué. Il avait laissé exploser sa colère, m'accusant d'être prude et collet monté.

« Il y a quelqu'un qui te demande », a-t-il annoncé en haussant un sourcil, avant de m'adresser un clin d'œil et de désigner du pouce l'intérieur du magasin. Je l'ai suivi, non sans remarquer sa nouvelle démarche chaloupée et arrogante.

M. Ashworth était accoudé au comptoir des sucreries, devant les bonbonnières, à contempler un assortiment de filets à cheveux en résille. Sur la table, à côté de lui, était posé le carton à chapeau. Gino a fait claquer sa langue de manière agaçante puis, à mon grand soulagement, a décidé de se replier dans un des rayons, assez près toutefois pour pouvoir nous écouter.

« Bonjour », ai-je lancé avec un peu trop d'enthousiasme. Le matin, il faisait souvent froid dans la boutique, et je me suis félicitée d'avoir mis un pull-over qui m'allait bien. Je n'étais pas toujours bien habillée pour travailler. M. Ashworth était nu-tête et sa cravate desserrée était de guingois, comme s'il souffrait déjà de la chaleur.

« Je peux témoigner de la qualité de ce gâteau d'amour à l'italienne », a-t-il déclaré de but en blanc, avec une certaine audace. Il arborait un sourire charmant.

Il semblait différent, plus heureux que le jour de son anniversaire.

Après l'avoir remercié, je n'ai pas trouvé grand-chose à ajouter. Un client est entré et ressorti presque aussitôt. Gino a fait une brève apparition derrière la caisse avant de s'éclipser à nouveau.

« Je ferais mieux d'y aller », a annoncé M. Ashworth en regardant autour de lui. Avait-il remarqué que les étagères étaient vides ? En tant que banquier, il saurait déchiffrer l'état de mes finances. Troublée, je n'ai pas pensé à lui dire au revoir, pas plus qu'à le remercier pour le carton à chapeau et, avant que j'aie pu me ressaisir, il avait disparu.

Comment savais-je que M. Ashworth ne souriait pas souvent ? Dans la boutique, il m'avait paru plus grand que dans mon appartement, ou lorsqu'il m'était arrivé de l'apercevoir quittant la banque. Depuis notre première rencontre, chaque jour à 17 heures et même si j'étais très occupée, j'abandonnais ce que j'étais en train de faire pour me précipiter à la fenêtre à l'étage. À quoi ressemblait son corps, caché sous son complet léger en serge ? Son visage était souvent dissimulé, mais je voyais clairement son cou, dans sa nudité lisse et gracieuse. Je me l'imaginais dans des réunions, parlant au téléphone ou à sa secrétaire. J'avais toujours trouvé plaisante la vue de la façade de la banque, mais depuis cette première rencontre chaque aperçu que j'avais de lui était empreint d'une certaine intimité, une irruption de son intériorité, une intrusion dans la mienne, dans la pénombre fraîche de mon appartement.

7

Au début, j'ai ignoré la sonnerie car j'avais trop à faire. Mais lorsqu'elle a retenti avec plus d'insistance, je suis descendue en espérant que ce n'étaient pas les Témoins de Jéhovah, qui venaient de s'installer dans leur nouveau bâtiment sur Chew Road.

« Je pense que vous vous trompez d'adresse, ai-je dit à l'inconnue.

— Non. Vous êtes Marie ? Marie Genovese ? »

Elle était italienne, du pays. La différence s'entendait sans peine. Et il n'y avait pas que l'accent. Elles avaient une allure différente. Une peau plus basanée, des lèvres plus pleines, moins de maquillage. Bien sûr, j'étais italienne moi aussi, mais j'étais fascinée par celles que l'on considérait comme *authentiques*.

Elle devait avoir quarante-cinq ans environ et elle était attirante. Ses cheveux longs lui allaient bien et lui donnaient l'air plus jeune. Sa jupe était trop chaude pour la saison et d'une coupe peu flatteuse, et le tissu informe avait l'air de gratter – ce devait être ainsi, en Europe. Je ne pouvais me retenir de la fixer du regard. Ses bijoux étaient raffinés, à mille lieues des babioles bas de gamme que portaient la plupart des femmes, ou que je vendais au magasin. La chaîne en or à son cou était si fine qu'on la remarquait à peine, et la minuscule croix était ornée de pierres pâles et scintillantes.

« *Sono la sorella di tua madre.* »

Je parvenais presque à comprendre son italien, celui que nous avaient enseigné les sœurs, sans une pointe d'accent du Sud.

« *Mi scusi ?* » Le mien était limité. Je l'avais appris en classe jusqu'au jour où ces beaux petits livres à la reliure couleur crème avaient soudainement disparu. Et quand nous avions demandé à sœur Bertino ce qui s'était passé, elle avait répondu que nous ne devions plus jamais mentionner ces livres. J'avais compris plus tard que les Italiens étaient devenus suspects, du fait de leur soutien à Mussolini. Certains Américains nous considéraient même comme des traîtres dans notre propre pays.

« *Tua madre, Carmela. Sono la sorella. Tua zia.* »

La sœur de ma mère ? Mon cœur battait à tout rompre. J'ai porté la main à ma gorge.

« Comment vous appelez-vous ?

— Ada Parodi. »

Maman n'avait jamais parlé d'une sœur. J'ai invité cette femme à entrer dans le salon, où elle s'est assise sur l'un des fauteuils rembourrés de Carmela. Elle avait un sourire confiant, et lorsqu'elle a croisé les jambes j'ai eu une vision de Maman en tablier et jupe longue qui m'a donné le vertige.

Ada Parodi s'est lancée dans le récit de sa venue en Amérique, depuis Savone, dans la province de Ligurie, au nord de l'Italie. Mes deux parents étaient-ils originaires de cette région ? Nous avions toujours cru que ma mère avait grandi dans le Sud.

Semblant lire dans mes pensées, Ada a précisé : « Papa de Savona. Maman de Napoli. »

Ainsi, mon grand-père maternel était du Nord… Je n'avais jamais envisagé que les Italiens pussent bouger au sein de leur pays comme le faisaient les Américains. C'était une chose, pour des Italiens venus de différentes régions d'Italie, de se rencontrer et de se marier ici. Mais comment mes grands-parents avaient-ils fait, en Italie ? Comment le chemin de ma grand-mère maternelle du Sud et celui de mon grand-père du Nord s'étaient-ils croisés ? À en croire Ada, leur père était de Savone, et c'est lors d'une visite à un ami napolitain qu'il avait rencontré ma grand-mère. Ils s'étaient mariés et installés à Arzano, petite ville à la périphérie nord de Naples, où ma mère et sa sœur avaient été élevées. Ada ignorait quel était le quartier exact de Naples où avait grandi sa mère. Ils n'y étaient jamais retournés.

À un moment de sa vie, Ada avait migré au nord. À l'évocation de la Ligurie, la pointe de fierté était audible dans sa voix. Elle a soudain basculé dans un anglais très rudimentaire, aussi n'ai-je pas saisi grand-chose à son histoire, hormis Savone, la Ligurie et les cars. Elle avait pris des cars, mais là d'où elle venait, ils étaient différents. Ils s'arrêtaient n'importe où, il suffisait d'agiter la main pour pouvoir embarquer.

Sa voix m'était familière, profonde et vibrante lorsque l'émotion la gagnait. Je lui ai demandé comment elle m'avait trouvée, et elle a parlé de la famille chez qui elle logeait, les Mortellite.

« Ici, en ville ? Je ne les connais pas », ai-je rétorqué, la voix légèrement tremblante moi aussi.

Elle a plissé les paupières, incrédule, comme si c'était moi qui n'étais pas fiable. Elle avait des yeux noisette, de la même couleur que les miens et que ceux de Maman.

« Les Mortellite sont de Savone ? » ai-je insisté.

Elle a éclaté de rire. « Oh, non, non, non. Mortellite. *Sono di Napoli.* »

Je n'arrivais jamais à différencier les noms du Nord de ceux du Sud. La plupart des Italiens vivant à Littlefield étaient originaires de Naples et des environs. Bien sûr, nous autres Genovese étions de Gênes, et nous avions toujours été fiers de nos origines, le Nord étant réputé moins pauvre, et plus digne.

« Maman n'a jamais parlé… »

Ada s'est mise à déambuler dans le salon. Elle était grande, plus que moi. « Tu cuisines ? a-t-elle demandé en reniflant l'air.

— Des gâteaux.

— J'adore cuisine, a-t-elle commenté. Je sais. *È incredibile.* »

Voilà un mot que je comprenais. Oui, c'était incroyable. Tout à coup, l'expression de son visage a changé et un sourire a balayé son air sérieux. Jusque-là, elle n'avait pas fait mine de me prendre dans ses bras ou de me manifester une quelconque familiarité. « On n'a pas vu vous. Pendant des années, a-t-elle glissé. Les Parodi. »

Voulait-elle dire qu'elle n'avait pas revu sa sœur, ma mère ? Entendre prononcer le nom de jeune fille de ma mère m'a fait un coup au cœur. Parodi. Carmela Parodi.

Debout devant le vaisselier de Maman, Ada a passé sa paume sur le bois lisse.

« Elle n'a jamais parlé de vous », ai-je déclaré. Pourquoi ne pas l'admettre : j'avais peur. Une inconnue prétendant être ma tante venait de débarquer d'Italie sans crier gare.

« *Posso vedere la cucina ?*

— Oh, oui, pardon. Je vais faire du café. »

En contemplant ma cuisine minuscule, il m'est soudain apparu qu'elle la trouverait peut-être luxueuse, en comparaison de ce qu'offrait la région pauvre où était née ma grand-mère. Ou bien voyait-elle la même chose que moi ? Une petite pièce parfaitement adaptée pour confectionner de délicieux plats, même si la peinture était à refaire et l'équipement à améliorer.

« J'apprends », a-t-elle déclaré. J'allais lui demander ce qu'elle entendait par là, lorsqu'elle a précisé : « J'apprends à toi à cuisiner. »

Je me suis remémoré un jour où Maman et moi nous trouvions dans cette pièce. Je devais avoir neuf ou dix ans et je l'écoutais papoter, lorsqu'elle avait soudainement décrété, avec un grand sérieux : « Tu as de la chance de ne pas avoir de sœur. Vous ne feriez que vous disputer. »

À l'époque, il était facile d'ignorer la détresse de notre mère. Les adultes n'étaient-ils pas toujours inquiets de quelque chose ? Mais, se tournant vers moi, Maman avait alors ajouté avec une grande émotion : « C'était toujours *moi* qui cuisinais. On avait *toujours* besoin de pain. Et c'est moi qui veillais à ce qu'il y en ait toujours sur la table. » Elle aurait aussi bien pu dire : *J'ai une sœur bonne à rien avec qui je me chamaille tout le temps, et à qui il n'est jamais venu à l'esprit d'aider la famille.* Était-ce pour cela qu'elle n'avait jamais parlé d'Ada ?

Celle-ci m'a rejointe devant la cuisinière. J'avais des biscuits au four et une soupe aux lentilles en train de mijoter sur le feu. Elle a penché son long nez gracieux au-dessus du bouillon frémissant tout en amenant les arômes à elle d'un geste de la main. « Qu'est-ce que c'est ?

— Des lentilles, et des tomates. »

Elle m'a saisie par le bras pour me faire pivoter. « Un amour vient ? »

Elle a parcouru la pièce du regard, pour s'attarder sur le dessin de Cérès accroché au-dessus de l'évier. « Dans la cuisine ! De Maman ! »

Le dessin avait-il appartenu à ma grand-mère ? Il était joliment vieilli, légèrement jauni aux coins, tacheté de petites mouchetures dues à la vapeur qui s'était immiscée sous le verre. Un jour, Carmela avait désigné le cadre en disant : *Cérès est la preuve que nous revenons*. Ma mère tenait souvent des propos qui n'avaient aucun sens. Elle était d'une autre génération, et bien que n'en étant pas très fière, pour ma part je rejetais toutes ces superstitions. Maman avait insisté pour appeler la déesse de l'agriculture, des moissons et de la fertilité par son nom latin, Cérès, et non par son nom grec qu'on nous avait enseigné en classe, Déméter. Elle mettait un point d'honneur à appeler les divinités par leurs noms latins et donc à les revendiquer comme nôtres. Déméter était Cérès, et Perséphone, Proserpine.

J'avais questionné mon enseignante au sujet de Cérès car je mourais d'envie de lui rapporter que nous avions un dessin la représentant accroché dans notre cuisine. Elle m'avait dévisagée, hésitant visiblement à entrer dans les détails du mythe. Elle s'était finalement lancée. Proserpine avait été enlevée, brutalement violée et condamnée par Pluton. La perte de sa fille avait rendu Cérès folle et c'est alors qu'elle avait maudit la terre, la rendant stérile pendant les mois d'hiver. Ce n'est qu'après avoir menacé de ruiner les récoltes qu'elle avait obtenu de son frère Jupiter, roi des dieux, qu'il autorise Proserpine à échapper à son ravisseur et époux afin de passer la moitié de l'année auprès de sa mère. C'est ainsi qu'était née la saison de la croissance, celle où le blé germait et où le monde verdissait et florissait. J'aimais l'idée que Cérès se soit servie de son pouvoir pour conclure un marché avec les dieux.

« Tu permets ? » Ada s'est saisie du livre de recettes et a fait courir son index le long de la liste des ingrédients. « Les desserts sont meilleurs. Le grain. Le blé qui vient du sol. J'aime gâteaux. Et toi ?

— Oui. » Je me suis rappelé qu'avec une quantité infime de farine Maman réussissait à confectionner une pâte à la consistance extraordinaire, aussi bien pour les pâtes que pour le pain ou la pâtisserie.

Mais je trouvais Ada tellement étrange. Elle parlait vite, ses pensées se déversaient en un torrent de sujets disparates, reliés par des pensées qu'elle n'avait aucune intention de dévoiler. En même temps, elle était nonchalante, comme si débarquer à la porte d'une nièce qu'elle n'avait jamais rencontrée, entrer dans sa cuisine et renifler ses plats étaient les choses les plus naturelles du monde.

« Little-field… » Elle a prononcé le nom en deux mots distincts. « L'eau est bonne ? »

Évidemment que l'eau était bonne. En Amérique, l'eau était bonne partout. Voulait-elle dire que ce n'était pas le cas en Italie ? J'avais vu des photographies de la baie de Naples et du golfe de Salerne. Des amis de ma mère étaient allés visiter ces lieux et j'avais appris à les reconnaître grâce aux cartes postales conservées dans l'ex-voto. L'eau était partout. J'avais entendu en ville des Italiens, pour la plupart originaires des collines pierreuses et desséchées autour de Naples, dire qu'ils étaient venus dans les forêts de pins du New Jersey pour la qualité de l'eau du robinet. Ici, ils pouvaient faire pousser des baies et autres fruits, et beaucoup s'étaient installés comme agriculteurs. En outre, Littlefield n'était pas très éloigné de la mer, à une quarantaine de kilomètres au sud-est. Mais pour moi qui ne quittais pratiquement jamais la ville, l'Atlantique demeurait aussi mystérieux que la vaste mer Tyrrhénienne.

« *Divinazione dell'acqua !* » Ada m'a lancé un regard intense. « Je trouve eau », a-t-elle traduit.

Monsieur E. avait un ami qui, à l'aide d'un simple bâton en fourche, était capable en traversant un champ de deviner l'emplacement d'une source rien qu'au léger tremblement ressenti dans sa main. D'autres prétendaient pouvoir lire l'avenir dans les feuilles de thé et les grains de maïs. J'avais aussi entendu dire qu'en ville des Italiens se servaient des cartes de tarot. Je ne croyais pas systématiquement à toutes ces pratiques.

« Bon pour plantes. Elles poussent », a-t-elle ajouté.

Les Rizotte étaient les seuls agriculteurs que je connaissais bien. Ils possédaient la champignonnière locale. Mme Rizotte était une bonne amie de Maman. En tant que commerçante vivant en ville, je me sentais à l'écart des travailleurs de la terre qui faisaient pousser la nourriture. J'ai repensé à l'homme avec qui j'avais fait l'amour sur la banquette de la réserve, et à la crasse sous ses ongles. Je ne considérais pas que je valais mieux que ces gens-là. Je ne méprisais pas les agriculteurs, loin de là. Seulement, le Five&Ten se situait dans la rue principale, en face d'une banque, d'une pharmacie et d'une station-service. Sur notre trottoir, on trouvait le serrurier et, deux numéros plus bas, la mercerie des Oletsky. Nous pourvoyions tous aux besoins autres que la nourriture.

Ada s'est mise à inspecter la petite desserte, sur laquelle étaient posés mon vieux batteur ainsi que le pilon et le mortier de Maman. « Les plantes, a-t-elle commenté. Tu apprends.

— Vous voulez dire les herbes ? »

Elle n'a pas répondu. Je me suis subitement rendu compte avec stupéfaction que je ne savais pratiquement rien de la vie de ma mère avant sa venue ici. Peut-être Ada et elle avaient-elles vécu à la ferme ?

« *Morta* », a-t-elle brusquement dit à mi-voix. Voulait-elle parler de ma mère ? Bien sûr que Maman était *morta*. J'ai eu un haut-le-cœur.

Quelle femme étrange que cette Ada, pas le moins du monde gênée de se tenir ainsi dans ma cuisine, à porter des jugements sur ma vie sans le moindre tact.

« Je suis désolée, Ada, mais je suis très occupée, aujourd'hui.

— Tout le monde occupé.

— C'est comme ça, ici. »

Elle m'a adressé un sourire entendu, et j'ai à nouveau été frappée par sa ressemblance avec Carmela, ce côté joueur et taquin qu'avait ma mère, dont elle usait et abusait pour nous tenir la bride, à mes frères et à moi. Ada possédait cette même autorité naturelle. Impérieuse.

« La boutique ? À toi ? »

Elle connaissait forcément la réponse. J'ai acquiescé. Plus vite je servirais le café, plus vite je serais débarrassée d'elle. « Oui, à moi et à mes frères.

— Affaires bonnes ?

— Parfois. » Il aurait été impossible de lui décrire les montagnes russes de la gestion d'un magasin en pleine dépression. J'ignorais tout de la situation financière de ma tante, et une pensée m'a tout à coup traversée. Et si elle s'imaginait que la boutique lui appartenait, à elle aussi ? Je me suis sentie me replier, tandis que mon estomac et mon cœur se nouaient. Mais il a suffi que j'apporte les tasses sur la table pour que mon envie qu'elle parte disparaisse. Sa présence silencieuse et avenante me rappelait ces matins que j'avais tant aimés, avec Maman, cette heure passée avec elle juste avant de descendre ouvrir le magasin et que la journée démarre vraiment. À défaut de me paraître de la famille, Ada m'était du moins familière. Je lui ai même trouvé un air de Sammy – cette mollesse autour de la bouche, comme une version plus sensuelle et détendue de moi. Étais-je finalement plus proche de mon père, plus Genovese que Parodi ?

Ada s'est levée subitement. « Je reviens, a-t-elle annoncé en penchant la tête en arrière et en avalant son café d'un trait.

— Je peux vous appeler ? ai-je demandé.

— Oh, *si.* »

Dans le salon, je lui ai désigné l'arrêt de bus de l'autre côté de la rue, mais son regard a été attiré par la grande bâtisse de granit au coin. Tandis qu'elle la fixait intensément, je me suis retenue de dire : « Eh oui, nous avons une banque, à Littlefield. » Au lieu de quoi, je lui ai donné l'horaire du prochain bus, et elle a déclaré : « Peut-être je t'aide. Je reviens. »

Nous avons échangé nos numéros et j'ai promis de l'appeler. Puis elle m'a dévisagée comme si une question venait de lui traverser l'esprit, qu'elle hésitait à poser. J'ai patienté, mais elle n'a rien ajouté. Je l'ai raccompagnée au rez-de-chaussée et une fois sur le seuil elle a saisi mes mains entre les siennes. « Ne t'inquiète pas. » Sa voix était chargée d'émotion. « Je te revois bientôt. »

Tandis qu'elle traversait la rue pour rejoindre l'arrêt, j'ai scruté sa démarche, sa gestuelle, sa façon de rejeter sa chevelure en arrière et d'exposer son visage au soleil. Sa ressemblance avec Maman était indéniable. Mais ce n'est qu'une fois assise dans le fauteuil qu'elle avait occupé que je me suis souvenue d'un proverbe italien que m'avait rapporté monsieur E., et dont à l'époque je n'avais pas saisi le sens. Il parlait d'avoir une *coda di paglia*, une « queue de paille », ce qui pouvait signifier que l'on avait mauvaise conscience, ou que l'on dissimulait un secret. Je ressentais ici le poids des secrets. Il était évident que Maman ne m'avait pas tout raconté. Quand avaient-elles été en contact pour la dernière fois, et comment Ada avait-elle appris la mort de Maman ? C'était ma queue de paille qui m'empêchait de poser des questions. Je redoutais de trop m'approcher de la flamme.

Toutes les familles ont leurs secrets. La diction saccadée d'Ada n'était pas uniquement due à la barrière de la langue. Elle craignait de trop en dire. Et moi, étais-je certaine de vouloir tout savoir, alors que pour devenir américain il fallait apparemment effacer toute mémoire ?

8

La mercerie des Oletsky vendait de tout, depuis la lingerie pour dames jusqu'aux cravates, en passant par les chapeaux. Leur boutique était un peu plus spacieuse que la nôtre, avec deux larges devantures de part et d'autre de la grande entrée. Maman leur avait toujours envié ce supplément d'espace. Il nous arrivait de partager un conteneur et les frais de transport, et Ruth et Maman se rendaient ensemble aux assemblées municipales, de crainte que des décisions inappropriées y soient prises par des gens n'ayant jamais tenu un commerce de leur vie. C'est-à-dire, jusqu'à ce que Gersh décide d'y aller à leur place, car il est bien connu qu'un homme a plus de chances de se faire entendre qu'une femme.

Maman avait souvent dit que Ruth lui avait sauvé la vie, après que mon père nous avait quittés. Les Oletsky et les Genovese avaient besoin les uns des autres, et il en avait toujours été ainsi. Je continuais à me reposer sur eux, surtout sur Ruth. Je pouvais tout lui confier, lui poser toutes les questions imaginables.

Nous étions toutes les deux assises dans ma cuisine à siroter un thé en contemplant le ciel au-dessus de l'aire de chargement. Je mourais d'envie de lui parler de l'homme qui avait débarqué le soir des obsèques, mais puisque mes règles étaient arrivées, je ne ressentais plus la même urgence. Je voulais également lui raconter la visite d'Ada, et j'allais me lancer lorsque j'ai deviné qu'elle avait quelque chose à dire.

Nous attendions que mes gâteaux aient fini de cuire – j'avais deux commandes, une pour Mme Ricci et l'autre pour Mme Tilton, la bibliothécaire. J'étais en train de fouetter le glaçage en me plaignant de l'attitude de Gino quand Ruth m'a interrompue.

« Marie, il faut que je te parle. » En dépit de son ton calme, l'expression sur son visage m'a alarmée. « Je n'aime pas rapporter, a-t-elle poursuivi, mais dimanche dernier, Gersh est passé au magasin. Il ne pensait pas trouver quelqu'un en bas, mais la porte était ouverte. Il avait besoin d'aide pour soulever des cartons et était venu voir si les garçons étaient disponibles. Et… » Elle a marqué une pause pour ménager la chute. « … il a trouvé Gino dans la réserve en train d'écouter *The Golden Hour of the Little Flower*.

— Qu'est-ce que c'est ? » Je ne voyais pas où était le problème. C'était si joli, *l'heure dorée de la petite fleur*, un titre religieux. « Je ne les autorise pas à écouter la radio en semaine, quand ils sont censés travailler, alors…

— Marie, c'est l'émission du père Coughlin. C'est un véritable poison », a-t-elle expliqué d'un ton cassant. Si je n'avais pas reconnu le nom de l'émission, je connaissais bien sûr Coughlin. « Il déteste Roosevelt, a-t-elle précisé. Il a créé une organisation appelée Front chrétien, et les juifs n'ont pas le droit d'y adhérer.

Non pas que nous aimerions en faire partie. Il a même lancé une campagne : “*Achetez seulement chrétien.*” Tu imagines un peu ? Il est persuadé que les juifs essaient de réduire le monde entier en esclavage. Et que c'est nous qui avons créé la Grande Dépression. Ça tombe sous le sens : la misère économique, c'est notre plus grand rêve. À moi et à Gersh, surtout.

— C'est ridicule, ai-je rétorqué. Personne ne peut croire une chose pareille.

— Ah non ?

— Je vais y mettre un terme. Je parlerai à Gino. A-t-il aidé Gersh, finalement ?

— Non. Gersh ne le lui a pas demandé. Coughlin est le diable. Tes garçons ne devraient pas…

— J'ai dit que je lui parlerais. »

Je n'avais pas voulu me montrer brusque, mais j'avais peur d'affronter Gino. « Je le ferai, ai-je ajouté d'une voix plus douce. Je le raisonnerai. » Le sourire aux lèvres, j'ai apporté sur la table une petite assiette sur laquelle j'avais disposé les chutes de pâte de l'un de mes gâteaux. J'ai posé mes mains sur celles de Ruth. « Je t'en prie, ne te fais pas de souci.

— En Allemagne, a-t-elle expliqué d'un air vaincu, ils nous enferment dans des ghettos.

— Quels ghettos ?

— Des lieux où on ne peut ni entrer ni sortir. »

J'ai pris sa main. « Ruth, je vais lui parler. C'est promis. »

Ruth savait un tas de choses. Elle était au courant de tous les événements en Europe et se tracassait sans cesse pour les juifs. Sa voix s'est brisée lorsqu'elle m'a décrit la peur et la souffrance. J'ai pensé aux Italiens d'Italie. Je me demandais ce qu'ils savaient, et s'ils se souciaient de ce qui se passait dans le reste de l'Europe. Croyaient-ils, comme certains à Littlefield, que le monde se portait mieux lorsqu'il était mené par des dictateurs ? Je m'inquiétais du soutien grandissant apporté à Mussolini, mais que pouvais-je y faire ?

Ruth et Gersh n'avaient pas vraiment de vie sociale et préféraient rester tous les deux. Mais politiquement, ils étaient actifs dans cette ville et prenaient grand soin de la rue principale, ce qui n'était pas le cas de tout le monde. J'avais envie de croire qu'on leur rendait parfois la monnaie de leur gentillesse, mais j'en doutais. M. Gazzara était connu pour laisser ses ordures dehors jusqu'à ce qu'un animal quelconque vienne les répandre sur le trottoir. C'était souvent Gersh qui se retrouvait à balayer les saletés avant l'ouverture des boutiques, bien au-delà de son propre pas de porte, nettoyant aussi pour ses voisins. Pour leur exprimer ma gratitude, je leur apportais des produits que m'offrait monsieur E. – des courgettes, des aubergines ou du maïs doux en été et, l'hiver, des bocaux de ce que j'avais confectionné. De la soupe et du ragoût. Tant que j'avais les ingrédients, ce n'était pas difficile. De toute manière, je cuisinais déjà en grande quantité pour nourrir mes frères.

Ruth me rendait souvent visite et me complimentait sur mes étals et mes arrangements. Nous plaisantions du fait d'être indispensables à des gens bien plus fortunés que nous, tout en nous montrant toujours reconnaissantes qu'ils existent. J'admirais les vêtements qu'elle vendait, que pour la plupart je ne pouvais m'offrir. Une fois, j'avais acheté des gants pour Gino et Sammy, et Ruth m'avait bien fait savoir qu'ils étaient de bonne qualité. « Je les ai rarement en stock, m'avait-elle expliqué. Ils sont trop chers. » Puis elle avait fait claquer sa langue avec un grand sourire dévoilant ses belles dents blanches. J'avais toujours droit à une bonne remise.

Souvent, à écouter Ruth, je ressentais le miracle de l'histoire. Au moins, elle savait tout de sa famille, alors que je n'avais pas appris grand-chose d'Ada. Dieu sait ce qu'elle cachait d'autre, et si elle le partagerait un jour avec moi.

Ruth et Gersh s'étaient rencontrés adolescents, à New York, et s'étaient rendu compte qu'ils étaient tous deux nés à Woodbridge, à trente kilomètres à peine de Littlefield. Leurs parents avaient migré dans le sud du New Jersey au sein d'une communauté agricole fondée par un riche juif russe qui recrutait des familles fuyant les pogroms. Leurs familles à tous deux avaient été tentées par ce mouvement de retour à la terre qui leur promettait un paradis agraire, mais qui s'était révélé être tout le contraire. Comme beaucoup d'immigrants, ils s'étaient laissé duper par les publicités, de même que nous autres Italiens avions été recrutés pour construire les voies ferrées.

« Que connaissions-nous au travail de la terre ? m'avait dit Ruth. Je sais, dans l'Ancien Testament, nous sommes des cultivateurs. Mais plus maintenant. C'était répugnant là où vivaient les parents de Gersh, et il n'avait que dix ans lorsqu'ils l'ont mis dans un bateau pour aller vivre chez des cousins à New York. Mes parents sont restés encore des années, et crois-moi, j'ai vu la crasse de près. Il n'y avait pas de tuyaux d'évacuation. Pas de médecins. Mon père se plaignait de manquer de matériel. Et on attendait de nous qu'on use nos propres outils à défricher la terre qui était couverte d'arbres. Et les moustiques, c'était atroce. J'ai détesté cet endroit. Et puis, alors que je venais d'avoir quatorze ans, on m'a envoyée à New York vivre chez des parents. Deux ans plus tard, je rencontrais Gersh. Nous n'en sommes pas revenus d'avoir la même histoire. Après notre mariage, nous avons entendu parler d'un magasin vendu à bas prix à Littlefield et nous avons rassemblé la somme en empruntant à nos proches, cent après cent. Et nous voilà. »

Ruth avait déjà entendu l'histoire du coup de chance au poker qui avait valu à notre père, Giuseppe Genovese, de gagner la boutique. La légende familiale relatait une partie serrée dans une salle faiblement éclairée et remplie de fumée, une scène tirée d'un film hollywoodien et qui, au fil des récits, était devenue réalité. Au centre du tapis de velours vert élimé sur lequel une lampe était braquée se trouvaient toutes sortes de biens, hormis l'argent liquide qui avait été épuisé quelques minutes plus tôt. Quelqu'un avait lancé dans le pot une épingle de cravate ornée d'un saphir, une montre et un papier plié en quatre, un document à l'apparence officielle imprimé en petits caractères et qui s'était révélé être un acte de propriété. Le bien concerné était une petite boutique orientée au nord, sur Bellevue Avenue, juste en face de la Banque du Peuple. C'est ce papier que mon père avait empoché, en ramassant la mise. Je ne crois pas qu'il trichait aux cartes. Mais comment le saurais-je ? J'ai toujours l'épingle de cravate.

Alors que jusqu'ici nous n'avions rien, du jour au lendemain nous sommes devenus propriétaires d'un Five&Ten. J'avais deux ans, aussi n'en ai-je aucun souvenir. La seule chose que je me rappelle, c'est notre père nous quittant alors que j'avais sept ans. Maman nous avait fait tous les trois descendre au rez-de-chaussée, et je revois monsieur E. se rapprocher d'elle. Je l'avais regardé contempler notre mère si belle. La honte d'un père parti m'accablait, muselait toutes les questions le concernant, lui et tant d'autres sujets.

En écoutant les histoires de Ruth à propos de la Russie et de l'Ukraine, des pogroms et de la famine, des juifs qui avaient dû tout abandonner pour ne trouver que violence et représailles, je me suis dit que je n'avais pas eu la vie si dure.

Le lendemain, je suis allée trouver Gino au magasin. Je me suis avancée vers lui d'un pas déterminé.

« Je veux te parler, ai-je annoncé en lui désignant la réserve, où je l'ai acculé dans un recoin. Je ne veux pas que tu écoutes ce prêtre.

— De quoi tu parles ? » Il avait planté ses deux grands poings sur ses hanches et se penchait en avant comme s'il avait mal au dos.

« Du père Coughlin. Je ne veux pas entendre sa voix dans la boutique, et je ne veux pas que quiconque de ta connaissance l'écoute.

— Je n'écoute pas Coughlin.

— Ne me mens pas. Je t'ai entendu. Et je ne suis pas la seule.

— Qui d'autre ?

— Peu importe. S'il le faut, je confisquerai la radio. »

Gino a lâché un rire sarcastique qui tenait plus du grognement. « Ouais, ce serait vraiment une tragédie. Et jamais je ne pourrais en retrouver une autre.

— Les amis sont faits pour s'entraider. Et les Oletsky sont nos amis.

— Qu'est-ce que ça peut te faire, au fond ? Tu savais que maintenant ils faisaient aussi des bandeaux pour femme ? On en vend. Ils ne devraient pas avoir le droit de marcher sur nos plates-bandes.

— Ils nous envoient aussi des clients. Ce prêtre hait les juifs. Tu comprends ? Et on se moque des bandeaux. On n'en a pas vendu un seul de l'année. »

J'avais les mains qui tremblaient si violemment que j'ai dû les enfoncer dans mes poches de tablier. Il allait me falloir plus qu'une pincée de menthe pour amadouer celui-là et il n'était pas le seul à avoir adopté cette attitude insolente et revancharde. Quelques jours plus tôt, j'avais encore dû demander à Kenny pourquoi le stock stagnait dans la réserve alors que les rayonnages paraissaient vides.

« Je le ferai quand j'aurai le temps, avait-il répondu d'un ton grossier.

— Ce n'est que par bonté que je continue à te payer ! » m'étais-je écriée tandis qu'il décampait, mais il ne s'était ni arrêté ni retourné.

Sammy m'avait alors passé la main autour de la taille en me chuchotant : « Tu y es allée trop fort, Marie. » Il avait raison, naturellement. J'avais besoin de Kenny, de même que j'avais besoin de Gino. Et, pour l'instant du moins, je n'avais d'autre choix que d'endurer leurs inepties.

9

Je faisais patiemment la queue au Rivoli pour la « soirée Assiette », en jeune ménagère comme les autres attendant de recevoir son lot gratuit. J'étais aussi venue la semaine précédente, alors que j'avais déjà vu *Pilote d'essai*, un gentil film de série B avec Myrna Loy dans le rôle d'une fille de ferme du Texas. J'avais l'intention de sortir mon nouveau service à Thanksgiving et à Noël, lorsque nous inviterions Kenny et sa femme, ainsi que monsieur E. Espérant compléter ma série plus rapidement, j'avais demandé à mes frères d'aller au cinéma un mercredi, mais ils avaient refusé tout net.

« On est donc si pauvres qu'on a besoin d'assiettes gratuites ? m'avaient-ils lancé.

— Oui », avais-je rétorqué.

Une fois les actualités passées, j'ai rouvert les yeux. À quelques rangs devant moi, sur la gauche, était assise une femme élégamment vêtue d'un chemisier bleu marine à col en dentelle guindé. Ce sont ses boucles d'oreilles en or scintillant dans la lumière tamisée qui ont retenu mon attention. Bien que n'ayant aperçu Priscilla Ashworth qu'à une seule reprise, je savais qui elle était, tout le monde la connaissait. Assis à côté d'elle se trouvait M. Ashworth, dans un costume gris tout simple. C'est à son épaisse chevelure blond-roux et à la courbe de son cou que je l'ai reconnu. À chaque seconde, j'avais une conscience aiguë de leur présence ; pourtant, lorsque les lumières se sont éteintes, j'ai regardé l'écran droit devant moi.

À la fin du film, j'ai craint que M. Ashworth me voie et se sente obligé de faire les présentations, aussi me suis-je mise à fourrager dans mon sac à main jusqu'à ce que la plupart des spectateurs soient sortis. Après avoir furtivement glissé mon assiette gratuite sous mon manteau afin que personne ne la remarque, j'ai quitté mon siège pour partir à mon tour. Mais quand j'ai fini par relever les yeux, nos regards se sont croisés. Un coup d'œil fugace mais perçant, comme s'il était subitement témoin d'une scène frappante que son cerveau prenait le temps d'enregistrer afin de décider quoi faire. Il a suivi son épouse, qui marchait devant et semblait pressée. Des retardataires avançaient lentement tout en discutant du film et en laissant échapper des gloussements ravis. J'ai soudain mesuré à quel point j'avais eu envie de le voir, et qu'il me voie.

Le lendemain matin, dès le réveil, j'étais d'humeur agitée. J'allais et venais, époussetais tout sur mon passage, j'ai même passé la serpillière par terre alors que je l'avais fait peu de temps auparavant. J'ai reclassé tout le stock. Changer la disposition du peu de produits que nous possédions donnait un air de nouveauté et encourageait les ventes. J'ai replié des torchons et déplacé près des articles ménagers un présentoir de lunettes de soleil que Feldman m'avait vendu. Si les clients devaient partir à la chasse au trésor pour dégotter ce qu'ils cherchaient, ils passaient du temps à déambuler entre les étals et il y avait plus de chances qu'ils achètent quelque chose. Depuis que Woolworth à Atlantic City avait lancé sa gamme appelée Foster Grant, tout le monde voulait des lunettes de soleil, une bonne astuce pour rafraîchir une ancienne tenue quand on n'avait pas les moyens de s'en offrir une neuve. Feldman m'avait fait un bon prix.

Si je faisais tout cela, c'était parce que je craignais de voir Corley reprendre sa marchandise. En constatant qu'à 14 heures il n'en était rien, j'ai posé la question à Kenny.

« Esposito s'est chargé de tout », m'a-t-il rétorqué avec un regard sévère.

Pourquoi fallait-il qu'on me considère d'un air suspicieux dès lors que monsieur E. nous donnait de l'argent ? Kenny était le premier à en bénéficier, autrement je n'aurais pas été en mesure de le payer. En entendant que la facture avait été réglée, mon soulagement a été de courte durée, car je me trouvais encore un peu plus redevable à Salvie Esposito.

J'étais à la cuisine en train de lancer le dîner quand Sammy est entré. Il s'est adossé au chambranle de la porte et m'a dévisagée comme si j'avais changé de couleur de cheveux ou que je me baladais en robe de chambre.

« Qu'est-ce que tu regardes ?

— Monsieur E. veut nous emmener dîner.

— Je n'en ai pas envie.

— Allez, Marie. On va bien s'amuser. » Sammy ne voulait jamais sortir seul avec Gino.

« J'ai de la pâtisserie à faire.

— Monsieur E. sera déçu », a-t-il assené en quittant la pièce.

Je m'en voulais d'abandonner Sammy, mais ma décision était prise. Je rêvais d'un moment tranquille. Je me préparerais une assiette avec ce que je trouverais au réfrigérateur, du salami, une salade avec de délicieuses tomates fraîches et une large cuillerée de ricotta, reste d'une commande de gâteau. Les garçons rentreraient sans doute tard, ce qui me laissait toute la soirée pour moi seule, libre de penser au très marié M. Ashworth, qui si je le revoyais saurait se tenir à bonne distance. Il n'avait plus de prétexte pour me rendre visite à la boutique, et aucune raison de venir acheter une lime à ongles ou un parapluie pour enfant – il avait des domestiques pour cela. En outre, je le savais de source sûre, il n'avait pas d'enfants. Lorsque, deux semaines plus tôt, il était venu rapporter le carton à chapeau, ce n'était que par courtoisie. Avec ses bonnes manières, il aurait été chagriné que la boîte soit abîmée ou perdue. Mais que penser de cet échange de regards électrique, au cinéma ? Et pourquoi, depuis, étais-je prise de fringales, des pulsions qui me poussaient non pas vers la cuisine, mais vers mes fenêtres dans l'espoir de l'apercevoir ? Quel effet cela ferait-il de se tenir tout près de cet homme en costume élégant et de toucher l'étoffe chère et immaculée ? Son odeur était-elle celle de la banque, du marbre froid et de l'air conditionné ?

Ne tenant pas en place, je suis allée regarder une fois de plus par la fenêtre. Le linteau de la banque était éclairé par en dessous tel un bâtiment classique du Vieux Continent. Comme sur les photographies que j'avais vues des monuments célèbres d'Italie, de statues de Marc Aurèle ou de Bacchus dominant une cascade de silhouettes entrelacées formant une fontaine. Hormis cette touche de lumière, la façade de la banque paraissait froide.

Je suis retournée dans la cuisine me servir un verre de vin, que j'ai emporté au salon. Les rideaux étaient ouverts et je pouvais donc être vue, mais seulement de Mme Moriarty qui possédait l'appartement au-dessus du fleuriste d'en face, voisin de la banque. Naturellement, la seule personne dont il m'aurait plu d'être aperçue était rentrée dans un immense manoir près du lac, tout au bout d'une longue allée serpentine.

J'ai fait les cent pas entre la cuisine et le salon. J'ai finalement emprunté le couloir au-delà des chambres, jusqu'à une porte étroite donnant sur un petit balcon surplombant la boutique. Je n'étais plus venue là depuis des années. Là, un escalier que l'on n'utilisait jamais descendait dans un recoin de la réserve. La plupart des boutiques de la rue étaient conçues ainsi. Il y avait également une minuscule pièce qui faisait jadis office de bureau, et que j'avais l'espoir de réhabiliter un jour, si ce n'est que monsieur E. y avait débarqué récemment pour la déclarer dangereuse en raison du sol pourri par endroits et des rambardes instables. Nous avions parlé de faire les réparations nécessaires, mais ce n'étaient pas les plus urgentes.

Je me suis assise par terre, les jambes ballantes au-dessus du vide. De là, je pouvais contempler l'intérieur du magasin plongé dans la pénombre et le silence. Des flocons de poussière flottaient dans l'air doux du soir, et la chaleur enfin déclinante est remontée pour s'enrouler autour de moi. C'est alors que j'ai senti la présence de ma mère.

Que vas-tu faire ?

Avec Maman, nous n'avions jamais réellement abordé les sujets personnels. Il y avait toujours trop à régler au jour le jour. Nous ne discutions pas non plus de l'avenir, du mien ou de celui de la boutique. J'étais alors trop jeune pour lui parler comme je brûlais de lui parler maintenant, de femme à femme. J'avais tant de questions à lui poser. Qu'est-ce que c'était que l'amour, et le trouverais-je un jour ? Et pourquoi fallait-il toujours être aussi prudente en présence des hommes ? J'aurais tant aimé qu'elle soit là. Étais-je sur le point de foncer tête baissée dans une situation qui causerait mon malheur ? Mes émotions étaient comme des œufs dans une boîte cabossée – brisées et inutiles. Il est vrai que j'avais Ruth, avec son éternel esprit pratique, mais je ne pouvais pas lui confier mon désir pour un homme. Cette pulsation sourde et brûlante entre mes jambes était au-delà de toute description. Tout ce que je savais, c'est que je ne voulais pas d'un mariage comme Maman et ses amies en avaient vécu. Leurs époux grincheux les avaient épuisées, diminuées, avaient écrasé leur beauté et leur vitalité sous une cascade infinie d'exigences. Mme Bertolli, Mme Romasello, Mme Cavuto, Mme Gazzara… Qu'avaient donc fait ces femmes pour mériter des maris pareils ? Était-ce ce qui expliquait le caractère colérique de Mme Cavuto ? Et Mme Romasello, pauvre bonne femme ignorante et affairée, méritait-elle Al Romasello, avec ses cigares infects et sa langue de vipère ? J'avais du mal à m'imaginer ces hommes jeunes, en galants faisant leur cour à grand renfort de belles paroles et de cadeaux. Leur exemple me donnait un excellent prétexte pour ne pas fréquenter d'hommes. Mais mon désir ne se laissait pas si facilement réprimer. Il refusait d'être dompté et, tandis que le soir venu je pressais contre moi mon oreiller dans l'obscurité de ma chambre, j'étais assaillie de sons, d'images et d'odeurs – l'air glacé de la banque avec ses effluves de lotion après-rasage, ou était-ce le parfum des caissières, de l'argent, de la prospérité ?

Toute la journée, je croulais sous le travail. Je vaquais infatigablement de tâche en tâche, m'arrêtant à peine pour souffler. Puis, sans crier gare, mon cœur se serrait et je sentais le feu me monter aux joues. J'oscillais entre peur et bravoure. Je passais une commande, pour me demander ensuite comment la payer. Je flirtais avec monsieur E. pour m'assurer encore un peu de crédit. Mais quelle serait la contrepartie ? Je marchandais avec un grossiste sous l'œil furieux de Kenny, qui me traitait comme si j'étais à moi seule responsable de la Grande Dépression. Mon statut de femme célibataire était un affront, une souillure, un péché si mortel qu'il nous ferait peut-être tous déchoir. Et pendant ce temps mes frères écoutaient bien tranquillement ce prêtre dans la réserve. Sammy faisait des plaisanteries pour m'égayer, mais le seul moment où je trouvais la paix c'était avec Maman, dans l'ex-voto où, dans la lumière tamisée de la pièce minuscule, je confessais mes peurs.

10

Le car de 14 heures en provenance de Philadelphie était à l'approche. J'ai consulté ma montre : et à l'heure, en plus. J'ai regardé les passagers en descendre. Ils formaient deux groupes distincts : il y avait les dames comme il faut de Society Hill, avec leurs robes pimpantes, leurs petites vestes cintrées et leurs chaussures blanches ouvertes au bout ; et puis il y avait les Italiennes, plus âgées, vêtues de noir et trop chaudement pour la saison, avec leurs larges pieds noueux comme une brioche tressée. Elles rendaient visite à de la famille en ville, à des cousins, des fils et des filles qui s'étaient installés à Littlefield en sachant que leurs parentes seraient ravies de faire l'épuisant voyage pour le simple plaisir de les voir. Elles paraissaient égarées, déroutées par le calme de la rue, la lente procession des automobiles, le contraste avec la grande ville. Dans leurs tenues d'immigrées, elles avaient l'air flétries. Elles étaient de la même génération que les amies de Maman, Mme Rizotte et Mme Bellafiore, si ce n'est que ces dernières portaient très rarement du noir, lui préférant des robes d'intérieur à fleurs choisies dans le catalogue de Sears.

Je me tenais à l'endroit même d'où Carmela observait l'activité dans la rue. *Maman, t'es-tu jamais demandé si tu pourrais t'échapper ? T'est-il arrivé de te pâmer dans la chaleur alors que les rideaux s'enroulaient autour de tes jambes nues ? et de rêver d'un homme ?* Depuis l'instant où il était venu chercher son gâteau, chaque jour je pensais à lui.

Parmi la foule des passagers se trouvait une femme plus grande et plus jeune. Sa chevelure brillait et, tandis que les autres semblaient se tenir dans l'ombre, elle irradiait. Soudain, elle a levé la tête et m'a fait signe. Mon premier instinct a été de reculer de la fenêtre, embarrassée par cette intrusion dans mon intimité. Mais il était trop tard, Ada m'avait vue. Je lui ai rendu son salut tout en vérifiant furtivement du regard si quelqu'un nous avait remarquées. Mais de quoi avais-je donc peur ?

Je l'ai regardée traverser la rue, ses belles jambes se mouvant dans une jupe une fois encore trop longue et trop épaisse. Il fallait toutefois reconnaître qu'elle avait du style, d'ailleurs plusieurs personnes se sont retournées sur son passage.

« Bonjour », a-t-elle lancé en avançant droit vers moi et en s'engageant dans l'étroit escalier.

Je l'ai suivie jusque dans la cuisine, où elle a tiré une chaise pour s'asseoir.

« Chaud », a-t-elle commenté en s'éventant avec un morceau de papier extrait de son sac à main.

J'ai mis l'eau à chauffer pour le café. « Qu'est-ce qui vous amène à Littlefield ? » Je me suis demandé si elle remarquait mon ton formel et un peu froid. Je savais pertinemment ce qui l'amenait. C'est mon besoin criant qui l'avait convoquée.

Elle s'est reculée contre le dossier et a réuni ses cheveux dans une vieille résille élimée, sans doute distendue à force d'envelopper ses épaisses tresses. Le visage dégagé, elle était encore plus belle et sa ressemblance avec Maman m'a coupé le souffle. Pourquoi n'avoir pas dit à une enfant, à sa propre fille, qu'elle avait une tante ? Je mettais ça sur le compte des mœurs italiennes. Toutes ces dissimulations et ces secrets me semblaient être une particularité nationale et m'agaçaient au plus haut point. Et, dans le même temps, rien n'échappait jamais à la perspicacité de notre regard.

Comme la fois précédente, nous avons siroté notre café et le peu que j'ai dit m'a laissé le cœur lourd de tout ce que je taisais. Nous avons parlé pâtisserie. Ada m'avait apporté un rhizome d'hellébore noir, un poison dangereux.

« Fais attention, m'a-t-elle mise en garde.

— Comment puis-je l'utiliser ? »

Elle a plissé les yeux et a passé la main sur moi d'un geste vif de la tête aux pieds, comme pour chasser quelque chose de mauvais du corps, de l'esprit et de l'âme. Je suis restée figée, à la fois surprise et irritée par tant d'audace, par ce folklore qu'au début j'avais eu le réflexe de rejeter. Pourtant, en sa présence, je me sentais ragaillardie, soulagée d'un fardeau. Elle me dévisageait avec solennité, comme si elle attendait une confidence. Peut-être était-elle simplement fatiguée par le voyage. Elle a lâché un long soupir.

« Qu'y a-t-il, Ada ? »

Elle a repoussé la question d'un geste de la main. « Pff. Je me plains. Pas bon.

— Non, dis-moi.

— Les hommes. *Pazzo. Pazzo.* »

Fou. Il y avait des mots connus de tous les Italiens, qu'ils parlent ou non la langue. Elle a roulé les yeux avec un geste éloquent de la main. Ce n'était donc pas moi qui lui inspirais une telle gravité, mais sa propre situation.

J'ai ri. « Que s'est-il passé ? »

J'ai bien vu que mon rire la prenait au dépourvu, pourtant elle m'a imitée, avant de s'interrompre avec un regard noir qui laissait entrevoir une humeur dangereuse.

« Eux pas comprendre », a-t-elle sifflé avec une véhémence soudaine.

Je ne pouvais pas la contredire. Moi aussi, j'avais envie de parler d'un homme, de *lui*. Son apparition dans ma vie rendait encore plus insurmontable la tâche la plus insignifiante, comme si je faisais du surplace dans l'eau tiède et lourde d'un lac. J'avançais dans mon propre quotidien en retenant mon souffle. J'hésitais pourtant à raconter à Ada l'histoire de cette rencontre fortuite.

« Dis-moi, ai-je répété.

— Les Mortellite ! Mon Dieu. Ils me donnent endroit où vivre. C'est tout. » Elle s'est penchée en avant et m'a lancé un regard totalement incrédule en inclinant la tête sur le côté. « Le beau-frère. Sa femme, elle meurt. Moi ? Non. Moi pas intéressée. »

C'était comme si un premier lien se nouait, ce qu'Ada semblait savourer, affalée sur sa chaise. Puis elle s'est brusquement redressée en clignant des paupières comme si le soleil l'avait éblouie. J'ignorais ce qui l'avait ainsi aveuglée, mais je sentais moi aussi une présence.

« Tu sors avec garçons ? a-t-elle demandé.

— Non, je… »

Ada a liquidé son café et s'est levée. Ne pouvait-elle pas attendre ma réponse ?

« Ne pars pas. » Je l'ai suivie dans le salon.

« Ne t'inquiète pas. Je reviens.

— Quand ?

— Bientôt.

— Ça va, chez les Mortellite ? »

Elle a rejeté la tête en arrière dans un grand éclat de rire. « Ha. On se couche. On dort. On mange. On sort. Il faut endroit où vivre. Ça va.

— Les hommes, c'est parfois beaucoup d'ennuis », ai-je conclu.

Elle m'a adressé un regard intense, comme si elle voyait clairement M. Ashworth déambuler dans mon cerveau. Elle est restée plantée là quelques instants, au milieu de mon salon, avant de se tourner vers la fenêtre. Elle a regardé la banque, puis moi. J'ai senti un souffle fugace dans l'air statique de la pièce.

Elle a lissé sa jupe et retiré son horrible résille pour la fourrer dans sa poche. Tout à coup, les cheveux lâchés, elle m'a paru plus plaisante et plus douce.

« Où vas-tu ? » ai-je demandé.

Avait-elle fait tout le chemin depuis Philadelphie pour repartir aussi sec ?

Elle a tiré un petit miroir de son sac et s'est remis du rouge à lèvres, un vermillon flamboyant avec lequel elle a redessiné ses lèvres charnues pour les affiner en une ligne austère. J'ai presque vu Maman, qui portait la même couleur mais qui n'hésitait pas à mettre en valeur sa bouche pulpeuse.

Ada s'est tournée vers moi. Elle avait revêtu son air sérieux, le masque qu'elle montrait à l'extérieur. Qui était donc cette inconnue ?

11

Je me rendais chez Ferrara lorsque je me suis aperçue que j'avais oublié mon portefeuille. Mon sac me semblait lourd, il était temps de le vider de tous les reçus et échantillons qui l'encombraient. Pensant que mon portefeuille devait se trouver quelque part au fond, j'ai farfouillé sans prêter attention à ce qui m'entourait et nous avons failli nous rentrer dedans. À quelques centimètres l'un de l'autre, nous sommes restés interdits avant de reculer d'un air gêné.

« Je suis tellement content de vous voir », a-t-il dit. Il arborait ce sourire taquin qui compensait son allure formelle et son complet hors de prix.

« Moi aussi, ai-je répondu sans savoir ce que je racontais ni rien voir de ce qui m'entourait à part lui.

— Je peux monter ? » Il souriait toujours.

On aurait dit qu'il était soudainement devenu ventriloque et que les passants dans la rue ne devaient pas voir remuer les lèvres de M. Ashworth. Les mots semblaient surgir d'un recoin sombre et secret tout près du cœur. J'avais conscience de la nécessité d'être discrets, pourtant l'audace avec laquelle il avait posé cette question avait visiblement pour but de dissiper toute équivoque entre nous. En cet instant, M. Ashworth paraissait bien moins que son âge.

« Il faut que je remonte, de toute manière, ai-je argué. J'ai oublié mon portefeuille.

— Eh bien, laissez-moi vous accompagner. » Son sourire n'a pas vacillé, mais son regard a changé. Il s'y était glissé une pointe de gravité, comme tournée vers d'autres possibles. Lorsque j'ai pivoté pour retraverser la rue en compagnie de M. Ashworth, j'ai remercié le ciel qu'il y ait si peu de voitures et que les conducteurs aient l'air de ne nous prêter aucune attention. Pour eux, ce n'était qu'un après-midi d'été normal dans la grand-rue, sous le soleil accablant, sans un souffle d'air.

Nous avons gravi l'escalier, et la présence de M. Ashworth juste derrière moi me happait tout entière. J'entendais ses pas et sentais la chaleur d'un autre corps si proche monter vers moi. Je me suis rappelé que j'avais vaporisé de l'eau de lavande que je fabriquais chaque année à partir des bouquets que monsieur E. me rapportait de son jardin. Et le hasard voulait que j'aie confectionné des biscuits avant de partir, si bien que la porte s'est ouverte sur des arômes de vanille et de beurre.

« J'ai une chose à faire », ai-je annoncé en me tournant vers lui.

Il a hoché la tête. Malgré son léger sourire, il avait le regard on ne peut plus sérieux.

Je suis allée dans la cuisine téléphoner à la boutique. J'ai dit aux garçons que le dératiseur était en haut et qu'ils ne devaient monter sous aucun prétexte jusqu'à ce que je les y autorise. « Pas de problème, a répondu Gino. Je le dirai à Sam. »

J'ai raccroché et, la main toujours sur le combiné, j'ai considéré un instant mon mensonge et le plateau de *cupcakes* parfaits sur le comptoir. Sans même que j'aie besoin de me concentrer sur un objet en particulier, tout dans la pièce me paraissait soudain aussi net et aiguisé qu'une lame de couteau. Je me moquais d'avoir laissé cet homme dans le salon. En temps normal, je me serais sentie coupable de mettre aussi longtemps, de me montrer grossière, d'être cette personne qui ne sait pas faire preuve d'hospitalité envers un invité. Mais en cet instant rien de tout cela ne m'importait.

Je me suis adossée lourdement au comptoir en comprenant ce qui allait se passer. Après tout, j'avais appelé la boutique.

« Marie ? »

Le son de sa voix m'a fait sursauter.

« J'arrive tout de suite », ai-je crié.

Le tourbillon de notre désir, qui bouillonnait depuis des jours, arrivait enfin à son apogée en même temps qu'à sa résolution. Le temps a ralenti, ou peut-être suis-je restée un long moment debout ainsi, car tout à coup il se tenait derrière moi et je sentais la pression tiède de ses cuisses contre mes fesses et ses bras autour de ma taille. Je me suis tournée vers lui et il n'y avait plus aucun doute possible sur ce qui s'ouvrait à nous. Le dernier mot que j'ai prononcé avant que nous nous laissions tomber sur mon lit a été son prénom, Joseph.

Ce fut douloureux, ce qui m'a surprise car j'avais déjà eu une expérience. Si je le souhaitais, je pouvais le considérer comme mon premier. Lorsque nos corps ont fini par se détacher à regret l'un de l'autre, j'ai vu à son air qu'il croyait que c'était ma première fois.

« Je ne voulais pas…, a-t-il dit, sans terminer sa phrase.

— Moi si. Je voulais que ça arrive. »

Il a paru étonné, mais dans l'aura de ce que nous venions de partager, ce saisissement chez lui venait s'intégrer dans une alchimie parfaite, ce sentiment que tout était à sa juste place. Était-ce là le changement dont j'avais senti les prémices en confectionnant son gâteau d'anniversaire ? Se pouvait-il que cet homme m'ait été envoyé par ma mère ? C'était une idée folle. Et, chose incroyable, il semblait encore plus abasourdi que moi.

« Marie, a-t-il soufflé en me prenant dans ses bras.

— Qu'y a-t-il ? »

Il a secoué la tête. « Je suis heureux. » Il s'est tu un instant avant d'ajouter : « J'espère ne pas t'avoir fait mal.

— Non. Un petit peu. Mais c'est une bonne douleur. »

Ma réponse lui a visiblement fait plaisir. Nul besoin de confesser que j'avais eu un premier amant. Autant s'éviter l'embarras de la question d'un éventuel deuxième amant. Mais les mots sont sortis malgré moi. « Tu n'es pas mon premier.

— Vraiment ? » Il n'a pas eu l'air choqué. Puis le temps a paru s'arrêter, jusqu'à ce que Joseph brise enfin le silence. « Je me sens seul, Marie, depuis très longtemps.

— Moi aussi, je me sens seule. »

Il s'est redressé en position assise et s'est tourné vers moi pour me dévisager. Je me demandais à chaque seconde ce qui allait se passer. Nous avancions sur la pointe des pieds sur une fine couche de glace en ignorant tout de notre destination, mystérieuse et même périlleuse, et dans le même temps une urgence nous pressait. Que nous puissions parler aussi franchement m'électrisait. Il s'est rallongé et ensemble nous avons fixé le plafond du regard. Je me suis alors réjouie que Maman ait fait changer le papier peint cinq ans plus tôt et qu'elle ait choisi cet élégant soffite aux motifs de roses cent-feuilles – l'une des dernières rénovations qu'elle ait apportées à cet appartement. Ces roses me rendaient heureuse, m'évoquaient une chambre de jeune débutante, et j'espérais qu'il n'était pas insensible à la distinction du dessin. Mais, en l'observant du coin de l'œil, je l'ai vu avec stupéfaction essuyer furtivement une larme. Pour la première fois de l'après-midi, j'ai senti la peur me gagner. Pourquoi donc pleurait-il ? Je n'aurais pas su dire ce qui m'agitait moi-même, mais j'avais également le cœur ému.

« Je suis désolée, ai-je dit.

— Tu n'as aucune raison d'être désolée. » Il m'a adressé un regard tendre. « J'ai fait un bon mariage », a-t-il ajouté en se passant la main sur le visage.

J'ai remarqué à quel point son bras était musclé, si l'on considérait que son travail consistait à soulever du papier.

« Mon Dieu, quelle maladresse. » Il a laissé retomber lourdement son bras. « Marie. » Il m'a caressé les cheveux et attirée plus près. Nous étions serrés l'un contre l'autre tels des enfants dans un canot de sauvetage. Viendrait-il une vague subite pour nous faire chavirer ?

Étrangement, cette franchise dans la confession m'a paru sceller le lien entre nous. Par « bon mariage », entendait-il que l'argent provenait de la famille de Priscilla ?

« Joseph, l'ai-je interrompu en caressant à mon tour sa chevelure, celle d'un inconnu.

— Ne te méprends pas. Nous nous aimions. Mais c'était il y a dix ans, au début de notre relation. Et ça n'a jamais été une bonne décision. Jamais. » Il semblait soudain en colère et je ne savais comment réagir. Il n'aimait plus sa femme, et pourtant ils restaient ensemble ? Étais-je sa première incartade, ou y en avait-il eu d'autres ?

Comme la plupart des Italiennes, j'étais réticente à laisser paraître mes pensées intimes. Et c'était le riche banquier anglo-saxon qui, sous ses airs hautains, avait été le premier à élucider les raisons de notre rapprochement.

« C'était arrangé », a-t-il précisé.

Il tentait de justifier son union avec Priscilla. Quoi qu'il en soit, je ne le jugeais pas. En le regardant, je voyais un visage que j'avais l'impression de connaître depuis toujours.

« Que veux-tu que l'on fasse, Marie ? » a-t-il demandé en me caressant l'épaule. Il s'exprimait avec nonchalance, comme si l'on discutait du temps qu'il faisait. Faisait-il allusion à notre prochaine rencontre, et à celle d'après ? Un frisson m'a traversée, aussi intense et plaisant que s'il m'avait déclaré qu'il m'aimait. Mais que se passerait-il lorsque nous reviendrait notre clarté d'esprit et que nous prendrions conscience de ce que nous avions fait ?

« Tu l'aimes toujours ? »

Dans la pièce, l'air s'est figé. C'était une journée chaude et le ventilateur ronronnait dans un coin. Il m'a serrée plus fort et m'a embrassée. « Non », a-t-il répondu dans un murmure.

Je l'ai laissé m'étreindre ainsi un long moment. N'ayant rien à exiger, je me suis contentée de lui adresser un sourire affectueux. Nous étions allongés sur les plus beaux draps de Carmela, la parure gansée d'une bordure de petites fleurs. Une rosette délicate que j'avais contemplée cent fois reposait dans le creux du cou de Joseph Ashworth.

« Je pense qu'il faudrait que je redescende au magasin, ai-je fini par annoncer, craignant que les garçons ne montent.

– Je devrais y aller, moi aussi. » Il a marqué une pause. « Je ne sais pas quoi dire, Marie. Je n'ai jamais… » Il s'est tu. Tout à coup, nous étions épuisés, et nos confidences pesaient comme autant de petites pierres dans nos cœurs. À son sourire contraint, j'ai su qu'il était en train de revêtir le masque du M. Ashworth que les gens connaissaient, le banquier qui, après avoir discrètement refermé ma porte, traverserait la rue pour regagner son lieu de travail. En levant les yeux, ses caissières ne détecteraient en lui aucun changement.

En le regardant partir, je me suis exhortée à ne plus tout analyser. C'était là une de mes habitudes ; pourtant, l'heure n'était pas à la réflexion.

C'était un jeudi. C'est ainsi que tout a commencé, et que tout s'est poursuivi, du moins pendant un temps.

12

Pour qu'avec Joseph nous puissions nous retrouver, je devais donner à mes frères une bonne raison de ne pas monter à l'étage au beau milieu de la journée. J'avais au moins un gâteau à faire cuire par semaine, aussi ai-je d'abord prétendu que je ne pouvais prendre le risque qu'ils ouvrent et referment le réfrigérateur dans lequel je conservais mes délicats glaçages et précieuses crèmes pâtissières. À ma grande surprise, ce prétexte les a convaincus. Il faut dire qu'ils profitaient directement du supplément que rapportait ma nouvelle activité et qu'ils appréciaient de goûter mes créations.

Avec Joseph, nous avions convenu qu'il arrive au moment où la rue était le plus calme, autour de 14 h 30, après le retour au travail de la plupart des commerçants et des employés de bureau après leur pause du déjeuner. Il restait une heure et demie et, lorsqu'il repartait, l'effervescence avait repris dans la rue. J'avais toujours peur qu'il se fasse repérer.

Un jour, Ruth est entrée dans ma cuisine et s'est écriée : « Mon Dieu. Que se passe-t-il, ici ? »

Il ne restait pas un centimètre carré qui ne fût occupé par le matériel de pâtisserie. J'avais réorganisé la desserte, sur laquelle le batteur de Maman trônait désormais en permanence, accompagné des ingrédients secs, des grilles à gâteaux et des spatules de glaçage. Il devenait impossible de se préparer une tasse de café ou un semblant de petit déjeuner.

« Mon affaire de pâtisserie. Tu te rends compte ?

— Je ne sais pas où tu trouves le temps. Pour ma part, après une journée à la boutique, je suis éreintée. Je n'ai qu'une envie, c'est de me mettre à l'aise avec un bon verre. Gersh détesterait que je m'active en cuisine le soir. Il préfère dévaliser le réfrigérateur… en croyant que je ne m'en rends pas compte.

— J'essaie de ne pas cuisiner le soir », ai-je précisé.

Il arrivait que les garçons sortent – pas nécessairement ensemble. Gino fréquentait une fille du nom de Carla, que je n'avais toujours pas rencontrée. Mais où était Sammy ? Il était impossible qu'il ait une petite amie et que je l'ignore. Je ne manquerais pas de décrypter sur son doux visage l'éclat fervent causé par l'attention d'une femme.

« Qui sont tes clients ? m'a demandé Ruth.

— Mme Vitolo. C'est une commande pour son fils. Il est toujours malade, le pauvre garçon. »

Pour le gâteau de Mme Vitolo, j'avais prévu quelque chose de spécial et de plus audacieux. Ce serait ma première expérimentation avec l'hellébore noir donné par Ada. C'était un purgatif, or le médecin avait diagnostiqué chez Jimmy Vitolo une infection du rein.

« Qui d'autre ? a insisté Ruth.

— Mme Fiedler. Elle aime les *cupcakes*. Je n'en avais jamais fait… Mon Dieu, je n'ai pas les idées claires, ces temps-ci… » J'ai eu un instant d'hésitation au moment de prononcer le nom de Priscilla Ashworth, aussi ai-je inventé un nom.

« Qui est-ce ? s'est étonnée Ruth en plissant les paupières. Je n'en ai jamais entendu parler.

— Ils habitent Franklin. »

Avait-elle remarqué mon trouble ? Elle savait sentir la peur – dans ce domaine, elle était encore pire que Maman. J'avais horreur de devoir mentir à Ruth. Allait-il toujours en être ainsi, désormais ? Serais-je forcée de dissimuler ce nouveau pan de moi ? Elle était pourtant fort précieuse, cette énergie nouvelle et euphorisante qui faisait bondir mon cœur tandis que je me lançais dans mes expérimentations culinaires.

« Marie, tu m'écoutes ?

— Oh, Ruth. Je m'inquiète pour ce gâteau. C'est une nouvelle recette, et si elle rate, je n'aurai pas le temps de la refaire.

— Je te laisse tranquille, alors.

— Non. Reste un peu.

— Tu as l'air fatiguée. »

Pas fatiguée. Excitée.

« Tu laisses tes frères profiter de toi. » Elle m'a adressé un regard franc. « Pourquoi ne cèdes-tu pas le magasin aux garçons ? Qu'ils te paient pour tout ce que tu fais. Et que ce soient eux qui prennent soin de toi, pour changer. »

Plutôt mourir.

« Le magasin n'y survivrait pas longtemps ! » ai-je ironisé.

Elle trouvait tout naturel de suggérer que j'abandonne la boutique. Tout le monde en ville s'attendait à ce que je laisse mes frères prendre la main. On ne comptait plus les exemples de femmes qui, ayant géré les affaires de leur père pendant des années, s'étaient retrouvées à céder tous leurs droits à la mort de celui-ci. Tout l'argent et les biens étaient alors légués aux fils. Les femmes continuaient à gérer les comptes (« Sœurette est tellement douée pour les chiffres ») mais n'étaient que très rarement rémunérées, devant déjà s'estimer reconnaissantes qu'on les laisse vivre dans le foyer familial où en général elles s'occupaient de vieux cousins, cuisinaient pour leurs frères, pour la famille ou les invités – les oncles, les amis, les prêtres. Impossible pour elles d'envisager une vie sentimentale, elles étaient bien trop fatiguées pour cela. Et après toutes ces années, elles n'en avaient même plus l'envie, devenues vieilles filles mais toujours d'une méticulosité extrême avec les comptes. Leur récompense finale était une jolie pierre tombale d'un prix modéré avec une épitaphe pleine de sentiment :

Ci-gît notre sœur bien-aimée,
Qui sut toujours faire rire son père
Se montrer dévouée envers ses frères
Qui faisait toujours passer les autres avant elle…
… et qui, infailliblement, passait en dernier.

« On prend le thé plus tard ? quand tu auras terminé ? a proposé Ruth, me ramenant à la réalité.

— Quoi ? Oh oui, bien sûr. J'en serais ravie. »

Une fois Ruth partie, j'ai saupoudré ma recette d'hellébore noir, prélevé sur le rhizome que m'avait apporté Ada. La quantité était tellement infime – je n'ai fait qu'agiter les doigts au-dessus de mon saladier – que je n'imaginais pas en quoi cela pourrait affecter Jimmy Vitolo. C'était sans doute une perte de temps ; j'espérais simplement que cela ne lui ferait pas de mal. Je pensais à Ada, à sa proposition de m'apprendre les secrets des plantes aromatiques, lorsque j'ai bousculé du coude le livre de Maman, le faisant choir par terre. Une carte postale s'en est échappée, que j'ai ramassée. Elle représentait une photographie de l'église San Lorenzo de Turin. Au verso, dessinés d'une écriture large et arrondie, j'ai lu les mots suivants :

Le temps beau. Beaucoup soleil. J'aime bien ici.
Pas de bandits. Pas de malaria.
Vedi ?
Cara, j'apprends. Bientôt, je parle !
Baisers, Ada.

À en croire le cachet, l'envoi datait de quinze ans. Ada vivait-elle dans le nord de l'Italie, à l'époque ? J'ai fourré la carte dans la poche de mon tablier et ouvert le livre de ma mère sur les rituels. J'en ai lu un nécessitant un ruban rouge, un fer à cheval et un collier de corail. Il se trouve que j'avais un collier de corail ayant appartenu à Maman. J'étais trop jeune lorsque je l'avais essayé la première fois, mais à présent il m'allait et luisait comme un anneau de feu éclairant avantageusement mon visage. Le rituel avait pour but d'invoquer la chance, et bien qu'il ne fût rien mentionné au sujet de l'amour, je suis partie du principe que n'importe quel sortilège avait pour objet ce vœu secret.

Un jour, en entrant dans la cuisine, j'avais trouvé Maman en train de moudre furieusement des substances dans son mortier. Elle avait répété plusieurs fois l'opération, et j'avais eu l'impression que c'était là une situation qu'elle avait déjà vécue par le passé. Je m'étais demandé si sa colère s'adressait à un seul homme, ou bien à la ville tout entière.

Je me suis attelée aux *cupcakes* de Mme Fiedler et, tout en mélangeant la pâte, j'ai repensé aux choses horribles que l'on racontait au sujet des Allemands. Mme Fiedler était pourtant une femme aimable, et tout aussi américaine que nous. Aussi ai-je saupoudré un peu de rue, plante de guérison et de protection. Au même titre qu'un sort pouvait servir la vengeance, il pouvait être dirigé à bon escient.

13

Je ne sais ce qui avait conduit mes frères à quitter précipitamment la maison, mais j'ai savouré avec reconnaissance la perspective d'avoir tout un après-midi avec Joseph. Je leur avais fait traîner une table jusque dans la réserve, ce qui leur avait d'abord déplu car ils aimaient remonter déjeuner dans l'appartement. Puis j'avais annoncé qu'à partir de ce jour ils n'auraient plus le droit du tout de venir à l'étage pendant la journée, ce qui aurait sans doute éveillé leurs soupçons sans le prétexte de mon activité de pâtisserie et du chaos qu'elle générait dans la cuisine.

Faire entrer et sortir discrètement mon amant de la maison était toujours risqué. Je savais pertinemment que certains voisins, surtout des femmes, guettaient la moindre miette de ragot à se mettre sous la dent. Mais pourquoi diable Joseph Ashworth s'intéressait-il à Marie Genovese ? Si ce n'était, bien sûr, pour se plaindre de la vitrine de la boutique, ou bien du fait que nous n'entretenions pas assez nos jardinières qui faisaient directement face à sa banque.

J'avais désormais un emploi du temps trépidant. Je courais de la réserve à l'étage en passant par la caisse, mettais en ordre mes livres de comptes et mes carnets de commandes, puis je m'attaquais à la pâtisserie, pour tout recommencer le lendemain. Soumise à une telle charge de travail, j'aurais dû me sentir fatiguée mais, à mesure que notre liaison s'intensifiait, mon énergie vitale en faisait autant. On me disait souvent que j'avais l'air plus heureuse, que je riais beaucoup, quand la veille encore rire m'apparaissait comme frivole et impossible. Et mes clients montraient un respect nouveau pour cette Marie qui confectionnait des gâteaux non seulement délicieux, mais auxquels ils prêtaient, à tort ou à raison, le pouvoir d'exaucer leurs rêves.

Mme Vitolo m'a appelée pour en commander un autre, son troisième. « Il va mieux, vous savez. C'est grâce au gâteau.

— Oh, madame Vitolo, je suis tellement heureuse.

— Je vais reprendre le même. »

Je savais que les Vitolo n'avaient pas les moyens, aussi ai-je baissé mon prix. Son fils venait de se faire opérer. J'ai formulé intérieurement mon intention et, outre la minuscule pincée d'hellébore, j'ai ajouté une autre de mes épices secrètes, le gingembre, pour aider à la guérison. En réalité, il m'aurait fallu du galanga comme le stipulait le livre de Maman, mais il était difficile d'en trouver. Je jugeais également important d'utiliser ce que j'avais sous la main. Et pour tout dire, je n'écartais aucune possibilité – je reniflais un œuf pour apprécier son potentiel magique et, la plupart du temps, je l'ajoutais à ma recette.

Puis ce fut au tour de Mme Fiedler de téléphoner, pour savoir si de l'aspérule odorante me serait utile. Elle n'a rien dit des *cupcakes* que j'avais faits pour elle, ce qui aurait pu me contrarier si je n'avais su que sa manière de complimenter les gens consistait à proposer un cadeau en remerciement. À en croire le livre de Maman, l'aspérule odorante servait à traiter les reins et le foie, les crampes et la ménopause, les varices et une mauvaise digestion. En m'entendant hésiter, Mme Fiedler a précisé qu'elle l'utilisait fréquemment dans les crèmes glacées et les saucisses, et aussi pour aromatiser la bière que fabriquait son mari. « Eh bien, avec plaisir, madame Fiedler, quelle bonne idée », ai-je répondu, le sourire aux lèvres.

Un après-midi, alors que Joseph et moi nous étions allongés dans ma chambre, dans les rayons tamisés du soleil, il s'est tourné vers moi et m'a annoncé qu'il fallait nous organiser autrement. L'intonation grave et la sévérité de ses paroles m'ont effrayée.

« Que veux-tu dire ? »

Je n'ai pas pris la peine de réprimer la pointe d'accusation dans ma voix. Était-ce la fin ? J'ai eu un mouvement de recul et, de peur et de honte, j'ai resserré autour de moi les pans de ma robe de chambre. Des émotions familières m'ont assaillie, celles de l'orpheline qui avait perdu sa mère et dont le père n'avait jamais été présent pour lui transmettre de l'assurance en présence des hommes. J'ai retenu mon souffle.

« Je veux simplement dire que je vais nous trouver un endroit », a-t-il répondu sans remarquer mon accès de panique. Du fait de son éducation et de son sens rigide de l'honneur, il délivrait n'importe quelle information comme s'il s'agissait d'une clause d'un contrat d'affaires. Comprenant que je m'étais inquiétée pour rien, j'ai résolu de le laisser s'occuper seul de cette tâche, sans contester ni poser de questions.

« Il nous faut quelque part où nous retrouver. On ne peut pas continuer ce jeu de cache-cache. Tes frères ou quelqu'un d'autre risquent de finir par me voir aller et venir. »

Il n'avait pas tort. J'aurais voulu croire qu'il ne s'inquiétait pas, tout comme je refusais moi-même de me laisser atteindre. J'ai changé de sujet.

« Comment dois-je t'appeler ? » ai-je lancé en lui donnant un petit coup dans les côtes – ce qui, pour mon plus grand plaisir, l'a fait rire. Je n'aimais pas *Joseph*, car j'imaginais que c'était ainsi que sa femme l'appelait. J'avais bien pensé à *Giuseppe*, Joseph en italien, mais c'était le prénom de mon père !

« Joe, si tu veux », a-t-il répondu.

Il semblait incertain. Je me suis demandé s'il était embarrassé par son prénom ou perpétuellement mal à l'aise dans un contexte autre que sa banque ou sa Packard avec chauffeur. Même si tout cela ne semblait guère lui importer. Ce n'est qu'une fois entre mes bras, après s'être dépouillé de tout, qu'il était le plus heureux.

« Beppe, ai-je proposé.

— Beppe ? Qu'est-ce que ça signifie, Marie ? »

Je ne m'habituais toujours pas à entendre prononcer mon propre prénom.

« Un surnom, le diminutif de Joseph. Viens ici, Beppe. » Et plutôt que d'attendre qu'il vienne à moi, je me suis jetée sur lui, pour atterrir aussi légèrement que possible en travers de sa poitrine. « Beppe, Beppe. »

Je l'ai embrassé partout et nous avons éclaté de rire, avant que la fièvre ne s'empare à nouveau de nous.

Il m'a parlé d'une maison qu'il possédait, une vieille bâtisse victorienne située plus haut sur Bellevue Avenue, là où elle s'élargissait, avec des demeures plus imposantes et en retrait. À l'arrière se trouvaient un garage ainsi qu'un petit appartement à l'étage, meublé et doté d'une cuisine. Il s'en servait auparavant pour accueillir ses associés new-yorkais en visite. L'appartement était accessible à pied depuis chez moi, à moins de cinq minutes pour l'un comme pour l'autre.

À en juger par le contenu des placards de la cuisine, la personne qui l'avait équipée n'avait jamais préparé un repas de sa vie. Les casseroles étaient affreuses, tellement usées qu'elles étaient bonnes à jeter. La vaisselle était criarde et les verres lourds et bas de gamme (au moins ne risquaient-ils pas de s'ébrécher). Et quelle ne fut pas ma surprise de reconnaître un article acheté dans ma boutique – une grande coupe à fruits bleue que j'avais spécialement sélectionnée dans le catalogue d'un artisan. La voir ici m'amusait, car j'avais consacré plus de temps à cet objet qu'à aucun autre du magasin. Pendant des mois, il avait été le clou d'une installation dont j'étais particulièrement fière – le vaste et majestueux présentoir de mon rayon « arts de la table ». Un beau jour, j'avais constaté qu'il avait disparu. Lorsque j'avais interrogé Kenny, il m'avait répondu ne pas se rappeler qui l'avait acheté, ni même qui de lui ou de Sammy tenait la boutique ce jour-là.

Maman s'était plainte un jour de se retrouver avec ses meilleures pièces sur le dos, deux ou trois articles qu'elle avait pris un risque en achetant et qu'elle avait dû se résoudre à regarder prendre la poussière dans un coin. Lorsque je lui avais demandé pourquoi elle avait commandé des objets chers, sa réponse avait été : « Que serait la vie, sans la beauté ? »

La première fois que je suis allée retrouver Beppe à l'appartement, j'ai gardé la tête baissée sur tout le trajet et, en passant devant la belle véranda déserte de la grande maison, j'ai entendu la voix de Maman à mon oreille : *N'est-ce pas ravissant, ce quartier ?* Nous nous promenions ensemble, le soir, au-delà des devantures de nos collègues, pour rejoindre ce coin calme et arboré, aux habitations spacieuses. Elle faisait toujours un petit commentaire sur le treillage qui séparait le pavillon et le garage de la propriété des voisins, avec la belle clématite automnale, celle-là même qui me cachait à la vue des curieux. La saison basculait déjà et les feuilles se paraient discrètement de couleur.

Beppe et moi nous montrions toujours très prudents, pourtant une fois, j'ignore comment, alors que je fermais la porte de mon appartement et que de son côté il quittait la banque, nous nous sommes aperçus et spontanément souri. Au même instant, mon amie Angie remontait justement la rue. Elle s'est dirigée droit vers moi et s'apprêtait à me saluer lorsqu'elle a perçu notre échange. J'ai su avec certitude qu'elle nous avait vus à sa façon de détourner hâtivement le regard.

Une seconde plus tard, elle m'a interpellée. « Bonjour, Marie. Bonjour. »

Je sentais la présence de Beppe derrière moi tandis qu'il se dirigeait vers notre appartement. Je pouvais difficilement le suivre et me suis donc arrêtée pour discuter.

« Comment vas-tu ? ai-je demandé à Angie d'un ton enjoué.

— Bien. » Nous nous sommes enlacées.

Angie était jolie. Plus que cela, même. Elle était belle et il fut un temps où j'adorais sortir avec elle. Je chérissais les souvenirs de l'été de la fin du lycée, lorsque nous déambulions ensemble jusqu'au parc entourant le lac, bras dessus bras dessous sur le sentier, à nous raconter nos vies de jeunes filles de dix-sept ans dans les senteurs d'anis qui se mêlaient au musc lourd de l'été, et à nous figurer un avenir sans limites.

« Où vas-tu comme ça ? m'a-t-elle demandé.

— Chez Ferrara.

— Tu veux que je te conduise en voiture ?

— Oh, non, j'aime bien marcher.

— Mais il fait trop froid pour marcher », a-t-elle argué. Angie avait un fort tempérament. C'était elle la meneuse, dans toutes nos aventures.

« Oh, non, Angie, ça va, je t'assure.

— Je t'emmène. On ne s'est pas vues depuis *trop* longtemps. »

Comme son père possédait la concession Ford sur la route nationale, Angie avait une voiture, et c'était la seule de notre petit cercle. Toute protestation supplémentaire lui aurait paru étrange, aussi l'ai-je suivie et nous sommes parties ensemble. La boutique de Ferrara se trouvait sur la 3e Rue. J'avais l'intention d'acheter n'importe quoi et de rentrer à la hâte avant qu'Angie ait terminé ses courses. Mais une fois sur place, elle n'a cessé de parler, sans montrer aucune impatience de repartir.

« Angie, il faut qu'on se revoie, un de ces jours. Je t'appellerai. Mais là, je suis pressée. » Je lui ai pris le bras. Elle a gentiment serré le mien en réponse. J'ai attendu qu'elle dise quelque chose, mais elle s'est contentée de me sourire. Je l'ai abandonnée au rayon des pâtes, ai attrapé une petite bouteille d'huile d'olive dont je n'avais que faire, l'ai payée et me suis empressée de sortir. J'ai marché d'un pas vif le long des ruelles tranquilles jusqu'à l'appartement. Beppe m'attendait et, même s'il tentait de le dissimuler, j'ai vu qu'il était en colère. Il ne nous restait qu'une heure à peine.

« Où étais-tu ?

— Je suis désolée. J'ai croisé mon amie Angie et je n'arrivais pas à m'échapper.

— J'ai cru que tu ne viendrais pas. »

Que je ne viendrais pas ? Ignorait-il que je comptais les minutes qui me séparaient de notre prochaine rencontre ? N'avait-il aucune idée du travail titanesque que je devais abattre entre nos parenthèses amoureuses ? Cette maussaderie de sa part était d'autant plus difficile à accepter quand j'imaginais la facilité de sa vie à lui. Il n'avait qu'à dire ce qu'il voulait et personne n'osait contester ses décisions.

Tout à coup, le mobilier démodé et de second choix m'a fait mesurer à quel point notre histoire était temporaire et que, loin d'être un foyer, cet endroit n'était qu'une chambre et deux pièces tout aussi anonymes, qui ne pouvaient paraître familières qu'à des étrangers. J'aurais dû m'y attendre – à cette irruption violente de la mélancolie qui était le prélude à nos rencontres si fluides, alors que jamais auparavant je n'avais vécu ces émotions. Mais si notre amour puissant était capable d'irradier confiance et optimiste, il pouvait aussi, à la moindre provocation, paraître subitement artificiel. Si nous en avions eu le loisir, nous nous serions disputés. Mais le temps nous pressait, aussi avons-nous accepté les quelques minutes qu'il nous restait et, sans perdre une seconde de plus, nous nous sommes avidement jetés l'un sur l'autre.

14

Le fait d'avoir rebaptisé mon amant Giuseppe, puis Beppe, me l'avait rendu en tant qu'homme plus accessible et plus docile. Peut-être était-ce en réaction à l'absence de mon père, ce désir de materner tout homme passant dans mon champ de vision. Je savais pourquoi les mères, les sœurs et les filles italiennes flattaient leurs hommes en les affublant de surnoms qui auraient été plus appropriés pour des enfants mais qui leur collaient à la peau toute leur vie. Il y avait par exemple en ville un Chefton, un Courtaud, un Klaxon et un Paulichon. Cela faisait rire les hommes. Surtout, cela les attendrissait et, dès lors désarmés, ils se laissaient manipuler, et aimer. C'est ainsi que M. Joseph Ashworth devint Beppe. Voir son regard s'adoucir de jour en jour et accepter ce compliment comme s'il n'avait jamais été aussi considéré et adoré par une femme, c'est ce qui pour moi avait scellé notre amour. Et Dieu sait que nous nous en amusions ensemble. Comment se pouvait-il que cet homme en costume impeccable et chapeau sérieux, cet homme qui descendait de sa grosse voiture noire, soit le même qui se livrait au lit avec un tel abandon ?

« Je ne suis pas certain d'avoir envie de m'appeler comme Garibaldi », a-t-il lancé en riant un après-midi, allongé à mon côté dans la lumière pâle du soleil hivernal.

Je m'apprêtais à citer mon Giuseppe préféré, Verdi, lorsqu'il a ajouté : « Pourquoi ne puis-je pas être Giuseppe Ashworth, tout simplement ? » Nous en avons ri pendant une minute entière.

« Qu'est-ce qui te déplaît, chez Garibaldi ? ai-je demandé, une fois le fou rire redescendu.

— Rien, j'imagine. Mais je n'en dirais pas autant de Mussolini.

— Gino prétend qu'on devrait soutenir Mussolini. Qu'il fait du bien à l'Italie.

— Où ton frère va-t-il chercher des idées pareilles ?

— J'ai trouvé un journal, dans sa chambre. *Justice sociale*.

— Montre-m'en un numéro. » Il s'est redressé pour allumer une cigarette.

« Je l'apporterai la prochaine fois. C'est une revue chrétienne, ai-je ajouté, sachant pleinement ce que cela allait provoquer.

— Marie, ce qu'ils prêchent, c'est la haine. Hitler et Mussolini sont de mèche. Tes frères devraient se tenir à l'écart de leurs sympathisants.

— Des sympathisants ? Ici ?

— Oui. Ici.

— Mais les communistes me font peur, à moi.

— Ce ne sont pas les communistes, le problème. Hitler les agite comme un chiffon rouge pour faire monter la peur et répandre le nazisme. »

Je n'aurais pas su dire s'il était en colère ou non, mais il m'a adressé un regard qui m'a fait hésiter à approfondir le sujet.

Pendant des mois, des numéros de *Justice sociale* ne cessaient d'apparaître dans la chambre de Gino. Lorsque j'en voyais une pile, j'en prélevais un avant de replacer précautionneusement les détritus qui se trouvaient dessus. Une semaine plus tard, ils avaient disparu, remplacés par une livraison plus récente. Un jour, j'avais trouvé épinglée sur l'un d'eux une note qui disait : *Tu es un bon paisan, Gino*.

« Beppe, est-ce qu'il t'arrive de penser qu'on pourrait te tenir pour responsable ?

— De quoi ? » Il a pris un air heurté.

« De la Grande Dépression. Toute cette souffrance… et toi qui es banquier… »

Coughlin blâmait les banquiers. Il prédisait des effusions de sang dans les rues, le massacre des chrétiens par les communistes. Je savais qu'il s'agissait d'inepties, mais je voulais donner à Beppe une chance de réfuter l'idée que, par leurs actes, ceux qui contrôlaient l'argent avaient causé l'effondrement que nous traversions.

« Tu veux dire que ce seraient les banquiers qui auraient engendré la Grande Dépression ? » Il est soudain entré dans une fureur noire. « Ce ne sont que des mensonges, Marie. Coughlin veut semer la discorde partout où il le pourra. Il veut monter les travailleurs contre les banquiers, les chrétiens contre les communistes, c'est-à-dire, pour lui, les juifs. Il n'est qu'un pion de l'Allemagne. Et il se sert des Italiens et de tous ceux qu'il trouve pour sa propagande.

— M. Esposito a soutenu Mussolini quand les Chemises noires ont été envoyées pour lutter aux côtés de Franco. » Je voulais entendre ce qu'il avait à dire.

« Eh bien, il a eu tort. Toute l'Europe est soit contre Franco, soit neutre. Mussolini est du mauvais côté. Comme d'habitude. »

Il a écrasé sa cigarette, est sorti du lit et s'est dirigé vers la salle de bains. J'ai écouté l'eau couler et la porte de l'armoire à pharmacie claquer. À présent que nous avions cet appartement, nous pouvions nous retrouver n'importe quand. Parfois, c'était le matin, et alors il se rasait.

« Je pense que quelque chose de grave s'annonce, ai-je déclaré lorsqu'il est revenu dans la chambre. Pire encore que ce qu'on a vécu jusqu'ici.

— Écoute, Marie, ceux qui causent le plus de problèmes sont ceux qui accusent les victimes ou dénoncent les seules personnes à pouvoir nous aider à en sortir. »

Beppe voulait-il dire par là qu'il se comptait parmi ceux qui pouvaient nous aider ?

Il a changé de sujet en me demandant comment allaient les affaires, aussi ai-je inventé une histoire. Il aimait à m'entendre énumérer les profits que je prétendais faire. En réalité, la situation se détériorait de semaine en semaine et, même si je refusais de l'admettre à voix haute, je craignais chaque jour de devoir fermer boutique. Nous ne serions bientôt plus en mesure de payer l'électricité, Kenny refuserait que je le paie en retard, et monsieur E. ne tarderait pas à poser son ultimatum : ou je me donnais à lui, ou bien c'en serait fini de la charité.

En tant que femme, j'avais beaucoup à prouver. Je voulais que Beppe respecte mon droit de posséder un magasin, d'être responsable et assez forte pour essuyer une tempête économique de cette ampleur. Mais si Gino était impliqué avec les *Fasci* italiens, cela retentirait sur moi. Et je ne supportais pas que l'on considère les Italiens comme des émissaires de cet ignoble Mussolini.

J'ai posé la paume sur sa joue lisse, rasée de frais.

« Marie, ce n'est pas la faute du système financier. Il fonctionne toujours, Dieu merci. Je reconnais qu'il y a des hauts et des bas… »

Ses paroles étaient censées me calmer, mais elles n'ont fait qu'attiser ma colère. « Des hauts et des bas ? C'est comme ça que tu appelles ce qui se passe ? »

Que dire de ceux qui n'avaient plus rien à manger, forcés de faire la queue pour un bol de soupe tiède et une tranche de pain rassis ? À ce jour, nous n'avions eu qu'un seul différend, à propos des meubles de l'appartement. Je lui avais dit que je trouvais horrible ce mobilier marron-noir, et il avait explosé : « Nous n'achèterons pas de meubles. » L'espace d'une seconde, on aurait dit un couple marié.

Il m'a attirée à lui sous les draps. Il était encore tôt, et le froid était mordant. « Nous devons combattre, Marie.

— Combattre quoi ? ai-je rétorqué d'une voix endormie, lui montrant bien que je ne voulais pas le repousser.

— Toute cette folie », a-t-il chuchoté. Ce furent nos derniers mots avant que toute pensée cohérente devienne impossible.

15

Cette chambre qui avait été autrefois celle de ma mère était joliment désuète, et j'adorais ouvrir les yeux le matin sur la rosace au plafond, déployée autour d'un globe en verre dépoli qui le soir nimbait d'une lueur chaleureuse les meubles en acajou. C'est dans cet environnement d'une autre époque que j'avais fait un rêve portant sur l'avenir, peut-être suscité par ce que Sammy m'avait raconté au sujet de l'entrepôt de monsieur E. à New York. Il était question d'un tapis roulant. Ou bien était-ce parce que monsieur E. m'avait parlé de la nouvelle usine de M. Ford ? Il venait de s'acheter une Ford neuve et ne parlait que de cela. « Mari, avant il fallait une journée pour fabriquer une voiture, maintenant c'est une par heure. Grâce aux machines. Dieu merci. » Monsieur E. prétendait que l'on allait entrer dans l'ère du futur. *Quelle drôle d'idée*, m'étais-je dit. *Comme si nos vies n'étaient pas nos vies mais un simple tremplin vers l'inconnu et ses promesses mirobolantes*.

Dans mon rêve, il y avait une grand-rue comme celle de Littlefield, avec une bâtisse classique en plein milieu, une banque ou les bureaux d'un nouveau millionnaire, et sur le lourd linteau surmontant les colonnades en pierre était gravé un nom que je ne parvenais pas à déchiffrer. D'un côté du bâtiment se dressait une boutique avec un store et, de l'autre, notre Five&Ten. Nous nous trouvions là, dans la lumière aveuglante du soleil, sans store pour empêcher la marchandise de s'abîmer. La rue était large, avec peu de circulation. Mais, contrairement à Littlefield où les façades guindées étaient en brique, dans le rêve tous les bâtiments étaient colorés, comme dans un livre illustré pour enfants. Et pourtant c'était un lieu familier, qui me rendait heureuse, jusqu'au moment où, en levant les yeux, je découvrais avec surprise un grand immeuble en forme d'aiguille s'enfonçant profondément dans le ciel. J'avais entendu parler des gratte-ciel, sans jamais en voir un. Il miroitait au soleil et je craignais qu'il trouble la quiétude de la rue, jusqu'à ce que je comprenne qu'il faisait partie de la ville et que bientôt je l'aimerais au même titre que le reste de ce décor connu. Les passants levaient à peine le nez, vaquant à leurs occupations, visiblement déjà habitués à cette vision. Toutefois, l'impression demeurait en moi que, malgré ses atours enchanteurs, ce gratte-ciel n'était pas fait pour nous autres, en dessous.

Le dimanche soir précédant Halloween, j'étais dans la réserve en train de déballer des friandises pour la folle journée à venir tout en écoutant l'émission d'Orson Welles, *The Mercury Theatre on the Air*, lorsque la musique a soudain été interrompue par une annonce. On avait repéré des explosions sur Mars, puis un vaisseau spatial extraterrestre atterrissant dans un champ à Grovers Mill, à quarante kilomètres à peine.

Sous l'effet du choc, j'ai manqué de m'évanouir. J'étais seule au magasin, aussi ai-je appelé Ruth, mais ni elle ni Gersh n'étaient chez eux. J'ai pensé à prévenir monsieur E., mais la personne à qui j'avais le plus envie de parler était Beppe et je n'avais aucun moyen de le joindre. Je n'avais pas son numéro, et c'était le soir. J'ai fait les cent pas dans la boutique dans un état d'hébétude, jusqu'à ce que le présentateur révèle qu'il ne s'agissait que d'un canular. J'ai eu envie d'assassiner personnellement Orson Welles.

Une semaine plus tard, la chance m'a souri en la personne de Mme Holloway. Plantée devant mon rayon d'articles ménagers, je me demandais pourquoi, à deux semaines à peine de Thanksgiving, je n'avais pas songé à commander plus de matériel de cuisine alors que j'étais déjà en rupture de stock de poêles. Je contemplais mes rayonnages en retenant mes larmes lorsqu'elle est entrée. Elle avait besoin de trois poêles – à cette période de l'année, elle venait toujours faire ses courses chez moi. Malheureusement, elle voulait le seul article que je n'avais plus en rayon, une poêle bas de gamme en aluminium.

« Qu'est-ce qui ne va pas, Marie ? » a-t-elle demandé.

J'ai rapidement repris contenance. « Je pensais à quelque chose. Vous savez que j'ai bien mieux que ça », ai-je lancé en la guidant vers ma nouvelle vitrine d'articles en verre résistant à la cuisson. Comme ils coûtaient le double des poêles et que ma marge sur ces produits était plus importante, il faudrait que j'avance de solides arguments. « Ces plats sont inusables, madame Holloway. Ce serait un excellent investissement. Et vous pouvez vous en servir toute l'année. Je cuis mes gâteaux dedans, ça fonctionne très bien.

— J'ai entendu parler de vos gâteaux, Marie, a-t-elle répondu en saisissant un des plats carrés pour l'inspecter. Je n'aurais jamais pensé à mettre ça au four. »

J'ai patienté. J'apprenais la vertu du silence qui s'installe et encourage souvent l'interlocuteur à parler plus, et parfois à faire exactement ce que vous attendez de lui.

« D'accord, mais je n'en prends que deux. Ils sont chers, Marie. »

Deux ? Mon Dieu !

Le même jour, j'ai aussi réussi à vendre un vase en forme de corne d'abondance avec des décorations en bambou. C'était un article que je tentais d'écouler depuis des mois, car il datait de l'année précédente. Certains pouvaient supporter de prendre la poussière mais d'autres, comme ce vase, résistaient au nettoyage et se démodaient rapidement quoi qu'on fasse pour les remettre en valeur.

Les bonnes années, entre les rentrées d'Halloween et de Thanksgiving, nous pouvions tenir sans problème jusqu'à Noël. Mais cette année, il y avait eu une effervescence inhabituelle pour Halloween. Le terrible canular de *La Guerre des mondes* avait eu pour effet d'exciter la peur, ce qui curieusement avait donné plus d'importance à cette fête et incité les gens à dépenser davantage en décorations. Puis, à Thanksgiving, nous avions cuisiné en famille et nous étions réunis autour du feu pour rendre grâce que tout ne nous ait pas encore été pris. Malgré tout, je n'avais pas réussi à mettre un dollar de côté pour le stock de Noël.

Feldman acceptait de continuer à me livrer, mais les autres fournisseurs à qui je devais déjà de l'argent se sont mis à appeler à n'importe quelle heure dans l'espoir de m'attraper par surprise. J'avais peur de répondre au téléphone. Je m'apprêtais à affronter un rude hiver et je ne parvenais à tenir qu'en me remémorant interminablement les heures bénies passées avec Beppe.

Dans notre appartement clandestin, même si le chauffage fonctionnait bien, il faisait toujours frais à cause du jour entre les portes du garage en dessous qui laissait remonter un vent coulis glacé jusqu'à l'étage. Lorsque nous avions le temps, nous traînions un peu plus au lit, sous une pile de couvertures.

Quel enfant n'aime pas l'hiver et la neige ? Je gardais de merveilleux souvenirs de manteaux douillets avec leurs gants assortis, retenus par un fil de laine que Maman cousait à l'intérieur pour que je ne les perde pas – et je les perdais tout de même. Ces années-là n'étaient pas si loin et il suffisait d'un détail pour me faire redevenir cette enfant, une petite adorant la neige et les bois, et les sentiers tapissés de feuilles mortes humides. À une époque de ma vie, j'accueillais avec joie toutes les saisons, l'explosion de vie du printemps et même la chaleur étouffante de l'été, et j'aimais tous les vêtements que je portais.

Mais dans la neige, le trajet jusqu'à notre appartement me paraissait désormais interminable. Au départ, il s'agissait seulement d'une expérience sensorielle en prélude à l'intensité de nos ébats, qui m'étaient devenus indispensables. J'étais obsédée par cette fusion sexuelle entre nous, je n'avais qu'une hâte, le voir retirer d'abord sa veste, puis sa cravate, avant que nous nous enlacions délicatement pour nous embrasser. Il se montrait toujours hésitant, ce qui s'accordait parfaitement à ma propre humeur, dans ces quelques secondes en suspens avant de plonger dans une délicieuse inconscience où nous nous sentirions en sécurité, enivrés par l'illusion de ne plus jamais avoir à nous séparer. Sauf qu'il le fallait toujours. Inexorablement, ces mêmes deux personnes remplies d'espérance à leur arrivée, anticipant la jouissance, étaient finalement rendues à elles-mêmes.

Quel contraste avec l'été, au commencement de notre histoire, quand après avoir passé l'après-midi avec lui je me retrouvais chez moi, heureuse d'avoir une soirée seule. Le temps s'étirait à l'infini tandis que je contemplais par la fenêtre la lumière déclinante et la banque de l'autre côté de la rue, auréolée du halo jaune d'un réverbère, et mon désir pour cet homme s'enflammait à nouveau. Une fois seulement nous avions pu passer une nuit entière ensemble, lorsque Priscilla était partie rendre visite à sa sœur à Philadelphie.

« Je suis libre », avait-il annoncé, et il n'y avait pas eu besoin d'en dire plus. J'avais miraculeusement réussi à envoyer mes frères passer la nuit chez monsieur E. sous le prétexte que j'avais désespérément besoin d'une soirée tranquille.

J'avais repassé ma robe et sorti les livres de recettes. Je m'étais précipitée à la dernière minute chez Ferrara pour acheter les ingrédients manquants. Eddie avait forcément remarqué ma fébrilité. Dans les heures qui avaient précédé mes retrouvailles avec Beppe, j'étais devenue très irritable avec les garçons, au magasin, et mon humeur était demeurée imprévisible jusqu'au soir, lorsque ma cuisine s'était transformée en salle des machines bouillonnante. Une douce brise s'était enfin levée, faisant un peu baisser l'humidité dans l'air, comme un cadeau pour nous et nous seuls. Je portais une robe-chemisier que j'avais gardée précieusement pour une occasion spéciale, en soie délicate, d'un vert olive qui faisait ressortir mes yeux noisette, que j'avais ourlés au crayon bleu marine.

« Marie, tu es superbe », s'était-il exclamé comme s'il était l'homme le plus chanceux de la terre.

J'avais aussi mis mon meilleur parfum et un tablier bordé de dentelle qui avait appartenu à Maman. Beppe rayonnait de plaisir en me regardant m'affairer pour mettre la table et allumer les bougies. Nous avions repoussé la tristesse, cette conscience aiguë que nous avions tous deux que tout cela n'était qu'une comédie, et cette soirée de félicité domestique avait filé trop vite. Le sommeil nous avait paru une perte de temps, pourtant il avait bien fallu dormir entre nos interminables ébats ; au matin, la fatigue aurait facilement pu nous conduire à la dispute, mais nous avions su l'éviter.

J'étais convaincue que personne n'avait repéré les allées et venues de Joseph Ashworth dans mon appartement de tout l'été. Avant que Beppe modifie notre arrangement, je me sentais en sécurité et j'aimais à croire que la chaleur et le ronronnement du ventilateur masquaient nos soupirs. Mais, une fois le froid revenu, le temps m'avait paru se contracter avec une telle force qu'on aurait dit que c'était chaque jour la fin du monde à 15 h 30, heure à laquelle je rentrais en général chez moi après avoir vu Beppe. Les soirées aussi étaient différentes, désormais. J'aimais toujours la solitude, mais le temps maussade retentissait sur mon humeur. Je me le représentais dans cette grande demeure au bord du lac, assis à côté de sa femme. Écoutaient-ils la radio ensemble ? Ou bien se promenaient-ils dans le parc ? De quoi parlaient-ils ? Ces pensées me glaçaient, me figeaient, telles ces congères crasseuses sur le bord de la route. Et lorsqu'une pâle percée de soleil faisait fondre la neige, le froid et l'humidité s'infiltraient dans le mauvais cuir de mes bottines et l'amertume me gagnait.

Pourtant, quelqu'un nous avait bel et bien vus.

Sans s'être annoncée, au beau milieu de la semaine, Ruth est entrée en trombe dans ma cuisine. Je l'ai d'abord crue fâchée que j'aie mis en vitrine la veille un nouvel arrivage de foulards satinés. Nous prenions garde à ne pas marcher sur les plates-bandes l'une de l'autre, cependant après la mort de Maman nous avions convenu que nos deux boutiques avaient besoin de clients et étions devenues moins regardantes sur les chevauchements ponctuels. À l'expression de Ruth, j'ai compris que le problème était ailleurs.

Elle s'est penchée vers moi, les poings sur ses hanches robustes. « Alors, depuis quand ça dure ?

— Bonjour à toi aussi, ai-je répondu en me laissant lourdement choir sur une chaise.

— Ne tournons pas autour du pot, Marie. Disons simplement que je *sais*. » Elle avait marqué une pause, pour faire plus théâtral. J'avais tant redouté cet instant. Rien ne m'effrayait plus que la désapprobation de Ruth.

« Comment ? ai-je demandé d'une petite voix.

— Je l'ai *vu*. Et espérons que je sois la seule. »

Vu ? Il était impensable qu'elle nous ait espionnés, aussi avait-elle dû apercevoir Beppe alors qu'il entrait par la grand-rue.

J'ai trouvé du vin et nous en ai servi à chacune un petit verre. « Il faut que je retourne travailler, Ruth, ai-je argué en prenant une gorgée.

— Je suis choquée, Marie. Ta mère…

— Carmela est au courant », me suis-je empressée de rétorquer. C'était sorti tout seul, comme un aveu de la communion qui perdurait entre ma mère morte et moi. Devais-je vraiment m'en expliquer à Ruth, qui avait si bien connu Maman et sa force d'esprit, sa façon de communiquer avec moi à travers ses recettes, ses robes et ses jupes qui ne demandaient qu'à retrouver une seconde jeunesse ? Bien sûr qu'elle était au courant. Et qu'étais-je censée faire ? Me couper de tout ? Cuisiner pour mes frères à m'en faire saigner les mains, vieillir comme j'avais vu des filles de la ville le faire, célibataires, attendant qu'on les expédie chez de lointains parents, comme les Cavuto, les Piccioti ou les Scordo ?

« Je ne peux pas m'en empêcher », ai-je simplement dit.

Qu'avais-je comme ressources, si ce n'est mon instinct qui me disait que j'avais légitimement le droit de l'aimer ? J'étais jeune, pas seulement en nombre d'années, mais parce que la fougue de ma mère était en moi. Je sentais sa présence près de moi, tout comme celle d'ancêtres que je n'avais pas connus et qui me chuchotaient que j'avais la vie devant moi et devais en profiter. Leurs histoires étaient perdues à tout jamais, leurs vies vécues, mais la mienne restait à écrire.

Une lueur de compassion, ou peut-être de tristesse, est passée dans le regard de Ruth. Elle était d'une autre génération, comment m'attendre à ce qu'elle comprenne ? Je ne voulais surtout pas la choquer ou l'offenser. Je savais aussi qu'une fois les réprimandes passées, elle se calmerait et, en cas de besoin, irait même jusqu'à m'aider.

À présent que j'avais avoué mon secret, pour la première fois depuis des mois je sentais le calme intérieur revenir. L'air était soudain devenu immobile et, sur l'aire de chargement en bas, même les garçons parlaient à mi-voix. Je me demandai ce qu'ils manigançaient.

« Ruth, il faut vraiment que je redescende.

— Au moins, tu l'avoues, a-t-elle conclu avec une expression pleine d'attente, le genre que Maman aurait pu avoir.

— Te l'avouer à toi ? Je te raconte tout. » Ce n'était pas tout à fait la vérité.

« Très bien, a-t-elle soupiré. Mais sois prudente. » Elle m'a tapoté gentiment le bras puis a balayé la cuisine du regard. « Qu'est-ce que c'est que toutes ces herbes ?

— Je tente des recettes de Maman.

— Je m'inquiète pour toi. »

J'ai repoussé mon verre de vin. « Je ne devrais pas boire. » Ruth m'a adressé un coup d'œil suspicieux, et je me suis hâtée de m'expliquer : « J'ai tout le stock à référencer.

— Il est beau, a-t-elle fini par admettre.

— Oui, il est beau. »

16

Si Ruth avait tout découvert, qui d'autre pouvait être au courant ? Au lieu d'être inhibée par cette nouvelle, je m'en trouvais au contraire enhardie. J'ai continué à porter des tenues plus élégantes et du rouge à lèvres vermillon. J'alternais deux robes ayant appartenu à Maman pour ne pas avoir l'air de m'habiller toujours de la même manière. J'ai mis en valeur mes jambes en raccourcissant audacieusement les ourlets de mes jupes un peu plus haut que ne le dictait la mode et je me suis offert le luxe de céder à mon amour des chaussures en ajoutant aux rares paires rangées sur le petit présentoir en bois dans mon placard de jolis escarpins à bride autour de la cheville. Progressivement, j'ai aussi senti changer ma façon de me comporter avec Gino et Sammy et de m'adresser à Kenny et aux fournisseurs. Je suis devenue plus abrupte, me moquant de ce qu'ils pouvaient bien en penser.

Quand j'avais passé un après-midi avec Beppe, mon visage rayonnait de l'aura du plaisir physique. Quiconque me surprenant en train de descendre Bellevue Avenue, loin des boutiques, en direction de ce quartier résidentiel où pratiquement personne ne venait se promener m'aurait prise pour une vieille fille excentrique. J'ai gardé l'habitude d'aller au cinéma seule le mercredi, pour la « soirée Assiette », et quand le lourd rideau se refermait dans un froufrou ouaté sur le film (le dernier en date mettait en scène Bette Davis, une femme à qui ses appétits faisaient beaucoup de tort), je rentrais à pied chez moi avec mon assiette blanche bas de gamme sous le bras.

Un mercredi soir justement, alors que je rangeais des papiers, Kenny est entré dans le bureau, un large sourire aux lèvres. Debout dans un coin, il a brandi un rouleau de tissu qu'il m'a fourré dans les bras en se penchant par-dessus la table. « Pour toi », a-t-il simplement dit.

C'était un beau velours couleur moutarde, auquel je trouverais sans mal un usage. J'ai aussitôt adressé à Kenny un regard lourd de soupçons. « Où as-tu eu ça ? » Pourquoi me faire soudain un cadeau alors que cela ne lui était jamais arrivé auparavant ? Sûrement pas pour me remercier d'avoir allégé ses heures pour Noël.

« Corley veut son chèque.

— Dis-lui d'attendre. » Je n'étais pas d'humeur. Je paierais Corley quand je le pourrais.

« Esposito dit qu'il ne peut pas aider, en ce moment. »

J'ai posé le rouleau et croisé les bras. J'aurais voulu lui exprimer de la gratitude pour son présent, mais je me sentais surtout en colère qu'il soit allé solliciter monsieur E. derrière mon dos.

« Dis à Corley qu'il aura son argent dans une semaine », ai-je rétorqué en y mettant toute ma résolution.

Kenny a lâché un long soupir pour me faire savoir qu'accepter un ordre d'une femme était une énorme épreuve pour lui. Il était campé sur ses jambes légèrement écartées, les mains plantées sur ses hanches comme s'il était le roi du pétrole. « Il y a un nouveau fournisseur, je pense qu'on devrait lui parler, a-t-il suggéré.

— Ah oui ?

— Sa marchandise est moins chère. C'est joli. » Il a attendu ma réaction.

« Et de qui s'agit-il, au juste ?

— De mon cousin. Il fait du commerce en gros. Des articles ménagers et des décorations de Noël. »

Voilà qui expliquait le cadeau. Il voulait que je passe mes commandes de Noël chez son cousin.

« Il est moins cher », a-t-il insisté.

Cela les agaçait prodigieusement que je cherche du stock de qualité. Je n'avais jamais réussi à faire comprendre à Gino ou à Kenny que le profit sur une jolie pièce dépassait largement la marge faite sur plusieurs articles médiocres, ce qui en outre était une technique du passé. C'en était fini du bouche à oreille qui suffisait à faire vendre un joli torchon, comme ç'avait pu être le cas à l'époque de Maman. *Regarde,* aurait dit Carmela, *maintenant que Mimi en a pris un, nous allons bientôt voir Rita et Genevieve. Je leur donne deux jours.* Mais c'étaient en réalité les articles de luxe qui nous permettaient de traverser les mois de vache maigre, les produits rapportant davantage et s'adressant aux clients qui avaient encore de l'argent à dépenser. Les ménagères aisées se laissaient séduire par l'artisanat et le fait-main. J'avais engagé plusieurs femmes de la ville pour tricoter des couvre-théières et des chaussons pour bébé, qui se vendaient bien et à un bon prix. De ce fait, je réussissais à les payer décemment pour leur travail, ce qui rendait fous Kenny et mes frères.

« Le stock, c'est mon affaire, ai-je répliqué. La tienne, c'est de veiller à ce que les rayonnages soient remplis. »

Kenny s'est rembruni. « Tu sais, comme les finances ne sont pas brillantes, mon cousin pourrait te faire crédit. J'imagine qu'on pourrait toujours essayer de faire un emprunt, mais on ne prête pas aux Italiens.

— Qui ça ?

— La banque de l'autre côté de la rue. Je connais plusieurs gars qui se sont fait claquer la porte au nez. Les *Merigani* ont toujours leurs prêts, eux. »

Kenny adorait appeler les Américains « *Merigani* ». Ce qui n'était au départ qu'une erreur de prononciation était devenu une insulte bien commode.

« De quoi parles-tu ?

— Bertolli a essayé. Et Romasello. Et aussi Macri. Rien. On leur a dit : “Revenez plus tard.” Ça veut dire quoi, *revenez plus tard* ? Je vais te le traduire, moi. *Dégage, tu n'es qu'un rital*.

— Kenny !

— C'est la vérité. Tu n'as qu'à leur demander. Ils n'ont pas obtenu un centime.

— Je déteste t'entendre parler comme ça.

— Comme tu voudras. » Il est sorti, le dos courbé comme si cette conversation l'avait vieilli de cinquante ans. Qu'il était grossier, dernièrement !

Jusqu'au soir, ses gestes ont été maladroits, comme s'il avait été roué de coups. Pour ma part, je refusais de céder à cette faiblesse. J'attendais impatiemment ce moment, cet horizon encore lointain où une famille pourrait s'offrir le confort sans avoir à se priver de nourriture. Je prévoyais des améliorations dans mon commerce. Le Five&Ten allait changer, sans rien perdre toutefois de sa convivialité, cet accueil chaleureux des comptoirs et des parquets anciens, cette atmosphère mystérieuse de bazar.

Mais, une semaine plus tard, à l'arrivée du nouveau stock, au lieu des marchandises que j'avais ordonné à Kenny de commander, j'ai vu s'empiler à mes pieds un véritable bric-à-brac. Les chaussettes et les décorations de Noël étaient de qualité si médiocre que je ne les ai même pas sorties des cartons.

« Kenny, viens ici ! ai-je hurlé, mais c'est Gino qui a déboulé.

— Il n'est pas là.

— Regarde-moi ça. » J'ai brandi une guirlande de clochettes dont les paillettes se sont aussitôt éparpillées. « C'est de la camelote. Pas question que je vende ces saletés ! Où est Kenny ?

— Comment veux-tu que je…

— Trouve-le ! »

Folle de rage, je suis allée m'asseoir derrière la caisse. À l'extérieur, les voitures se mouvaient lentement, comme engourdies par le froid glacial. Lorsque Gino me l'a finalement ramené, Kenny s'est présenté à moi de sa démarche nonchalante ; ils étaient tout sourire, et j'ai littéralement bondi de mon tabouret.

« Qu'est-ce que c'est que ça ? » Je lui ai brandi sous le nez une boule de Noël qui tombait déjà en morceaux. « Tu n'as pas passé la commande que j'avais demandée. Je ne la paierai pas. Dis à ton cousin de venir la reprendre. Sur-le-champ !

— Marie…

— Fais ce que je dis, un point c'est tout. »

Je les ai tous les deux plantés là. Comment osaient-ils m'ignorer ainsi ? Il était évidemment trop tard pour trouver une solution de remplacement. Les ventes seraient encore pires que prévu, et nous nous retrouverions à devoir de l'argent à tout le monde. J'avais récemment remarqué que Kenny renvoyait certains clients. Lorsque Mme Rizotte était venue en quête d'une passoire, il avait prétendu ne plus savoir où elles étaient rangées, puis que nous n'en avions pas en réserve, ce qui était un mensonge. Mimi était une amie, et l'une de mes meilleures clientes. J'avais pris Kenny à part pour lui annoncer que, désormais, il serait cantonné à l'aire de chargement et aux livraisons. « Marie, je pourrais tout faire, ici. Regonfler les ventes. Tout ce que tu voudras. » On aurait dit qu'il n'avait pas écouté un mot de ce que je venais de lui dire.

Juste après l'incident des décorations de Noël, il a commencé à rester tard à la boutique. D'abord pour vérifier que tout était bien verrouillé, ce qui avait toujours fait partie de son travail, puis, un soir, bien après la fermeture, une odeur de cigarette s'est immiscée par la fenêtre de ma cuisine, remontant de l'aire de chargement. En me penchant, j'ai aperçu Kenny assis sur la marche en béton en train de faire tomber sa cendre par terre alors qu'il savait que je détestais cela. Plusieurs soirs de suite, je l'ai ainsi entendu rouvrir la porte arrière du bureau avec sa clef ; un camion arrivait peu après et, dans le froid nocturne, je voyais monter les nuages de fumée et de vapeur tandis qu'il discutait et fumait avec un autre homme. Je ne pouvais distinguer ce qu'ils se disaient, mais au bout de quelques minutes ils se mettaient à décharger de gros sacs du camion, puis il en arrivait un autre pour tout embarquer. S'agissait-il des fameuses livraisons pour monsieur E. ? Quoi qu'il en soit, les quantités étaient toujours énormes, et il y avait parfois deux passages dans une même soirée. Par ailleurs, je n'avais jamais vu Gino aussi occupé. Et si j'étais heureuse de le voir travailler dur, son comportement épouvantable venait gâcher mon plaisir. Quelques jours plus tôt, il avait par exemple déchiré sans précaution une boîte de macarons hors de prix pour les enfourner, sous prétexte qu'il avait faim.

« Gino ! m'étais-je exclamée.

— Ne pique pas une crise de nefs, Marie. Et ne t'inquiète pas, tu seras bientôt débarrassée de moi. » Sur ces paroles, il était sorti en trombe en emportant les macarons, m'abandonnant à ma perplexité.

17

Lorsque Beppe m'a appelée, il paraissait tellement heureux quc j'ai failli succomber à sa proposition.

« Je peux me libérer une heure. Immédiatement. » Je l'ai imaginé, assis à son bureau où il travaillait tard le soir.

« Moi pas », ai-je répliqué.

Rien ne m'aurait fait plus plaisir que de m'échapper, mais il y avait trop à faire en cette période de préparatifs de Noël.

« Tu vas me manquer, a-t-il ajouté. Je dois partir quelques jours, jusqu'à jeudi. Je t'appellerai à mon retour. »

J'ai bien failli céder, mais je m'étais déjà servi un verre de vin et me préparais à une soirée tranquille. Peut-être était-ce dû aux tensions avec Gino et Kenny, toujours est-il qu'une petite voix intérieure me disait de ne pas m'éloigner de la maison. Nous nous sommes souhaité bonne nuit et j'ai ajouté que lui aussi me manquerait. Je n'avais pas raccroché depuis cinq minutes que monsieur E. m'appelait. L'Ordre des Fils d'Italie diffusait un film intitulé *En avant l'Amérique*, traitant de la législation gouvernementale contre les grands magasins aux multiples succursales.

« Marie, on y va ensemble », a-t-il décrété.

Si j'avais dit non à Beppe, ce n'était pas pour ensuite dire oui à Salvie Esposito. En outre, j'avais le projet de reprendre une robe de Maman. Je lui ai donc suggéré d'y aller seul et de me raconter sa soirée plus tard. Il a capitulé bien trop vite pour que cela n'éveille pas mes soupçons.

Une fois remise à ma couture, j'ai rapidement tout oublié, y compris la journée chargée qui m'attendait le lendemain, lorsqu'il faudrait faire toute l'installation de Noël, démarquer les invendus et tenter de sauver tout ce qui pouvait l'être parmi le tas de camelote commandé par Kenny. J'avais prévu d'aller me coucher tôt, mais les heures ont filé, et je venais de reposer mon nécessaire et de rincer mon verre dans l'évier lorsque des voix en provenance de la rue m'ont fait sursauter : « Ne me touche pas ! » a crié quelqu'un. Je me suis précipitée à la fenêtre, juste à temps pour voir monsieur E. et deux policiers qui tentaient de retenir Gino. Sammy hurlait à son frère de se calmer, et des curieux s'étaient arrêtés pour observer la scène. Sur l'autre trottoir, un groupe d'hommes – des membres des Fils d'Italie que je connaissais de vue – arboraient un air las, comme s'ils étaient là depuis un moment et s'ennuyaient à mourir.

Un instant plus tard, la voix de monsieur E. a tonné dans l'escalier : « Espèce de salopard, crétin ! » S'en sont suivis une bousculade et des frottements de semelles, et en atteignant le palier j'ai vu que Salvie tentait toujours de contenir Gino. Ce dernier a attrapé le vieil homme par le col pour le repousser, jusqu'à ce qu'ils se retrouvent de nouveau dans la rue. J'ai dévalé les marches au moment où Sammy essayait de libérer monsieur E., lequel s'apprêtait à frapper Gino.

« Recule, espèce de lâche, a hurlé Sammy à l'intention de son frère.

— Mon Dieu, que se passe-t-il ? me suis-je écriée.

— Rentre, Mari, a ordonné monsieur E.

— Certainement pas ! »

Un policier a fini par s'avancer et a annoncé en fusillant Gino du regard : « On t'embarque en prison. »

Monsieur E. s'est tourné vers moi. « Je vais avec lui. »

Une fois le calme revenu, quelques hommes ont traîné dans les parages, à discuter. J'avais envie de leur demander ce qui s'était passé, mais je me suis ravisée, préférant remonter dans ma chambre contempler le papier peint fleuri pour m'apaiser et penser à Maman. Qu'allais-je bien pouvoir faire de mon cinglé de frère ?

Quelques minutes plus tard, j'ai entendu les pas de Sammy dans l'escalier, mais j'étais incapable de bouger.

Cette nuit-là, je n'ai pas réussi à fermer l'œil et, au lever, j'étais d'une humeur massacrante. Comme Sammy était encore au lit à 8 heures, j'ai rangé la cuisine de fond en comble en attendant son réveil.

« Raconte-moi, ai-je exigé quand il est apparu dans la cuisine.

— Gino a fait tourner un chapeau pour une collecte pour le *Fascio* de New York. Ils disent qu'ils combattent le communisme. Ils sont pro-Italie. Ils veulent s'assurer que l'Amérique se range aux côtés de Mussolini et n'entre pas en guerre.

— Je croyais que vous regardiez un film.

— Gino avait un livre. Avec une couverture en cuir noir. Et il voulait que tous les hommes le signent. Qu'ils jurent d'être loyaux et prêts à se battre, de descendre dans la rue pour passer à tabac le premier venu qui critiquerait l'Italie ou l'Allemagne. Il y en a qui sont restés pour signer.

— Ton frère est un fasciste ? Qui d'autre était là ?

— Gersh. Et Marty Jacobs. Ils n'ont pas signé, bien sûr. Et alors M. Jacobs a traité Gino de traître, et Gino l'a frappé.

— Tu plaisantes ? »

Marty Jacobs était propriétaire d'un magasin de meubles dans la ville voisine. C'était un ami de Ruth et Gersh et il venait souvent à des réunions à Littlefield pour se tenir au courant des affaires.

« Où est-il, ce livre ?

— Aucune idée. Gino l'a rangé.

— Qui l'a signé ?

— Je ne sais pas. J'étais déjà parti. La bagarre a commencé dans la salle, puis a continué dehors. Gino a bien tenté de s'enfuir, mais je l'ai rattrapé et on s'est battus. Il n'arrivait pas à m'atteindre. Il a essayé, mais je ne me suis pas laissé faire. »

Au même moment, on a sonné à la porte avec insistance. « J'y vais », ai-je annoncé.

J'avais à peine ouvert que Gersh s'est engouffré à l'intérieur. « Marie, ton frère ! Ce film, ce n'était qu'un prétexte !

— Monte. Il y a du café chaud », ai-je proposé en l'emmenant jusqu'au salon avant de filer à la cuisine nous chercher une tasse. Sammy était retourné se cacher dans sa chambre.

Penché en avant sur son fauteuil, Gersh a secoué la tête d'un air catastrophé, avant de sortir un papier de sa poche d'un geste théâtral. « Ton frère nous a attirés là pour faire circuler ceci. » Il m'a fourré la feuille dans la main. C'était encore la propagande odieuse de Coughlin, une réimpression d'un article paru dans *Justice sociale*, le journal que j'avais trouvé dans la chambre de Gino, intitulé « Protocoles des Anciens de Sion ». Il y dressait la liste des horreurs censément fomentées par les juifs contre les pauvres chrétiens innocents, désignés comme *goyim*. « La tyrannie, l'oppression et la pauvreté inutile qui accablent le monde ne sont pas l'œuvre de Dieu mais le résultat des agissements calculés d'hommes qui haïssent les principes chrétiens de fraternité. » Coughlin étrillait ensuite Roosevelt et le New Deal. Le terme « communisme » était mentionné une bonne douzaine de fois. Coughlin rendait les juifs responsables de la guerre imminente.

« Et ce film ? De quoi parlait-il ? » ai-je demandé.

Gersh a éludé ma question d'un geste impatient de la main. « C'est un vieux film. Sur la législation qui permettrait d'empêcher les grandes chaînes de magasins de racheter de petites affaires comme les nôtres. C'est une idée ancienne, qui tourne depuis au moins dix ans. Ce n'était qu'un prétexte pour nous attirer là. Ensuite, ton frère a fait passer un chapeau pour faire des dons, pour aider les fascistes à exercer leur discrimination contre nous. Et ce livre ! Si quiconque le trouve, il va se faire rosser par toute la ville.

— Quel livre ?

— Ton frère veut récolter les signatures de cent hommes. Des Italiens. L'Italie est du mauvais côté, crois-moi. Son histoire d'amour avec l'Allemagne ne prendra pas. Les Fils d'Italie prétendent faire le bien, mais ils sont remplis de haine et de préjugés, comme le reste du monde.

— Pas Sammy, ai-je protesté. Il n'est pas mêlé à tout ça. Gersh, je suis tellement désolée. Je ne sais pas quoi dire.

— Marty était là aussi. Nous étions les deux seuls juifs. On nous a bernés ! » Il m'a lancé un regard noir. « Mes parents ont fui l'Ukraine en 1885. Juste après l'assassinat du tsar, quand son successeur a fait entendre qu'il était légitime de passer les juifs à tabac. On nous a tout reproché. Au début, c'était peu répandu. Bientôt, non seulement on nous rouait de coups, mais on s'est mis à nous voler nos biens, et les autorités n'ont pas bronché. Mon père a échappé au pire des pogroms. Une chance qu'il ait pu fuir, car le reste de la famille a été tué pendant la guerre civile, trente ans plus tard. Les troupes ukrainiennes s'en sont prises à nous. Tout le monde s'en est pris à nous. Quand Gino a frappé Marty, hier soir, je me suis dit : mon Dieu, voilà que ça recommence. On est venus ici trouver une nouvelle vie, et je suis là depuis plus longtemps que certains d'entre vous. Nous cultivions déjà nos champs bien avant l'arrivée des Italiens. Et à présent tout le monde veut notre mort !

— Ce n'est pas vrai, Gersh, mon Dieu.

— Tu ne vois pas ce qui se passe, Marie. Et tu ferais bien de dire à ton frère de faire attention.

— Je ne peux rien lui dire.

— J'ai toujours de la famille en Ukraine. Il y a eu la famine, il y a cinq ans, elle a fait cinq millions de morts. Staline excite les tensions entre les Ukrainiens et les juifs. Il nous enferme dans des ghettos. Et ça ne fera qu'empirer.

— Je vais nous refaire du café, quelque chose à manger.

— Non, merci. Je dois rentrer retrouver Ruth. Elle est très ébranlée. Que Dieu nous vienne en aide », a-t-il conclu en se levant. Sur le pas de la porte, il s'est retourné. « Et si les gens nous boycottent ? Juste avant Noël ? »

Je n'avais pas pensé à cela. Le Five&Ten était tout aussi vulnérable aux caprices et aux préjugés qui régnaient en ville.

Une fois Gersh reparti, j'ai attrapé mon sac à main et me suis précipitée pour voir Ruth, qui pliait des mouchoirs à l'arrière du magasin.

« Ruth, Gino est un maudit imbécile. Il s'est laissé influencer. Je te le jure. C'est un idiot. »

Gino n'était pas seulement idiot, il était dangereux. Mais je n'étais pas prête à l'admettre. Ruth a gardé la tête baissée tout en continuant sa tâche. La boutique était si belle. Ils avaient accroché des rameaux de pin aux présentoirs remplis de marchandises et des loupiotes colorées faisaient danser des éclats joyeux de lumière sur le comptoir en acajou ciré. Les Oletsky avaient beau être juifs, ils décoraient toujours le magasin pour Noël. Il m'est soudain apparu que leurs clients, des chrétiens pour la plupart, n'étaient sans doute pas sensibles à l'effort que cela représentait, ou le considéraient comme une technique commerciale. Je n'étais pas de cet avis. Ruth et Gersh faisaient partie intégrante de notre communauté et, au même titre que nous tous, ils aimaient ce rituel.

J'ai joué nerveusement avec la bandoulière de mon sac tout en balayant du regard les bustes des mannequins portant d'élégants chapeaux en velours à aigrette. En dessous, ils arboraient les derniers soutiens-gorge à la mode. C'était une question économique – ils avaient peu de mannequins et beaucoup d'articles à exposer. Mais il y avait aussi là une pointe d'excentricité et d'humour, un défi lancé à cette époque guindée et frileuse.

« Tu sais que je t'aime, n'est-ce pas ? » Je me suis penchée en travers du comptoir pour lui prendre la main. J'étais terrorisée à la perspective que Ruth soit en colère contre moi. Tout comme Maman, elle pouvait se montrer sévère et impitoyable. « Je suis tellement navrée, Ruth. J'aurais pu le tuer. Je vais le tuer ! »

Son sourire m'a surprise. « On se heurte toujours à des limites. Ce sont des garçons. Ils sont impossibles, a-t-elle commenté en haussant les épaules.

— Tu n'imagines pas comment ils me traitent, Ruth. Kenny a complètement changé. Monsieur E. le paie plus cher et il est censé en faire plus, mais c'est tout le contraire. Je les déteste tous, mais j'ai besoin d'eux. Je suis piégée, Ruth. Piégée ! Je veux que Gino s'en aille. Qu'il s'en aille pour de bon.

— Tu as de la chance qu'ils soient encore à la maison. À leur âge ils pourraient être partis depuis longtemps vivre leur vie.

— Pas Sammy, ai-je rectifié en me calmant. Lui est différent. Non, pas Sammy. C'est ce fichu Gino. Tout est la faute de Gino. »

Ruth a posé sa main sur mon bras et l'a serré fermement. Je me suis rappelé ce qu'elle m'avait raconté de l'Italie qui maltraitait ses juifs, même avant les attaques de la *Kristallnacht* en Allemagne, en novembre dernier. À ma grande honte, j'ignorais alors ce qu'était la *Kristallnacht*. Ce mot si joli, pour désigner des rues jonchées de bris de verre de fenêtres et de devantures, celles des synagogues, des maisons et des commerces appartenant à des juifs. Ruth avait dû me raconter les innombrables meurtres commis en Allemagne par les milices lors de ce déchaînement de barbarie. Et voilà que cette même haine et ces mêmes préjugés étaient à notre porte.

« Ruth… » Je fixais mes pieds, honteuse.

« N'en parlons plus », a-t-elle conclu. En relevant les yeux, j'ai vu qu'elle pleurait. Je l'ai prise dans mes bras et j'ai senti sur ses vêtements une odeur de cuisine qui m'a rappelé Maman.

« Si tu veux », ai-je acquiescé.

Elle m'a raccompagnée à la porte et juste avant que je sorte de la boutique, elle m'a saisi la main et l'a serrée.

18

Le lendemain, je me suis rendue chez Ferrara. Je marchais d'un pas lent, gênée à l'idée d'être vue dans la rue et désormais associée au comportement odieux de mon frère, mais personne ne m'a prêté attention. La devanture et les fenêtres de Ferrara faisaient face aux locaux des Fils d'Italie. Je venais toujours acheter les articles soldés disposés en vitrine, les bidons d'huile d'olive et les pâtes périmés. Mais aujourd'hui, en me retrouvant nez à nez avec l'horrible façade en ciment de l'Ordre des Fils d'Italie et sa porte fraîchement repeinte, je ne voyais plus que l'ignoble incident qui s'était produit là deux jours plus tôt. Dans cette ville, de nombreux hommes en étaient membres, des hommes qu'autrefois Carmela respectait et qui nous respectaient. J'étais à présent certaine que c'était monsieur E. qui avait été l'instigateur des actes de Gino.

Alors que je ruminais ces pensées, deux voitures immatriculées à New York se sont garées le long du trottoir. Une demi-douzaine d'hommes en sont sortis pour s'engouffrer chez les Fils d'Italie. À en juger par leurs beaux visages mats et leurs longs manteaux noirs, il s'agissait d'Italiens. Que je détestais ces manteaux qui leur donnaient l'air de croque-morts ! Mais j'ai été la seule à les remarquer, dans le bruit de la trancheuse à viande et l'affairement derrière le haut comptoir du magasin où les employés de Ferrara servaient les clients.

Plus tard, Mme Fiorello m'a appelée. Je me suis armée de courage, m'attendant à ce qu'elle mentionne la bagarre, mais à ma grande surprise elle n'en a rien fait. Elle voulait passer commande d'une douzaine de *cupcakes* pour l'anniversaire de son petit-fils. J'ai tenté de la convaincre de me laisser plutôt faire des *pizzelle*, puisque c'était Noël. J'avais déjà une fournée à préparer pour Feldman, et doubler la recette m'aurait considérablement simplifié la vie.

« Les jeunes gens raffolent des *pizzelle*, madame Fiorello, ai-je argué en lui adressant en pensée l'image des gaufrettes craquantes et légères, délicatement parfumées à l'anis.

— Non. Je veux des *cupcakes* », a-t-elle insisté.

Je voulais réaliser quelque chose de spécial, pour aider son petit-fils à entrer dans l'âge adulte. J'ai donc décidé d'ajouter une pointe d'anis, un excellent expectorant qui avait en outre la réputation d'apaiser les tensions, ce qui ne pourrait qu'être utile à un jeune garçon démarrant sa vie d'homme. Et sa saveur de réglisse serait habilement masquée par un riche nappage au chocolat.

Je savais que Mme Fiorello n'avait pas les moyens de me payer, aussi lui ai-je suggéré un marché. Il lui restait un rouleau de la magnifique charmeuse en soie qui avait servi à confectionner la robe de mariée de sa belle-fille. Par cette union, son plus jeune fils entrait dans une famille aisée, de pure souche anglo-saxonne. Alors que je lui déposais une cargaison d'amandes caramélisées qu'elle avait le projet d'emballer dans des sachets de tulle pour les offrir aux invités des noces, elle m'a fait entrer chez elle pour exhiber l'incroyable étoffe. Debout dans son salon minuscule pourtant peu éclairé, j'ai été éblouie par l'éclat de la soie ivoire, semblable à un clair de lune sur l'eau, et j'ai proposé l'échange à Mme Fiorello. Le tissu serait difficile à coudre, mais d'une telle qualité que j'étais certaine de faire une bonne affaire. Lorsqu'elle a accepté, outre les *cupcakes*, je lui ai aussi fait une belle remise sur les amandes.

Je me retrouvais désormais avec trois commandes, une pour Feldman, une pour Mme Fiorello, une autre pour Mme Delfina, un quatre-quarts destiné aux prêtres. Je détestais cuisiner pour ces paresseux et je regrettais déjà d'avoir dit oui. Mais je craignais un peu Mme Delfina, qui dès qu'elle venait au magasin réussissait toujours à prendre l'une de mes clientes à part. Elles se mettaient alors à persifler ensemble, en italien, *Vinizi, vinizi*. Que signifiait ce mot, *vinizi* ? Elles savaient pertinemment que je ne parlais pas italien. Elles me lançaient des regards sévères avant de se replier dans un rayon où je ne pouvais les voir. Mais j'entendais tout de même leurs messes basses mesquines et leurs ricanements. Ce n'est que plus tard que je me suis rendu compte que *vinizi* n'était pas un terme italien, mais la déformation de « venez ici », cette injonction urgente susurrée par Mme Delfina pour inviter la première personne venue à écouter le fiel de ses sarcasmes. Elle passait pour une femme bonne et dévote car elle travaillait pour les prêtres, mais elle n'était rien de tout cela. Je soupçonnais ses paroles de me faire du tort, peut-être même de me coûter des clients. Et si je saupoudrais un peu de poison dans son gâteau, histoire de les tuer tous d'un seul coup, elle et les prêtres ?

Le temps que je rentre de chez Mme Fiorello, il faisait noir. Kenny avait déjà fermé. Au lieu de monter directement, je suis passée par la boutique plongée dans la pénombre et le silence.

Maman, je suis là.

La nuit, je sentais toujours sa présence, lorsque le Five&Ten se muait en animal vivant et respirant, nourri par les attentes, les espoirs et les rêves de mes clients. Les phares d'une voiture ont balayé l'obscurité et j'ai eu un aperçu de ce que serait le magasin, un jour, avec des étagères flambant neuves et remplies à craquer de marchandises, et des murs fraîchement repeints. La crise n'allait pas durer éternellement. Et après la guerre, si tant est que l'Amérique soit impliquée, il se produirait ce qu'avait prédit Beppe, un rebond. Je ne souhaitais pas la guerre. Je détestais l'idée de voir des hommes se battre et mourir. C'était trop accablant. Mais je la sentais approcher à grands pas. Roosevelt avait commencé à nous y préparer avec ses petites causeries au coin du feu, même s'ils étaient encore nombreux à ne pas vouloir y croire.

J'ai adossé le rouleau de charmeuse à un comptoir pour pouvoir ôter le plastique qui le recouvrait. C'était donc cela que portaient les jeunes filles nanties pour leur mariage. À la lueur du réverbère de la rue, la soie a soudain pris vie, mais toute magnifique qu'elle fût, sa vue me procurait moins de plaisir que celle de mes articles brillant dans la semi-pénombre, un bref scintillement sur une tasse en fer-blanc, un reflet sur une coupe en verre. J'ai fini par accueillir une pensée qui me taraudait depuis que j'avais appris la nouvelle. Angie s'était fiancée. En regardant la soie, j'ai essayé d'imaginer ce que cela ferait, de porter une robe taillée dedans.

19

Lorsque monsieur E. a débarqué et m'a nonchalamment demandé une part de gâteau, j'étais parée pour le recevoir. D'un geste de la main, je lui ai indiqué le salon.

« Vous mangez mon gâteau. Vous buvez mon café. Et pour finir vous mettez mes frères en danger.

— Mari…

— Comment avez-vous pu ? Les Oletsky sont nos amis. »

Je le voyais nerveux, mais je n'étais pas certaine pour autant d'obtenir des excuses. Il s'est confortablement installé dans le canapé et j'ai opté pour le fauteuil devant lui. Monsieur E. faisait face à la fenêtre et, à la lumière blanche réverbérée par la couche de neige fraîche, il avait l'air d'un vieillard.

« Ce film est important…

— Arrêtez vos balivernes. C'est de l'histoire ancienne, votre film. Vous l'avez fait exprès. Et qu'est-ce que c'est que ce livre dans lequel vous leur faites prêter allégeance à Mussolini ? Pourquoi avoir fait une chose pareille ?

— Je n'ai rien à voir avec ce livre.
— Vous êtes donc au courant.
— C'est Gino qui l'a sorti.
— Pourquoi toute cette haine ? Répondez-moi !
— J'ai besoin d'une faveur, Mari. Je suis coincé, sinon tu sais que je ne demanderais pas. »

Une faveur ? Maintenant ?

« Il s'est passé quelque chose, Mari… » Et à nouveau ce haussement d'épaules théâtral.

« Venez-en au fait.
— J'ai deux gars qui ont démissionné. Avec Noël très bientôt. Une grosse cargaison qui arrive. Si tu voulais bien me les prêter. Juste pour un mois. À New York. »

Les garçons ? Pendant un mois ? J'ai éclaté de rire, croyant à une plaisanterie.

Il a baissé la tête avec cet air vaincu caractéristique des Italiens conservateurs, réminiscence du pays où chaque phrase est prononcée comme une déclaration sans appel. Peu importait ma réponse, s'il voulait me prendre mes frères, il n'aurait qu'à se servir. Il y aurait certes un bénéfice immédiat, qui serait de passer un mois sans Gino. J'imaginais déjà l'appartement calme et paisible. Sauf qu'il fallait quelqu'un pour superviser les livraisons, déballer le stock et remplir les rayonnages. J'avais déjà du mal à me libérer pour aller retrouver Beppe, alors qu'en serait-il lorsque mes frères seraient partis ? Surtout à la période la plus chargée de l'année.

« Pas avant Noël, Mari, a-t-il précisé comme s'il lisait dans mes pensées. Je ne ferais jamais ça. »

J'avais horriblement besoin d'un café, aussi me suis-je levée pour aller en chercher deux tasses. Au moment où je quittais la pièce, du coin de l'œil j'ai saisi au vol son expression. Était-ce de la peur ? Comme pour tous les hommes, la simple perspective de s'entendre répondre non par une femme devait ébranler ses belles certitudes.

« Et mon argent ? » ai-je demandé en revenant au salon. Si les mystérieux déchargements nocturnes devaient se poursuivre, il fallait que je sois payée. Mais j'avais à peine formulé la question que j'ai craint les contreparties qu'il pourrait encore exiger. En l'absence de mes frères, ce supplément financier me serait encore plus indispensable. Après la mort de Maman, monsieur E. s'était tout naturellement mis à nous aider comme il l'aidait, elle, et je n'avais jamais remis en question son dévouement. Était-ce pure générosité de sa part ? J'avais parfois le sentiment que c'était pour elle qu'il continuait à le faire. Ou peut-être n'était-ce pas un gros sacrifice pour lui dont les affaires étaient si florissantes.

« J'ai déjà pensé à tout, Mari. Ne t'inquiète pas. Je continue à donner l'enveloppe. Tout ira bien pour toi. Sinon je ne te prendrais pas les garçons.

— Vous pouvez emmener Gino. Mais pas Sammy.

— Ne t'inquiète pas comme ça, Mari, l'argent rentrera encore. Et je les emmène en janvier, pas avant.

— Pas Sammy, ai-je répété.

— J'ai besoin des deux. »

Mes frères partiraient donc, et pour aussi longtemps qu'il le déciderait. À présent qu'il avait posé la première pierre, il n'a pas attendu pour monter le reste du mur. « Kenny fera le travail supplémentaire. Je le paierai plus, bien sûr. »

Il a souri, et une expression chaleureuse a empli son regard. Quel simulateur. Il s'est penché en avant pour me glisser à voix basse : « On parlera du magasin, Mari. Je suis heureux de t'aider. Mais on parlera. Je rendrai les choses plus faciles pour toi. »

Le loup sortait enfin du bois.

20

Noël approchait à toute allure et je ne savais plus où donner de la tête. Un jour, en fin d'après-midi, j'ai reçu deux coups de téléphone. Le premier, d'Ada. J'étais heureuse d'entendre sa voix, même si elle est allée droit au but et m'a fait comprendre qu'elle n'appelait pas pour papoter.

« L'hellébore, a-t-elle articulé en détachant bien les syllabes et en roulant joliment le *r*. Tu as utilisé ?

— Un tout petit peu », me suis-je empressée de répondre. Le lendemain de la livraison du gâteau, Mme Vitolo avait téléphoné pour m'annoncer que son fils allait mieux. Je ne m'étais pourtant servie que d'une quantité infime, en passant à peine les doigts au-dessus du saladier.

« Bien », a fait Ada avec une pointe de soulagement et de fierté de m'avoir conseillée à bon escient. Je m'apprêtais à lui demander quand elle viendrait me voir lorsqu'elle m'a raccroché au nez. J'ai scruté le combiné pendant plusieurs secondes, incrédule.

Ce fut ensuite le tour d'Ella, la gouvernante des Ashworth. Elle avait besoin d'une grande quantité de soupe pour une réception de Noël.

« Mme A. voudrait quelque chose de chaud », a-t-elle annoncé.

Mme A.

J'ai décelé dans son ton l'amorce d'un jugement, le désir sous-jacent de partager un commentaire en aparté comme la dernière fois, lorsqu'il lui avait échappé que M. Ashworth n'était pas ravi d'avoir trente-huit ans.

« Je peux faire de la soupe », ai-je confirmé. Celle que j'avais en tête était un mélange de bouillon clair, de viande et de légumes verts dont les garçons raffolaient et que j'avais déjà dû préparer un million de fois.

« Mme A. veut quelque chose de léger, a précisé Ella.

— Elle est légère, tout en tenant au corps, me suis-je empressée d'expliquer. Et chaude. Parfaite pour l'hiver. Et elle a un air festif. »

J'étais étrangement nerveuse. En face à face, la coiffure impeccable, le regard chaleureux et la tenue proprette d'Ella adoucissaient ce que ses manières pouvaient avoir d'abrupt. Au téléphone, toutefois, je l'appréciais beaucoup moins.

« La base peut être un bouillon de poulet, ou bien de bœuf, si vous préférez. Les deux sont bons. Il y a de minuscules boulettes de viande, de la chicorée frisée, beaucoup de parmesan frais râpé sur le dessus…

— Hmmm, a-t-elle commenté. Il faut que je demande. Je vous rappelle juste après. »

Quelle année ! ai-je pensé, qui s'était ouverte en juin avec ce tout premier appel des Ashworth. Et à présent, pour Noël, il se tiendrait une grande fête chez eux, dont Beppe n'avait pas jugé bon de me parler. J'avais osé espérer que sa vie était un tant soit peu chamboulée par notre liaison, mais l'appel d'Ella me faisait mesurer que rien n'avait vraiment changé, pour lui. Ma soupe serait-elle assez sophistiquée pour eux ? Et comment l'appellerais-je ? Certainement pas de son vrai nom, *soupe de mariage à l'italienne.*

Beppe était le seul à avoir su le véritable nom de son gâteau d'anniversaire, *gâteau d'amour à l'italienne.* Et voilà que j'allais devoir préparer pour lui une soupe de mariage, dont le nom faisait référence non pas à l'union des amoureux, mais à celle des saveurs.

Ella a rappelé presque aussitôt. Il leur en fallait pour une trentaine de personnes. J'ai tenté de me représenter une maison pouvant accueillir autant de monde. J'ai vu d'immenses sapins de Noël tout enguirlandés de lumières, des couronnes de gui et toutes sortes de décorations d'extérieur extravagantes dans un décor glacé de conte de fées. À n'en pas douter, une neige immaculée se mettrait fort opportunément à tomber lorsque le premier invité sortirait élégamment de sa voiture, pour l'accompagner jusque dans le manoir luxueux et confortable. Je voyais tous les détails avec une précision douloureuse.

Chez moi, Noël se résumait à un misérable sapin miniature posé sur le buffet de Maman. Année après année, j'enroulais autour des branches rachitiques de vieilles loupiotes multicolores que je trouvais charmantes, avec leurs adorables ornements en ruche qui faisaient penser à de petites jupettes. Jusqu'à ce jour, j'en raffolais. Je me suis dit soudain que je pourrais aussi prendre une boîte de décorations neuves dans ma sélection de Noël. Qui m'empêchait au fond de voler mon propre stock ?

Je savais que les Ashworth n'avaient pas d'enfants, pourtant je voyais un circuit de train électrique, grandiose avec son décor de collines, de tunnels et de feux de signalisation. Un mois plus tôt, au lit avec Beppe un après-midi, j'avais failli lui demander pourquoi ils n'avaient pas eu d'enfants. Mes règles étaient en retard. Si, au début, nous avions pris des risques, récemment nous nous étions montrés beaucoup plus prudents. Beppe avait les moyens de s'acheter des capotes anglaises et, à une ou deux exceptions près, il en avait porté à chaque fois.

La soupe de mariage à l'italienne était la plus simple des recettes de Maman, mais elle nécessitait énormément de persil que, compte tenu de la saison, je devrais acheter, en plus de la viande et de la chicorée frisée, chez Ferrara.

J'ai descendu mon pilon et mon mortier de leur étagère afin de moudre des graines de fenouil. Cette épice était un gage de protection, tout en suggérant aussi la victoire, la réussite, et même la possession. Sa saveur rappelait celle de l'anis, et comme les deux pouvaient être sans mal dissimulées par le fromage et le puissant origan, j'ai aussi ajouté de l'anis, dont les pouvoirs étaient vastes. Mes attentes l'étaient tout autant. J'espérais que la soupe neutraliserait les ragots concernant M. Ashworth et moi. J'étais certaine que la rumeur enflait ; il était irréaliste de croire que notre liaison pourrait demeurer secrète encore longtemps. Et j'avais un autre vœu. Tout comme Maman, je me plaisais à croire qu'un miracle était toujours possible. Que nous pourrions être emportés comme dans un char doré vers une autre vie plus radieuse. Les Parodi, ma famille maternelle, avaient-ils eux aussi été enclins à bâtir des châteaux en Espagne ? Ou bien ce trait me venait-il de mon joueur invétéré de père ?

À mesure qu'approchait la date de livraison de la soupe, mes vœux se sont faits plus modestes. Je souhaitais seulement que les Ashworth la trouvent copieuse et délicieuse. Je n'avais en réalité qu'un seul désir, celui qu'en goûtant ma soupe Beppe comprenne que je n'étais pas le genre de femme à traiter à la légère. Et que, debout dans son salon grandiose au fameux plafond cathédrale, entouré de toute cette beauté et des rires de ses amis sous les lumières étincelantes, il se sente envahi et habité par moi. Dans cette seconde inestimable, il ne penserait alors qu'à moi seule.

21

Ella a rappelé pour savoir si je pouvais livrer en plus des légumes crus à tremper dans une sauce. J'ai accepté, bien qu'à contrecœur, songeant aux commandes de gâteaux qui s'accumulaient pour Noël et au temps que me prendrait déjà la préparation de la soupe.

J'avais décidé de limiter mon offre de desserts à deux. Un gâteau très dense bourré de fruits confits, très prisé par mes clients anglo-saxons, et un pudding au kaki. Ces deux recettes avaient l'avantage de pouvoir être réalisées à l'avance. Il suffisait de bien emballer le cake aux fruits et de le conserver dans la chambre froide d'en bas. Quant au pudding, il se congelait à la perfection, aussi les avais-je tous confiés à Mimi Rizotte afin qu'elle les empile dans un petit coin de son congélateur. J'avais prévu d'arrêter de prendre des commandes une semaine avant la réception des Ashworth.

Ella a également demandé s'il me serait possible de me charger moi-même de la livraison. J'ai eu un instant d'hésitation.

« Ça pose problème ? a-t-elle ajouté.

— Non. Oh, non. Je me ferai aider de mes frères. Il n'y a absolument aucun problème. »

Ils pourraient même le faire sans moi. Je pouvais leur montrer comment disposer les plats, les garder au chaud et prier pour qu'ils se montrent polis et efficaces avec ce client important. Mais je savais déjà que j'irais moi-même. Rien n'aurait su m'en empêcher.

J'ai passé l'après-midi à la table de la cuisine à dresser la liste des ingrédients et des quantités. Ella m'avait assuré qu'ils pourraient volontiers m'avancer l'argent et, par fierté mal placée, j'avais refusé trop vite. La commande était d'une telle ampleur qu'elle commencerait par créer un énorme trou dans ma trésorerie au moment le plus mal choisi.

J'ai nettoyé la maison de fond en comble en prévision du marathon de cuisine qui m'attendait. La chambre de Gino était un dépotoir, avec des piles de linge sale. Rien de tout cela n'affectait a priori mon travail, mais tout ce bazar me déconcentrait et minait mes capacités de réflexion. C'était un trait commun aux Genovese de considérer l'ordre absolu comme le préalable à toute entreprise d'envergure, et cette pulsion dépassait l'entendement. Impossible pour moi de me contenter de refermer la porte et de penser à autre chose.

Aussi me suis-je lancée dans le ménage. Puis je me suis rendue chez Ferrara, où Eddie m'a aidée à choisir ce dont j'avais besoin, avant de disparaître dans l'arrière-boutique pour me couper un énorme morceau de parmesan et vérifier s'il lui restait suffisamment de bœuf haché en réserve. Il m'en fallait environ deux kilos et demi et il n'en avait qu'un de prêt à emporter. J'ai pris ce qu'il avait et il m'a promis de me livrer le reste plus tard. Il m'a raccompagnée jusqu'au trottoir comme pour m'aider à charger la commande dans la voiture, alors que je n'en avais pas.

« Pour combien de personnes cuisines-tu, Marie ?

— Beaucoup trop », ai-je plaisanté en rejetant ma chevelure en arrière et en savourant son air extasié. C'était comme si je me souvenais subitement que j'étais jeune.

Ella a rappelé une nouvelle fois pour m'informer que les Ashworth préféraient le bouillon de bœuf, si bien que lorsque Eddie s'est présenté avec le reste de la viande, je lui ai dit que je lui prendrais aussi des os pour le consommé. En fin de matinée, j'en avais reçu un gros sac.

J'avais l'intention de m'atteler au bouillon l'après-midi même. Avec les boulettes de viande (environ cent cinquante), l'opération allait m'occuper le reste de la journée. Elles étaient toutes petites, de trois centimètres de diamètre à peine, et les rouler entre mes paumes pour leur donner la bonne forme prenait un temps fou. J'ai ensuite émincé les oignons, le céleri et les carottes, avant de les mettre à mijoter avec les os pendant des heures. J'étais en train de remplir trois grosses casseroles à pâtes lorsque le téléphone a sonné.

C'était Beppe. Nous nous étions vus quelques jours plus tôt et je m'attendais à ce qu'il me fasse signe. J'ai essayé de me figurer la scène en imagination. M'appelait-il du manoir, depuis une chambre à l'étage où il ne serait pas dérangé, ou bien d'un bureau hors d'atteinte de sa femme ? Nous avions à peine échangé quelques banalités qu'il m'a annoncé de but en blanc : « Je suis désolé, Marie. Je serai pris toute cette semaine.

— Pris ? »

J'ai balayé du regard le tas d'os à moelle prêts à bouillir pour confectionner la soupe qu'il dégusterait avec ses amis.

« La sœur de Priscilla débarque de Philadelphie », s'est-il empressé d'ajouter.

J'aurais dû prévoir que, pendant les fêtes, notre engagement ne pourrait tenir.

« J'ai beaucoup de travail, ai-je glissé. Une grosse commande. Pour une réception. »

Dirait-il qu'il savait que j'avais été engagée pour cuisiner pour lui ? Était-il seulement au courant ? Le silence s'est installé pendant plusieurs secondes.

« Tu as entendu ce que j'ai dit ? C'est moi qui prépare tout pour *ta* fête.

— Marie, je dois y aller. Je peux t'appeler ce soir ? »

Ce soir ? Il ne téléphonait jamais après les heures de bureau.

« Je serai joignable à 20 heures », ai-je rétorqué avec véhémence avant de raccrocher.

Malgré la tristesse qui me serrait le cœur, je n'ai pas interrompu mon travail. Peu après, tout était lancé et, une fois le feu baissé sous les casseroles, je suis allée prendre un bain.

La salle de bains s'est remplie de vapeur, si bien qu'en sortant mon pied de l'eau je distinguais à peine mes orteils. Malgré l'envie que j'en avais, j'aurais trouvé trop mélodramatique de pleurer farouchement dans l'obscurité qui seyait si bien à mon humeur. Le contact de l'eau m'a détendue, et je suis restée longuement à tremper ainsi. J'ai songé à ajouter à mon bain du vin et du sel – que j'avais apportés de la cuisine, au cas où –, mais pour ce rituel bien précis que j'avais dégotté dans un livre de Maman, j'étais censée être agenouillée dehors, au clair de lune, un rameau de rue à la main. J'ai mimé le geste de le plonger dans l'eau avant d'oindre mon corps en dessinant un pentacle reliant le front, le téton droit, l'épaule gauche, l'épaule droite, le téton gauche, pour revenir au front. J'étais certaine que Maman ne s'était jamais servie de ce livre. Elle aurait ri de ces vieilles superstitions du pays. Au fond, celle que l'on traitait de sorcière n'était-elle pas tout simplement une femme qui cherchait à contrôler sa propre existence ? En guise de sortilèges, nous utilisions la nourriture. Nous apportions du pain sur la table, servions de la soupe ou du gâteau, et dans chacun de ces gestes je sentais la main invisible de ma mère.

Comment ces vieilles croyances auraient-elles pu avoir la moindre influence sur notre situation, à Beppe et à moi ? Il était malheureux dans son mariage, et moi – c'était le plus difficile à admettre – à un âge où je me contrôlais à peine moi-même. Cette pulsion sexuelle constante était-elle même normale ? Nous nous consumions d'un désir auquel nous ne pouvions résister ni l'un ni l'autre. Pour moi, la seule issue, la seule *solution* possible si je n'avais pas été avec Beppe aurait été d'accepter un mariage arrangé par Mme Macri, Mme Romasello ou Mme Mazza. Après la mort de Maman, elles m'avaient toutes les trois acculée en me proposant tour à tour leurs frères, cousins ou neveux encore célibataires, dans une tentative désespérée de me lier à leur famille.

Tous ces rituels étaient autant de bouteilles à la mer. Il était illusoire de croire que j'avais la moindre emprise sur le magasin, mes frères ou les ragots qui circulaient en ville. J'étais néanmoins déterminée à suivre ma propre voie, à résister aux attentes de mes compatriotes et à me battre, même si j'avais parfois l'impression que deux colosses tenaient mes bras, deux autres mes pieds, et qu'ils tiraient tous les quatre en même temps.

Je me suis finalement enveloppée dans une serviette, avec mon peignoir en chenille par-dessus, et lorsque j'ai ouvert la porte de la salle de bains, j'ai été assaillie par l'odeur de viande. L'espace d'une seconde, j'ai caressé le projet d'appeler Ella pour lui dire que je ne pouvais pas tenir mes engagements.

Beppe a rappelé à 20 heures tapantes, mais l'appel n'a rien eu d'agréable. Lorsque je lui ai demandé pourquoi nous ne pourrions nous voir de toute la semaine, il a simplement répondu : « S'il te plaît, Marie. Il faut que tu te calmes. »

Existait-il une plante, un mélange de blé et de pois chiche peut-être, fumé au-dessus d'un feu de bois, une décoction que je pourrais préparer pour adoucir l'humeur ?

« Pourquoi ne m'as-tu pas parlé de la réception ? ai-je demandé.

— Marie, je ne sais pas quoi dire. »

Au lit, nous étions chacun le gardien de l'esprit et de l'âme de l'autre. Au téléphone, la distance entre nous ne faisait que croître d'un appel à l'autre. À quel moment étais-je devenue une femme qui attend, un rendez-vous qu'on annule sur un coup de tête ? Agrippée au combiné, je me suis remémoré le pentacle. Chaque centimètre de peau que j'avais touché avec le rameau de rue imaginaire s'est soudain mis à me picoter – mes tétons, mes épaules et mon front. J'ai tiré le cordon du téléphone aussi loin que j'ai pu pour pouvoir jeter un coup d'œil par la fenêtre à l'aire de chargement. La lune s'était levée. Tout était calme.

« Marie, dis-moi ce que tu veux. Tu m'entends ?

— Oui, je t'entends.

— Alors ?

— Je veux que tu prennes soin de moi. »

J'aurais pu me montrer plus précise, réciter la phrase que j'avais ressassée tant de fois. *Beppe, quitte-la et vis avec moi*. J'ai attendu sa réaction.

Il a soupiré, puis il l'a dit. « Marie, je t'aime. »

22

La soupe m'a donné plus de fil à retordre que prévu, et l'appartement s'est retrouvé noyé dans les vapeurs de viande bouillie, comme si je vivais au milieu du Marché de Ferrara.

« Jésus Marie ! Qu'est-ce que tu fais ? »

Avec Gino, nous avions à peine échangé trois mots depuis cette nuit horrible chez les Fils d'Italie. Il semblait avoir compris qu'à la première imprudence il risquait de perdre le gîte et le couvert.

« Je gagne de l'argent, pour que mes deux fainéants et bons à rien de frères puissent vivre ici et me ruiner. »

Il m'a décoché son sourire le plus dévastateur.

« Écoute, Gino, ai-je lancé par-dessus mon épaule, j'ai besoin de toi pour m'aider à livrer cette commande, vendredi prochain. De la soupe pour trente. Je ne peux pas le faire seule. » J'aurais préféré recruter Sammy pour cette occasion particulière, mais il se remettait difficilement d'un mauvais rhume.

« Bien sûr. Où ça ?

— Chez les Ashworth, au bord du lac. »

Gino est venu se planter sous mon nez, ses mains campées sur les hanches, et j'ai dû endurer un sifflement railleur.

« Tu peux m'aider, oui ou non ?

— Vendredi soir ?

— Plutôt en fin d'après-midi. Vers 16 heures.

— Pas de problème. Mais il faudra que Sammy reste au magasin. Il y aura à faire.

— Tu voudras bien vérifier qu'il pourra ? » ai-je demandé sans lever la tête de mon façonnage de boulettes.

J'avais revu mes estimations et conclu qu'il était plus prudent d'en faire deux cents. Les gens adoraient ces boulettes et il était difficile de résister à cette explosion de saveurs et à ce moelleux, à l'enchantement de la pointe de fromage et de la touche de persil. L'ajout d'un œuf leur donnait une texture aérée qui piégeait le bouillon à l'intérieur. Pour tout autre client, je ne me serais pas donné cette peine, mais pour les Ashworth, *pour lui*, je ne comptais pas mes efforts.

J'avais beau être rapide, c'était une besogne ingrate et j'ai commencé à avoir mal au poignet droit. À force de rouler le gras de la viande, mes mains étaient d'une douceur incroyable. Je me réjouissais de voir s'allonger les rangées de boulettes sur des plateaux recouverts de papier paraffiné, puis venait ce moment merveilleux où, ayant rempli un plateau, je devais passer au suivant, aussi joyeuse que lorsque j'avais collé l'ultime timbre vert de la station-service S&H dans mon carnet. Chaque fois que monsieur E. faisait le plein d'essence pour sa Ford, on lui remettait une poignée de timbres, qu'en général il me donnait. Il ne me manquait plus que deux carnets pour décrocher le grille-pain Sunbeam.

Des plateaux entiers étaient éparpillés dans la cuisine, en équilibre sur les meubles et les livres de recettes et, ne pouvant les faire tous tenir dans le réfrigérateur, j'avais ouvert la fenêtre et enfilé un pull épais. Au bout d'un moment, j'avais si froid aux mains que j'ai dû faire une pause.

Le salon étant resté chaud, je m'y suis assise avec une tasse de thé fumante en me retenant de regarder en direction de la banque. Dès lors que je ne devais pas voir Beppe de la semaine, ma relation à cette rue changeait. J'évitais de fréquenter mon propre salon.

« Sammy ! ai-je hurlé.

— Je suis là, a-t-il répliqué en entrant dans la pièce.

— Tu veux bien me remonter la grande cocotte de la boutique ? »

J'allais être obligée de cuire la soupe en plusieurs fois et je n'avais que trois grandes casseroles. Mon rayon articles ménagers serait privé de sa pièce maîtresse, le faitout étincelant avec son gros couvercle. Tout comme le vase bleu, il m'avait coûté cher.

« Bien sûr, Marie.

— Et essaie de commander un autre vase bleu. Et une autre cocotte. Une grande.

— Avec quel argent ?

— Feldman nous fera crédit. Dis-lui que la semaine s'annonce bonne. Il aura peut-être quelque chose en réserve. » J'ai accompagné mes propos d'un regard sévère. Je voulais lui faire bien comprendre que Feldman était un véritable ami, lui.

« Tu disais qu'on avait bouclé les commandes de Noël. On ne l'aura pas à temps.

— Fais ce que je te dis, d'accord ? » Il se tenait tout près de moi, et j'ai posé ma main sur sa joue. « Mon bébé. Fais-le, tu veux bien ? »

Ella a rappelé dans l'après-midi. « Vous avez un grand saladier, pour la soupe ? Mme A. veut que les invités se servent eux-mêmes. Nous avons deux grands poêlons, mais ils ne suffiront pas. »

Ella et moi avions beau être devenues en quelque sorte complices et plus à l'aise dans nos échanges, je n'en ai pas moins perdu patience. Le seul saladier assez grand était le bol à punch en cristal taillé qui trônait sur mon vaisselier. En cette période de Noël, il contenait de grosses pommes de pin décorées à la peinture dorée. À côté était posé le petit arbre misérable avec sa guirlande décolorée.

« Je vais regarder, ai-je répondu. Je vous rappelle. »

Elle m'a communiqué le numéro de téléphone du manoir, que je n'avais pas. Le numéro de Beppe.

Étais-je réellement disposée à mettre à nouveau en péril un trésor familial en le leur confiant, à courir le risque qu'il soit abîmé ou détruit, comme j'avais prêté le plat et le carton à chapeau qui avait contenu le voile de mariée de Carmela ? Alors que je parlais encore avec Ella, je me suis surprise à retirer déjà les pommes de pin du saladier.

Gino a emprunté la voiture de monsieur E. Avant même que j'aie pu réfléchir au moyen de transporter la soupe, mon frère apparaissait au volant de la petite Ford. Je suis restée sidérée que lui, d'ordinaire si imprévoyant, ait pris l'initiative de régler ce problème sans que je le lui demande.

Choisir ma tenue m'a pris une heure. Il fallait que je sois à l'aise, ce qui signifiait chausser des talons plats, et puisque j'allais aider Gino à déplacer les grosses marmites, un pantalon était le plus adapté. L'idée me plaisait beaucoup. Maman en avait un, très en vogue à une époque où les femmes aisées osaient en porter dans les films. Par chance, le sien m'allait. La mode imposait qu'il soit le plus large possible. J'ai choisi mon pull-over le plus seyant et le manteau de Maman en poil de chameau. Une giclée de soupe suffirait toutefois à le ruiner, mais avec ses manches larges et sa coupe ajustée, il était chic et flatteur. J'ai bien failli le retirer pour le remplacer par mon manteau noir tout simple, pour finalement me raviser. *C'est Noël, Marie. Vis un peu.*

Avec Gino, nous avons chargé la soupe dans la voiture, et j'ai calé les marmites en enroulant des torchons autour pour éviter qu'elles basculent. Sur le trajet, je n'arrêtais pas d'exhorter Gino à la prudence, à ralentir sur les routes verglacées, alors qu'il roulait déjà très lentement. Avec ses demeures plus grandioses encore que sur Bellevue, Central Avenue était la plus belle rue de Littlefield. Les maisons étaient éloignées, en retrait de la circulation, et au lieu de trottoirs, de larges étendues paysagères protégeaient les propriétés des regards importuns et n'offraient que des aperçus fugaces des maisons gigantesques et des arbres centenaires qui les entouraient. La propriété des Ashworth, quant à elle, était totalement invisible.

On débouchait sur le manoir – The Harbour – après le dernier tournant à droite sur Central Avenue, à l'endroit où le lac s'élargissait. En ville, on raillait l'orthographe à l'anglaise de « Harbour », avec un *u*, mais elle m'évoquait Manderley, la demeure dans *Rebecca*, roman que j'adorais.

Les grilles du grand portail étaient ouvertes. Je me demandai s'il arrivait qu'on les ferme, et dans quelles circonstances. J'ai remonté mes chaussettes en laine pour me réchauffer et ai jeté un coup d'œil en coin à Gino, qui ne portait qu'une chemise à manches longues et un cardigan peu épais. Il devait mourir de froid, même s'il n'en montrait rien. Lui aussi contemplait le décor. De profil, il avait le cou massif, mais son nez fin était beau, presque délicat. Comme il avait l'air italien… Était-ce aussi mon cas ? Cette identité qui était la mienne m'est brutalement réapparue, alors qu'en présence de Beppe jamais elle ne m'effleurait l'esprit. En tout cas, plus depuis le jour où il était venu chercher son gâteau. Mais à présent, alors que je pénétrais dans la propriété des Ashworth, j'avais bien conscience de n'être rien de plus qu'une domestique.

Nous avons emprunté une allée gelée, jalonnée de réverbères déjà allumés malgré la clarté du jour, desquels pendaient des stalactites. Gino a garé la voiture sur une bande gravillonnée en forme de croissant. Il n'avait pas encore coupé le moteur qu'une femme en uniforme nous a fait signe depuis le perron. Nous avons suivi ses indications pour gagner l'arrière de la maison, où j'ai pu contempler pour la première fois l'élégante bâtisse Tudor. L'allée y était plus large que devant et formait un grand cercle où étaient stationnés de nombreux véhicules – sans doute ceux du personnel. Attenant à la maison se dressait un garage pouvant contenir au moins trois voitures. Impossible de rater la cuisine : une vive lumière jaune s'échappait par la porte vitrée et l'activité y était intense. Quelqu'un avait dû annoncer notre arrivée, car sitôt la voiture à l'arrêt, la porte s'est ouverte à la volée. J'ai d'abord vu Ella, bientôt suivie d'un couple plus âgé, tous trois vêtus de noir et affublés de tabliers blancs.

« Par ici », a-t-elle crié en m'invitant d'un geste impatient du bras.

Je me suis penchée vers la banquette arrière pour retirer les torchons qui ceignaient les cinq marmites. La soupe ne s'était pratiquement pas renversée, mais il restait à la transporter à l'intérieur sans incident.

Par-delà le champ de neige qui cernait la maison se trouvait une aire de chargement carrée. Mon attention a fugitivement été attirée par le lac, que j'avais vu maintes fois, mais seulement depuis le parc qui l'entourait, avec ses sentiers caillouteux et la foule bruyante qui venait s'y promener. C'est là qu'Angie et moi aimions flâner, l'été.

Le plan d'eau était paisible, avec sa surface gelée si lisse que l'on aurait dit une plaque de verre. Des buissons méticuleusement sculptés sous leur chape de neige ornaient la pelouse. J'ai contemplé l'étendue d'arbres qui se poursuivait au-delà du lac, sans aucune maison venant interrompre ce dévoilement d'harmonie et de beauté, à perte de vue. Jamais je n'avais ressenti une telle jalousie. Je me suis alors remémoré cet autre luxe exorbitant, le contact des mains de Beppe sur ma peau, et j'ai su que je voulais les deux – lui, mais aussi ce lieu.

Tandis que je me penchais pour récupérer la première marmite, je me suis rappelé la présence de Gino derrière moi.

« Je n'arrive pas à la soulever », ai-je conclu en reculant.

Il se tenait debout là, en silence. Il a éclaté de rire. « Je me demandais quand tu allais t'en rendre compte, m'a-t-il gentiment taquinée.

— Fais attention », l'ai-je sermonné alors qu'il s'emparait de la casserole avec toutes les précautions du monde.

Une domestique en uniforme nous a tenu la porte ouverte et, à deux, nous avons fait entrer la première fournée.

« Je vais chercher les autres », a déclaré mon frère.

Ce n'est qu'en sentant mes bras et mes jambes pulser dans la chaleur de la cuisine que j'ai pris conscience du froid qui s'était insinué dans mes os, et cette onde soudaine a exacerbé toutes les émotions qui bouillonnaient en moi. À présent que je me trouvais à l'intérieur de la maison, j'étais comme abasourdie. Pour accroître encore mon malaise, la domestique m'a scrutée une seconde de trop à mon goût, sans doute à cause du pantalon et du manteau de Maman. Elle n'a détourné le regard que lorsque Gino est entré avec la dernière marmite.

C'est seulement à cet instant que je me suis rendu compte que j'avais oublié de préparer des légumes crus et de la sauce. Heureusement, j'avais pensé au pain. Ajoutée à la sensation d'être trop chaudement vêtue, cette erreur m'a fait monter le feu aux joues.

Gino a hissé deux des faitouts sur le fourneau, les premiers à devoir être réchauffés avant le transfert dans les poêlons de table. La cuisine des Ashworth n'était pas beaucoup plus grande que la mienne, et austère. Elle était même laide et très peu pratique. La cuisinière était enfoncée dans une alcôve, ce qui rendait tous les mouvements malaisés. Je me suis même demandé ce que mangeaient les Ashworth et si l'on préparait réellement quoi que ce soit dans cet endroit.

La soupe étant livrée, je n'avais qu'une hâte, repartir. J'ai soudain redouté de croiser Priscilla Ashworth ou, pire encore, de la voir avec Beppe. Mais une jeune domestique se présentant sous le prénom d'Helen m'a proposé de venir inspecter la table du buffet pour donner mon avis sur l'installation.

Je l'ai suivie dans la salle à manger, où j'ai dû lutter contre moi-même pour ne pas me perdre dans l'observation des moindres détails, car il y avait beaucoup à regarder. Depuis la cuisine, nous étions entrées directement par une porte battante qui pivotait dans les deux sens, sans doute pour faciliter la circulation des plats. La table était assez longue pour accueillir au bas mot une douzaine de convives et la salle à manger s'ouvrait théâtralement sur le grand salon, avec son fameux plafond cathédrale, que j'ai essayé de ne pas fixer bouche bée. Là encore, tout était extrêmement laid, bien loin de la vision que je m'en étais faite. Je m'étais imaginé des tons pastel et des festons de soie aussi somptueux que le décor d'un film de Mae West. Or, malgré ses nombreuses portes-fenêtres et ses baies vitrées percées tout en haut des murs, la pièce elle-même était obscure. Le lambrissage avait été peint en marron foncé, auquel faisait écho le bois sombre des meubles, les plus massifs que j'aie vus de ma vie. Aux murs pendaient diverses tentures et des tapis d'Orient. Mais ce qui a captivé mon attention, c'est le gigantesque sapin disposé devant l'une des portes-fenêtres, qui obstruait pratiquement toute la lumière provenant des baies en hauteur. Il n'était pas encore allumé, pourtant les guirlandes et les décorations scintillaient déjà dans les rayons timides de la fin d'après-midi qui parvenaient à filtrer dans la pièce.

Helen a désigné la table, me ramenant abruptement à la réalité. « Nous pensions mettre un poêlon ici, et l'autre là. C'est moi qui servirai la soupe. Nous referons le plein une fois le premier groupe servi. Je ne sais pas s'il faudrait un second saladier. Vous avez apporté le vôtre ? » a-t-elle ajouté, l'air inquiet.

Il était resté dans la voiture. « Oui. Mais on ne doit pas le chauffer », ai-je précisé bêtement, comme s'ils étaient assez idiots pour poser un plat en cristal sur des brûleurs.

« Naturellement, a commenté Helen en secouant la tête. Mais nous pourrions réchauffer la soupe dans la cuisine, et je servirais d'abord dans votre saladier, pendant que le reste serait gardé au chaud dans les poêlons. Qu'en pensez-vous ?

— Je pense que les deux poêlons suffiront, ai-je tranché. Vous n'aurez pas besoin du saladier. »

Je venais de décider que je ne voulais pas le leur laisser. Pas question de leur faire ce cadeau.

« Ou bien nous pourrions y mettre les biscuits de Noël, a réfléchi Helen à haute voix. Ou le punch. Je peux le voir ? »

Je l'ai suivie dans la cuisine, où j'ai trouvé Gino accoudé au comptoir, en train de conter fleurette à une jeune fille en uniforme.

« Gino, où est le saladier ? » ai-je demandé d'un ton irrité.

Il a levé les yeux vers moi en grimaçant. « Dans la voiture. Je vais le chercher », a-t-il obtempéré, visiblement remonté d'avoir été ainsi interrompu dans son entreprise de séduction.

Helen a examiné le saladier de Maman avec son délicat bord doré. Le voir tellement à sa place dans le décor des Ashworth n'a fait qu'ajouter à mon agacement.

« Je veux m'en servir, a décrété Helen en faisant signe à la jeune fille à laquelle Gino avait fait sa cour. Mettez-le sur la table du buffet. »

La domestique s'est exécutée. *Que de personnel*, ai-je pensé. Pourquoi avais-je apporté un objet d'une telle valeur affective au sein de cette maisonnée qui ne manquait de rien ? J'étais en train de me maudire intérieurement lorsque Priscilla Ashworth a fait son entrée.

« Vous devez être Marie Genovese », s'est-elle exclamée en avançant vers moi, les bras ouverts. Elle a pris ma main entre les siennes comme si j'étais une nièce qu'elle aurait perdue de vue, ou une enfant. J'ai senti ma gorge se serrer. La femme que j'avais aperçue au cinéma aux côtés de Beppe m'avait paru une créature froide et réservée, alors que cette Priscilla-ci se montrait chaleureuse et sûre d'elle, et il était patent qu'elle maîtrisait remarquablement la situation. Sous la lumière crue de la cuisine, j'aurais pu me permettre de critiquer sa tenue : elle consistait en un chemisier démodé couleur lilas qui aurait été plus approprié sur une personne plus âgée et une jupe grise sans charme, un peu trop longue. Même ses escarpins noirs à bride semblaient bien trop ordinaires pour une réception.

« Venez avec moi. » Nous sommes retournées dans la salle à manger, ce qui m'a donné l'occasion de mieux observer ce que j'avais raté la première fois. De nombreux fauteuils en velours et un piano à queue étaient disposés devant deux portes-fenêtres. Face au piano trônait le plus gros vaisselier que j'aie vu de ma vie, rempli de bas en haut de verrerie et de porcelaine. Bien qu'il y eût suffisamment de place dans la pièce, l'ensemble dégageait une impression de bric-à-brac sombre, encore accentuée par les motifs complexes des tapis qui traversaient la salle jusqu'au boudoir que j'entrevoyais à l'autre bout de la pièce. Celui-ci était partiellement masqué par de hauts panneaux de bois vernis au-dessus desquels des tapisseries pendaient d'un balcon, lequel était bordé de bibliothèques croulant sous des livres qui paraissaient être fréquemment manipulés.

Tout en complimentant Priscilla Ashworth sur la vaisselle et en confirmant que tout était bien disposé pour le service, je cherchais à l'observer discrètement, mais elle ne me quittait pas du regard. Pourquoi exprimait-elle une telle incertitude, si peu crédible chez une maîtresse de maison de son envergure ? Pourquoi me demandait-on à moi comment on devait servir les invités chez les gens riches ?

Plus surprenant encore, j'ai remarqué non loin du buffet une cage à oiseaux sophistiquée dans laquelle deux perroquets se battaient bruyamment, faisant voler en tous sens des graines et des plumes. En dehors du jacassement furieux des volatiles, la pièce était aussi silencieuse qu'un mausolée, ce qui m'a attristée.

J'ai vanté l'ameublement et répondu aux questions de Priscilla Ashworth, mais plus les secondes passaient, plus je redoutais de voir entrer Beppe. Comme si elle lisait dans mes pensées, la maîtresse des lieux s'est soudain exclamée : « J'ignore où est mon mari. Je lui ai pourtant dit que je voulais qu'il descende voir la table. Et vous rencontrer », a-t-elle ajouté.

Je me suis forcée à sourire. Elle avait l'air d'attendre que je dise quelque chose.

« J'imagine que ces sujets-là ne passionnent pas les hommes », ai-je suggéré, et elle s'est tournée vers moi d'un air enthousiaste pour renchérir : « Absolument ! » Elle a éclaté d'un rire de gorge qui me l'a soudain rendue plus intéressante que la femme que j'avais rencontrée dans la cuisine. Je devinais en Priscilla Ashworth la chic fille sans chichis, le genre que les gens apprécient, surtout les hommes, car elle ne représente une menace pour personne. Elle avait toutefois une certaine fougue, un côté prêt à tout, comme aurait dit Carmela.

Me trouver au beau milieu de la salle à manger de mon amant en prétendant n'être rien de plus qu'une employée de circonstance était une véritable torture. J'ai poussé un soupir de soulagement lorsque Priscilla a fini par me raccompagner à la cuisine.

Sur le chemin du retour, Gino et moi avons à peine échangé quelques mots.

« Eh bien, quel endroit, a-t-il simplement commenté avec ce sifflement vulgaire qu'il affectionnait.

— Gino, j'ai horreur de ce bruit.

— Quel bruit ?

— Ce sifflement. Arrête.

— Mais qu'est-ce qui te prend ?

— Rien. Je suis fatiguée. Je te rappelle que je fais de la soupe sans relâche depuis quatre jours.

— Ils te paient combien ?

— Je ne sais pas encore, ai-je avoué en me tournant vers la vitre.

— Tu n'as pas donné de prix ?

— Non.

— Quelle femme d'affaires tu fais, Marie. »

Au lieu d'écouter ses sarcasmes, je me suis imaginé que j'étais dans la forêt de l'autre côté du lac, à contempler la maison étincelant de mille feux.

« Salvie dit que quand il rentre une cargaison d'huile d'olive, il ne prend pas la moindre commande avant d'avoir fixé le prix. »

J'ai remarqué qu'il désignait monsieur E. par son prénom.

« Ce n'est pas la même chose, ai-je argué, espérant qu'on en resterait là.

— Pourquoi ça ? Je vois que tu as aussi oublié les légumes qu'ils avaient commandés. » Il a éclaté de rire.

« Ils s'en moquaient.

— Priscilla Ashworth est une belle plante.

— Ah oui ? » Je me suis tournée vers lui.

« Elle est pas mal, a-t-il tempéré, visiblement peu désireux d'approfondir le sujet.

— Moi, je la trouve commune.

— Je ne sais pas. Elle a un joli visage. »

J'ignorais ce que savaient mes frères, ou même ce qu'ils s'imaginaient. J'étais certaine qu'ils avaient remarqué mes sorties à des horaires incongrus. Entre mes rendez-vous clandestins avec mon amant et mon activité de pâtissière, ils ne me voyaient pratiquement plus au magasin que le matin.

La ville n'était qu'à trois kilomètres, mais le trajet était lent et, la température ayant chuté, le verglas avait pris sur la route. Je me suis renfermée un peu plus, perdue dans mes réflexions sur ma découverte du jour. En dehors des tas de journaux probablement à moitié lus qui encombraient plusieurs bouts de canapé et des piles de livres instables – qui seraient sans doute prestement débarrassés avant l'arrivée des invités –, la maison de Beppe était bien trop intimidante. Mais, en l'état, ce bazar que je considérais comme une faute de goût impardonnable me la rendait plus abordable. Alors que l'on disait les Italiens sales, mon appartement était bien mieux rangé et certainement plus propre que cet endroit. D'où venaient ces préjugés qui nous accablaient injustement ?

Il me fallait bien avouer que j'étais pourtant déçue que Beppe ne vive pas selon mon fantasme du riche et élégant banquier sorti d'un film hollywoodien. J'étais toujours hantée par l'idée que je n'étais pas à la hauteur, que je ne serais jamais son égale et que j'avais atterri sur un échelon bien inférieur dans l'échelle des hiérarchies sociales. Au lieu de me concentrer sur ce que nous partagions, je ne voyais que l'abysse qui nous séparait, nous abandonnant sur deux rives à jamais opposées.

Le temps d'arriver à l'appartement, j'avais effacé de ma mémoire l'image de Priscilla Ashworth dans son accoutrement de grand-mère et la lueur dans son regard lorsqu'elle m'avait demandé si la vaisselle était correctement disposée sur son buffet. Avais-je été mise à l'épreuve à mon insu ? S'était-elle moquée de moi ?

Mais à mesure que le soir avançait, les images sont revenues me troubler et je me suis demandé quelles voitures auraient les invités, et ce que les femmes porteraient. J'essayais surtout d'imaginer de quoi Beppe aurait l'air, pour une occasion de ce genre. J'avais sans aucun doute vu toutes ses tenues de ville, mais ce soir, il serait un autre homme que celui que je connaissais.

23

Je n'ai eu aucune nouvelle de Beppe à Noël. Il s'était écoulé une semaine depuis la réception et, en ajoutant la semaine précédente pendant laquelle il avait été trop occupé pour me voir, le temps commençait à me paraître long. Je le savais en famille, mais je m'étais au moins attendue à un appel de sa part. Lorsque Ella a fini par me téléphoner pour s'enquérir de ce que les Ashworth me devaient pour la soupe, je lui ai demandé ce qu'ils en avaient pensé. Elle a marqué une longue pause, et j'ai retenu ma respiration. Ma soupe de mariage était une merveille, on ne pouvait qu'en raffoler.

« Ils ont fait du bruit, a-t-elle simplement répondu.

— Du bruit ?

— Vous savez, ils ont ri fort. Et dansé. » Elle a lâché un grognement qui ressemblait beaucoup à de la désapprobation.

« Eh bien, j'espère que ma soupe leur a plu.

— Ah, ça, c'est sûr. »

Elle ne s'est pas étendue sur le sujet. Impossible de lui arracher la moindre confidence. J'espérais toutefois qu'un commentaire indiscret lui échapperait.

M. Ashworth s'était peut-être répandu en compliments sur la femme qui avait concocté cette merveilleuse recette ? Mais Ella est demeurée fidèle à elle-même, dans la retenue et laconique. Après avoir convenu du moment où elle viendrait me payer, nous avons raccroché.

Ensuite, c'est Ada qui m'a téléphoné, et en entendant sa voix apaisante et mélodieuse et ses idiotismes italiens j'ai senti l'armure se fissurer.

« Oh, Ada ! me suis-je écriée. Que je suis heureuse que tu appelles. »

Je brûlais de tout lui raconter – qu'il avait une vie aussi paisible que la mienne était mouvementée, que j'avais vu sa maison et que cela m'avait perturbée.

« Je viens ?

— Oui. Pourquoi pas demain ?

— Je viens semaine prochaine, a-t-elle promis. C'est bien ?

— Oui, je... » J'ai lutté pour que ma voix ne trahisse pas le désarroi qui montait en moi. Depuis la fête, incapable de tenir en place, je faisais les cent pas dans l'appartement, comme une enfant malheureuse qui a besoin de réconfort. Entendre Ada me donnait l'impression de parler à Maman. Je voulais que quelqu'un me prenne dans ses bras, comme à l'époque où je me croyais amoureuse d'un garçon. J'avais neuf ans, et j'avais voulu me tuer à l'idée qu'il ne me rendrait jamais mon amour. Maman avait réprimé un sourire, jusqu'à ce que je hurle : « Aide-moi ! » et que son visage se décompose. Il y avait dans son regard maternel une grande compassion, mais aussi une pointe d'amusement. La situation était au fond sans gravité.

Comment réagirait Ada si j'avouais que je fréquentais un homme marié ? Laisserait-elle tout en plan pour débarquer chez moi ? Me jugerait-elle ?

« C'est bien ? a-t-elle répété.

— Oui, c'est bien », lui ai-je assuré malgré ma déception de devoir attendre.

Après qu'elle a eu raccroché, j'ai regardé fixement le combiné. Pourquoi n'avais-je pas exigé d'elle plus de précisions ? Avec les garçons, je me montrais implacable dès qu'il s'agissait de prévoir quoi que ce soit et je leur imposais des horaires stricts. Mais avec Ada, c'était différent. Elle venait à moi, sans prévenir, avec ses propres priorités, qui demeuraient une énigme pour moi. Plus étrange encore, j'avais le sentiment que c'était moi qui étais convoquée. J'ai dû m'asseoir. J'étais trop faible pour rester debout.

Deux jours après l'appel d'Ella, étant toujours sans nouvelles de lui, j'ai commencé à paniquer. Je m'occupais l'esprit en réorganisant la cuisine, afin de rendre à nouveau possible d'y prendre des repas. J'étais au milieu de cette tâche lorsqu'il s'est enfin manifesté. J'ai bondi sur le téléphone.

« Tu me manques, a-t-il simplement dit. Tu es disponible ? »

Après une séparation de plusieurs jours, je détectais toujours le désir dans sa voix, mais il y avait là une urgence nouvelle. Il semblait fébrile.

« Bien sûr. » De la paume, j'ai tapoté le comptoir fraîchement briqué.

« Tu me manques, Marie. »

Je savais qu'il ne parlerait pas de la réception, mais je me suis demandé s'il savait que j'avais vu sa femme.

« Toi aussi, tu me manques. »

La moindre marque d'hésitation aurait été mesquine, aussi ai-je conservé un ton léger. Toutefois, ayant rencontré Priscilla, je ne pouvais plus prétendre qu'elle n'existait pas.

« Il faut que je m'échappe du bureau. Que dis-tu de 13 h 30 ?

— Tu es à la banque, aujourd'hui ? »

Il a ri. « Je travaille tous les jours. »

Je me suis penchée par l'embrasure de la porte de la cuisine pour tenter d'apercevoir le linteau de pierre, qui suffisait à rendre si réelle la présence de mon amant.

« 13 h 30, c'est parfait », ai-je acquiescé calmement, alors que je bouillais moi aussi de désir.

Après avoir terminé de ranger la cuisine, je suis allée prendre un bain.

Comme à mon habitude, je suis arrivée la première dans l'appartement. Quelle n'a pas été ma surprise de le trouver chauffé, nettoyé et décoré de fleurs fraîches dans un grand vase sur le vieux guéridon dans l'entrée. J'avais toujours détesté cette console. À présent, elle m'évoquait l'horrible décoration de la demeure et la déception que m'avait causée la vision de ce qu'était sa vie. J'étais désormais certaine que les meubles dans cet appartement étaient des rebuts de la grande maison – la lampe en laiton noirci avec son abat-jour en soie effiloché, les deux fauteuils en rotin qui craquaient, la desserte branlante.

Était-ce Beppe qui avait préparé notre repaire secret, aujourd'hui ? et qui avait allumé le chauffage et déposé ce bouquet d'iris jaunes ? C'était une fleur d'été qui, par ce temps de neige, avait dû coûter une fortune. Sur la même table, j'ai aperçu une petite boîte enveloppée non pas de papier cadeau de Noël, mais de papier de soie blanc, avec un large nœud bleu ciel, doux et léger comme un déshabillé chic. J'ai ouvert la petite enveloppe et sorti la carte : *Pour Marie, Joyeux Noël, Joseph Ashworth*. J'ai consulté ma montre. Il était en retard de vingt minutes, ce qui n'était pas son genre, surtout après son appel impatient.

Je me suis assise, le cadeau sur les genoux, et j'ai balayé la pièce du regard comme si quelqu'un m'espionnait. L'épaisse couche de neige avait beau assourdir les bruits en provenance de l'extérieur, l'appartement était anormalement calme. Malgré la chaleur ambiante, j'ai senti un frisson me traverser tout entière, et la pulsion de fuir à toutes jambes. Peut-être y avait-il eu une urgence à la banque, ou bien sa montre s'était arrêtée.

J'ignore combien de temps je suis restée assise ainsi, à fixer le bel arrangement floral, avec sur les genoux la petite boîte que je ne me décidais pas à ouvrir après l'affront de cette signature si formelle et impersonnelle : *Joseph Ashworth*. Non pas Beppe, mais Joseph, ce prénom que je n'employais jamais.

Et s'il ne devait pas venir ? Et si ce cadeau était sa manière de rompre ? À cette idée, je me suis levée d'un bond pour me précipiter dans la petite chambre. Le paquet a glissé par terre, où je l'ai laissé. Dans la chambre, j'ai cherché frénétiquement la moindre preuve venant étayer ma folle hypothèse. Tout semblait toutefois en ordre, si ce n'est qu'il manquait l'essentiel : une trace de tout ce que nous avions partagé entre ces murs. À la lumière lugubre de l'hiver, ce n'était rien d'autre qu'une pièce banale. J'ai dû m'appuyer contre le chambranle de la porte pour ne pas défaillir. Il faisait froid dans la chambre et, au moment où je retournais dans le salon, j'ai entendu la clef tourner dans la serrure.

Beppe est entré et je me suis figée. Nous nous sommes dévisagés un instant, puis nos regards ont glissé sur le paquet au sol.

« Que s'est-il passé ? a-t-il demandé comme s'il découvrait une scène de crime.

— Rien. » J'ai secoué la tête, incapable de savoir pourquoi je me sentais si coupable. Je me suis alors rendu compte que je ne lui avais rien acheté. J'avais passé des jours à lui préparer de la soupe, à jouer les employées de maison, et lorsqu'il avait appelé pour dire qu'il ne pourrait me voir de la semaine, je n'avais pas vraiment oublié que c'était Noël, mais je n'avais pas non plus fait d'efforts. Et tout m'apparaissait soudain clairement : cette intimité sans aucun espoir de construire quoi que ce soit, la réalité sordide de cet antre clandestin.

Il a retiré son chapeau puis s'est baissé pour ramasser le paquet, ce qui m'a permis de voir ses cheveux, cette belle tignasse blond-roux, et cette vision a suffi à faire disparaître tout jugement. Il était là, un peu en retard mais bien présent au rendez-vous de notre amour, et j'avais envie de lui.

J'ai défait mon manteau et l'ai jeté sur une chaise. Il a fait de même, et nous nous sommes dévêtus dans la précipitation. C'était la première fois qu'une telle frénésie s'emparait de nous dès la première minute, bien loin des images sagement suggestives de *New York-Miami* que j'étais allée voir au cinéma juste après la mort de Maman. Dans le film, un drap jetait un voile pudique sur la scène pour ménager la sensibilité du public. Notre scène d'amour à nous ne se déroulait pas hors champ : nous nous sommes précipités maladroitement dans la chambre qui tout à coup ne me paraissait plus aussi froide, et nous avons laissé nos corps se retrouver dans une chute vertigineuse. Peu importait la signature sur la carte, peu importait comment il avait fait mettre ces fleurs et ce cadeau ici, peu importait aussi que j'aie été chez lui et que j'aie rencontré sa femme – le réel dans son intégralité a été terrassé par l'étreinte qui nous liait telle une vague éternelle.

Je mourais d'envie de le dire, *Je t'aime*, et les mots ont bien failli m'échapper. Mais je me suis contentée de le serrer contre moi, de poser ma main sur sa joue comme pour le protéger de la lumière du jour. « Je suis désolé, a-t-il murmuré, je suis tellement désolé. J'avais tant de rendez-vous ce matin. J'ai tout fait pour les annuler, mais je n'ai pas pu. » Puis il a ri, avec une joie dont il n'était pas coutumier, comme si ce qu'il venait de dire lui procurait un soulagement énorme. Il voulait que je sache les efforts qu'il avait faits.

« Tu as du temps, n'est-ce pas ? Tu n'es pas pressée de repartir ? » a-t-il demandé avec précipitation, et l'espace d'une seconde on aurait dit que nous avions échangé nos tempéraments, qu'il était l'émotif et moi l'impassible.

« Non, tout va bien. J'ai le temps, ai-je menti.

— Bien. Formidable. » Une lueur espiègle a brillé dans ses yeux.

Après avoir fait l'amour, nous sommes restés allongés à fixer le plafond ordinaire. J'ai remarqué des auréoles dans les coins, et une bande de papier peint qui se décollait. J'avais déjà vu tout cela, mais subitement ces preuves de négligence m'ont paru lourdes de sens et de compromissions.

« Je peux l'ouvrir ? » J'ai saisi la longue boîte étroite. Nous avions lentement commencé à nous rhabiller, car il nous fallait reprendre le cours de nos vies.

« Oui, vas-y », a-t-il répondu en souriant tout en refaisant son nœud de cravate.

J'ai ôté le ruban et écarté le papier. Au creux de l'écrin de velours était lové un bracelet d'une exquise délicatesse, en or avec un ravissant fermoir en diamants. Il a mis un genou à terre devant moi et m'a attirée contre lui. « Jamais je ne te ferai de mal.

— Moi non plus, Beppe.

— Je veux prendre soin de toi, Marie », a-t-il insisté, faisant écho à mes propres paroles quelques semaines plus tôt.

Je me suis jetée à son cou, le cœur gonflé d'allégresse. Presque aussitôt, il a fallu nous séparer pour qu'il puisse boutonner sa veste et moi enfiler mon manteau. L'heure pressait.

« J'ai besoin d'un prêt », ai-je lancé abruptement. Les mots étaient sortis tout seuls.

Il s'est laissé choir lourdement dans un petit fauteuil XVIIIe près de la fenêtre. Je ne me rappelais pas qu'aucun de nous se fût jamais assis là, même si nous y posions parfois des vêtements.

« Je sais bien, Marie. » Il choisissait visiblement ses mots avec soin. Bien sûr qu'il savait. Il était entré dans la boutique et avait vu les rayonnages presque vides. Il avait forcément remarqué la peinture qui s'écaillait sur le mur derrière la caisse. Je me suis assise en face de lui sur le lit, mais il évitait mon regard. Il s'est levé et a lissé son costume de la main. Comptait-il en rester là ? Les peurs qui m'assaillaient une heure plus tôt ont ressurgi – son retard, les fleurs, la signature formelle.

« Je dois examiner la garantie, Marie.

— La garantie ?

— La valeur du magasin.

— Oh.

— Prenons un moment un jour pour regarder tes livres de comptes. »

J'ai opiné, tout en pensant : *C'est moi, Marie, la femme que tu dis aimer. Le magasin et moi, c'est la même chose*. Mais n'importe quel prêt vaudrait toujours mieux que les chèques et les enveloppes d'argent liquide que monsieur E. me donnait au compte-gouttes et qui chaque jour m'engageaient un peu plus physiquement.

J'ai failli demander à Beppe si ce que Kenny avait dit était vrai, si la banque rechignait à prêter aux Italiens. La seule discrimination dont j'avais entendu parler était à l'encontre des fermiers, italiens ou pas ; ils avaient toutes les peines du monde à emprunter de l'argent pour acheter les semences leur garantissant la récolte suivante. Ils enfilaient leur plus beau costume, en mauvais tissu et mal taillé, pour venir s'asseoir en face d'hommes comme mon amant. J'ai décidé de me taire. À quoi bon soulever un préjugé auquel je ne pouvais rien ?

1939

24

J'ai remonté le chauffage. J'ai aussi fait du feu dans le salon, et la vue de la petite flamme promettant la chaleur m'a aussitôt réconfortée. Puis je me suis coupé une tranche de pain à la viande de la veille que j'ai arrosée de sauce à base de bouillon cube. Il fut un temps où je m'enorgueillissais de bien manger, même seule. Mais depuis le départ des garçons pour New York, presque un mois auparavant, j'avais pour ainsi dire arrêté de cuisiner.

Comme toujours après Noël, les ventes avaient chuté à une allure vertigineuse. Il restait pourtant énormément à faire au jour le jour, et j'étais constamment fatiguée. Il fallait nettoyer la réserve, remballer les invendus. Kenny se plaignait qu'il avait besoin d'aide, mais que pouvais-je y faire ? Je n'avais pas de quoi payer un employé de plus. Monsieur E. me donnait davantage d'argent depuis qu'il me privait de mes frères et les transactions de nuit sur mon aire de chargement s'intensifiaient, jusqu'à deux par soir. Malgré cela, nous avions le couteau sous la gorge.

On n'en entendait pratiquement pas parler, et pourtant le récent discours de Roosevelt avait alarmé les foules. « Une guerre qui menaçait d'engouffrer le monde dans les flammes a été évitée ; mais il devient plus évident de jour en jour que la paix dans le monde est fragile. »

En revanche, on entendait partout que Chamberlain avait été accueilli par des Italiens en liesse lors de sa visite à Mussolini. Nous étions censés nous réjouir qu'il soit allé convaincre Mussolini de dissuader Hitler d'attaquer, pourtant un mauvais pressentiment me serrait les entrailles. Sans compter que je savais mes clients bien plus ébranlés qu'ils ne voulaient le laisser paraître. En témoignaient mes ventes pour la Saint-Valentin, où la seule marchandise que j'avais réussi à écouler était ces petits sachets de minuscules biscuits en forme de cœur et les cartes que les écoliers aimaient s'offrir entre eux. À la fin de la journée, je savais que je resterais avec mes articles les plus chers sur les bras – le grand cœur en chocolat enveloppé de papier d'argent et les vide-poches en céramique en forme de cœur pour ranger les bijoux. Comme chaque année, j'avais vendu tous les bonbons rouges que contenaient mes bocaux de friandises à un cent.

La Saint-Valentin, à l'origine une célébration de martyrs de l'époque romaine, était devenue le jour des martyrs de l'ombre tels Kenny et moi, qui nous échinions à solder et à réétiqueter des articles dans l'espoir d'en écouler quelques-uns de plus et d'échapper à la faillite.

Une semaine plus tard, lorsque Beppe m'a appelée pour m'apprendre que Priscilla partait le lendemain en visite chez sa sœur, j'ai tout de suite proposé de nous faire à dîner. Il était si rare que nous puissions passer confortablement la soirée dans mon appartement en l'absence de mes frères. Je goûtais un nouveau sentiment de liberté, celle de faire ce que je voulais quand bon me semblait.

Beppe voulait en profiter pour consulter mes livres de comptes et discuter d'un emprunt, dont j'étais certaine qu'il me l'accorderait. J'avais même pris les devants et commandé un nouveau réfrigérateur. L'argent était censé servir à constituer du stock mais, avec l'expansion de mon affaire de pâtisserie, un réfrigérateur digne de ce nom était devenu une nécessité. Le nouveau modèle était plus grand et ne givrait pas, et il offrirait plus d'espace pour stocker pâtes et glaçages.

Nous étions le 22 février, le jour de l'anniversaire de George Washington, aussi ai-je décidé de réaliser un repas entièrement américain : soupe de champignons, gratin de brocolis et olives en beignet, tous tirés du *St Joseph's Holiday Cook Book*, la bible de la cuisine familiale américaine. J'espérais que Beppe remarquerait que non seulement je savais ce que les Américains aiment manger, mais que je pouvais également préparer ces plats, *ses* plats, avec autant de talent que les raviolis ou les spaghettis. J'avais déjà pratiquement tous les ingrédients nécessaires, sauf les champignons, que je comptais aller chercher chez Mimi car son mari possédait une champignonnière. Ils seraient plus frais et plus tendres que ceux que je pourrais trouver dans le commerce.

« Avec joie, a répondu Mimi. Lou doit aller en ville. Je peux te les déposer au passage. »

En attendant son arrivée, j'ai préparé les boulettes avec une base de pâte aromatisée au paprika. J'ai pris ce qu'il me restait de fenouil, l'ai moulu en fine poudre et en ai saupoudré le mélange en invoquant la *protection*. J'ai roulé une à une dans la pâte les grosses olives fourrées au piment et les ai réservées au frais. Qu'aurait pensé Carmela de mes préparations ? Ce soir-là, je sentais partout la présence de ma mère, pas uniquement parce que je cuisinais mais parce que je luttais pour financer le magasin.

Avant que Beppe ne pense à la solution de l'appartement, lorsque nous nous retrouvions chez moi, nous avions mis en place un rituel pour son arrivée. J'attendais derrière la porte du rez-de-chaussée son signal, un effleurement furtif sur le panneau, pour éteindre la lumière et ouvrir le plus discrètement possible afin qu'il se glisse à l'intérieur. Je me repassais inlassablement ce rituel en pensée. Ce soir, nous retrouverions les habitudes des premiers temps.

J'avais passé tout l'après-midi en cuisine et, lorsque je l'ai enfin entendu arriver, j'ai ressenti cette anticipation familière, l'urgence de faire l'amour avec lui. Quelques secondes plus tard, nous nous tenions face à face dans le noir. Il ne voyait pas mon visage ni moi le sien. Il m'a prise dans ses bras, le journal qu'il tenait à la main est tombé par terre, et nous étions de nouveau les Marie et Beppe de l'été dernier. À l'époque, notre amour était plus policé et nous taisions nos convictions profondes. Récemment, nous étions devenus plus audacieux, nous débattions et nous nous disputions. Cependant, une chose n'avait pas changé : le contact des bras de l'autre et, tandis que nous nous embrassions, à l'extérieur ont retenti des claquements de sabots et le rugissement d'un moteur. Il était grisant de savoir que seul un mince panneau de bois nous séparait du monde et des regards. Des bribes de conversations nous parvenaient, portées par le vent avant de s'évaporer dans le froid. Les gens rentraient chez eux. Je me suis brièvement demandé s'il avait réussi à venir jusqu'ici sans se faire repérer. Mais je m'en moquais. Il m'a embrassée de nouveau, et nous étions tous deux galvanisés par le danger dans lequel nous plongeait notre secret.

Une fois assise à table avec lui, je lui ai expliqué que l'anniversaire de notre premier président m'avait inspiré un dîner à thème. Il a d'abord eu l'air de se méfier de ce qu'il mangeait. « Ne t'inquiète pas. Ce n'est que de la soupe aux champignons », l'ai-je rassuré.

Les champignons de Mimi étaient frais et parfumés, et la crème n'en dominait pas le goût comme c'était parfois le cas. Les boulettes frites qui constituaient les amuse-gueule étaient très croustillantes, relevées par le piquant du piment caché dans les olives. Je nous ai servi un chianti spécial – la seule touche italienne du repas –, que monsieur E. m'avait laissé en cadeau dans la boutique avec une petite note : *Mari, merci de me prêter tes gentils garçons. Je me sens chanceux de vous connaître tous, Salvie.*

Beppe s'est reculé sur sa chaise pour se tapoter le ventre. « S'ils avaient mangé comme ça avant la bataille de Concord, les Britanniques auraient sans doute gagné !

— On oublie la guerre, ce soir, monsieur », ai-je rétorqué, imitant Carole Lombard dans *Le Lien sacré.* C'était bon de plaisanter. Je me sentais ivre ; rien ne pouvait venir gâcher mon humeur.

Pendant un long moment, Beppe a fixé le vide devant lui avant de poser les paumes à plat sur la table comme s'il avait l'intention de se lever. « Et si on jetait un œil à ces comptes ? »

Je suis allée chercher le registre. « Je songe à installer un coin buvette, avec distributeur de crème glacée et bar à lait. Et je veux ajouter des articles ménagers, un rayon supplémentaire. »

Aucune réaction. « Quelles sont tes dépenses salariales ? »

J'ai eu un instant d'hésitation. Il ignorait tout de l'argent que me donnait monsieur E.

« Combien paies-tu Gino et Sammy ?

— Le gîte et le couvert.

— Tes frères travaillent gratuitement ? » a-t-il insisté, la tête penchée sur le livre.

Je n'ai pas pu répondre. Depuis plus d'un an maintenant, ce qu'ils touchaient provenait de monsieur E.

Beppe m'a regardée par-dessus ses lunettes. Il les portait depuis peu, et elles me renvoyaient inévitablement à notre différence d'âge.

« Mes frères prennent ce que je leur donne. »

J'ai serré le bracelet qu'il m'avait offert jusqu'à me faire une marque au poignet. Mon regard a glissé sur les bougies qui étincelaient dans leurs bougeoirs en porcelaine. À l'arrière-plan, le transistor diffusait de la musique en sourdine.

« Je voudrais te montrer quelque chose, Marie. » Il s'est levé pour aller chercher son journal. Je n'avais jamais réellement lu le *New York Times*. Monsieur E. rapportait parfois *Il Progresso*, mais comme il était en italien je ne pouvais le lire. Au moins avions-nous temporairement laissé de côté les comptes, ce qui me soulageait. J'ai débarrassé la table afin qu'il puisse déplier le journal, mais ce qu'il voulait me montrer se trouvait en première page :

Rassemblement de 22 000 nazis en toute impunité

« Ça s'est passé hier, à New York, a-t-il précisé.

— Que signifie "en toute impunité" ?

— Qu'on a laissé les nazis tranquilles. Mais il y avait cent mille personnes dehors pour protester contre ce rassemblement. »

Il s'est mis à lire à haute voix : *Protégé par plus de mille sept cents agents de police, qui ont transformé Madison Square Garden en forteresse imprenable pour les antinazis, le Bund germano-américain a orchestré hier son emblématique rassemblement sur le thème de l'« américanisme » et de l'anniversaire de George Washington.*

« Qu'est-ce que le Bund germano-américain ? » ai-je demandé. Il a ignoré ma question pour poursuivre sa lecture.

À l'intérieur du jardin, tout était paisible, sinon silencieux, et les orateurs se sont succédé pour faire l'éloge du premier président américain, parmi lesquels le père Charles E. Coughlin et tous les amis de l'Allemagne nazie. Les vingt-deux mille spectateurs présents les ont applaudis bruyamment. Dehors s'était massée une foule estimée par la police à cent mille personnes, dont certaines, ouvertement antinazies, ont donné de la voix.

Il s'est interrompu subitement et a levé les yeux vers moi. « Tes frères sont à New York, n'est-ce pas ?

— Oui. Et alors ?

— Ils y sont avec Esposito ?

— Oui. »

J'étais hypnotisée par la phrase « le père Charles E. Coughlin et tous les amis de l'Allemagne nazie ».

Il a reculé sa chaise et retiré ses lunettes. « Quand rentrent-ils ?

— Je n'en ai aucune idée. »

Croyait-il qu'il existait un lien entre cet horrible rassemblement et mes frères et monsieur E. ?

« Qu'ont donné les ventes, à Noël ?

— Beppe, j'ai horreur que tu me presses de questions. On dirait que tu ne me fais pas confiance. » Je sentais l'exaspération monter. Il avait suffi de quelques minutes pour réduire à néant mon humeur taquine.

Il s'est à nouveau concentré sur le registre. « Montre-moi le salaire de ton employé à temps partiel.

— Ici. » J'ai désigné une ligne.

« Montre-moi les ventes.

— Là. »

Il a examiné le résultat pendant une seconde. « Je ne crois pas à ces chiffres. Dis-moi la vérité.

— Quelle vérité ? Tu te comportes comme si je te mentais. À tes yeux tout est tellement facile.

— Je n'ai pas dit ça…

— Mais c'est ce que tu crois. Tu sais ce qui se passerait, si je notais toutes les transactions ? Si je payais des impôts sur chaque cent que je gagne ? Tu ne sais pas ce que c'est que d'avoir à nourrir deux garçons gigantesques…

— Des hommes, m'a-t-il interrompu. Ce sont des hommes adultes.

— Ce sont mes petits frères.

— Pourquoi les traites-tu comme tes fils ? N'est-il pas temps qu'ils fournissent leur part du travail ? qu'ils volent de leurs propres ailes, et que tu arrêtes de leur trouver perpétuellement des excuses ? »

Il était vrai que je n'étais pas responsable de mes frères. Du moins, jusqu'à ce que quelqu'un décrète qu'il fallait que je les traite avec plus d'égards, que je leur donne le magasin ou qu'ils s'attirent des ennuis. Dans ces cas-là, ils devenaient ma responsabilité.

« Quelles excuses ? » Je ne me rappelais pas quand j'avais levé ainsi la voix pour la dernière fois. On aurait dit qu'une soupape avait subitement lâché. « Que veux-tu que je fasse ?

— Marie, il faut que tu te serres la ceinture. »

Il lui était si facile de prononcer ce genre de sentence. Je n'en croyais pas mes oreilles. Toute ma vie, chaque seconde de mon existence était hantée par l'obsession de dépenser moins, de manger moins.

« Comment serres-tu encore la ceinture quand tu ne peux déjà plus respirer ?

— Nous vivons tous avec trop, a-t-il rétorqué.

— Toi, tu veux dire. J'ai vu ta maison. Mais pas moi. Je ne vis pas avec trop. Je reprends les vêtements de ma mère. Je collectionne des assiettes gratuites. Je vais au cinéma le matin pour économiser dix cents ! » Je me suis penchée en travers de la table pour assener à mi-voix, le regard sévère : « Tu ne comprends rien. »

Je me suis relevée si soudainement que le registre est tombé par terre. D'un coup de pied, je l'ai envoyé sous la table. J'ai laissé là Beppe pour me ruer dans ma chambre en claquant la porte derrière moi. Je me suis assise et j'ai patienté.

« Marie. Ouvre la porte, s'il te plaît. »

Silence. Une minute s'est écoulée, puis deux, avant que j'obtempère. Et, contre toute attente, nous avons éclaté de rire. Quelle était cette magie ? Il a fait un pas vers moi et j'ai tout oublié du registre et de ses mensonges. J'ai fait glisser ma main le long de sa chemise, jusqu'à sa boucle de ceinture. Plus de discours, nous nous sommes laissés tomber sur le lit. Mais je n'arrivais pas à me défaire d'une image que j'avais vue dans le journal. Des manifestants antinazis, à ce rassemblement, une femme et des hommes visiblement en colère, brandissant des pancartes de fortune en hurlant. À l'arrière-plan, un photographe venait de faire éclater une fusée éclairante pour illuminer son cliché et, sur la photo d'à côté, un officier à cheval tentait de contenir la foule. C'était la tête de l'animal qui me hantait, son expression pas si différente de celle des manifestants – la tête rejetée en arrière, les lèvres retroussées et l'œil chaviré.

25

On a commencé à entendre parler de guerre. Le mot se répandait dans les boutiques et dans la rue. Beppe voulait s'assurer que je comprenais bien à quel point Hitler était mauvais et que Mussolini était son complice. Mon éducation politique était peut-être lente, mais j'en comprenais plus qu'il ne voulait bien le croire. Ce n'était pas parce que les Italiens en ville continuaient à faire comme si de rien n'était que la communauté n'était pas pétrifiée de honte et de peur. Lorsque l'Amérique entrerait en guerre – car cette issue semblait chaque jour plus probable –, les hommes d'origine italienne seraient appelés sur le front au même titre que les autres. Il n'en demeurait pas moins que je me sentais accusée en entendant Beppe m'expliquer que, depuis la Première Guerre mondiale, l'Italie et l'Allemagne se faisaient la cour. Puis la guerre d'Espagne leur avait donné l'occasion de se battre du même côté pour aider Franco à se maintenir au pouvoir. Si, lors du premier conflit mondial, l'Italie avait été dans le camp des vainqueurs avec les Alliés, à présent nous étions du mauvais côté, celui du mal. J'écoutais patiemment ce que Beppe avait à dire. Je savais qu'il avait raison, mais je ne voulais pas y réfléchir.

Ce matin-là, je devais me rendre chez Mme Bellafiore pour lui livrer un gâteau. Par chance le temps était froid, car je m'inquiétais pour mon glaçage. Le cousin de Mme Bellafiore, un homme relativement âgé, avait des difficultés à mettre sa femme enceinte. Ce gâteau était pour son anniversaire. Il m'aurait fallu une pincée de pervenche, qui régulait le cycle féminin – je supposais que son épouse goûterait au moins une tranche du gâteau –, mais il m'avait été impossible de m'en procurer, aussi l'avais-je remplacée par de la verveine, sachant que dans une recette au citron les convives n'y verraient que du feu. Pour me prémunir de l'échec, j'ai ajouté pratiquement tout ce qu'il me restait d'anis pour apaiser le ventre de l'homme mûr, améliorer l'écoulement de l'urine et dynamiser la prostate. Et j'avais mis de côté pour achever de décorer l'ensemble quelques ravissants galets ronds que Sammy m'avait donnés, une offrande pour exprimer ma gratitude car mes règles étaient arrivées.

Alors que je m'apprêtais à sortir, Mme Vitolo m'a appelée pour m'annoncer que son fils allait mieux. Les médecins qui s'étaient montrés pessimistes lui promettaient à présent la guérison. Je n'avais fait qu'utiliser un peu de gingembre et ne pouvais m'empêcher de me demander ce qu'il en aurait été si j'avais pu mettre la main sur du galanga.

J'ai placé la commande de Mme Bellafiore dans l'une de mes nouvelles boîtes. Elles étaient d'un beau bleu pâle, mais si fines que j'avais dû rajouter un fond que j'avais découpé moi-même dans un vieux carton. Puis j'ai dirigé mon intention vers le gâteau – que le cousin de Mme Bellafiore passe un bel anniversaire et, bientôt peut-être, devienne père.

La maison des Bellafiore se situait à environ cinq cents mètres de chez moi, et on s'y rendait par un dédale de ruelles que je n'empruntais que très rarement. Je n'étais jamais entrée dans le petit bungalow avec son porche couvert, comme tant d'autres le long de Peach Street.

« Oh, Marie. Entre, entre. »

L'intérieur était lugubre, encombré de meubles trop rembourrés, recouverts de coupons de tissus dépareillés qui cherchaient à dissimuler les trous dans les coussins. Une odeur d'ail et d'huile d'olive planait et, dans la cuisine, une casserole de bouillon laissait échapper un jet de vapeur furieux. C'était une odeur familière qui me rappelait la cuisine de Maman et aussi celle de Ruth. La cuisine juive était différente, mais on retrouvait un ingrédient commun : le chou.

J'ai posé la boîte sur la table. « Il faudrait le mettre au frais, madame Bellafiore.

— Oh, oui, a-t-elle acquiescé en s'affairant.

— Quand a lieu la fête ?

— Oh, demain. En petit comité. Juste mon cousin et sa femme. Elle est jeune », a-t-elle précisé.

Comment ça, jeune ? ai-je eu envie de demander. Louie Bellafiore était vieux, trop vieux pour être père, et je me suis subitement mise à douter de l'efficacité des aromates que j'avais utilisés.

J'ai argué que je devais retourner au magasin, mais Mme Bellafiore m'a désigné une chaise. Ils n'étaient pas plus riches que nous tous, mais on sentait la fierté de cette femme à sortir précautionneusement sa théière ébréchée pour la poser sur un ravissant napperon au crochet qu'elle avait réalisé elle-même. Ses torchons et ses serviettes étaient également faits main, taillés dans des nappes ou des tabliers trop usés.

« Je pourrais vendre des torchons comme celui-ci, ai-je fait remarquer en en prenant un.

— Ces vieilleries ? a-t-elle gloussé, et son rire charmant et joyeux a tinté comme une clochette. Tu es devenue populaire, a-t-elle chuchoté, et un sourire s'est dessiné sur son visage ridé. Tu as un secret », a-t-elle ajouté d'un ton de conspiratrice.

Faisait-elle référence à mes recettes ? Je l'espérais de tout cœur. Ou bien parlait-elle d'Ada ? Avait-elle repéré les mystérieuses allées et venues de ma tante ? Sinon comment aurait-elle pu savoir que la sœur de ma mère m'avait retrouvée ? Ou bien était-ce Beppe ? J'avais décidément trop de secrets. Mais, contrairement à tant de ménagères de Littlefield, il n'y avait rien de sournois chez Mme Bellafiore et jamais il ne lui serait venu à l'esprit de me torturer avec des questions mal placées.

« J'ai entendu dire que tes frères étaient à New York. »

J'ai veillé à ce que mon sourire ne vacille pas. « Ce n'est pas facile, sans eux, au magasin.

— C'est peut-être plus facile, en un sens, a-t-elle suggéré en se tournant vers sa marmite pour touiller son bouillon. Ce Gino, il est méchant. » Au moins allait-elle droit au but. Depuis la bagarre chez les Fils d'Italie, j'avais été surprise que les ragots ne m'aient pas encore rattrapée.

« Il est intenable, ai-je concédé.

— Intenable, oui, a-t-elle confirmé, me tournant toujours le dos. Mais ce n'est plus un enfant. » Cette réprimande de la part d'une femme plus âgée m'a heurtée autant que si c'était Maman qui m'avait grondée. Elle a finalement pivoté vers moi pour me regarder dans les yeux. « Tu devrais faire attention, Marie. Les gens en ont assez de lui. La politique. Pas tout le monde, cela dit : les hommes des Fils d'Italie le trouvent formidable. » Elle a haussé les épaules et poursuivi d'un ton plus doux : « Je ne te reproche rien. La plupart des gens savent que tu ne peux pas le tenir. »

Nous avons encore échangé quelques banalités, puis elle m'a serrée dans ses bras et je suis repartie en toute hâte. Je savais que nos au revoir resteraient gravés dans ma mémoire, cette scène où, sur le pas de la porte, comme à contrecœur, elle m'avait glissé dans la main le billet de un dollar. J'avais alors compris qu'elle n'avait pas les moyens de payer ce gâteau et que ce n'était pas seulement sa générosité à l'égard de son cousin qui lui faisait faire cette dépense inconsidérée, mais la foi qu'elle avait dans mes pouvoirs et qui lui avait fait dépasser la désapprobation que lui inspirait mon frère.

26

Lorsque j'ai entendu la voix de Sammy à l'autre bout du fil, j'étais si heureuse que j'ai fondu en larmes.

« Comment allez-vous ? Quand rentrez-vous ? Monsieur E. avait dit un mois, et ça fait presque six semaines.

— Gino ne veut pas repartir.

— Eh bien, tu n'as qu'à rentrer seul. Sans lui. À quoi passez-vous vos journées, tous les deux ?

— À travailler. On va à des réunions et on écoute la radio.

— Quelles réunions ? »

Silence.

« Pourquoi m'appeler si tu n'as rien à me dire ? Je peux parler à Gino ? » Mon ton s'était fait cassant.

« Il est sorti avec monsieur E. On est allés à un rassemblement.

— Quel rassemblement ?

— Je ne sais pas comment ça s'appelait. Il y avait des nazis. Je te jure, Marie, des vrais nazis. Tu n'en aurais pas cru tes yeux. »

Beppe avait donc vu juste.

« Pourquoi es-tu allé dans un endroit pareil ?

— Je n'avais pas le choix.

— Tu as toujours le choix, Sammy. Monsieur E. est là ?

— Il est sorti, je t'ai dit.

— Il y a quelque chose qui ne va pas ?

— Je vais bien, a-t-il répondu après un instant d'hésitation. Je me suis fait un peu mal au bras, c'est tout.

— Comment ?

— Je vais bien. J'aidais monsieur E. à charger un camion. On passe notre temps à soulever des cageots d'huile quand les cargaisons arrivent. Il voulait qu'on fasse sortir des gars de son entrepôt.

— C'est comme ça que tu t'es blessé au bras ?

— Je ne suis plus un bébé, Marie.

— Où avait lieu ce rassemblement ?

— À Madison Square Garden. Je n'arrive pas à croire que ça ait pu arriver ici, dans ce pays. Mais ne dis pas que je te l'ai raconté.

— Tu plaisantes ?

— Écoute, Marie. Je t'aime. Ne t'inquiète pas.

— Je m'inquiète, justement. Je veux que tu rentres à la maison. Tu m'entends ? »

Cette nuit-là, un cauchemar m'a réveillée en sursaut. Des hommes en uniforme de soldat enfonçaient la porte de ma boutique. Une fois à l'intérieur, ils renversaient les vitrines et les étagères et brisaient tout. Je me suis redressée dans mon lit, tremblante de terreur. Mais il n'y avait pas que le rêve – le vacarme sur l'aire de chargement était bien réel.

J'ai enfilé ma robe de chambre et me suis glissée au rez-de-chaussée. Dans le petit couloir menant au bureau, j'ai plaqué l'oreille contre la porte pour écouter. Il y avait trois hommes, dont Kenny. Par la fente de la porte, je les ai vus qui chargeaient des sacs de jute dans un camion. Kenny surveillait les opérations, le corps tendu comme une arbalète, leur faisant signe de se dépêcher. Une fois les sacs en place, Kenny a aidé les deux autres à empiler ce qui ressemblait à des cageots de patates douces pour dissimuler la cargaison. Puis les inconnus ont sauté dans le véhicule et ont démarré en trombe.

Le lendemain, Mme Fiorello est venue me dire qu'elle avait vu monsieur E. en ville. Comment était-ce possible ? Il faisait souvent l'aller et retour, mais la seule chose qui me préoccupait, c'était qu'il ait laissé mes frères à New York. Elle ne me regardait pas en face et prétendait faire le tour des rayons, mais il m'est rapidement apparu que sa seule mission avait été de venir me délivrer la nouvelle et de jauger ma réaction.

« Merci, ai-je simplement dit en la dirigeant vers la sortie.

— Marie, appelle-moi en cas de besoin. »

J'ai laissé la boutique aux mains de Kenny pour remonter téléphoner à monsieur E.

« Salvie, que faites-vous en ville ? Et où sont mes frères ?

— Mon Dieu, Mari. Je suis gêné. *Madonna mia*.

— Où sont-ils ?

— À New York. Je suis là pour une heure ou deux.

— Vous avez le temps de prendre le café ?

— Qu'est-ce que j'apporte ?

— Rien. »

Il me restait quelques tranches de gâteau d'amour au réfrigérateur. Il était toujours meilleur le lendemain, lorsque le glaçage s'était fondu dans la pâte, et la pâte dans le fromage en dessous. Les couleurs subtiles paraissaient plus profondes, l'épaisse ricotta plus jaune, le gâteau plus doré sous le glaçage qui scintillait telle la neige au soleil. J'ai fait du café bien fort et me suis assise pour attendre monsieur E.

Il est arrivé avec un bouquet de roses.

« Merci », ai-je dit en prenant les fleurs. Puis, d'un mouvement sec du bras, je lui ai enjoint de me suivre à l'étage. Aujourd'hui, il n'aurait pas le plaisir de lorgner mon derrière.

Une fois dans la cuisine, je suis allée droit au but. « Je veux tout savoir, alors inutile de me raconter des histoires.

— Tu te fais trop de soucis, Mari. Tout va bien. Regarde ce que j'ai pour toi. »

Il m'a tendu l'enveloppe, et elle m'a paru un peu plus épaisse que d'habitude. J'avais toujours accepté son aide en fermant les yeux sur les à-côtés, et notre arrangement avait tenu tant que j'étais prête à ce compromis – ne jamais me plaindre ni poser de questions. Je l'ai laissé jouer les jolis cœurs et lui ai servi du gâteau.

« Le Bund germano-américain. Qu'est-ce que c'est ?

— Où as-tu entendu ça ?

— Je l'ai lu dans le journal.

— Quel journal ?

— Le *New York Times*. »

Je me suis soudain rappelé les hommes en manteaux longs sortant de leurs voitures devant le siège des Fils d'Italie.

Monsieur E. a gardé la tête baissée sur son gâteau.

« Inutile de mentir, ai-je insisté. Sammy m'a tout dit.

— Tout quoi ?

— Comment il s'est blessé au bras. » Je n'avais pas cru mon frère une seule seconde lorsqu'il avait prétendu s'être fait mal en déchargeant un camion. Monsieur E. a évité mon regard.

« Gino avait un billet. Sammy et moi, on est restés dehors. C'était une sacrée nuit, Mari, je te le dis. Historique !

— Comment ça, historique ?

— Tu serais fière de Sammy. Il a essayé d'empêcher les gars du Bund d'entrer, devant tout le monde. Ils criaient, ils avaient des pancartes. "Bund, dehors. Retournez en Allemagne !" » Il a écarquillé les yeux comme s'il y était encore, enivré par le danger. « Sammy a vu les croix gammées, il est devenu fou. »

Des croix gammées ! Dans le journal de Beppe, elles étaient exhibées au grand jour par les partisans du Bund. Il y avait même un swastika géant au beau milieu de Madison Square Garden, et de part et d'autre d'un portrait de notre premier président flottait le drapeau du Bund germano-américain, orné d'une croix gammée en son centre.

Monsieur E. a poursuivi, le regard électrisé. « Je ne pensais pas qu'il avait ce cran. Il se jetait sur les gars du Bund quand ils entraient.

— Qui sont-ils, ces gars du Bund ?

— Des amis de l'Allemagne.

— Des Allemands ?

— Non ! Des *Merigani*, Mari. Le présentateur était allemand. Il adore l'Amérique.

— Où était Gino ?

— Je t'ai dit. Je n'avais qu'un billet. Gino est entré.

— Où avez-vous eu ce billet ?

— Mari…

— Vous m'avez menti.

— Non.

— Je ne suis pas idiote.

— Trop peu d'Italiens, Mari ! Tous des *Merigani*. Des tas de *Merigani*. Plus nombreux que nous. Et ils soutiennent Mussolini, et l'Allemagne. » Il a pris soin de ne pas mentionner Hitler.

« C'est vous qui les avez emmenés à cet affreux rassemblement. Vous êtes un nazi ?

— Non ! Mais Mussolini… il dit de bonnes choses. »

Il a fait glisser sa tasse sur la table pour me signifier qu'il revoulait du café. Je l'ai prise pour aller la mettre dans l'évier.

« Quand rentrent-ils à la maison ? Que me cachez-vous d'autre ?

— Rien. Aucun secret. »

D'un geste soudain, il m'a attrapé la main, avec une telle force que j'ai craint qu'il me fasse un bleu.

« Lâchez-moi, ai-je ordonné en me libérant. Qu'est-ce que c'est que ces sacs que vous faites transiter par mon aire de chargement ? » Jamais je n'avais osé le lui demander. « Kenny était en bas avec des hommes, et ils ont caché le tout sous des patates douces.

— Ce n'est rien de mal, Mari. Et je te paie. Crois-moi, il ne se passe rien de mauvais. »

Je songeai à mon nouveau réfrigérateur, et au moyen de le payer. Je n'avais aucune nouvelle de Beppe concernant le prêt.

Lorsque monsieur E. s'est levé, je n'ai rien vu venir. Il m'a tirée brutalement par le bras, m'a enlacée et embrassée de force. J'ai tenté de le repousser, mais il était plus costaud qu'il n'en avait l'air.

« Tu m'as manqué, Mari. » Il m'a fait reculer dans la pièce pour me clouer au mur et s'est pressé contre moi. Je le sentais à travers ma robe et mon tablier. Il a attrapé mes seins entre ses mains et a serré.

« Arrêtez ! » ai-je hurlé.

Il arborait un sourire mielleux, comme s'il oscillait entre honte et excitation. Il n'avait aucune intention de s'arrêter. Jusqu'où étais-je prête à aller pour le neutraliser, s'il tentait de me forcer ? J'ai réussi à me libérer et, juste avant de trébucher et de m'affaler à terre, j'ai aperçu le dessin de Cérès au-dessus de l'évier. Je me suis relevée tant bien que mal, mais cette fois non sans saisir au passage une assiette sur l'égouttoir. Je la lui ai lancée à la tête. Il l'a esquivée, mais l'effet sidérant a suffi à briser cet accès de folie. Je tremblais si violemment que je n'arrivais pas à reprendre mon équilibre. Rendue muette par le choc, j'étais incapable de lui ordonner de partir, mais il battait déjà en retraite, prenant tout son temps pour enfiler son manteau. Il a balayé la pièce du regard comme s'il la voyait pour la première fois.

C'est ça, ai-je pensé. *Mémorise bien les détails, parce que c'est peut-être la dernière fois que tu mets les pieds ici.*

27

J'ai versé un monticule de farine directement sur le comptoir et, d'un mouvement vif de la main, j'y ai creusé un puits. Dans ce volcan miniature, j'ai cassé quatre œufs que j'ai battus sans prendre de saladier, à la manière de Maman. Dans un de ses livres, il était expliqué que cette méthode favorisait la cristallisation de l'intention. Je prévoyais d'ajouter comme d'habitude de l'ail, du thym et de l'origan, ainsi qu'une pincée d'anis et de persil. Je n'avais malheureusement pas le temps de me frotter du persil sur le front comme je l'avais vue faire. J'ai commencé à pétrir, pour me retrouver bientôt avec trois boules de pâte que j'ai mises à reposer pour une heure. Puis je me suis attelée à la sauce, ce qui m'a pris plus de temps, et je me suis mise à fredonner, heureuse à la perspective du repas, sinon de la soirée à venir. Mes frères rentraient à la maison. La nourriture, au moins, serait parfaite.

Au bout de plusieurs heures de travail – il avait fallu abaisser la pâte au rouleau et découper des cercles à farcir de fromage –, la vue des raviolis fraîchement roulés gorgés de ricotta bouillante et délicieusement juteuse m'a remonté le moral. Quel homme, attablé devant pareilles merveilles, oserait me contrarier ? Je me suis juré de ne pas aborder le sujet du rassemblement.

Face à moi se tenaient deux hommes adultes. Mes frères étaient devenus plus forts, plus affirmés, et Gino était énorme. On aurait dit qu'il avait doublé de carrure. Son corps était musculeux, sans une once de gras, et lorsqu'il m'a serrée contre lui son torse était aussi dur que le marbre d'une statue. Sammy se tenait en retrait, ce qui n'avait rien d'inhabituel, mais il affichait une expression d'amertume, comme s'il n'était pas heureux d'être rentré. J'en ai été blessée, car c'était Sammy que j'avais été le plus impatiente de revoir.

« Rien n'a changé, ici, s'est exclamé Gino en se laissant choir dans un fauteuil.

— Sammy, regarde-toi un peu. Comme tu as mûri ! » Je me suis avancée vers lui et l'ai pris dans mes bras, mais mon petit frère a gardé son air fermé, comme si on l'avait sermonné.

« Où est monsieur E. ?

— Il a dû rentrer. Il a dit de te saluer », a répondu Gino.

Dieu merci, je ne verrai pas ce lâche répugnant, ai-je songé.

« J'ai un cadeau pour toi, a-t-il annoncé.

— Tu vas appeler Carla ?

— Carla, c'est de l'histoire ancienne.

— Et toi ? » Je me suis tournée vers Sammy. « Y a-t-il une jeune fille dans ton cœur ?

— Je fréquente quelqu'un.

— Et ? » J'ai tenté de prendre un air enjoué.

Sammy m'a adressé un sourire fugace. « Il n'y a rien à dire. »

Gino s'est approché pour lui décocher une grande claque dans le dos. « Vas-y. Dis-lui, Sam.

— Me dire quoi ?

— Va te faire voir, Gino, a répliqué Sammy en frappant son frère à l'épaule.

— Alors c'est moi qui vais lui dire. » Gino s'est raclé la gorge d'un air cérémonieux, comme s'il allait porter un toast. « Sammy ici présent est fiancé.

— Fiancé ? Attends, je vais faire du café. Asseyez-vous tous les deux, qu'on discute. Je veux tout savoir. » Je me suis ruée dans la cuisine car j'avais besoin d'une seconde pour me remettre du choc. Tout en préparant le café, j'ai lutté pour reprendre contenance. Lorsque je suis revenue au salon, ils avaient ouvert leurs gigantesques valises, d'où ils sortaient des cadeaux au milieu de tas de linge sale et froissé.

« Alors, qui est cette fille ? ai-je demandé.

— C'est une femme », a rectifié Sammy en exhumant de ses affaires un paquet rebondi enveloppé d'un papier bleu délicat comme je n'en avais jamais vu auparavant dans tous les catalogues de fournitures que j'avais consultés. Il me l'a tendu en souriant.

« Tiens-toi bien, a commenté Gino, elle a vingt-sept ans.

— La ferme », l'a mouché Sammy tout en refourrant son linge sale dans sa valise, avant de la refermer.

Je me suis refusée à montrer ma surprise. « Et elle vit à New York ?

— Oui. »

Gino n'a pas perdu une seconde. « Il va s'installer là-bas.

— Tu vas fermer ta grande gueule ? a aboyé Sammy.

— Ça suffit », ai-je lancé et, entendant la cafetière crachoter dans la cuisine, j'ai reposé le cadeau de Sammy pour aller m'en occuper. « Comment s'appelle-t-elle ? ai-je insisté à mon retour au salon.

— Tiens, ouvre ça d'abord. »

Gino m'a flanqué entre les mains une boîte joliment emballée. Sammy avait quitté la pièce avec sa valise. « C'est la nièce de monsieur E. Gloria, de son petit nom. »

La nièce de monsieur E. ? Il y a encore un an, cela m'aurait paru une bonne nouvelle, ce rapprochement de nos deux familles. À présent, j'y voyais clair dans les manigances de Salvie sur cette nouvelle tentative d'emprise sur ma vie, sur nos vies. J'ai déballé le cadeau de Gino.

« Alors, qu'est-ce que tu en dis ? »

J'avais entre les mains un foulard monstrueusement laid, aux couleurs criardes, des mauves, des rouges et des verts entrelacés en motifs compliqués. En un mot, pas du tout mon style.

« Merci, Gino. » Je me suis levée pour l'enlacer en refoulant mes larmes.

« Si tu voyais toutes ces boutiques qu'ils ont, à New York.

— Je n'en doute pas.

— Il y en a à tous les coins de rue. Je n'arrivais pas à me décider. Il te plaît ?

— Je l'adore.

— Essaie-le. »

Il me l'a pris des mains pour m'en draper les épaules. « Va te voir dans le miroir », a-t-il ordonné en me conduisant jusqu'au manteau de la cheminée.

En nous contemplant ensemble dans la glace, frère et sœur, j'ai fugitivement revu notre enfance, ce chemin peuplé de disputes et de désaccords. Je n'arrêtais pas de penser à Sammy qui allait se marier. Était-ce réel ? C'était si soudain, et il ne semblait guère enthousiaste. Pour tout dire, il avait l'air déprimé. C'est alors que j'ai compris que se refermait un très long chapitre de ma vie. Désormais, ma jeunesse allait s'enfuir à grands pas et, avec le départ de mes frères, je serais bel et bien seule.

« Et toi, où comptes-tu aller ? ai-je demandé à Gino d'un ton le plus taquin possible en me détournant du miroir.

— Pourquoi ? Tu essaies de te débarrasser de moi ? Je vais rester encore un peu ici, si tu veux bien. »

Il avait l'air gentil, assis là les bras ballants entre les genoux, les mains jointes, détendu dans le salon familial.

Un instant plus tard, Sammy est revenu, une tasse de café à la main, et s'est affalé dans le canapé. « Tu es jolie, comme ça. » Il a désigné le foulard. « J'aimais mieux l'autre, mais celui-ci est bien, aussi. Tiens, ouvre mon cadeau. » Il me l'a de nouveau tendu.

Je n'avais pas le souvenir qu'ils m'aient jamais acheté quoi que ce soit de leur vie. Noël et mon anniversaire se résumaient en général à un baiser sur la joue. Une fois, ils s'étaient cotisés pour m'acheter un billet de cinéma. Lorsqu'ils étaient plus jeunes, petits même, ils emballaient des jouets bon marché qu'ils avaient piochés dans une panière du magasin. Ils me les présentaient ensuite en riant aux éclats, comme si c'était la plaisanterie la plus drôle du monde.

J'ai ouvert le paquet de Sammy. Niché au creux d'une petite boîte carrée se trouvait un livre. La couverture était légèrement matelassée, en cuir fin d'un vert tendre comme un feuillage au printemps, et le titre *Recettes* ressortait en relief. Je l'ai ouvert ; les pages à liseré doré étaient divisées en chapitres. En haut, les lignes plus courtes étaient destinées aux ingrédients, tandis que le reste de la page, quadrillé, contenait les différentes étapes de la recette. Maman n'avait jamais possédé un si beau livre, et la tristesse m'a pratiquement coupé le souffle.

« Je l'adore, ai-je murmuré. J'adore mes deux cadeaux », me suis-je empressée d'ajouter afin que Gino ne se sente pas offensé. Puis j'ai pris Sammy dans mes bras et lui ai chuchoté à l'oreille : « J'adore mon cadeau. » Contre moi, son corps était désormais celui d'un homme. J'ai subitement compris que bientôt il serait parti, et j'ignorais où je trouverais la force de le supporter.

« Vous avez faim ? ai-je demandé en reculant.

— Je suis affamé, a confirmé Sammy, visiblement de meilleure humeur.

— Moi aussi, a renchéri Gino. Je vais faire un brin de toilette.

— On passe à table dans vingt minutes », ai-je annoncé.

L'eau frémissait dans la grande marmite lorsque j'ai saisi sur le réfrigérateur le plateau sur lequel j'avais disposé mes délicats raviolis. J'ai mis à réchauffer la sauce marinara qui avait occupé la majeure partie de mon après-midi. J'ai vérifié dans le four que les aubergines rôtissaient comme il fallait.

J'ai décidé d'utiliser mes assiettes neuves. J'avais pratiquement réuni un service pour cinq. J'ai dressé dans le salon la petite table de la salle à manger et j'ai allumé des bougies. J'avais même acheté chez Ferrara une bouteille de chianti que j'avais payée outrageusement cher.

« C'est prêt », ai-je lancé. Sammy est arrivé le premier et m'a aidée à apporter les plats fumants sur la table, puis j'ai servi le chianti dans les verres à pied en cristal de Maman. Sammy s'est assis, mais Gino ne voulait pas se décider à prendre place, comme s'il comptait prendre congé d'une minute à l'autre.

« Assieds-toi. Tu n'as pas faim ? »

Il a obéi.

« Je propose un toast. » Sammy a levé son verre. « À Marie, notre emmerdeuse de sœur que nous aimons plus que tout », a-t-il déclamé en riant. Il semblait tellement adulte, et plus beau que dans mon souvenir.

« Pourquoi tu as retiré ton foulard ? s'est indigné Gino.

— Je ne voulais pas le tacher en cuisinant.

— Tu peux le remettre, maintenant.

— En effet, ai-je acquiescé en me levant.

— C'est délicieux, s'est exclamé Sammy. Je n'avais pas mangé d'aussi bons raviolis depuis la dernière fois que tu en as fait. »

Je suis revenue m'asseoir affublée de l'horrible foulard, mais cela n'a pas apaisé Gino. Il fixait les plats d'un air interdit.

« Tu n'as pas faim ?

— Je ne mange pas de pâtes.

— Depuis quand ? » Je me suis retenue d'éclater de rire.

« Ça me rend paresseux. Monsieur E. dit que ce n'est pas bon.

— Sammy, toi non plus ? » J'étais sous le choc.

« Moi je mange de tout. Ça en fera plus pour moi », a-t-il conclu en donnant un coup de coude à Gino, qui a répliqué d'un coup de poing furtif en direction du ventre de son frère, que celui-ci a esquivé de justesse.

« Arrêtez ça, ai-je ordonné.

— Les Italiens mangent trop de pâtes, a argumenté Gino. À l'avenir, on n'en consommera plus. On mangera de la nourriture américaine et on deviendra plus forts. »

Où diable était-il allé chercher une idée pareille, si ridicule et insensée ? L'absurdité devait avoir également sauté aux yeux de Sammy, car bien que tentant de le cacher, il se retenait de sourire. Voyant qu'ils étaient d'humeur à se chamailler, je me suis armée de courage. J'ai senti s'évaporer en quelques secondes toute la liberté des semaines passées.

« Je ne vois pas quoi te donner d'autre, ai-je déclaré. Tu peux prendre des aubergines. »

Celles pendant la préparation desquelles je n'avais formulé aucune intention, ai-je songé. La pâte contenait un mélange spécial d'épices dans lequel j'avais dirigé un vœu – que Gino s'en aille, tombe d'une falaise, disparaisse.

« Ce n'est pas à toi de me nourrir », a-t-il décrété en se servant toutefois largement d'aubergines.

Je n'ai pas besoin de toi, dit l'enfant, n'importe quel enfant, à sa mère. *Eh bien tant mieux*, ai-je pensé.

Pourquoi dans ce cas m'étais-je sentie si liée à lui, à eux deux ? Accablée par leur appétit d'ogre, leur linge sale, leur façon de me malmener quand l'envie leur en prenait, j'ai senti le rouge me monter au visage. Ce foulard était bien trop chaud, et je l'ai retiré dans un geste d'impatience.

« Je crois à l'*américanisme*, maintenant », a déclaré Gino d'un ton cassant, comme s'il se délectait d'une toute nouvelle autorité.

Je me suis souvenue d'avoir lu le terme *américanisme* dans le journal de Beppe, dans l'article sur le rassemblement.

Sammy a posé sa fourchette, levé son verre de vin et marqué une pause, attendant visiblement d'entendre ce que son frère avait à dire.

« Je mange de la polenta, a ajouté Gino.

— De la polenta. Et où manges-tu de la polenta ?

— À New York. »

Les Napolitains détestaient la polenta. Les Genovese avaient beau être originaires du nord de l'Italie, Maman avait toujours cuisiné comme dans le Sud.

« C'est de la nourriture du *Nord*, a précisé Gino. La nourriture de notre père. »

Notre père. Le mâle qui, bien qu'ayant déserté, demeurait le patriarche. J'aurais voulu rétorquer : *Un père qui s'est enfui ne vaut pas mieux qu'un courant d'air. Il n'est qu'un concept, un espace vide, aussi inutile qu'un sort sans intention, qu'un amas de molécules sans âme.*

« C'est ce que je mange, a insisté Gino. On est du Nord, je te rappelle.

— Est-ce que ça a à voir avec ces mensonges que tu lis dans *Justice sociale* ? »

Gino a laissé échapper un grognement guttural que je ne lui avais jamais entendu. « Les gens ont besoin de meneurs. On doit le faire comprendre aux autres. On est forts…

— Oh, la ferme », l'ai-je interrompu.

Alors il a fait comme à son habitude : il s'est levé d'un bond et sa chaise a failli tomber par terre avant qu'il ne la rattrape.

« Assieds-toi. Qui sont ces *autres* dont tu parles ? » J'ai soutenu son regard de défi.

Sammy a avalé une gorgée de vin sans quitter son frère des yeux.

« Des juifs, en majorité, a rétorqué Gino, debout sans bouger.

— D'où tiens-tu ces absurdités, ce poison ? Qui te les enseigne ? Je refuse d'entendre des choses pareilles chez moi. Et tu n'iras plus nulle part avec monsieur E. »

À mon grand étonnement, Gino s'est rassis, mais en cette seconde tout a basculé. Sa respiration est devenue bruyante et régulière comme celle d'un animal. Il s'est servi un autre verre de vin et s'est reculé sur sa chaise. « Salvie dit que je dois rester sur le coup. Fort. Pour pouvoir me battre en cas de besoin.

— Tu veux dire, comme tu t'es battu à Madison Square Garden ? ai-je tonné, savourant son expression de surprise. C'est ça que tu veux dire ?

— Mon bras est guéri, est soudain intervenu Sammy. Il a bien cicatrisé. » Il a lancé un coup d'œil en coin à son frère.

« Tu ne m'as pas répondu, ai-je insisté.

— Ouais, a marmonné Gino. On s'est foutu une raclée. » Il a ri. « Comment tu as su ? »

Les frères ont échangé un regard.

« Monsieur E., ai-je prétendu en fixant Sammy droit dans les yeux.

— Si tu étais déjà au courant, pourquoi poser la question ? a demandé Gino. J'aurais voulu que tu voies ça. Tout le monde brandissait des pancartes. *Non à la domination juive. Arrêtons les juifs qui en veulent aux chrétiens.* Les gens devenaient dingues. Il y avait la police montée partout, la totale. Les communistes étaient venus en force, mais on était plus nombreux. Et puis un salopard avec un porte-voix s'est mis à brailler depuis la fenêtre de son appartement. *Soyez patriotes. Restez chez vous.* Il n'arrêtait pas de brailler. Pas vrai, Sammy ? »

Sammy n'a pas répondu. C'est alors que j'ai perçu le gouffre entre eux, qui n'avait fait que croître.

« Et écoute un peu ça. Quand la police est montée pour arrêter le salopard, il n'y avait qu'un enregistrement avec une minuterie. Point final. Personne. Et nous on scandait : "Debout l'Amérique ! Écrase le communisme juif !"

— Comment as-tu pu !

— Hé, on est de retour, et tout le monde va bien. Hein, Sammy ? » Il a donné un coup de coude à son frère dans les côtes, mais cette fois Sammy a repoussé son bras avec véhémence et la large épaule de Gino a été déportée en arrière. L'aîné a eu l'air de vouloir le titiller à nouveau, mais le cadet était visiblement paré à répliquer.

« Je veux que tu ailles t'excuser auprès de Ruth et Gersh, ai-je ordonné à Gino.

— Tu rêves.

— Je ne plaisante pas, Gino. Tu n'avais aucun droit de diffuser ces horreurs chez les Fils d'Italie. Les Oletsky sont nos voisins. Nos amis.

— Ils ont un magasin, la belle affaire. On n'est pas amis pour autant.

— Ruth m'a sauvé la vie. À la mort de Maman... » Je n'ai pu achever ma phrase. J'avais envie de pleurer, mais il n'était pas question de lui donner cette satisfaction.

« L'*américanisme*. C'est en ça que je crois, maintenant.

— Tous ces mots en *-isme*. Tout le monde en a un sous le coude. » C'était tout ce qui m'était venu, une citation du père de Jean Arthur dans *Vous ne l'emporterez pas avec vous*. Sammy a ri, et moi aussi. À nouveau unis, faisant front contre Gino.

Celui-ci s'est levé en raclant sa chaise au sol avant de la repousser rageusement contre la table. Il nous a bien regardés une dernière fois avant de sortir d'un pas furieux.

Sammy et moi sommes restés figés dans un silence effrayé jusqu'à ce que la porte du rez-de-chaussée se referme. Je nous ai resservi du vin. Nous avons continué notre repas.

« Parle-moi de Gloria.

— Je suis trop fatigué. Je te raconterai demain, si tu veux bien.

— C'est parfait. J'adore mon livre. »

Il a eu l'air heureux.

Il a terminé le plat de raviolis et a saucé son assiette avec un morceau de pain. Puis chacun a repris le cours de sa vie.

28

Sammy était devenu plus taciturne. Il a d'abord hésité à parler de Gloria. J'ai dû lui poser plusieurs questions pour qu'il s'y risque.

« Elle a la tête sur les épaules. Tu l'aimeras bien.

— Quand vais-je la rencontrer ?

— Bientôt. »

Gloria avait déménagé de New York pour s'installer chez sa tante à Camden, et Sammy faisait l'aller et retour le week-end. Alors qu'il était rentré depuis près de trois semaines, il ne m'avait toujours pas présenté sa dulcinée. Je m'imaginais une fille toute simple au regard pétillant et aux manières directes. Elle avait fait ressortir un aspect inattendu du tempérament de Sammy, comme s'il réfléchissait plus profondément aux choses. Peut-être que ce qui avait passé pendant des années pour de la timidité n'était en fait qu'une maturité cachée.

Même s'il disparaissait fréquemment sans explication, voir Gino de retour à la maison était pour moi un calvaire. Des disputes éclataient à tout moment sur l'aire de chargement. Si je me trouvais dans la boutique, je me précipitais dans le bureau aux premiers éclats de voix. Si j'étais à l'étage, je courais à la fenêtre de la cuisine pour regarder en bas. Je ne m'impliquais pas, sauf si Gino et Kenny s'alliaient contre Sammy, ce qui était de plus en plus fréquent. Pour ajouter à cette tension, les camions défilaient, au moins deux par semaine, toujours de nuit. Je me réveillais, sentais la fumée de cigarette puis entendais les portes dans l'appartement s'ouvrir et se refermer lorsque mes frères descendaient prêter main-forte aux hommes de monsieur E. Récemment, j'avais entendu chez Ferrara des gens parler de distilleries illégales au nord, à Toms River. Et manifestement, le sucre venait de Littlefield. J'avais écouté ces ragots sans me cacher, aussi pouvais-je raisonnablement en déduire que personne pour l'instant ne soupçonnait le Five&Ten d'être le pivot de ce trafic. Je n'y croyais d'ailleurs pas tout à fait moi-même, jusqu'au jour où Kenny est entré alors que j'ouvrais un sac qui avait été oublié dans le bureau.

« Qu'est-ce que tu fais ? a-t-il aboyé.

— Je suis au courant du trafic de Salvie.

— Ouais, c'est lui qui tient le commerce de l'huile d'olive à New York.

— Non, son trafic *ici*. Je sais qu'il fait passer du sucre à Toms River. » J'ai désigné le sac.

Kenny a arrimé ses pouces à sa ceinture et est resté planté là, les jambes écartées. « Il ne se passe rien ici, Marie. »

L'effronterie me rendait folle. Pourquoi les hommes poussaient-ils le bouchon si loin, se sachant pertinemment en tort ? Kenny avait besoin de cet emploi pour que sa femme soit heureuse et reste tranquille. Comme beaucoup d'hommes en ville, il avait épousé la copie conforme de sa propre mère, et la jeune et jolie Loretta finirait par devenir aussi grincheuse et avare que la vieille Mme Monastra.

« Je vais parler aux autres, ai-je déclaré. Tout ça doit cesser.

— Quel est le problème ? » a lancé Gino en apparaissant subitement dans mon dos. Il s'est assis sur une chaise pivotante cassée, laquelle a penché dangereusement sous sa gigantesque carcasse, et l'effet aurait pu être drôle si nous ne nous étions pas fixés en chiens de faïence tels des boxeurs sur le ring.

« Tu crois être aux commandes, Marie. Mais c'est faux. C'est Salvie, Kenny et moi qui menons la danse. » J'ai noté qu'il avait écarté Sammy. « Le seul argent qui rentre ici, c'est nous qui le rapportons. Sans nous, il n'y a plus de boutique.

— Je m'en sors très bien sans vous.

— Ouais, avec l'argent que ramène Salvie.

— C'est à moi que Maman a confié le magasin.

— Ouais, je sais. Et M'man a dit que tu devais veiller sur nous, a-t-il renchéri d'une petite voix chantante, comme s'il singeait une phrase dont on lui aurait rebattu les oreilles toute son enfance. Mais maintenant c'est l'inverse. On veillera sur toi, si tu es sage. Tu te trimballes comme si tu étais ici chez toi. Ne t'inquiète pas. Si on trouve un acheteur, on partagera en trois. Tu ne seras pas lésée. Ou peut-être que si. » Il a ri.

« Le magasin n'est pas à vendre. Pour ça il faut qu'on soit tous d'accord. Or nous ne vendons pas. » J'ai posé la main sur le classeur pour ne pas vaciller.

« Sans nous, il n'y a pas de magasin, a-t-il répété.

— Vous ? Tu es bien trop occupé à courir les filles. Et où étais-tu, avant les manigances de Salvie ? Le commerce ne t'intéressait guère, à l'époque.

— Ah ouais ? Ce n'est pas avec les rouges à lèvres qu'on va faire fortune.

— Je travaille comme une bête de somme. Je fais en sorte que les vitrines soient belles. À part moi, qui trouve des idées pour améliorer ce que…

— Et M. Trottoir-d'en-face, dans tout ça ?

— De quoi parles-tu ?

— Tu n'es jamais là. Tu crois que personne n'est au courant ? » Il s'est levé et m'a pointé son index sous le nez. « Les gens ont compris. Sammy, Salvie, Kenny, tout le monde. On a des yeux. » D'un mouvement du bras, il a englobé la boutique, la rue et la banque.

Kenny me dévisageait, les yeux exorbités.

« Dehors ! ai-je hurlé. Tous les deux. Sortez d'ici !

— Mon Dieu », a soupiré Gino en levant les bras d'un air dépité.

Une fois seule, j'ai parcouru du regard le bureau miteux. C'était comme pendant une éclipse, quand le ciel revêt des reflets d'un vert nauséeux, puis les contours se mettent à scintiller et, tout autour de vous, les objets du quotidien prennent subitement un nouveau relief.

29

Gino a pris l'habitude de partir tôt le matin, au moins une heure avant mon lever, ce qui m'arrangeait. Il nous était toutefois plus difficile de nous éviter dans la boutique. La plupart du temps, il était en colère, et moi à bout de patience. Il se plaignait des marchandises que je commandais et critiquait la disposition des articles. Lorsqu'il donnait son avis, je ne cachais pas mon mépris et ne lui répondais jamais. Un regard de lui suffisait à m'effrayer. Nous nous sommes bientôt retrouvés dans une sorte d'impasse, un accord tacite selon lequel, à condition que je ne l'importune pas, il ne m'importunerait pas non plus. Ce n'était pas vraiment une trêve, nous avions simplement admis l'évidence – que nous étions trop différents, avec des intérêts qui divergeraient toujours. Il aurait volontiers vendu le magasin au premier venu, alors que j'aurais préféré mourir. Au moins la situation était claire.

Avec Beppe, nous nous retrouvions au minimum deux fois par semaine, en début d'après-midi. Et tandis que je prenais un bain, repassais ma robe et me coiffais, je sentais le calme revenir. Je me regardais dans le miroir en pied, passais les mains sur mon ventre et sur mes hanches. Et, à force de le scruter, mon reflet se mettait à flotter, se désintégrait tel un esprit quittant un foyer pour en chercher un autre.

C'était le début du mois de juin, l'air était chargé des premières vapeurs de l'été. Je me préparais pour mon rendez-vous avec Beppe. Soudain, j'ai fermé les paupières et murmuré : *Quitte-la et épouse-moi.* C'était la première fois que je m'avouais cet espoir qui me semblait tellement irréalisable – que mon banquier bien sous tous rapports puisse changer de vie pour moi. Et à l'instant où cette pensée m'étreignait, le téléphone a sonné. C'était Ada.

Nous ne nous étions plus parlé depuis des semaines. Elle riait, comme s'il y avait quelqu'un dans la pièce qui n'aurait pas dû se trouver là et avec qui elle partageait une délicieuse conversation. Je ne l'avais jamais entendue rire auparavant, et l'on aurait dit un petit carillon de joie pure. Était-ce un homme, avec elle ?

« Tu vas partir ? » a-t-elle demandé avec légèreté.

Partir où ? Était-ce à moi qu'elle parlait, ou à cet homme ? Je n'ai pas su quoi lui répondre.

Elle a insisté : « Marie, tu fais voyage ?

— Moi ? Non. J'ai du travail. Au magasin. Quand viens-tu ?

— Pardon. Une chose se passe. Mais je viens bientôt. Je t'appelle, oui ?

— Je croyais que tu devais me rendre visite ?

— Je sais. Désolée. »

Elle a raccroché. Bien qu'abasourdie, je n'avais pas le temps de m'appesantir sur ses mystères, ni de m'en agacer. Je ne voulais pas faire attendre Beppe.

Je savourais la sensation de mes longs cheveux défaits sur l'oreiller. Je l'ai regardé sortir du lit, captivée par son corps nu. Il se mouvait avec assurance, sans une once de pudeur. Je me suis levée à mon tour pour faire du thé, comme s'il était mon mari.

Nous nous sommes installés confortablement avec nos tasses et il s'est tourné vers moi d'un air intense. « Je pourrais vivre autrement », a-t-il déclaré à ma grande surprise, en balayant du regard la chambre de notre repaire clandestin. M. Ashworth qui vivrait avec Marie Genovese ? Cette simple évocation a failli me faire exploser le cœur.

« Moi aussi.

— Ma douce Marie, a-t-il soufflé en m'attirant contre lui.

— On pourrait faire des projets », ai-je proposé en restant volontairement dans le vague.

Une lueur amusée est passée dans son regard, mais quelque chose avait changé. « Tu sais bien que c'est impossible. Du moins pour l'instant.

— Alors on joue au papa et à la maman ? » Malgré mon ton espiègle, je peinais à réfréner mon ressentiment à son égard : pourquoi soulever cette question, si c'était pour refuser ensuite d'en débattre ?

« Mon Dieu, non.

— Que voulais-tu dire par “vivre autrement” ? » Je luttais pour contenir l'émotion dans ma voix, mais sa nonchalance m'était insupportable. Il ne pouvait s'en tirer par l'esquive.

Il m'a serrée plus fort. « Marie, on ne peut pas en discuter maintenant.

— Mais c'est toi qui as amené le sujet. »

On en arrivait toujours à ce qu'il pouvait ou ne pouvait pas faire. C'était lui qui dictait les conditions de nos rendez-vous, qu'il se sentait libre d'annuler sous le prétexte d'un voyage d'affaires inopiné. Ces voyages étaient-ils seulement réels ? Il m'a fallu un effort surhumain pour ne pas me dégager brutalement de son étreinte. Une jeune femme célibataire tombant amoureuse d'un homme marié et attendant ensuite de lui qu'il lui prouve son amour. Ma situation n'était qu'un cliché de série B. À quel moment avais-je sombré, basculé dans cette attente ? Si je persistais sur le sujet, nous allions finir par nous disputer, et nos querelles me laissaient toujours exsangue. J'ai appuyé ma tête sur son épaule pour qu'il ne voie pas mon visage. Il s'est mis à me caresser et, tout en laissant mon désir physique l'emporter, je sentais bouillir la haine dans mon cœur. Pour ne pas mépriser cet homme, ce à quoi je me refusais, je devais lutter contre la pulsion de hurler, de le repousser violemment. Il m'aurait été si facile de le blesser. Au lieu de quoi, à sa tendresse, j'ai répondu par une agressivité nouvelle, une exigence accrue, tournée vers mon propre plaisir, ce qui a paru lui plaire, et à moi plus encore.

Nous nous sommes rhabillés en silence. Nous ne nous reverrions pas avant plusieurs jours.

Au moment de quitter l'appartement, il m'a subitement demandé : « Tu pourrais prendre ton vendredi pour ne rentrer que lundi ? »

J'ai haussé les épaules. Je n'étais pas d'humeur pour les devinettes.

« Je veux t'emmener à l'Exposition universelle à New York. Marie, tu devrais être folle de joie. J'ai tout organisé. »

Je me suis remémoré les paroles d'Ada. *Marie, tu fais voyage ?*

« Alors, tu peux ? Prendre quelques jours avec moi ? » Il a soutenu mon regard. *Tout va bien entre nous, n'est-ce pas ?*

Quel luxe, ai-je songé, *de n'avoir jamais à se soucier du regard des gens sur soi*. M. Ashworth allait et venait comme bon lui semblait. Comment osais-je l'importuner avec mon humeur chagrine ?

« Oui, probablement.

— *Probablement ?* C'est tout ? »

Il m'a embrassée, a ajusté sa cravate et m'a adressé un clin d'œil. Il essayait de m'attendrir en jouant les comiques – allait-il se prendre les pieds dans le tapis ou tenter un salto arrière à la Buster Keaton ?

« On se voit à New York », a-t-il lancé.

Je n'ai pas réussi à me mettre en colère. Pour tout dire, l'excitation me gagnait. Je l'ai regardé partir. Je restais toujours quelques minutes de plus pour changer l'eau des fleurs et ranger la cuisine. J'aimais toucher nos trois petits bols, les sets de table, les couverts. Avant de partir, j'alignais toujours bien proprement les tasses sur leurs petits crochets.

30

Le soir du premier anniversaire de la mort de Maman, j'ai préparé mes fameux *cupcakes* à la vanille et j'en ai offert une assiette à Kenny. Je me suis demandé s'il se souvenait de la date, mais ce n'était pas la raison qui avait motivé mon cadeau. Je voulais l'adoucir avant de lui annoncer que je serais absente tout le week-end. J'ai commencé à expliquer que je devais rendre visite à une cousine malade, la fille d'un homme que nous appelions Oncle Gerard, qui ne faisait pas réellement partie de la famille mais avait été un ami de notre père. J'étais en train de décrire la pneumonie de sa fille dans les moindres détails lorsque Gino est entré.

« Elle a l'air mal en point », a-t-il commenté avec un clin d'œil à l'intention de Kenny.

Ce dernier l'a ignoré et s'est tourné vers moi. « Tu seras partie combien de temps, Marie ?

— Je serai de retour lundi.

— Ne t'inquiète pas pour nous. On s'occupera du magasin. » Il a lancé un regard à Gino, qui a reniflé bruyamment avant de quitter la pièce.

Mon secret espoir était que Sammy reste en ville pour leur prêter main-forte. Dernièrement, il passait de plus en plus de temps à Camden avec Gloria, si bien que je lui ai proposé qu'ils prennent ces trois jours ensemble, dans l'appartement. Sachant qu'ils n'étaient pas mariés, c'était une offre des plus scandaleuses mais, après avoir brièvement pris un air choqué de circonstance, Sammy s'est empressé d'accepter. « Ne t'inquiète pas, a-t-il dit, on tiendra le fort. »

J'aurais pu lui dire la vérité, au lieu de quoi je lui ai répété le mensonge de la pneumonie de la fille de Gerard. Nous étions à la cuisine en train de siroter notre café, à essayer de répartir les tâches pendant le week-end, lorsqu'il a conclu : « Hé, sœurette. Ce n'est pas la mer à boire. »

Kenny m'a assuré qu'il livrerait mes commandes de gâteaux prévues pour le matin de mon départ, qu'il balaierait le trottoir devant la porte, et il s'est même porté volontaire pour diverses commissions. J'avais deux gâteaux, un pour Mme Fiedler, dont le frère rentrait de l'hôpital, l'autre pour l'anniversaire d'Angie, et j'avais prévu quelque chose de spécial pour l'occasion.

Avec Sammy dans la pièce, il m'était impossible de parler aux herbes comme je le faisais d'habitude avant de les ajouter à une recette, toutefois j'ai gardé les paupières closes pour dessiner mentalement la pleine lune jusqu'à la visualiser juste au-dessus de ma tête. J'ai plongé les plantes aromatiques dans un fond d'eau tiède et les ai mises à ramollir dans une tasse posée sur le réfrigérateur, et je crois qu'il n'a rien remarqué.

Il suffirait de cinq minutes pour qu'elles soient suffisamment diluées pour masquer la saveur de la rue, l'« herbe de grâce ». Les prêtres catholiques utilisaient des pousses de rue pour répandre des gouttelettes d'eau sur les fidèles. Je préférais quant à moi en exploiter les propriétés en convoquant Fauna, déesse de la forêt. Si j'estimais qu'Angie avait besoin de protection et de grâce, c'était à cause de Bobby Cavuto, son futur époux.

Maman était-elle dans la pièce ? Ou bien était-ce une *fata* changeante, une fée venue pour nous aider, non seulement moi, mais également Mme Fiedler, Angie, ou peut-être Kenny, qui devait batailler dans sa vie tout autant que nous ? Ou Sammy qui, bien qu'amoureux, semblait perdu et déconcerté dès qu'il s'agissait de l'avenir ? Nous nous étions tus. En temps normal, nous aurions continué à parler du magasin. Je me suis demandé si lui aussi sentait la présence de Maman. J'avais envie de lui rappeler que c'était l'anniversaire de sa mort, mais je redoutais de jeter un voile de tristesse sur ce moment. Et soudain, je l'ai lu sur son visage. Il savait. Il s'en était souvenu.

Nous étions un jeudi, et il y avait du monde dans la boutique. En fin d'après-midi, alors que je servais une femme dont je pensais qu'elle serait ma dernière cliente, Mme Cavuto est entrée et a exigé que je lui trouve un paquet de napperons en papier. Elle s'en servait pour décorer sa classe, car elle faisait l'école aux petits, l'été.

« Avant, ils étaient sur le comptoir », a-t-elle aboyé. J'étais tellement distraite par la perspective de mon escapade à venir que je n'ai eu aucun mal à ignorer sa grossièreté, cependant j'ai été soulagée de voir Sammy surgir de la réserve pour me seconder.

J'ai balayé une dernière fois la boutique du regard en retenant mon souffle. Qu'elle était belle, lorsque le soleil estival jouait ainsi sur les rayons joliment arrangés. Le stock était maigre, mais j'avais mis tout mon amour dans la décoration. Une collection de fleurs en tissu, dont certaines à épingler sur un corsage, était disposée sur un grand plateau en miroir où leur reflet les faisait paraître plus attrayantes. Non loin se trouvaient les boîtes contenant des modèles réduits de voitures de belle qualité et un tas généreux de sets de table en toile cirée. J'avais obtenu de Kenny qu'il réorganise le plateau perforé présentant les articles de mercerie et venais cette semaine même d'ajouter des sachets de vis et de clous rapportés par monsieur F., qui faisait tout son possible pour se racheter.

J'ai réalisé un ultime inventaire avant de remonter dans l'appartement, tout absorbée par mes interrogations concernant mes tenues et mes chaussures. Beppe m'avait annoncé que nous marcherions beaucoup, et aussi que nous prendrions des trains. Nous ferions une pause déjeuner en chemin, pour arriver à notre hôtel vers 16 heures, juste à temps pour le thé. Me faudrait-il une tenue de rechange, ou pourrais-je garder celle portée pendant le voyage ? J'avais tant de décisions à prendre. Sammy a interrompu ma rêverie.

« Je peux te déposer quelque part ? Je veux dire, porter ton sac ?

— C'est gentil à toi, mais j'ai juste à traverser la rue jusqu'à l'arrêt de bus. » Encore un mensonge. Je devais en réalité remonter tout Bellevue Avenue sans croiser personne de ma connaissance, puis me glisser discrètement dans l'allée de l'appartement où m'attendrait la voiture de Beppe. J'avais vérifié les horaires de bus, aussi pouvais-je évoquer un départ précis. « À 10 heures, tu seras occupé au magasin, ai-je argué. Je n'aurai qu'à traverser pour rejoindre l'arrêt. »

Il m'a suivie dans la chambre. « Écoute, je peux porter ton sac où tu voudras. C'est tout ce que tu emportes ? »

J'avais passé des heures à plier mes vêtements afin qu'ils tiennent dans un petit ballot, et pourtant j'avais toujours l'impression de ne pas avoir pris ce qu'il fallait. Il est resté dans l'embrasure de la porte pendant que je bouclais mes bagages, son long bras en appui contre le chambranle.

« Et voilà », ai-je annoncé en passant une dernière fois en revue ce que j'avais choisi, avant de refermer ma vieille valise aux coins usés et aux rayures délavées.

Elle n'était guère présentable, mais c'était tout ce que j'avais.

« Tu veux que je te prête un sac ? a proposé mon frère.

— Oh. Tu en as un ?

— Monsieur E. m'en a acheté un, à New York. »

Je l'ai suivi jusqu'à sa chambre et l'ai regardé descendre du haut de son étagère un petit sac de voyage. « J'allais l'offrir à Gloria, mais tiens. » Il me l'a tendu.

« Tu es sûr ? Tu pourras toujours le lui donner. J'en prendrai grand soin.

— Non, il est pour toi. »

Ainsi, monsieur E. avait acheté des cadeaux aux garçons. Je me demandais ce qu'il avait trouvé pour Gino. J'ai fébrilement transféré mes vêtements dans le nouveau sac, plus compact et parfait pour l'occasion. « Tu es sûr ? » Mais mes affaires étaient déjà pliées sagement à l'intérieur.

« Sûr et certain », a-t-il confirmé en souriant.

Le lendemain matin, la dernière chose qu'il me restait à faire était un chèque pour Feldman. J'ai laissé Sammy dans l'entrée et me suis précipitée dans le bureau. En temps normal, c'était Kenny qui réglait les factures, mais j'avais omis de mettre celle de Feldman dans la pile car je voulais m'en charger personnellement. Souvent, j'ajoutais un petit mot de remerciement. À cause de mes retards de paiement, j'étais constamment en danger de perdre mes fournisseurs, mais Feldman patientait toujours. Je savais que j'avais les fonds car je les avais déposés moi-même à la banque. Avec ma clef, j'ai ouvert le tiroir et en ai tiré le chéquier. J'avais écrit le solde la veille, mais j'ai vu que le dernier chèque en date avait été émis pour la somme de cent dollars en espèces. C'était là un montant exorbitant – pratiquement l'intégralité de ce que je devais à Feldman pour tout le stock de Noël. Et pourquoi en espèces ? Je n'avais aucune explication. Le laveur de vitres demandait dix dollars, et monsieur E. le payait directement. J'étais incapable d'imaginer ce qui avait bien pu coûter si cher. Je me suis promis d'aller à la banque mardi pour demander à voir le chèque barré. Mais pour l'heure j'étais sur le départ. Je n'avais d'autre choix que d'oublier cette histoire.

Sammy a pris ma valise et est parti devant.

« Qu'y a-t-il, Marie ?

— Oh, rien », l'ai-je rassuré en verrouillant la porte derrière nous. J'ai songé à tout lui raconter, mais à quoi bon, puisque le mal était fait ?

Nous nous sommes immobilisés sur le trottoir baigné de soleil. « Par où, Marie ?

— Bellevue, en direction de la route nationale », ai-je répondu franchement, nerveuse de lui révéler ma véritable destination. Mais, à son expression, j'ai su qu'il avait déjà deviné.

« Amuse-toi autant que tu pourras », m'a-t-il lancé.

Quelle drôle de tournure, ai-je songé.

Sous ce soleil éclatant, je me suis réjouie d'avoir emporté des tenues légères. Tout en marchant, j'ai calculé où je demanderais à Sammy de me laisser pour terminer le trajet seule. Je redoutais que Beppe me voie en compagnie de mon frère et comprenne qu'il était dans le secret. Nous étions à une trentaine de mètres de la grande maison blanche avec sa véranda lorsque je me suis arrêtée. « Merci, Sammy, ai-je dit en posant ma main sur son bras.

— Marie, qu'est-ce qui se passe ? » Il m'a dévisagée avec une telle intensité que j'ai senti les larmes monter. Je voulais me consacrer entièrement à ce voyage, aux trois jours de bonheur qui m'attendaient. « Dis-moi, a-t-il insisté.

— Je crois que quelqu'un vole dans la caisse. Peut-être Kenny. Ou Gino. »

Je lui ai parlé du chèque. J'étais frustrée de ne pouvoir régler cette affaire sur-le-champ. Et je m'inquiétais d'être vue des voitures qui passaient dans la rue principale, alors que mon amant allait arriver. Tous ces secrets dans ma vie m'exaspéraient.

Sammy ne m'a pas lâché le bras et, avant que nous ayons pu approfondir le sujet, le grondement sonore d'un moteur à l'approche nous a interrompus et la Packard de Beppe est apparue au tournant. Sammy s'est penché vers moi pour m'embrasser. « Amuse-toi bien,

Marie. Et ne t'inquiète de rien. » Il a pouffé, d'un rire grivois et entendu de jeune homme, et j'ai mesuré une fois encore le changement qui s'était opéré chez mon petit frère.

Beppe avait reconnu Sammy, mais il s'est contenté de dire : « Alors il est au courant. Ça ne me plaît pas, mais j'imagine que tu sais ce que tu fais.

— On peut faire confiance à Sammy.

— Espérons-le. »

J'ai ressenti un pincement d'agacement. Je comprenais la nécessité de se montrer prudents, mais il y avait dans son ton une pointe de condescendance qui m'irritait.

Beppe a contemplé ma tenue. Je portais une jupe noire sobre et une veste à godets assortie qui m'allaient bien. Il ne s'agissait pas cette fois d'un vêtement de Maman repris par mes soins, mais du tailleur que j'avais acheté pour ses obsèques, alors que j'étais un peu plus mince. Depuis, ma silhouette s'était un peu étoffée et, sur mon corps de femme, l'ensemble était encore plus seyant.

« Marie, tu es superbe.

— Merci. Toi aussi. »

Et c'était vrai. Je n'avais jamais vu ce costume, bleu mais pas marine, d'une teinte plus vivante, si bien que je me suis demandé s'il possédait une tout autre garde-robe qu'il réservait à ses voyages d'affaires. Je ne savais pratiquement rien de cet homme assis à côté de moi.

31

Alors que nous roulions sur la Route 206, j'ai senti que j'abandonnais derrière moi la routine éreintante du magasin. Le paysage défilait à vive allure tandis que la voiture de Beppe glissait sur le macadam lisse. J'ai ajusté les revers de ma veste et me suis calée dans le cuir souple de mon siège. Nous étions loin d'avoir encore faim, mais j'ai palpé mon sac à main pour vérifier que le petit sachet s'y trouvait bien. Avec un reste de pâte, j'avais confectionné deux *cupcakes*.

Pour le déjeuner, nous avons fait une pause dans un restaurant routier. Il était grisant de ne pas risquer d'être reconnus. La route jusqu'à New York était longue, mais nous discutions et écoutions alternativement la radio. Lui comme moi nous sommes peu à peu détendus. Mais à l'entrée du tunnel de Midtown Hudson, j'ai subitement pris peur. J'avais entendu parler de ce tout nouveau passage creusé dans la boue de l'Hudson, long de deux kilomètres et demi et tapissé de carreaux blancs étincelants. Monsieur E. avait des cousins qui avaient participé aux travaux. À ce stade, seul le tube central était ouvert, mais il y en aurait trois en tout, qui mettraient des années à être achevés.

« Attends un peu de voir ça, Marie. » Beppe paraissait encore plus exalté que moi et pas du tout effrayé, car il l'avait emprunté deux fois déjà.

« Ce n'est pas très sympathique comme surnom, mais on appelle les hommes qui le construisent des *sandhogs*, littéralement des cochons qui forent dans le sable. » Il a ri. « Tu imagines un peu en quoi consiste leur travail. Ils ont dû installer des sas à cause de la pression qu'ils avaient dans les oreilles. »

Les cousins de monsieur E. devaient être des *sandhogs*.

Malgré ma peur initiale, je me suis rapidement accoutumée à l'obscurité dans le tunnel. Je me demandais à quelle profondeur nous nous trouvions. Au total, la traversée n'a pas duré plus d'une minute et lorsque nous avons émergé de l'autre côté, dans la lumière éclatante du soleil, j'ai mis ma peur sur le compte de ma naïveté de fille de la campagne. C'était la premièrc expérience excitante de ce voyage, et je ne pouvais me retenir de sourire béatement.

« Devine dans quel hôtel nous descendons », a dit Beppe.

Je me suis imaginé une chambre comme dans les films, avec de beaux rideaux et des fauteuils confortables. Il y aurait deux lits avec courtepointes satinées et oreillers gonflants, et une jolie vue depuis la fenêtre. Je me suis tournée pour contempler son profil, consciente que j'occupais la place habituelle de sa femme et que nous voyagions comme un couple.

« Où ?

— Au Waldorf-Astoria. Je n'y suis jamais allé, et j'en avais envie. »

J'étais heureuse que pour lui aussi ce soit une première, car ainsi nous pouvions la vivre ensemble.

Quand nous nous sommes retrouvés dans les rues de Manhattan fourmillantes de monde, j'ai essayé de ne pas trop m'extasier sur les gratte-ciel, car seuls les rustauds qui n'avaient jamais vu la ville se ridiculisaient ainsi. J'ai presque aussitôt pris goût à la foule et au bruit. Dans cette ville qui rayonnait de jeunesse, Beppe m'a immédiatement paru changé. Il a garé la voiture devant l'hôtel et est allé d'un pas vif s'entretenir avec un homme en uniforme qui se tenait sous la marquise. Celui-ci a apostrophé quelqu'un pour prendre nos bagages. Beppe a pénétré dans le hall en marchant deux ou trois pas devant moi, mais sans cesser de se retourner avec un sourire satisfait. Ce n'était pas le même homme que je voyais descendre de voiture devant la Banque du Peuple. Celui-là semblait bien plus vieux, mesurant ses pas, et je me suis dit intérieurement que New York devait être le genre d'endroit où l'on pouvait devenir une version idéalisée de soi-même, voire prétendre être quelqu'un d'autre.

Avant de nous enregistrer, Beppe a dit qu'il avait quelque chose à me montrer, et je l'ai suivi dans la Sert Room, une gigantesque salle remplie de tables et de fauteuils en velours à l'air moelleux. Beppe a indiqué les fresques murales peintes par un certain José María Sert.

« C'est ici que nous dînerons ce soir.

— Que signifient-elles ? » J'ai désigné les immenses panneaux peints sans une once d'appréhension à l'idée d'avouer que je ne connaissais ni ce peintre, ni le sens de ces tableaux spectaculaires.

« Ce sont des scènes tirées du roman *Don Quichotte*, m'a-t-il expliqué, avant de se tourner vers moi et de prendre mon menton dans sa main. Je ne l'ai pas lu. J'ai commencé, mais je ne suis pas allé très loin. » Puis il a ri, et je l'ai imité.

Le Waldorf était tellement luxueux que même Beppe semblait impressionné. Le grand hall fourmillait d'activité, mais les bruits étaient assourdis par l'épaisse moquette et l'éclairage chaleureux incitait à la tranquillité. Plusieurs couples et petits groupes déambulaient plaisamment.

Stupéfiée par les tenues des femmes, je me suis instantanément sentie déplacée. Je ne possédais pas de tailleur d'été, et elles en portaient pratiquement toutes. Mes vêtements étaient à la mode, je le savais, et j'ai même vu une ou deux femmes me regarder avec insistance. Cependant, j'ai senti ma confiance en moi vaciller. Que voyaient-elles ? Une fille qui avait cherché à copier ce qu'elle imaginait être le code vestimentaire à New York, ou même une péquenaude endimanchée ? Beppe, en tout cas, n'a paru se rendre compte de rien, et lorsqu'il m'a pris le bras pour se rendre à la réception, c'était avec une expression de fierté. D'une voix mélodieuse, il a annoncé : « M. et Mme Wolcott. »

J'ai retenu mon souffle.

« Oui. Bonjour, monsieur Wolcott. »

Une chambre était réservée pour nous. Je serrais le bras de Beppe si fort que j'ai craint qu'il se dégage gentiment, mais il était manifestement beaucoup moins tendu que moi, et heureux. J'ai inspiré à fond pour la première fois de la journée.

C'était une chambre double, avec baignoire et une pièce séparée pour s'habiller et se maquiller qu'ils appelaient « boudoir ». Dans la chambre même, un miroir majestueux trônait sur le manteau de la cheminée, devant laquelle étaient disposés deux fauteuils légèrement patinés mais visiblement confortables. Je nous ai imaginés assis là, Beppe lisant le journal et moi contemplant les élégants immeubles. Il était si facile de se sentir un couple.

Ne sachant quoi faire ensuite, j'ai retiré mes chaussures et suis allée admirer la vue par la baie vitrée. En cette fin d'après-midi, une belle coulée de lumière tapissait la ville d'or éclatant. Beppe s'est déchaussé à son tour et s'est couché de tout son long sur le lit. Puis il m'a cherchée du regard et a tapoté la courtepointe soyeuse.

« Marie. »

Bien que craignant de froisser mes vêtements, je suis allée m'allonger à côté de lui, puis ma pensée suivante a été de me demander à quoi nous ressemblions, tous les deux dans cette chambre. On aurait plutôt dit des acteurs pour une publicité que des clients de l'hôtel. Nous étions gracieux, ensemble, assez pour faire une belle photo.

Il s'est tourné vers moi. « Que veux-tu faire, demain ? » Sans me laisser répondre, il a ajouté : « On devrait aller à l'Exposition.

— Par quel moyen ?

— Je nous y conduirai en voiture. »

J'ai opiné d'un air ravi. Nous avions plusieurs jours devant nous, trois nuits sans avoir à rentrer chacun chez soi. « On pourrait aussi manger des palourdes ? ai-je suggéré.

— Absolument. J'ai vu que tu avais un râteau à coques, au magasin. D'où vient-il ? »

C'était exact. Les garçons l'avaient suspendu sur le mur du fond, au-dessus de la porte menant à la réserve. « Il appartenait à mon père. »

Il a acquiescé avec gravité et je me suis étonnée qu'il ait fallu venir ensemble jusqu'à New York pour que je me sente subitement assez libre pour parler de mon passé. Dans les films, il y avait souvent une scène romantique avec une femme splendide dans une robe extravagante qui coûtait plus que ce que rapportait le Five&Ten en un an. Puis, par un savant fondu enchaîné, le spectateur était renvoyé aux débuts modestes de l'héroïne, à ses peurs et aux aléas de son existence hasardeuse. Je me suis dit que c'était sans doute le bon moment pour donner son cadeau à Beppe. Je me suis levée pour aller prendre mon sac à main sur le bureau. J'en ai tiré une petite fiole, une teinture de plantes que j'avais concoctée.

« J'ai préparé ça pour toi.

— Qu'est-ce que c'est ? a-t-il demandé, amusé.

— Ça redonne de l'énergie, mais ça aide aussi à dormir. J'en prends tout le temps.

— Vraiment ? Qu'y a-t-il dedans ?

— De la rue. Et de l'anis.

— J'aime beaucoup l'anis, a-t-il déclaré en me prenant le flacon des mains.

— N'oublie pas de l'emporter. Je veux dire, ne le jette pas. »

Il a ri, ce qui m'a prouvé que j'avais vu juste. « C'est promis.

— Il n'y a pas que ça. » J'ai sorti les *cupcakes*.

« Tu les gardais dans ton sac à main depuis tout ce temps ? Tu m'en fais, des cachotteries ! » Il a retiré l'emballage pour croquer une bouchée. « Oh, que c'est bon. C'est vraiment délicieux. »

Nous avons mangé en riant.

Ce soir-là, après un dîner fort simple mais succulent dans la Sert Room, nous avons fait l'amour et nous sommes endormis aussitôt après.

Le lendemain matin, nous avons finalement décidé de nous rendre à l'Exposition en métro. « Il faut que tu voies ça, a argué Beppe. Ça ira plus vite et on pourra observer les gens. Je sais que tu adores ça. »

Je me moquais du moyen de transport utilisé et j'étais heureuse de le laisser prendre des décisions. New York donnait tant à voir, avec ses foules pressées côtoyant les flâneurs qui lisaient leur journal. Leurs tenues étaient si singulières que je m'amusais à deviner ce que chacun faisait dans la vie. Les coiffures des femmes et leurs expressions étaient incroyablement variées. Elles étaient surtout intensément modernes, des pieds à la tête.

J'ai enfilé l'ensemble que j'avais emporté, ma jupe bleu marine gansée et le chemisier ruineux sur lequel j'avais épinglé un petit bouquet de fleurs en soie, ainsi qu'un petit chapeau de paille à voilette. Je me sentais à la mode, du moins avant de mettre un pied dehors. J'ai alors remarqué plusieurs femmes nanties bien moins habillées que je ne l'étais, mais dont les tenues plus informelles étaient taillées dans des étoffes de meilleure qualité, et elles respiraient « l'élégance discrète », comme aurait dit Maman. J'ai instinctivement porté la main à mon col pour cacher le bouquet. Mon geste a dû alerter Beppe, car il m'a pris la main entre les deux siennes avant de me regarder droit dans les yeux : « Marie, tu es plus ravissante que jamais. »

J'ai refoulé des larmes de joie et d'embarras. La simple vue de ces gens dans cette grande ville faisait naître tant de désirs en moi que lorsque Beppe m'a embrassée, un baiser chaste en pleine rue, l'instant a vibré d'une intensité particulière.

« On va prendre le métro à la 59e Rue, a-t-il annoncé. Jusqu'à Penn Station. » Puis il m'a saisi la main et nous nous sommes élancés dans la rue d'un pas vif. Je n'avais jamais mis les pieds dans le métro. Mais en arrivant à l'entrée de la station, nous l'avons trouvée fermée par une grille en fer. Beppe a regardé autour de lui, puis brandi le bras en l'air pour héler un taxi.

« Nous allons à l'Exposition, a-t-il expliqué. Vous pouvez prendre le Triborough Bridge ?

— C'est sur le chemin », a acquiescé le chauffeur.

Nous nous sommes reculés sur la banquette et, pendant un moment, aucun de nous n'a ressenti le besoin de parler. C'est finalement lui qui a brisé le silence.

« Tu ne croiras jamais ce que j'ai lu dans le *New Yorker*. Ça va te plaire. C'est un Japonais qui est entré dans un magasin de vaisselle, quelque part en ville. Il a dit qu'il représentait le consulat. Puis il a examiné une paire de pieds à coulisse avant de demander au commerçant combien il en avait en stock. L'autre a répondu environ une douzaine. Le Japonais lui a alors demandé s'il pouvait s'en procurer plus, beaucoup plus, en fait il voulait un approvisionnement régulier. Il a posé mille dollars en liquide sur le comptoir. "Voilà pour les pieds à coulisse que je veux faire expédier à Honolulu", a-t-il déclaré en donnant une adresse au propriétaire du magasin. Celui-ci a ensuite fait ses petites recherches, et il a vu que c'était l'adresse de la base navale de Pearl Harbor.

— Est-ce que tout ça a quelque chose à voir avec la guerre ?

— Les pieds à coulisse servent à mesurer. J'imagine que le commerçant a cru que les Japonais les utilisaient pour mesurer les instruments que nous avons à la base navale. En d'autres termes, qu'ils nous espionnaient. C'est aussi ce que je pense.

— Mon Dieu. » Je refusais de croire qu'une guerre se profilait effectivement. « N'en parlons plus.

— De quoi préférerais-tu parler, ma douce Marie ? »

Il a posé ses lèvres sur mon cou et je l'ai repoussé car le chauffeur nous regardait. Et puis, je n'aimais pas ce ton qu'il avait employé. Je me sentais idiote de ne pas savoir que les Japonais nous espionnaient sans doute. Mais l'instant suivant nous riions et je me suis laissé câliner en me moquant éperdument de ce que pourrait penser le chauffeur.

Une forte brise soufflait sur le Constitution Mall, la grande artère traversant l'Exposition du nord au sud, qui a failli faire s'envoler mon chapeau. Des drapeaux jalonnaient la longue avenue rectiligne sur toute sa longueur, claquant au vent tels des mouchoirs géants. Nous avons déambulé devant des statues gigantesques de silhouettes élancées dont Beppe m'a expliqué qu'elles étaient dans le style « Art déco », que les lignes fluides symbolisaient l'avenir, un temps de mouvement et de changement. Il a sorti de sa poche un fascicule dressant la liste des « attractions à ne pas manquer » et, l'un contre l'autre, nous avons lu ce que proposait l'Exposition. Il tenait à voir le Futurama General Motors sur l'évolution de nos routes nationales. Il aimait aussi l'idée de l'Exposition des Chemins de fer, avec la musique de Kurt Weill et un tas de filles et d'Indiens. J'avais une liste bien plus longue, à commencer par DuPont : j'étais curieuse de voir comment ils transformaient le bois en tissu pour faire des vêtements. Je comptais aussi voir les Jardins en Fête, avec leur galerie d'orchidées et de bégonias. Là où il était intéressé par les Monuments étrangers, je penchais pour les Bâtiments fédéraux et nationaux d'Amérique, dont il m'a plu de constater qu'ils avaient été affublés d'une meilleure note.

« Nous n'aurons pas le temps de tout faire, a-t-il fait remarquer.

— Dans ce cas, marchons. »

Nous avons pris notre temps pour flâner sur le Mall et nous sommes retrouvés dans la queue pour le film du Futurama. Je me moquais qu'il soit bon, du moment que j'étais avec Beppe. Avant que les lumières s'éteignent, j'ai pu observer les femmes avec leurs petits chapeaux en forme de crêpe qui ne masquaient pas la vue, alors que le mien, plus gros, devait faire beaucoup moins moderne.

Le narrateur avait une voix et une diction profondément lugubres qui donnaient à chaque mot des intonations de vérité inexorable : *Les opportunités d'emplois pour les hommes, les nouveaux débouchés de développement social et commercial grâce à l'imagination d'hommes visionnaires, les hommes de science qui ouvraient des perspectives inconnues...*

Les hommes, toujours, au point que je me suis demandé si l'avenir n'appartenait qu'à eux.

En sortant, la lumière nous a éblouis et nous avons chaussé nos lunettes de soleil. À force d'entendre parler d'avenir, je ne pouvais que réfléchir au nôtre, et à ce qu'il adviendrait de nous après ces trois jours et trois nuits. J'ai senti un abîme s'ouvrir entre nous, comme l'un de ces gouffres dans le film qui attendaient que l'on construise une passerelle entre les deux rives.

« Voudrais-tu grignoter quelque chose ? a-t-il proposé.

— Bonne idée.

— Après le déjeuner, je suggère que l'on aille voir *The Hot Mikado.* » Selon la liste de Beppe, Bill « Bojangles » Robinson « attirait les foules » au Hall of Music, ce qui a immédiatement suscité mon intérêt.

En passant devant un kiosque de cartes postales, j'ai dit que je voulais en envoyer une à Angie et ai choisi un ravissant pastel représentant le Trylon et la Périsphère. Beppe m'a expliqué que ces deux énormes structures blanches et étincelantes étaient censées figurer l'espoir. Mais de près, la surface en était toute bosselée. Lorsque j'en ai fait la remarque, il a rétorqué qu'au départ il était prévu de les réaliser en béton, mais qu'au vu du coût il avait fallu se rabattre sur du stuc pour recouvrir les panneaux de gypse.

Je me suis imaginé la surprise d'Angie lorsqu'elle recevrait ma carte et verrait d'où je lui avais écrit. Elle me poserait mille questions, mais je m'en tiendrais à la version officielle d'une visite à une cousine malade, en ajoutant que j'avais décidé sur un coup de tête de prendre une journée pour voir l'Exposition.

Beppe s'est montré réticent. « À qui envoies-tu cette carte ?

— À mon amie Angie. Sois sans crainte, elle ne sait rien de ma vie. » J'avais conscience de paraître désinvolte, mais j'avais horreur qu'il me presse de questions.

« Très bien », a-t-il commenté.

J'ai écrit l'adresse d'Angie au verso et à la dernière minute, un bon mot m'est venu :

Chère Angie,
Que ta vie soit aussi éclatante que la lumière électrique d'Edison !
Affectueusement, Marie.

J'ai alors pensé au gâteau que j'avais confectionné pour son anniversaire. C'était la vérité, je lui souhaitais une vie aussi radieuse que possible, et remplie de joie. Pour une fois, je n'éprouvais aucune jalousie.

Beppe a suggéré que nous nous rendions directement au restaurant, et à sa démarche déterminée j'ai su qu'il avait tout arrangé. Dans le pavillon de la Répnblique française, Le Rcstaurant Français était l'un des meilleurs de l'Exposition. Il donnait sur le lagon des Nations, qui bien qu'artificiel était splendide, miroitant et baigné de soleil, et il y avait beaucoup de monde se promenant sur la grand-place. Il faisait chaud dehors, mais presque trop frais dans le restaurant. On nous a accompagnés à notre table, située au troisième niveau sur les cinq que comptait l'établissement. De partout, la vue était à couper le souffle.

Je me suis excusée et suis allée aux toilettes me laver les mains. Je fixais mon reflet, admirant ma coiffure sous mon chapeau le plus chic, lorsque j'ai perçu le regard de la femme à côté de moi. Elle portait un tailleur impeccable d'un vert doux rappelant le lichen. Non seulement elle ne m'a pas retourné mon sourire, mais elle m'a jaugée comme si un taxi trop pressé m'avait aspergée de boue des pieds à la tête. Elle affichait un tel mépris que ma première pensée a été qu'elle connaissait Beppe et nous avait vus entrer ensemble.

Au moment où je regagnais la table, nos amuse-bouche au foie gras arrivaient tout juste, suivis de viande froide. En voyant Beppe si heureux, j'ai décidé de ne pas mentionner la femme aux toilettes, dont j'avais compris qu'elle avait jugé mes vêtements, ma coiffure et mon chapeau. J'étais habillée comme une campagnarde. Je me suis assise, un sourire forcé aux lèvres.

« Pardonne-moi, Marie, mais on dit des merveilles de cette spécialité, alors j'ai pris la liberté de commander. C'est de la selle d'agneau. Ça ira ?

— Oui, Beppe. Ça ira très bien.

— La bouteille de vin va arriver.

— Je ne crois pas que je pourrai boire autant.

— Tu boiras ce que tu voudras. »

La décoration des plats était constituée de petites mignardises délicieuses et alambiquées, exclusivement composées de nourriture. Le consommé en gelée avait été moulé en arabesques que l'on aurait dites tirées d'un cadre vénitien, glacées de fioritures en marmelade de pomme. Jamais je n'avais confectionné ce genre de plats. Jusqu'à ce jour, j'ignorais même qu'ils puissent exister. En ces temps où l'on avait faim partout, après dix ans de crise économique où les gens faisaient la queue pour un bol de soupe et une fine tranche de pain, c'était presque irréel.

Après le repas, nous avons fait une promenade digestive en discutant de tout et de rien.

« Tu voudrais revenir demain ? a-t-il demandé. Ou préférerais-tu rester ici ce soir ? Les illuminations de nuit doivent valoir le détour. Tu sais qu'ils les projettent sur le Trylon et la Périsphère ? On pourrait prendre une chambre dans le coin.

— Et notre autre chambre au Waldorf ?

— J'imagine que ce serait du gaspillage », a-t-il acquiescé. Il s'est arrêté net et m'a regardée droit dans les yeux comme s'il tenait vraiment à ce que je donne mon avis.

« Si tu préfères rester…

— Non, rentrons. On est bien installés, là-bas, et demain je te ferai faire un tour dans New York. Mais allons d'abord voir *The Hot Mikado.* »

J'aurais pu utiliser la même expression : « On est bien installés »…

Nous avons adoré le début de la comédie musicale de Gilbert et Sullivan. Les costumes étaient somptueux et les coiffures spectaculaires, avec leurs ornements de pierres précieuses. Je me suis promis d'aller voir le film, *The Mikado*, qui venait de sortir, avec Kenny Baker et Nanki-Poo. J'aimais beaucoup écouter Baker dans l'émission de Jack Benny.

Les chorégraphies étaient suggestives et presque tous les acteurs étaient noirs, beaux et débordants d'énergie. Les danseuses portaient des jupes courtes plissées jaune vif qui gonflaient lorsqu'elles tournaient sur elles-mêmes au son des trompettes. D'autres arboraient des pantalons moulants en lamé qui m'ont donné envie de m'en confectionner un moi-même, si je réussissais à mettre la main sur un tissu ressemblant. Toutes ces excentricités me faisaient mesurer à quel point le monde était vaste. Une vie n'aurait pas suffi à goûter à la variété immense qu'offrait New York. Pas étonnant qu'en dépit du danger Gino et Sammy aient été tellement tentés d'assister à ce rassemblement. Sans excuser leur comportement, je comprenais à présent qu'il y avait tout bonnement trop de distractions, trop de nouvelles idées à explorer.

Le spectacle nous a métamorphosés, soudain nos corps vibraient et swinguaient au son de l'orchestre de jazz. Lorsque nous avons quitté le théâtre, j'avais la tête encore toute remplie de cette irrésistible musique.

« Ces danseurs, quelle énergie, a commenté Beppe. Bojangles est un artiste extraordinaire. Ces films avec Shirley Temple ne lui rendent pas justice.

— Tu trouves ?

— Oui. Je n'aime pas cette manière de l'utiliser.

— Comment ça ?

— L'homme de couleur gentillet. Ça le rabaisse. Je n'imaginais pas une seconde qu'il avait autant de talent. Marie, que dirais-tu qu'on essaie de danser comme ça ? a-t-il proposé d'un air taquin.

— C'est une idée », ai-je rétorqué avec un sourire entendu.

Il m'a prise par la main et nous avons accéléré le pas.

J'ai songé à Ella, la gouvernante des Ashworth, et à ce qu'elle aurait pensé de ces danseurs. De ces femmes en jupes très courtes qui faisaient toutes sortes d'acrobaties, que les hommes faisaient voler au-dessus d'eux pour ensuite les faire glisser entre leurs jambes. Beppe a interrompu mes réflexions en me demandant si je préférais rentrer à l'hôtel ou tenter une nouvelle aventure.

« Une nouvelle aventure », ai-je déclaré sans hésiter.

Il s'est révélé impossible de trouver un taxi à l'entrée de l'Exposition, et nous n'avons eu d'autre choix que de rejoindre la queue interminable. Brusquement, le vent s'est levé et le ciel obscurci, et Beppe est devenu agité. Je me suis dit que c'était peut-être parce qu'il était moins influent à New York qu'à Littlefield. Ici, il n'était pas M. Ashworth avec son chauffeur, mais un homme parmi d'autres attendant une voiture, et j'ai été déçue pour lui qu'il ne puisse accomplir de miracles.

Qu'il était drôle, avec cet air grincheux d'enfant gâté, le nez levé vers le ciel. Je craignais qu'il se mette à pleuvoir et que nous nous disputions. Et puis j'étais fatiguée, comme si toute l'énergie de *Hot Mikado* m'avait vidée de mes propres forces, de nos forces à tous deux, et qu'il fallait à présent nous reposer. Mais nous étions si loin de notre hôtel. Beppe a agité le bras dans l'espoir d'attirer un taxi. Pendant un instant, j'ai cru qu'il allait passer devant tout le monde. J'ai cherché un sujet de conversation pour faire diversion.

« Je ne t'ai pas dit ? J'ai peut-être trouvé un distributeur de soda et une machine à glaces d'occasion. »

Soudain, je me suis sentie une vraie femme d'affaires. Était-ce pour cette raison que cette inconnue m'avait ainsi toisée, dans les toilettes du restaurant ? Parce qu'elle avait vu une commerçante luttant pour développer son affaire ? J'ai mentalement cherché un film qui puisse illustrer cette image. Peut-être Rosalind Russell dans *Mon mari conduit l'enquête*. Abruptement, un commentaire de Beppe m'a ramenée à la réalité. « C'est idiot, Marie. Tu n'y arriveras jamais dans ce contexte économique. Et puis, tu as de la concurrence.

— Qui ça ? » ai-je répliqué d'un ton cassant, alors qu'une bourrasque soulevait ma jupe. J'ai porté la main à mon chapeau pour le retenir. « Quelle concurrence ?

— Le Sweet Shoppe. Tu ne réussiras jamais à percer. Et où envisageais-tu de mettre le comptoir ?

— À l'emplacement actuel de la caisse. Le long du mur. » À l'endroit même où il s'était accoudé, le jour où il m'avait rapporté le carton à chapeau de Maman.

« Il y fait trop sombre. Pourquoi quelqu'un irait-il s'asseoir dans ce recoin alors qu'il y a une large baie vitrée au Sweet Shoppe ? »

C'étaient là des paroles dures, et son ton m'a heurtée.

« Je mettrai un miroir. C'est ce que font les gens. Et je servirai de meilleures crèmes glacées. Et je vendrai des pâtisseries. » L'idée venait de surgir dans mon esprit, comme chaque fois que l'urgence me pressait.

« Prenons le métro », a-t-il suggéré en jaugeant la queue qui n'avançait pas. À ces mots, il m'a attrapé la main et m'a pratiquement traînée derrière lui.

« Je vais avoir besoin d'un prêt », ai-je annoncé en faisant de mon mieux pour m'accorder à son rythme rapide. Le moment m'avait paru opportun pour mentionner ce sujet, que nous n'avions plus évoqué depuis qu'il avait examiné mes livres de comptes : le prêt que j'espérais toujours qu'il me proposerait.

« Je ne pense pas pouvoir l'approuver, Marie », a-t-il assené en esquivant soigneusement mon regard tandis qu'il cherchait à se repérer dans les rues. Lorsqu'il s'est arrêté pour demander à un passant où se trouvait le métro, j'ai lâché sa main.

L'approuver ? Peut-être que je n'aurais pas dû employer le terme « prêt ». J'étais à deux doigts de suggérer qu'il me laisse là et parte seul devant.

« C'est bête, Marie. Ne nous disputons pas. »

Je ne parvenais pas à accepter qu'il balaie ainsi mes projets d'un revers de main.

« Je suis désolé. Pardonne-moi. » Il s'est immobilisé et m'a prise doucement par les bras. « Je suis un imbécile. Nous pourrons en parler quand tu voudras. Mais pour l'instant, concentrons-nous sur cette soirée. Je t'emmène dîner dans un endroit très spécial. »

Dîner ? Nous venions pratiquement de terminer notre repas français pantagruélique.

« Ne t'inquiète pas, m'a-t-il devancée. Le temps qu'on y arrive, tu auras faim. Et puis, c'est sur le chemin de notre hôtel, en quelque sorte. Ce sera merveilleux, tu vas voir. »

Nous avons pris la ligne de Long Island et avons dû changer deux fois de train pour atteindre East Harlem. On disait ce quartier si pauvre. J'ai dévisagé mon amant en me demandant s'il s'agissait d'une plaisanterie. Malgré les aléas du trajet, il faisait encore jour lorsque nous sommes arrivés et je me suis réjouie qu'il n'ait finalement pas plu. Il faisait tout à coup plus frais, ce qui était bienvenu.

Nous étions samedi soir, si bien que les boutiques étaient encore ouvertes, et j'ai eu envie d'entrer dans une ou deux, non pas parce que j'étais éblouie par tout ce choix, mais parce que sur pratiquement chaque devanture apparaissait un nom italien, comme à Littlefield.

« Qu'est-ce que c'est que cet endroit ?

— Marie, c'est Little Italy ! a ri Beppe avant de me prendre par les épaules pour me faire accélérer l'allure. Que voudrais-tu voir ?

— On devrait entrer dans des boutiques. Celle-ci ! » J'ai désigné de l'autre côté de la rue ce qui ressemblait à un bazar où l'on vendait aussi de la quincaillerie, des articles que j'avais envisagé de proposer au Five&Ten. Des pelles, des râteaux et de petits outils étaient exposés dehors, dans des corbeilles ou sur les trottoirs. Me sentant soudain en terrain connu, j'ai pris l'initiative. J'ignorais jusqu'à l'existence de cette Petite Italie, mais je savais reconnaître un bon magasin.

L'intérieur aussi m'a paru familier, avec son plancher usé et l'odeur âcre d'encaustique. Les bacs en zinc contenant la marchandise étincelaient de propreté. Derrière le comptoir se tenaient les propriétaires, mari et femme. Il me suffisait de poser les yeux sur eux pour savoir que c'était une affaire familiale, sans doute comme la plupart des magasins de la rue. Bien que si loin de chez moi, je me sentais reliée à eux, même si en présence de Beppe j'hésitais à leur manifester une chaleur à laquelle je savais qu'ils répondraient. Pour une fois, je me moquais qu'il lise en moi à livre ouvert, qu'il mesure mon amour pour ma boutique. En cet instant, j'ai eu la certitude que jamais je ne me séparerais du Five&Ten, ni ne le céderais à Gino. Je ne priverais pas mes frères de l'argent qu'il rapporterait, mais jamais je n'en fermerais les portes.

Une scène était en cours dans la boutique. La femme – l'épouse, j'en étais certaine – a lâché rageusement une pile de chemises de travail en tissu écossais sur le comptoir, où elles ont atterri dans un bruit mat avant de glisser par terre.

« Regarde un peu ce que tu fais », a braillé le mari avant de nous apercevoir. Je me suis empressée de me faufiler dans les rayons, mais Beppe s'est arrêté pour regarder, sans prendre la peine de déguiser sa curiosité, qu'à n'en pas douter ces commerçants jugeraient grossière. Beppe considérait qu'un homme ne devait pas s'adresser ainsi à sa femme. *Vraiment ?* ai-je songé.

Dans cette petite boutique familiale, j'ai imaginé un avenir pour le Five&Ten. *Maman ? Tu vois un peu ça ?* On aurait dit que les portes de mon esprit s'ouvraient soudain à la volée et qu'en cet instant la voie à suivre était aussi droite et lisse qu'une route neuve.

« Laisse-moi t'offrir quelque chose », a insisté Beppe en disparaissant dans une allée, pour réapparaître une minute plus tard avec une cuillère à glace, un de ces modèles robustes en acier. C'était une allusion à mon distributeur. J'avais beau ne pas avoir besoin de sa permission, ni même de son approbation, voilà qu'il me les donnait.

« Faudrait-il que j'en prenne un carton ? ai-je demandé.

— Je n'en sais rien, Marie, a-t-il répondu en riant. Mais prenons-en deux. Pour le bar à crème glacée. »

À l'arrière du magasin, des coffres encastrés recouvraient un mur entier, du sol au plafond. Chacun était affublé d'une petite étiquette. Il y avait là des clous, des vis, des charnières et, plus en hauteur, les articles moins fréquemment demandés tels que les verrous, les serrures et les poignées en laiton gravé. Un tabouret en bois était à la disposition des clients pour accéder à la partie supérieure du meuble. Ces articles ne se vendaient pas tous bien mais tôt ou tard, une fois la Grande Dépression derrière nous, la demande repartirait. Naturellement, la clientèle de cette boutique était bien plus nombreuse que la mienne. Après tout, nous étions dans une grande ville et pas dans une bourgade de province, mais j'avais cessé de penser de manière rationnelle. Je refusais désormais de me quereller avec Beppe. Il aurait toujours un point de vue différent du mien, concernant l'économie, les désirs de mes clients, la façon de tenir un commerce. Tant de choses lui échappaient.

« Tu as faim ? » a-t-il demandé.

J'aurais tant aimé rester là plus longtemps.

« Ça commence, oui.

— Bien. J'ai un endroit spécial en tête.

— C'est loin d'ici ? » J'espérais ne pas avoir à reprendre le métro.

« Non, c'est tout près. On peut y aller à pied. »

Nous étions donc dans un quartier italien. J'ignorais à quelle nourriture s'attendait Beppe, mais ce qui était certain, c'est que cela le changerait de ses habitudes, du dîner au Waldorf ou de ce déjeuner français hors de prix.

Il y avait du monde à tous les coins de rue. Nous avons croisé un groupe de jeunes femmes qui devaient avoir mon âge, et elles se sont retournées pour nous fixer du regard. Elles étaient vêtues de tailleurs noirs et chemisiers blancs, presque semblables à ma tenue pour les obsèques de Maman, qu'heureusement je ne portais pas. Je craignais que Beppe remarque cette similitude et se dise : *C'est donc ainsi que s'habillent les filles pauvres, en uniforme bas de gamme qu'on trouve partout.* Je me suis remémoré cette femme dans les toilettes du restaurant français et celles que j'avais aperçues au Waldorf, dans leurs ensembles colorés en crépon de coton. Mais j'ai vu du coin de l'œil que Beppe n'avait rien remarqué. Il consultait un papier qu'il avait sorti de sa poche.

« C'est à vingt mètres », a-t-il annoncé, satisfait.

Nous sommes arrivés devant une petite devanture au coin d'une rue, « Chez Rao ». Beppe a donné son nom à l'entrée et on nous a menés à notre table, qui se trouvait près de la cuisine. « Je n'aime pas cet emplacement, m'a-t-il dit. J'ai fait la réservation il y a des semaines. »

Mon cœur a failli éclater de joie à l'idée du mal qu'il s'était donné. Il voulait que tout soit parfait, et c'était le cas : les arômes et effluves qui s'échappaient de la cuisine, les serveurs élégamment vêtus et les clients qui semblaient tellement à l'aise, comme s'ils venaient dîner là tous les soirs.

« Ils sont connus pour leurs boulettes de viande. C'est ce que je vais prendre, mais je pense qu'on devrait aussi tenter le veau au citron à se partager. Qu'en dis-tu ?

— Je dis oui. À tout. »

Les boulettes étaient légères et comme soufflées ; je me suis fait la réflexion qu'il faudrait ajouter plus d'œuf et de fromage aux miennes pour les rendre plus aériennes. Le veau était tendre et pâle, auréolé d'une sauce subtile au citron. Il était si évident que cette cuisine surpassait le repas français sophistiqué que mon cœur s'est empli de fierté, même si j'ai été abasourdie que les prix soient si proches. J'avais entendu dire qu'il y avait des Italiens vivant à l'extrémité nord de la ville, mais jamais je n'aurais imaginé une telle opulence. Ces montants me donnaient le vertige.

Pour le dessert, Beppe a commandé du tiramisu et moi, un gâteau à la crème. « Il n'y a pas de gâteau d'amour à l'italienne, a-t-il fait remarquer en me prenant la main. C'est un oubli regrettable. »

Nous avons terminé notre bouteille de vin, et avec le dessert nous sirotions des espressos. Je n'avais jamais autant mangé en une seule journée.

« Ce ne sera pas toujours comme ça. » J'ai retenu ma respiration, guettant la suite. « Toute cette nourriture. Tout ce luxe. Même s'il n'y a pas la guerre. Même si… » Il a détourné le regard, mais le seul horizon était la cuisine toute proche. Il s'est raclé la gorge. Les vapeurs brûlantes rendaient l'air étouffant. « Je t'aime, Marie », a-t-il dit.

C'était si soudain que j'en suis restée sans voix. J'avais envie de répondre que moi aussi, mais mes pensées bondissaient déjà vers la fin du séjour, le retour à Littlefield et les au revoir hâtifs ponctués d'un baiser chaste ou passionné. Serait-ce l'un ou l'autre ? Que nous resterait-il, après un week-end aussi fantastique, même en s'étant juré que l'on s'aimait ?

Je l'ai regardé bien en face et, sans ciller ni m'émouvoir, j'ai dit : « Je t'aime aussi, Beppe. Je t'aimerai toujours. »

32

Dès que le décor est redevenu familier, la réalité nous a happés. Qu'il était étrange d'être encore tout pénétrés de ce que nous avions été à New York, mais désormais au milieu des arbres et des petites routes de campagne toutes semblables, interminables et jalonnées de garages, de fermes et, de loin en loin, de rares épiceries. J'avais le corps encore tout vibrant de nos étreintes, mais mon cœur était lourd.

Il s'est garé dans l'allée de notre repaire clandestin, positionnant la voiture de telle sorte que la portière passager soit face à l'entrée et non à la rue. Il est descendu, est venu m'ouvrir sans me regarder. L'air était si humide et immobile que je me sentais au bord de l'évanouissement, et le calme soudain de la petite ville a bien failli ruiner la joie des trois derniers jours. Je l'ai précédé dans la minuscule cage d'escalier. Il a porté ma valise et j'ai pensé que nous allions monter pour discuter, mais il a annoncé : « Marie, je dois te laisser ici. »

Nous nous sommes embrassés et je l'ai regardé partir en me demandant comment je remporterais ma valise jusque chez moi. Elle s'était alourdie de tout ce que Beppe m'avait offert chez Saks, sur la Cinquième Avenue – un petit sac à main rebrodé de perles et une veste noire habillée d'une créatrice dont je n'avais jamais entendu parler, Elsa Schiaparelli. Et un vide-poches en laiton bordé de billes bleu clair, estampillé « Exposition universelle New York 1939 ». Je n'avais rien pour Gino, mais j'avais rapporté à Sammy et Kenny un canif avec des décorations dorées et des images du Trylon et de la Périsphère. J'avais également acheté plusieurs cartes postales dont je comptais me servir comme marque-pages dans les livres de recettes de Maman. J'avais insisté pour payer tout cela de ma poche.

Il m'a fallu plusieurs minutes pour reprendre mes esprits. Je voulais lui laisser assez de temps pour arriver au bureau, ou chez lui, j'ignorais où il irait en premier. Je ne voulais pas voir dans quelle direction il partait.

J'ai tiré de mon sac mon miroir de poche. J'avais les yeux joliment brillants, de cet éclat particulier que donnent les larmes toutes proches. J'ai fui l'appartement en abandonnant ma valise dans l'entrée. Si l'on me surprenait, on ne verrait que la propriétaire du Five&Ten – la jeune Marie qui parfois étonnait tout le monde en s'habillant chic pour rien – en train de remonter Bellevue Avenue d'un pas déterminé.

Ma plus grande surprise sur le trajet a été de constater que l'optimisme était toujours là. Ces idées que j'avais eues tandis que nous marchions, Beppe et moi, dans cette ville inconnue s'unissaient à présent pour former une petite réserve d'espoir dans laquelle je pourrais puiser. Mon énergie, qui avait peu à peu flanché dès notre retour sur les routes de campagne, se trouvait soudain régénérée par ces projets d'embellissement.

Pourquoi avais-je toujours jugé bon de protéger tout le monde ? C'était une tâche impossible. Je fournissais un travail à Kenny, mais cela ne signifiait pas pour autant que je devais supporter ses inepties. Beppe avait vu juste : après tout, que leur devais-je à tous ? Être l'aînée de Gino ne me rendait pas responsable de son comportement. Et quand bien même, en rencontrant Gloria, je me rendrais compte qu'elle n'était pas la femme qu'il fallait à Sammy, c'étaient leurs vies, pas la mienne. Je découvrais en moi un courage neuf et, pour la première fois, je me sentais libérée de tout.

J'avais du pain sur la planche. Il y avait le nouveau stock à commander, depuis que j'avais vu les articles de quincaillerie dans cette boutique de Little Italy. Et les plats incroyables que nous avions mangés m'avaient donné des idées de nouvelles recettes de pâtisseries que je pourrais vendre. Cet élan m'a fait accélérer le pas en direction du magasin, prête à embrasser de nouveau mon existence. Il faudrait faire face aux problèmes d'argent – je pouvais difficilement me permettre de les oublier –, mais je comprenais enfin pourquoi les gens se disaient revigorés après avoir pris des vacances.

En arrivant devant le Five&Ten tout auréolé de soleil, je me suis revue dans la boutique de Little Italy qui avait ranimé tous mes espoirs. Avec un capital suffisant, je pouvais donner une seconde jeunesse à mon commerce sans me limiter aux articles bas de gamme habituels, aux gadgets et aux jouets de pacotille. J'aimais l'idée de vendre des vêtements de travail, mais cela m'aurait mise en compétition avec Ruth et Gersh et je m'y refusais. J'allais plutôt me concentrer sur la quincaillerie.

Perdue dans mes rêves de métamorphose, je me suis arrêtée devant le Five&Ten pour contempler ma vitrine. J'étais tellement fascinée qu'il m'a fallu plusieurs secondes pour remarquer le panneau FERMÉ accroché à la porte.

Pourquoi diable était-on fermés un lundi ?

J'ai maudit intérieurement celui qui avait pris cette décision et résolu de ne pas donner son cadeau à Kenny. Avaient-ils cru que, sous prétexte que je rentrais aujourd'hui, je me moquerais que nous ayons perdu une journée de travail ? N'ayant pas emporté la clef du magasin, je suis entrée par le couloir du rez-de-chaussée et j'étais au milieu de l'escalier lorsque j'ai été accueillie par une inconnue.

« Marie, je suis Gloria. » Ne l'ayant jamais rencontrée, je n'étais pas préparée à partager avec elle l'intimité du chagrin. Elle avait les yeux rouges et pleurait, ce qui ne pouvait avoir qu'une seule signification : il était arrivé quelque chose à Sammy.

« Que se passe-t-il ? »

En une fraction de seconde, un souffle surnaturel m'a balayée, comme si quelqu'un marchait sur ma tombe.

« Sammy est à l'hôpital, a-t-elle répondu.

— Est-ce qu'il va bien ? » Je me suis ruée vers le salon.

« Je crois, oui. » Elle m'a dévisagée un instant avant de se laisser choir dans le canapé en pleurant de plus belle. « Il y a eu une bagarre. C'était horrible ! Oh, mon Dieu. » Elle a enfoui son visage dans ses mains.

Je me suis assise à côté d'elle. « Que s'est-il passé ? Raconte-moi.

— Gino l'a tabassé. Il est monté, et il lui a sauté dessus. Je ne l'avais jamais vu comme ça. Il était fou furieux.

— Où est Gino ?

— Personne ne sait. Il s'est enfui. »

J'ai regardé autour de moi, et c'est alors que j'ai remarqué l'espace vide là où aurait dû se trouver le saladier en cristal de Maman. En passant la pièce au crible, j'ai vu une déchirure dans le rideau, et un trou dans le tapis turc que je reprisais consciencieusement depuis des années. Il était irrécupérable.

« Ils se sont battus ici ? Je dois voir Sammy. Où est-il ?

— À Notre-Dame-de-Lourdes, à Camden. Oncle Salvie a dit qu'il viendrait te chercher pour t'y emmener. J'y ai passé toute la journée. Je suis revenue ici pour que tu ne trouves pas l'appartement vide à ton retour. »

Tandis qu'elle parlait, j'ai observé la fiancée de mon frère. Elle était agréablement plantureuse, avec une expression directe. Je l'ai appréciée sur-le-champ. Quel dommage que notre première rencontre se déroule de la sorte.

« Quoi d'autre ? Raconte-moi tout.

— Les Oletsky. Leur magasin a été endommagé. » Elle semblait terrifiée.

« Au fait ! l'ai-je brusquée.

— Je pense que c'est là que ça a commencé. J'étais ici en train de préparer le dîner, et j'ai entendu des cris, dehors. Et du verre brisé. Sammy a déboulé, tout essoufflé. Il a dit qu'il fallait qu'on parte. Et tout à coup Gino est arrivé et tout s'est précipité. Je ne savais pas quoi faire, ils se roulaient par terre, alors je me suis réfugiée dans la chambre de Sammy et j'ai verrouillé la porte. Je sais que j'aurais dû appeler la police, mais j'avais peur de sortir, et que Gino m'empêche d'approcher du téléphone. Ensuite je l'ai entendu s'enfuir dans l'escalier, et Sammy qui le poursuivait en hurlant. J'ai couru derrière eux, mais Gino avait disparu et Sammy était allongé par terre, et il saignait de la tête. Quelqu'un avait dû entendre les cris et appeler les secours. Je suis montée dans l'ambulance et j'ai accompagné Sammy jusqu'à l'hôpital. Il avait perdu connaissance. C'était terrible. Ils ont refusé de me laisser le voir. Et puis Oncle Salvie est arrivé et on a attendu pendant au moins une heure, mais on n'a toujours pas pu entrer dans la chambre. Oncle Salvie m'a dit de ne pas m'inquiéter, qu'il allait s'occuper de tout. Il voulait que je revienne ici t'attendre.

— Est-ce que Sammy va bien ? Tu en es sûre ? » J'étais folle d'inquiétude.

« Il a un traumatisme crânien. Le docteur dit qu'il va s'en sortir.

— Et les Oletsky ? Qu'a fait Gino ?

— Il a balancé un tonneau dans leur vitrine. Rempli de clous. M. Oletsky était à l'intérieur, mais il n'a eu que quelques coupures à la tête. »

J'étais tellement obsédée par mes projets sur le trajet du retour que je n'avais pas remarqué la vitrine brisée des Oletsky.

« Mon Dieu. Il faut que j'aille voir Ruth.

— Non, Marie. Ne fais pas ça.

— Pourquoi ?

— Elle refusera de te voir.

— Je m'en moque éperdument.

— N'y va pas. On doit attendre Oncle Salvie.

— Je n'attendrai pas. » Mais en me levant, j'ai eu un vertige et ai dû me rasseoir. Cependant, une seconde plus tard, je m'étais ressaisie et appelais l'hôpital. Avant de sauter dans le bus, je devais d'abord prendre des nouvelles de mon frère. J'ai parlé à une infirmière, qui m'a dit qu'il allait bien. « Son oncle vient de partir. »

Son oncle ? Salvie ?

S'il était en route, autant l'attendre, sinon je me retrouverais coincée à Camden, dépendante d'un bus pour le retour. J'étais trop agitée pour rester dans l'appartement, aussi ai-je abandonné là Gloria pour aller m'asseoir derrière la caisse, dans la boutique. Par réflexe, j'ai ouvert le tiroir. Il y avait de l'argent à l'intérieur. Je pensais à Kenny. Dans la confusion, il avait dû laisser le magasin sans surveillance. L'argent aurait pu être volé et pourtant il était bien là. J'ai songé à Gino. Que se passait-il ?

Gloria m'a appelée pour m'avertir qu'elle allait se reposer un peu, et j'ai laissé la porte du couloir ouverte pour pouvoir entendre la sonnerie du téléphone. J'ai contemplé mes étalages en fouillis et le film plastique que j'avais tendu sur la devanture pour protéger du soleil les produits déjà usés. Il donnait à la rue une teinte sépia, comme dans un vieux film. Je rêvais tant de le remplacer par un véritable store. Les boutiques de Little Italy en possédaient toutes un, en belle toile joliment rayée. Alors que j'aimais autrefois l'apparence de mon commerce, après avoir vu les autres, je lui trouvais un air décati. Je me suis juré que si Sammy s'en sortait, je mènerais à bien tous ces aménagements. Et s'il devait se révéler plus gravement blessé… eh bien, je le ferais quand même.

En entendant le téléphone sonner, je me suis précipitée à l'étage. C'était monsieur E., m'annonçant qu'il viendrait nous prendre, Gloria et moi, dans une heure. Cela ne le dérangeait pas de retourner ensuite à Camden. Il se montrait plein de sollicitude. Nous nous sommes préparées et, lorsque monsieur E. est arrivé, nous l'attendions déjà sur le trottoir devant le Five&Ten. Gloria a insisté pour que je m'asseye à côté de lui à l'avant. Il s'agrippait nerveusement au volant et, à son air, je voyais bien qu'il était en colère. Quand quelqu'un refusait de dire la vérité, c'était l'expression qu'il avait. *Comment dois-je m'y prendre avec elle ? Comme d'habitude, en la réconfortant ? M'en veut-elle ?*

« C'est vous qui l'avez poussé à écouter ce prêtre, ai-je attaqué de but en blanc, consciente que Gloria, que je venais juste de rencontrer, était le témoin involontaire du passif entre son oncle et moi. C'est vous qui lui avez donné ces journaux à lire. » Dans l'habitacle confiné, j'ai haussé le ton. « Pourquoi ?

— Gino, il est… quel est le mot… influence… il se laisse faire. C'est ma faute, Mari. Mais c'est juste… de la politique. Tous les hommes parlent. On débat…

— Et ça se solde par des actes !

— C'est une tête brûlée.

— Regardez comment ça a fini. Son frère est à l'hôpital. Et les Oletsky ?

— Sammy va bien, Mari. Et le magasin. Tout va bien se passer.

— J'ai découvert qu'il manquait de l'argent.

— Qu'est-ce que tu racontes ? »

Je n'ai plus voulu prononcer un mot. Je me suis tournée vers la vitre en priant pour que l'on arrive vite à destination.

Sammy paraissait aller bien, mais sa voix trahissait sa faiblesse. Les médecins avaient exigé qu'il dorme assis, au cas où il aurait une hémorragie au cerveau. En entendant cela, j'ai failli m'évanouir, mais on m'a expliqué que c'étaient les précautions d'usage.

Sitôt monsieur E. sorti de la chambre pour aller nous chercher du café, Sammy s'est exclamé : « Où est Gino ? Je veux voir Gino. » J'ai dû faire des efforts surhumains pour ne pas lever la voix ni laisser mes émotions prendre le dessus. Ce qui me bouleversait le plus, c'était le ton qu'il avait employé, sans une once de colère ou d'urgence, simplement une grande tristesse, comme si c'était lui le responsable et non Gino. On l'aurait cru en deuil, et je regrettais intérieurement cette loyauté mal placée envers son frère aîné, ce respect et cette mansuétude que dans leur sens du devoir les enfants montrent à leur père, fût-il mauvais.

J'ai pris sa main dans la mienne. « Ne te préoccupe pas de Gino. Concentre-toi sur ton rétablissement.

— Comment vont les Oletsky ?

— Je ne les ai pas encore vus. »

Je me sentais coupable. Si je n'étais pas partie pour New York, peut-être cette bagarre n'aurait-elle jamais eu lieu. Outre ma honte et mon embarras, j'avais le cœur lourd en pensant à ce que devait ressentir Ruth. Sachant Sammy à l'hôpital, elle s'attendrait sans doute à ce que je sois occupée pendant deux ou trois jours.

Mais je ne pouvais repousser éternellement l'entrevue. Si tant est qu'elle l'accepte.

« Tu es sûr que ça va ? » ai-je insisté.

Il a opiné, encore plus beau que lorsque je l'avais vu la dernière fois, malgré la douleur. En plus de sa blessure à la tête, il avait l'épaule démise. Les médecins voulaient le garder une nuit de plus en observation.

Je me suis repliée dans le couloir pour réfléchir, ne sachant combien de temps je devais rester à Camden. Je me sentais comme un *linchetto*, ce farfadet qui surgit d'un tonneau de vin pour jouer un tour à quelqu'un. Et si j'étais un *linchetto*, la personne à laquelle je voulais du mal était Gino. Je n'arrivais pas à me détendre. Je débordais d'amertume en constatant à quelle vitesse les bienfaits de mon escapade avec Beppe avaient été anéantis.

« Je pense que vous devriez vous tenir à distance de Sammy pendant un temps », ai-je annoncé à monsieur E. devant Gloria. C'était rude, mais je voulais le punir.

« Mari… s'il te plaît. »

Je l'ai ignoré. Nous avons quitté l'hôpital et déposé Gloria chez ses parents, qui habitaient non loin, puis monsieur E. et moi avons fait le reste du trajet en silence.

De retour à l'appartement, je me suis mise en quête du collier de corail de Maman et me le suis passé au cou. J'avais lu dans un de ses livres que le corail rouge était puissant, et j'ai formulé mes vœux dans l'ordre. Premièrement, que Sammy se rétablisse promptement. Ensuite, que monsieur E. se montre soumis, et qu'à force de manipulation il se contente de nous aider. Et enfin, que Beppe vienne me sauver de tout cela.

33

La gangrène qui infectait l'Europe avait fini par nous atteindre. Les *squadristi* d'Italie – la légion des Chemises noires de Mussolini – et les bundistes vivaient ici même, parmi nous. Avec Mimi, nous avions vu aux actualités Mussolini parler de « la grande, la belle, l'inexorable violence ». Et voilà que nos propres garçons se transformaient en pillards et en vandales, et que des hommes stupides signaient un livre noir pour jurer allégeance à un dictateur. Étaient-ils donc assez idiots pour croire qu'ils pourraient détruire les hommes qui dirigeaient réellement cette ville, des hommes tels que mon amant ? Car ce n'étaient pas les Italiens qui détenaient le pouvoir, même si c'était sans doute là l'origine de tout : ce manque de pouvoir, de confiance et de respect de soi qui les poussait vers l'homme fort. *Au diable les frustrations des hommes*, songeais-je. Les dégâts qu'elles pouvaient engendrer étaient vertigineux.

Nous n'avions pas fait une seule vente depuis que mon frère avait détruit la vitrine des Oletsky. En général, les affaires reprenaient en milieu de semaine, mais nous étions mercredi et seules deux personnes s'étaient aventurées dans la boutique. D'abord Mme Delfina, dans le seul but de faire la commère. Elle était accompagnée d'une femme que je connaissais de vue, une riche paroissienne de la congrégation du père Barnes. « J'aurais peur que ça m'empoisonne », avait dit Mme Delfina en inspectant le vernis d'un bol en faïence avant de le reposer brutalement. Par chance, il ne s'était pas brisé. Assise derrière la caisse, j'avais levé les yeux et m'apprêtais à rétorquer lorsque l'autre femme s'était penchée vers Mme Delfina pour chuchoter, assez fort pour être entendue : « Imaginez un peu : servir des boulettes de viande dans une grande maison ! » Faisait-elle référence à ma soupe de mariage ? Avait-elle assisté à la réception de Noël des Ashworth ? Ou bien raillait-elle le simple fait qu'une Italienne cuisine pour des gens comme eux ? Quoi qu'il en soit, elle voulait que son mépris pour moi ne fasse aucun doute.

« Quelle honte », avait renchéri Mme Delfina en faisant claquer sa langue de vipère.

Je m'étais réfugiée dans la réserve, où j'avais ordonné à Kenny de s'occuper d'elles en cas de besoin. Puis j'étais montée me lancer dans le ménage, d'abord des rebords de fenêtre, puis des plinthes, alors que je l'avais fait quelques jours plus tôt. Lorsque la sonnette avait retenti, j'avais bien failli ne pas répondre mais, en regardant dans la rue par la fenêtre, j'avais constaté que c'était Mme Fiorello, que j'étais toujours heureuse de voir. Je l'avais invitée à monter et l'avais fait asseoir au salon. Une fois installée, elle avait sorti d'une vaste sacoche une cocotte de ragoût encore chaud.

« Vous êtes si bonne, madame Fiorello.

— Comment va Sammy ?

— Il s'en sortira. Ce n'était pas si grave.

— Oh, Dieu merci. »

J'avais fondu en larmes sans crier gare. Elle était venue s'asseoir à côté de moi pour me prendre dans ses bras. « Ne te fais donc pas de souci, Marie. Tout le monde sait quelle pression pèse sur toi. Tout va bien. »

J'aurais pu rester ainsi une éternité, à pleurer sur son épaule, mais je ne pouvais plus remettre à plus tard. Sitôt Mme Fiorello repartie, j'ai téléphoné à Ruth. En temps normal, j'aurais attrapé mon sac à main et serais passée la voir, mais le magasin n'avait pas rouvert, étant toujours en travaux. Le matin même, j'avais vu une grosse camionnette se garer, chargée d'une nouvelle plaque de verre qui viendrait remplacer la vitrine saccagée. Une image atroce m'avait alors frappée, la description que Ruth m'avait faite de la *Kristallnacht*, et la honte m'avait terrassée.

Ruth avait immédiatement décroché.

« Ruth. » Je n'avais rien pu articuler de plus.

« Je me demandais quand tu appellerais. » Cette bonne vieille Ruth, à la fois contrite et cynique face à ma gêne. Nous étions tristes et vulnérables, mais peut-être notre amitié était-elle toujours intacte.

« J'aurais voulu le faire plus tôt. Sammy rentre à la maison aujourd'hui. J'attendais. Je veux dire, il n'était pas si gravement blessé. Ruth, je suis tellement navrée. Je sais que tu ne me pardonneras jamais. Je ne peux pas te le reprocher. Mais je ne peux pas renoncer à ton amitié. C'est impossible. Comment va Gersh ?

— Ça va. Juste des égratignures. »

C'était tout Ruth. C'était presque drôle, cette manie qu'elle avait de minimiser les choses, ou peut-être était-elle seulement la plus lucide d'entre nous, capable de remettre tout en perspective. Comparé à ce qui aurait pu se passer, à la haine et à la terreur qu'enduraient quotidiennement les juifs en Europe, peut-être n'étaient-ce finalement que des égratignures.

« Ruth, je t'en prie. Je le hais. Je hais mon frère. Et j'ai peur de lui. Mais il est parti. Il s'est enfui comme un lâche juste après.

— J'ai entendu dire qu'il habitait en ville. Avec Esposito.

— Non ! Qui t'a dit ça ? »

Gino, chez monsieur E. ?

« On devrait prendre le temps de parler. » Elle semblait si calme.

« Oui, quand tu voudras. Veux-tu que je vienne tout de suite ? »

Elle avait marqué un long silence. « Non. Pas maintenant. » Puis elle avait ajouté : « Je ne t'en veux pas, Marie. On parlera, d'accord ? Mais pas aujourd'hui. »

J'étais redescendue aussitôt trouver Kenny. Je l'avais saisi par le bras, et il avait fixé successivement ma main qui le tenait, puis mon visage.

« Est-ce que Gino est chez Salvie ? Et je te conseille de ne pas me mentir.

— Non. Tu es folle ?

— N'utilise pas ce ton avec moi, Kenny.

— Personne ne sait où il est.

— Personne ? »

Kenny était tout à fait capable de me mentir, mais son expression apeurée me soufflait que cette fois-ci il disait la vérité. Et je connaissais mon frère Gino. En dépit de sa bravade et de ses provocations, il mesurait nécessairement la gravité de son attaque contre les Oletsky.

J'avais laissé Kenny dans la boutique et, malgré la chaleur suffocante, j'étais allée prendre l'air dehors, bien déterminée à me montrer on ne peut plus charmante si je croisais qui que ce soit. Les gens finiraient par oublier, mais il allait falloir du temps. J'avais balayé le trottoir jusqu'à être trempée de sueur dans ma robe. J'avais de nouveau contemplé ma vitrine, avec son mannequin défraîchi, un torse de femme au visage en masque de carnaval et au cou orné de bijoux de pacotille. Qui aurait pu admirer pareil étal ? Et que dire des rangées de bottes de cow-boy éculées qui côtoyaient un escabeau de cuisine autour duquel j'avais drapé mon plus beau tablier et, en dessous, une collection disparate de poêles et de casseroles ?

Debout dans la touffeur à m'apitoyer sur mon sort, j'essayais d'imaginer mon nouveau Five&Ten. Des tiroirs et des rayonnages remplis à craquer d'articles de bricolage. Chacun serait disponible en plusieurs exemplaires, il y aurait du choix, des qualités et des prix divers. Je m'accrochais désespérément à cette image. Car je savais qu'elle avait le pouvoir de me sauver la vie.

34

En arrivant à notre appartement clandestin, j'ai trouvé Beppe assis à la table ronde, absorbé dans son journal. En m'entendant entrer, il m'a regardée et s'est levé lentement. Nous nous sommes enlacés et embrassés, saisis par la passion qui ne demandait qu'à revenir à la vie à chaque rencontre. Mais lorsqu'il a reculé, j'allais parler quand il s'est rassis pour se remettre à lire. Il a brandi son journal assez haut pour me cacher son visage. Je le savais capable de dissimuler ses émotions, mais comment pouvait-il se montrer aussi impoli alors que nous nous retrouvions pour la première fois depuis notre parenthèse idyllique ?

Furieuse, je me suis assise pour lire les gros titres en première page du *New York Times* de Beppe : *Rome voit le danger à la frontière de la Libye. La Grande-Bretagne investit dans les navires de guerre*. Rien sur les histoires que j'avais entendues circuler, sur les soupes populaires, les grèves de travailleurs, les commerces en faillite, les enfants allant pieds nus. Il fallait probablement aller chercher celles-là à l'intérieur du journal.

Tout le monde était sans le sou. À Littlefield, un homme vendait des pommes devant la station-service.

« Qu'y a-t-il ? » ai-je demandé.

Il a terminé de lire son article. Toujours sans répondre, il est passé à la dernière page, recouverte des chiffres minuscules de la Bourse, langage sibyllin que ne parlaient que de rares élus.

« Tu es grossier », ai-je lancé en me mettant à faire les cent pas tout en essayant de ne pas voir le vernis sombre sur les meubles qui me rappelait ces affreux confessionnaux sentant le moisi et le raclement lent du vieux portillon grillagé tel un râle d'agonie au moment où la silhouette floue du prêtre apparaissait dans la loge centrale. Le prêtre, cet inconnu menaçant, capable de pardonner mais seulement si le pénitent, ou plus souvent la pénitente, faisait preuve d'humilité et de contrition.

« Parle-moi, ai-je insisté. Et laisse donc ce satané journal ! »

Il l'a replié et posé sur la table. « Assieds-toi, Marie. »

Son ton était étonnamment froid. Qu'était-il advenu de « Je ne peux pas attendre, Marie. Tu m'as manqué, Marie » ?

Il s'est levé et s'est mis à arpenter la pièce à son tour. « Pourquoi ne m'en as-tu pas parlé de toi-même ? Il a fallu que ce soient mes caissières qui me l'apprennent. Tout le monde en fait des gorges chaudes. »

C'était donc à propos de Gino, et de ce qu'il avait fait aux Oletsky.

« Tu n'imagines pas… » J'ai fondu en larmes.

« Tu n'as rien empêché.

— Moi ? Comment l'aurais-je pu ? J'étais en week-end avec toi, tu t'en souviens ?

— Je t'avais prévenue, au sujet de ton frère.

— Que voulais-tu que je fasse ? Il me fait peur. Il m'a toujours fait peur.

— Toutes ces horreurs proférées par Coughlin. Je n'ai pas arrêté de te dire que c'était dangereux. Ils ne plaisantent pas, Marie. Ma réputation… »

Sa réputation ?

« Et la mienne, alors ? Est-ce qu'il est pire que les gens sachent que je suis la sœur d'un fasciste, ou bien que tu couches avec moi tout en rentrant le soir chez ta femme ?

— Ce n'est pas ce que j'ai voulu dire.

— Qu'as-tu voulu dire, au juste ?

— Je ne veux pas que ça s'arrête, Marie. Mais nous devons être prudents. L'un et l'autre.

— Ne t'avise pas de me faire la leçon. »

Il s'est rassis, a changé trois fois de position et s'est mis à pianoter des doigts sur la table.

Toutes les relations que j'avais nouées dans ma vie étaient régies par le besoin. Quel mot atroce. Que savait-il de la notion même de sacrifice ? Avait-il jamais eu à manger des haricots pendant des semaines d'affilée, à faire durer une pièce de porc salé jusqu'à l'os ? En même temps, je me sentais responsable. Qu'il puisse attendre de moi que je dompte un animal tel que Gino était totalement irrationnel. Mais on en arrivait toujours à la même chose : ma négligence. Comme toutes les femmes, j'avais été éduquée dans l'idée que nous étions responsables des mauvais comportements des hommes, surtout ceux dont nous avions la charge, que nous élevions, nourrissions et hébergions. Je suis allée m'asseoir face à la fenêtre pour ne pas avoir à le regarder. J'ai scruté l'allée déserte et la maison, ce lieu qui appartenait à mon amant, un de ses nombreux biens.

« Beppe, j'ai besoin d'argent. Maintenant. Pour des rénovations.

— Et par quels moyens proposes-tu de le rembourser ? »

Lorsqu'il s'agissait d'argent, il réagissait au quart de tour. Peut-être étions-nous finalement plus semblables qu'il n'y paraissait, lucides et pragmatiques dès qu'il fallait parler affaires. Tourné vers la cuisine, lui aussi évitait la confrontation.

« Regarde-moi, Beppe. Je dois agir vite. Pour qu'ils oublient. Pour effacer ce qui est arrivé.

— Les gens n'oublient pas si facilement, Marie. De plus, ce n'est pas le bon moment pour investir dans de nouveaux stocks. Ou des rénovations. Tu devrais attendre que le commerce reparte.

— Je ne peux pas attendre. Comment le commerce repartira-t-il, si le magasin n'a l'air de rien ? Ce distributeur de glace, c'est exactement ce qu'il faut pour que les gens oublient. »

Je scrutais son costume à la coupe large et élégante. Lui ne lésinait pas sur le tissu.

« Combien crois-tu que je pourrais obtenir pour le magasin ? » J'étais calme. Marie la femme d'affaires. Je n'envisageais pas une seconde de vendre, mais je voulais jauger son intérêt.

« Il vaut peut-être quelque chose, a-t-il concédé. Mais la période n'est pas bonne pour vendre quoi que ce soit.

— S'il y a la guerre… Je veux dire, après. Le commerce reprendra. Tu l'as dit toi-même.

— Mais je croyais que tu ne voulais pas vendre.

— Je veux dire… Si j'y étais forcée. »

La vision de ses belles épaules et de son cou excitait mon désir pour lui, mais pour aujourd'hui il faudrait s'en passer.

« Il y a des contrats juteux, ces temps-ci. » Je voyais presque les rouages de son cerveau tourner, sa pensée bifurquer, s'arrêter sur les opportunités qui s'offraient.

« Des contrats pour quoi ?

— Des produits nécessaires à la guerre. Des matelas pour les navires, par exemple. J'en ai entendu parler l'autre jour.

— Quoi d'autre ?

— Ce serait trop long à détailler.

— Cite-m'en un ou deux.

— Des bottes. Les soldats ont besoin de se chausser. Les contrats avec le gouvernement offrent de bons retours.

— Je peux en décrocher un ? »

Il a ri. « Pas vraiment.

— Pourquoi ?

— Il faudrait que tu fabriques quelque chose, que tu aies du capital, et des locaux.

— J'ai déjà des locaux.

— Je ne peux pas te donner d'argent, Marie. Tu le sais.

— Pourquoi ?

— À cause de ton frère. »

Je m'attendais à ce qu'il argue qu'on s'interrogerait sur la nature de nos relations. Ou qu'il invoque le fait que j'étais une femme, ou bien une Italienne, ou que, les affaires étant mauvaises, ce ne serait pas un investissement raisonnable.

Il s'est tourné vers moi avec une tendresse soudaine. « Viens ici, Marie. » Il m'a fait signe de m'asseoir sur ses genoux.

« Non. »

Il s'est levé pour me rejoindre et, doucement, de deux doigts, m'a relevé le menton. Il a planté son regard dans le mien. En imagination, je voyais le soleil danser sur les draps, pourtant je suis restée de marbre.

« Je dois y aller, ai-je annoncé en saisissant mon sac.

— Non. Écoute. J'ai le temps. Je n'ai pas à repartir tout de suite.

— Moi si. »

35

Parfois, lorsque Beppe et moi avions eu une dispute, je me représentais le manoir, l'eau placide du lac et les rhododendrons caressés par une douce brise. Dans mes rêveries, il m'arrivait de me tenir sur l'aire de chargement et de scruter la maison en me demandant à quoi ressemblait sa vie. Quelle était ma place dans ce décor ?

La première chose que j'ai faite en rentrant à la boutique a été d'appeler l'ami de monsieur E. pour lui confirmer que je désirais acheter le distributeur de crème glacée d'occasion. J'ai tout de suite senti qu'il ne souhaitait pas faire affaire avec une femme, du moins jusqu'à ce que j'ajoute que c'était monsieur E. qui m'avait recommandé de l'appeler. Comme il était facile d'obtenir un oui d'un homme une fois qu'un autre homme avait donné sa bénédiction. Je ne savais pas du tout où j'allais trouver de quoi le payer.

Au moment où je raccrochais, on a frappé trois fois à la porte, et j'ai immédiatement su de qui il s'agissait : Ruth n'utilisait jamais la sonnette. Elle était donc enfin prête à me voir. Terrifiée, j'ai ouvert la porte et elle s'est précipitée à l'intérieur. Nous ne nous sommes pas serrées dans les bras comme à notre habitude mais, une fois assise au salon, elle s'est penchée en avant pour prendre mes mains entre les siennes. « Je ne veux pas me battre avec toi, Marie. »

Je me suis jetée à son cou. « Je suis tellement navrée, Ruth. »

Nous avons sangloté un moment toutes les deux et, lorsque nous avons repris nos places, elle a ajouté : « J'espère que nous pourrons oublier. Je pense que oui.

— Oui, nous le pouvons. Tout est ma faute. Par pitié, pardonne-moi. Pardonne-*nous*…

— Mon Dieu. » Elle a secoué la tête. « Que nous arrive-t-il donc ? » Le désespoir qui pointait dans sa voix m'a abasourdie. Elle a passé la pièce en revue. « Où est le bol à punch ? »

Le saladier en cristal de Maman, qui avait survécu à une visite chez les Ashworth, avait été fracassé par Gino.

« Ils se sont battus ici », ai-je expliqué. Ruth a penché la tête sur le côté et j'ai cru l'entendre penser : *Quand admettras-tu que ton frère est bien plus malfaisant que tu ne le crois ?*

« Avec Gersh, accepteriez-vous de venir à un pique-nique demain soir, sur l'aire de chargement ?

— Dîner dehors ? Par cette chaleur ?

— Vous viendrez ? Tous les deux ?

— Je ne sais pas. Peut-être.

— Gino ne sera pas là. Je ne lui parlerai plus jamais de ma vie, Ruth.

— On verra.

— Et il n'habite pas chez Salvie Esposito, me suis-je empressée d'ajouter dans l'espoir de désamorcer cette rumeur. S'il te plaît, essayez de venir. J'ai besoin de ton avis sur une question importante. »

Mes projets ne lui feraient pas d'ombre, mais j'estimais que c'était le moment de lui en parler, afin qu'elle ne l'apprenne pas de la bouche de quelqu'un d'autre.

« Je vais faire un coin buvette. Avec un distributeur de glace », ai-je annoncé.

Elle m'a d'abord dévisagée comme si j'avais subitement perdu la tête. Puis elle a souri. « Je me demandais quand tu te rendrais compte qu'il fallait changer quelque chose.

— C'est une grosse dépense, mais il faut attirer les clients.

— Comment vas-tu le payer ? »

Ruth était une femme directe. Elle attendait que je reconnaisse que l'argent viendrait de Beppe, mais en vérité j'ignorais où j'allais le trouver.

« Je vais faire un emprunt.

— Laisse-moi deviner. »

C'était mon tour de sourire. « Je ne peux pas encore le dire. Tu seras la première au courant.

— Je pourrais te mettre en garde, mais je ne le ferai pas.

— Merci. »

Après le départ de Ruth, je suis allée chercher des recettes dans le livre de Maman, celui avec des images de cours d'eau et rivières d'Italie. Des assiettes de tortellini et de mortadelle étaient posées en équilibre sur une tourelle de pierre avec, à l'arrière-plan, les Due Torri de Bologne. Une autre photographie, prise quelque part dans Rome, mettait en scène un plat de côtes de veau grillées sur la braise, délicieusement carbonisées. Je ne pouvais m'offrir ni les saucisses ni les côtes de veau, mais je ferais de mon mieux avec les produits de substitution à ma portée. Je voulais que ce repas soit prodigieux.

J'avais décidé de faire une annonce après le dîner, et je trépignais d'impatience de voir la tête de monsieur E.

J'avais prévu des *struffoli alla napoletana*, des pâtes en forme de petites boules nappées de miel et généreusement saupoudrées de vermicelles de sucre multicolores. Lorsque nous étions enfants, c'était un de nos desserts favoris. Sur l'image, une glorieuse pyramide de *struffoli* était photographiée devant la porte en bois sculpté de la chocolaterie Gay Odin, la plus vieille enseigne de chocolat et crème glacée de Naples.

Je suis sortie de la réserve, le livre de Maman contre mon cœur, songeant que le lendemain notre aire de chargement se métamorphoserait, que le ciment écaillé et les vieilles palettes deviendraient notre tourelle à nous, notre ruine ancienne. Ensuite, j'ai appelé Ada pour l'inviter, et elle a accepté sur-le-champ. « J'apporte vin », a-t-elle annoncé.

Pour finir, la fête devait réunir Sammy et Gloria, Kenny et son épouse Loretta, monsieur E. et Ada. Monsieur E. avait prévenu qu'il serait en retard, Ruth avait annulé sa venue pour cause de migraine mais m'avait assuré que Gersh essaierait de passer dans la soirée, ce dont je doutais fortement. Je n'avais averti personne qu'Ada serait présente.

Elle est finalement arrivée en retard, elle aussi. Kenny, Loretta, Sammy et Gloria étaient déjà assis autour de la table en train de déguster mes *antipasti*, des olives fourrées d'un mélange de porc et de poulet que j'aimais utiliser pour la *braciola*. Le steak ou le veau coûtaient trop cher, mais ma version allégée était tout aussi délicieuse. J'avais roulé les olives fourrées dans la panure avant de les faire frire. Tout le monde parlait et riait. J'ai attiré Ada à l'écart.

Elle avait la chevelure tout ébouriffée, le chemisier et la jupe froissés, et je me suis sentie coupable de l'avoir invitée un vendredi soir, à l'heure où le bus était sans doute le plus bondé et le plus étouffant. Elle n'arborait pas son assurance habituelle, et j'ai été surprise de la voir s'accrocher fermement à mon bras.

« Je vous présente notre tante Ada, ai-je annoncé au groupe. La sœur de Maman. »

Sammy m'a adressé un regard grave et désolé, comme si je l'avais exclu de la famille. Quelle mouche m'avait piquée de ne pas lui parler d'elle ? Ma liaison avec Beppe avait dû m'embrouiller l'esprit. À ma décharge, l'existence d'Ada ne m'avait jamais paru tout à fait réelle.

« Ada, voici mon frère, Sammy. C'est une surprise, n'est-ce pas ? »

Je l'ai regardé la dévisager. Il s'était levé d'un bond et avait tendu la main, faisant rayonner vers elle toute la chaleur et la bienveillance dont il était capable.

« Bonjour, Sammy », a dit Ada avant de l'attirer contre elle.

Je l'ai présentée tour à tour à tous les convives, avant de prétexter que je devais aller m'occuper du repas. J'avais confectionné une salade de haricots à rames, *insalata di fagiolini*, et des boulettes de viande aux artichauts, *polpette con carciofi*. J'avais même fait des folies en achetant de la mozzarella et du prosciutto à déposer en fines lamelles sur les boulettes. Et j'avais évité les pâtes, non pas à cause de ce qu'avait dit Gino, mais parce qu'il faisait bien trop chaud.

Avec l'aide de Kenny, j'avais transformé l'aire de chargement en jardin italien. J'avais sorti les glaïeuls de Mimi dans un grand vase et nous avions accroché des loupiotes entre les piliers. Ada s'était assise près de Sammy et ils parlaient tous deux avec intensité. Lorsqu'il a fini par arriver, monsieur E. paraissait fatigué, mais la vue d'Ada l'a subitement ragaillardi.

« Ada est la sœur de Maman, ai-je expliqué en guise de présentations.

— *Madonna mia !* » Il a levé les bras en l'air et l'a attirée tout contre lui. Je n'aurais su dire s'il la serrait trop fort ou si elle lui rendait son enthousiasme mais, tel un éclair, leur accolade a laissé une image rémanente sur ma rétine comme brûlée par une lumière trop vive. Kenny a demandé de l'aide à Sammy dans le magasin et tous deux se sont éclipsés.

Ada a profité de sa mauvaise maîtrise de l'anglais pour se tenir à distance, feignant de ne pas comprendre les questions, même les plus simples, quand cela l'arrangeait. Tout le monde se levait sans arrêt pour changer de place. Loretta discutait avec Gloria, et pendant une bonne heure Ada et monsieur E. ont parlé sans discontinuer, presque exclusivement dans un dialecte du sud de l'Italie. De temps à autre, Ada basculait la tête en arrière en éclatant de rire, et monsieur E. dansait sur sa chaise.

« Votre attention, s'il vous plaît. » J'avais attendu que Sammy et Kenny reviennent et que nous soyons tous installés autour du gâteau et du café pour demander le silence. À la dernière minute, je m'étais rendu compte que les *struffoli* représentaient trop de travail, aussi m'étais-je contentée d'une de mes recettes habituelles. L'heure était venue de faire mon annonce, mais monsieur E. m'a coupé l'herbe sous le pied en déclarant qu'il faisait trop chaud et que nous ferions mieux de monter au salon.

« Il ne fait pas plus frais là-haut », ai-je objecté d'un ton cassant que j'ai aussitôt regretté.

Le ciel s'était couvert et l'orage semblait couver. Je voyais bien que Loretta avait envie de partir, mais il n'était pas question que quiconque quitte cette table avant que je leur aie parlé de ma buvette. Soudain, les hommes se sont mis à discuter bruyamment de la guerre et de Roosevelt, et je les ai interrompus en tapant dans mes mains. « J'ai une annonce à faire. »

J'aurais très bien pu commencer par les mauvaises nouvelles. Dire que nous n'avions plus un sou de trésorerie en banque, pas de stock d'avance et que le Five&Ten n'avait pratiquement rien vendu depuis l'agression des Oletsky, ce dont je tenais Gino pour unique responsable. Au lieu de quoi j'ai dit : « Salvie a un ami… Que vend-il, déjà, Salvie ? Du matériel de cuisine ?

— Mari, je t'ai dit. Des restaurants. De l'équipement. Pour les affaires. »

Il était distrait et n'attendait qu'une chose, reprendre sa conversation avec Ada.

« Ah oui, c'est bien ça. Eh bien, je suis entrée en contact avec l'ami de Salvie, et je lui ai commandé un distributeur de crème glacée. » Là, j'ai marqué une pause.

Monsieur E. a lancé un regard à Kenny, puis à Sammy, avant de me fixer d'un air indéchiffrable.

« Je vais faire un coin buvette, ai-je poursuivi. Un bar à lait. Le comptoir est en marbre noir, avec une console en acier. Dans le coin où se trouve actuellement la caisse. Et je mettrai un miroir au-dessus du bar pour refléter la boutique. Elle paraîtra plus grande. »

Monsieur E. a entrouvert la bouche, mais rien n'en est sorti.

« J'ai fait un emprunt, ai-je menti. La boutique sera mon… » J'ai cherché le mot. « Ma garantie. »

J'avais espéré au moins un soutien, mais personne n'a pipé mot, pas même Sammy, assis main dans la main près de Gloria. Je me suis remémoré les paroles de notre mère : *Je te laisse le magasin, Marie, mais veille sur tes frères*. Sammy s'en remettait à moi pour tout ce qui touchait au Five&Ten et en général il s'alignait sur mes décisions. J'ai à nouveau mesuré à quel point je m'étais montrée inconséquente, cette fois en ne discutant pas avec lui de cette histoire de buvette.

Je n'ai pas osé regarder Ada, mais du coin de l'œil j'ai constaté qu'elle gardait une expression totalement neutre, comme si elle n'avait rien entendu, ou que tout cela ne signifiait rien pour elle.

Ce qui était clair, en revanche, c'est que les hommes n'étaient pas d'accord. Je voyais à ses lèvres pincées que monsieur E. était furieux. Kenny semblait totalement sous le choc mais, tout comme Sammy, il était probablement vexé de ne pas avoir été prévenu. Mon frère m'aurait sans doute soutenue, si seulement je ne l'avais pas mis en colère en omettant de lui parler d'Ada.

À l'évidence, ils ne voyaient pas l'intérêt d'installer ce comptoir. Les gens étaient si pauvres. On gardait durant des années la même voiture, les mêmes vêtements, les mêmes chaussures. Je restais pourtant convaincue qu'une fois que le Five&Ten leur offrirait un aperçu de cette vie sociale que j'imaginais, avec ce nouveau décor de chrome rutilant et de tabourets rouges flambant neufs, ils seraient tout disposés à dépenser leur argent pour ce petit luxe, un verre de lait aromatisé nappé de chocolat. Leur humeur s'en trouverait bien meilleure, grâce au miraclc du sucre. J'avais aussi l'intention de pratiquer des prix bas, du moins au début.

Je me suis félicitée que personne ne me demande d'où venait l'argent, sachant que je n'en avais aucune idée. Mais j'ai bien vu qu'ils pensaient que je l'avais gagné au poker. Ils ne m'ont pas non plus questionnée sur cette envie soudaine de rénover le magasin alors que la dépression faisait rage. Les hommes ne me prêtaient déjà plus attention, préférant terminer ma bouteille de Four Roses et discuter base-ball. La nomination de Joe DiMaggio comme meilleur joueur de la ligue majeure leur importait visiblement beaucoup plus.

Tout à coup, Ada s'est levée et a tapé dans ses mains. « *Cantiamo una canzone !* »

Chanter une chanson ? Nous n'avions pas d'instrument, et quelle chanson pourrions-nous tous connaître ? La seule qui m'est venue à l'esprit était « Santa Lucia » que l'on jouait tous les 16 juillet pour la fête de Notre-Dame du Mont-Carmel. Maman possédait le disque de l'interprétation magnifique de Caruso, mais celle qui me revenait inexorablement en mémoire était la version cacophonique des Fils d'Italie, lorsqu'ils accompagnaient de leurs trompettes braillardes la Vierge Marie perchée sur son piédestal branlant, lors de la procession annuelle dans la rue principale de Littlefield. Non, je ne voulais pas chanter. Je voulais parler de ma buvette. Pourquoi étais-je la seule à être aussi enthousiaste ?

Ada a tapé sur la table avec sa paume et tout le monde s'est tu. Les hommes ont tourné vers elle leurs visages impatients. « OK, OK, je sais », a-t-elle dit. Elle les avait d'ores et déjà envoûtés et captait toute leur attention. Ils étaient disposés à chanter, ou à faire n'importe quoi d'autre qu'elle leur suggérerait.

« On chante quoi, Ada ? a demandé monsieur E. d'une voix douce que je ne lui connaissais pas.

— "*Vivere*" ! a-t-elle décrété.

— Ah, a-t-il soupiré, "Vivre" ! »

Il a relevé le menton, tel Mussolini en personne, et Ada a souri, rayonnante de joie.

« OK, OK. Je connais », a-t-elle répété. Elle paraissait nerveuse, mais toute tension l'a quittée sitôt qu'elle a entonné les premières mesures en italien, de sa voix riche et profonde. Elle n'avait pas terminé le premier couplet qu'elle s'est tournée vers monsieur E. : « Tu dis en anglais », a-t-elle exigé.

Ada était la seule debout, au milieu de nous tous assis à la regarder. J'étais fascinée. Je n'ai pas remarqué tout de suite l'air peiné de monsieur E. lorsqu'il s'est mis à traduire les paroles :

Mon amie m'a quitté
Je suis enfin libre

Kenny, qui n'entendait rien, a braillé : « Quoi ? Plus fort ! »

Ada a continué à chanter dans son italien mélodieux et je devinais en elle la jeune fille catholique qu'elle avait été, pleine de foi et d'innocence. Cette joie et cette vitalité qu'elle gardait intactes de sa jeunesse animaient à présent des chansons d'amour pour adultes. Pour la première fois, la dimension sexuelle de sa personnalité était flagrante. C'était à la fois sidérant et réjouissant, et j'ai aussitôt pensé à Maman. Il y avait tant de choses que je ne saurais jamais, tout ce qu'une fille est lente à apprendre de sa propre mère. Il nous aurait fallu encore de nombreuses années ensemble, mais ce temps, je ne l'aurais plus.

Tout en chantant, Ada regardait les hommes dans les yeux. Loretta était la seule à paraître s'ennuyer. Monsieur E., quant à lui, était visiblement affligé, sans que j'en sache la raison. Ce ne pouvait pas être à cause de ma buvette. Il était passé d'une humeur insouciante, due à la bonne chère et à la présence d'Ada, à un état soudain de mélancolie.

À l'issue du premier couplet, il y a eu une brève pause, chargée de tension, que sont venues briser nos voix entonnant le refrain à l'unisson :

Vivere,
Finché c'è gioventù
Perché la vita è bella
La voglio vivere sempre più.

Tandis que la chanson se poursuivait, Ada s'est rassise et s'est mise à battre le rythme avec ses coudes sur la table. « *Ancora !* » s'est-elle écriée et, sans nous faire prier, nous avons repris le refrain en chœur. On devait nous entendre à des kilomètres à la ronde, jusqu'aux fermes au moins, à l'extrémité des routes solitaires et serpentines traversant les pinèdes à perte de vue. Nous criions dans le noir, et nos cœurs débordaient d'une lumière vive et libre.

Après « *Vivere* », tout le monde a réclamé une chanson supplémentaire, à l'exception de monsieur E., qui s'est levé et qui, les deux mains au creux du dos, grognait comme s'il allait falloir qu'on le porte jusqu'à son lit, à l'autre bout de la ville.

Ada s'est exécutée en interprétant cette fois un air plus léger intitulé « *Tulipan* », même si je n'aurais su dire pourquoi nous nous sommes soudain mis à louer la beauté des tulipes « sous un ciel de mai comme un fromage hollandais ». Kenny a expliqué que la chanson avait été numéro un, interprétée par le Trio Lescano, l'équivalent italien des Andrews Sisters, le célèbre trio de chanteuses de jazz. Mais il lui fallait un véritable orchestre, et nous n'avions qu'Ada qui battait la mesure sur la table et nous autres qui tentions de tenir le rythme. Monsieur E. a fini par se rasseoir et a regardé au loin un long moment en ronchonnant. Sans même proposer de resservir les autres, il a vidé le reste de la bouteille de Four Roses dans son verre.

« *Tulipan* » plaisait aux foules, mais je trouvais l'air et les paroles idiots. Pourtant, tout le monde a complimenté Ada, qui a répondu d'un mouvement de chevelure théâtral et flamboyant, comme si elle était une star d'Hollywood nous gratifiant de sa présence exceptionnelle. Lorsqu'elle a brusquement annoncé qu'elle partait, monsieur E. a fait toute une histoire. « Ne pars pas. Reste. Je te conduis. Plus tard.

— Non, non », a-t-elle rétorqué par-dessus son épaule en se dirigeant vers le bureau pour récupérer son sac à main. Je l'ai suivie et, une fois à la porte, elle s'est tournée vers moi. « Je reviens. Ne vous inquiétez pas », a-t-elle promis à la cantonade, alors que tous les regards étaient braqués sur elle.

Puis elle a disparu. Kenny et Loretta se sont levés à leur tour, non sans que Kenny m'ait prise à part pour me glisser : « Marie, à propos du comptoir… » Il voulait me soumettre quelques suggestions quant à son emplacement et à la réorganisation du stock. J'ai alors compris que j'avais au moins un allié dans cette aventure.

Sammy s'est attardé et, une fois bien certain que personne ne pourrait l'entendre, il s'est penché pour me chuchoter à l'oreille : « Quand l'as-tu rencontrée ? Depuis combien de temps es-tu au courant ? » Il se montrait insistant et, comme je le craignais, m'en voulait de ne pas lui en avoir parlé plus tôt.

« Depuis un mois ou deux. N'est-ce pas incroyable ?

— Elle est comme Maman. » Il avait les larmes aux yeux.

« Au départ, je ne l'ai pas crue », ai-je expliqué, même si le doute n'était pas possible. Physiquement, elle ressemblait trop à notre mère. Sammy a fait mine de partir. Je lui ai pris le bras, craignant de me retrouver seule avec monsieur E., qui s'était retiré dans un coin pour fumer. « Tu veux bien attendre une minute ? »

Monsieur E. s'était montré aimable avec Ada, mais il était furieux que j'aie commandé ce distributeur, et il y avait aussi le nuage noir de cette chanson. En outre, nous n'avions ni l'un ni l'autre oublié l'agression dans ma cuisine.

Pour ne pas avoir à être seule avec lui, j'ai demandé à Sammy et Gloria de m'aider à débarrasser la table et de remonter les plats. Quelques minutes plus tard, j'ai cru l'entendre se retirer. Ne pouvant les retenir plus longtemps, j'ai souhaité bonne nuit à mon frère et à sa fiancée. J'étais dans la cuisine en train de mettre les dernières assiettes sales dans l'évier lorsqu'il est entré.
« Mari, le comptoir. *Madonna mia.* »

J'ai continué à lui tourner le dos.

« Tu savais que Carmie avait une sœur ?

— Maman a parlé d'elle une ou deux fois », me suis-je empressée de mentir. Je refusais d'admettre que, deux mois plus tôt, j'ignorais encore tout de l'existence de ma tante. Nous avions déjà trop perdu de notre passé. Par ailleurs, je ne voulais pas lui accorder le privilège de prétendre en savoir plus que moi sur ma propre famille.

« Merveilleux, a-t-il dit.

— Mais vous étiez au courant, ai-je assené en pivotant vers lui.

— Non. Non.

— Vous paraissiez la connaître. »

Son regard s'est perdu au loin et il cherchait visiblement quoi répondre.

« Mari, tu aurais pu dire, pour le comptoir. Pas besoin de faire en douce.

— Je ne fais rien en douce. J'agis pour le bien du magasin, voilà tout. » Je me suis penchée pour prendre un torchon propre dans le tiroir.

« Mais ta façon de dire. Devant tout le monde. »

Je me suis mise à rincer la vaisselle. « Votre ami fera une affaire. Et il vous versera un petit quelque chose.

— Quoi, Mari ?

— Je suis sûre que vous aurez votre commission.

— Une commission. Sur mon propre argent.

— Je ne vous demande pas de payer. »

Il a lâché un grognement ouvertement destiné à m'humilier. Puis il a reniflé. « Quel prêt tu pourrais avoir ?

— Je ne veux rien venant de vous. Vous avez de la chance que je vous adresse encore la parole. »

Il a fait un pas dans ma direction. « Écoute.

— N'approchez pas. Ne m'approchez plus jamais. Ou bien j'appelle la police. »

Il a levé la main en signe de reddition. « Je suis désolé. »

Il en fallait plus pour me faire baisser la garde.

« J'ai un problème, Mari. » Tout à coup, il était d'un calme total. « Personne pour conduire le sucre cette semaine. Je trouve quelqu'un, mais pour demain, j'ai besoin. »

Moi ? Il voulait que je conduise cet énorme camion avec sa pédale d'embrayage qui glissait ? Il se tenait là, les mains dans les poches, à attendre ma réponse.

« Kenny n'a qu'à le faire », ai-je répliqué.

Il m'a attrapée par le poignet, et j'ai reculé au contact de ses gros doigts calleux. Je me sentais comme une femme de mafieux. *Tu veux ton argent, alors voilà comment ça va se passer.* En un clin d'œil, l'atmosphère avait basculé. Il a pris ma main entre les deux siennes et l'a serrée fort.

« Il faut que je te demande, Mari. » Il a haussé les épaules comme si tout cela le peinait plus que tout au monde. Il savait que jamais je ne pourrais survivre sans ma part des expéditions de sucre.

« Est-ce que vous auriez demandé à Maman de conduire ? »

Il a tressailli à l'évocation de Carmela. « J'aimais ta mère », a-t-il répondu dans un murmure, et l'espace d'une seconde le manipulateur, le faiseur et le menteur en lui avaient disparu.

Ses paroles avaient beau m'affecter, j'ai gardé le contrôle. « Si vous voulez que je conduise, il va falloir payer le comptoir.

— Je croyais que tu avais un prêt. » Il a reculé d'un pas en souriant, ravi de m'avoir extorqué la vérité.

« C'est à prendre ou à laisser.

— Bon sang. » Il a agité sa main noueuse dans l'air comme s'il chassait une nuée de mouches. « Oui, oui. Je te quitte maintenant, Mari. »

Je me suis agrippée à la table de la cuisine et j'ai attendu d'entendre la porte d'en bas se refermer.

36

Au volant de cette banale camionnette blanche, sous la lune qui projetait l'ombre des feuillages sur le macadam, j'avais l'impression de jouer une scène de film. Pour l'occasion, je portais l'imperméable de Maman et son feutre mou. Dès la première seconde, j'avais ressenti des douleurs aux épaules à cause du poids de l'énorme volant et du levier de vitesse qui renâclait. L'habitacle était imprégné des relents terreux émanant des patates douces entassées contre les sacs de sucre. Cette odeur âcre et poussiéreuse me prenait à la gorge. Si je devais être contrôlée par les autorités, j'étais censée prétendre que je transportais la récolte de mon père jusqu'au terminal de Reading, à Philadelphie. Sur le trajet, je répétai mes répliques jusqu'à ce que mon mensonge me paraisse être la réalité.

« *Au milieu de la nuit, mademoiselle ?*

— *Dans la journée je travaille à l'usine, monsieur.* »

Je me suis garée sur le parking et plusieurs hommes sont venus à ma rencontre, des gaillards au visage rongé par le souci et à l'expression résignée. Ils étaient prêts à tout pour nourrir leur famille, et ils n'ont pas eu l'air surpris de voir une femme au volant : ce qui autrefois faisait sourciller, ce qu'on jugeait indécent ou peu ordinaire était désormais le prix à payer pour tenter de maintenir une vie normale.

Le lendemain, monsieur E. a appelé pour me dire qu'il était désolé, mais qu'il aurait à nouveau besoin de moi le jeudi suivant. Où étaient passées ses belles promesses ? *Juste cette fois, Mari, c'est promis.*

J'ai conduit la camionnette non seulement le jeudi, mais encore le mardi d'après, et ainsi de suite, au rythme des livraisons qui s'accéléraient. Si l'on ajoutait mes heures au magasin et mes commandes de pâtisseries, je n'avais pas un instant de répit. Avec Beppe, nous ne nous étions plus parlé depuis notre dispute, qui remontait à une semaine. Lorsqu'il a fini par appeler, le désir sourdait à nouveau dans sa voix. J'avais moi aussi envie de le voir, mais j'étais sur mes gardes.

Je suis arrivée la première, et depuis la fenêtre de notre appartement clandestin, je l'ai vu remonter l'allée à pied, suivi d'une petite fourgonnette. Deux hommes en ont sauté pour décharger un gros carton. J'ai entendu la clef dans la serrure et la voix de Beppe dans l'escalier.

« Doucement. Un peu plus à gauche. »

J'ai ramassé mon sac et mon chapeau à la hâte et suis allée me réfugier dans la chambre en fermant la porte derrière moi.

« C'est une merveille, ai-je entendu dire Beppe.

— C'est bien vrai », a renchéri l'un des hommes.

J'étais perplexe. L'appartement n'avait pas changé, rien n'avait été ajouté ou retiré. Je me suis assise sur le lit et, adossée au mur, j'ai écouté le remue-ménage au rez-de-chaussée, avec Beppe qui lançait des instructions aux livreurs. En attendant que les inconnus repartent, je me suis étirée de tout mon long sur le matelas. Le trajet de la veille jusqu'à Toms River m'avait épuisée ; j'ai dû m'assoupir. J'ai été réveillée en sursaut par le claquement de la porte, suivi du raclement d'un moteur au démarrage. Une minute plus tard a résonné le jingle familier à l'orgue, puis la voix de baryton : *La Compagnie nationale de la radio vous présente* Young Widder Brown. *L'histoire de la belle Ellen Brown, seule avec deux enfants sans père à nourrir. L'histoire du conflit immémorial entre le devoir d'une mère et le cœur d'une femme.*

L'orgue lugubre est allé crescendo, sonnant le début de mon émission préférée, et je me suis précipitée au salon pour trouver Beppe agenouillé devant un grand poste de radio en acajou.

« Je ne voulais pas te réveiller. » Il a levé les yeux vers moi et m'a souri.

Young Widder Brown *vous est présenté aujourd'hui par la cire Errol.*

Dans la chambre d'hôtel de Michael Forsythe, Ellen Brown a prononcé les paroles que Michael espérait lui entendre dire. Depuis qu'il est tombé amoureux d'elle, il y a des mois de cela, après que le docteur Anthony Loring s'est laissé leurrer par un mensonge et l'a rejetée avant d'être poussé au mariage par Millicent…

Je me suis jetée à son cou et nous nous sommes embrassés.

« Tu croyais vraiment que je ne savais pas que tu étais cachée là ? » Il riait, mais moi je pleurais. Il a cru que c'était de joie, du plaisir de découvrir son cadeau. Si seulement. Mais j'ignorais ce qui me prenait, j'avais l'impression de ne plus être moi-même. Mon humeur me jouait des tours. Aimais-je cet homme ou le détestais-je ? Il n'aurait pu comprendre. Moi-même, je comprenais à peine.

La radio que nous avions à la boutique n'était qu'un petit transistor dont le son était atroce. Qu'avait coûté celle-ci, et aurais-je pu payer une partie du comptoir avec cet argent ? Beppe a tiré une chaise et m'a prise par la main. Ensemble, nous avons écouté les péripéties d'Ellen Brown avec le docteur Loring. Avait-il conscience que nous avions l'air d'un couple dans un feuilleton ? que nous n'étions qu'un cliché ?

Au milieu de l'émission, j'ai tourné le bouton pour éteindre la radio. Dans le silence retrouvé de l'après-midi, j'ai perçu le chant assourdi des oiseaux et un étrange tic-tac au loin, comme si la ville battait la mesure de notre amour. Tout était empreint de plénitude et de tendresse. Nous étions là, cachés aux yeux de tous, et on aurait dit que nous flottions dans l'espace. Dans l'impatience de mêler nos corps et les désirs secrets de nos cœurs, les pensées s'évaporaient aussitôt formées. Cet après-midi-là, nous avons fait l'amour comme si c'était la première fois. Beppe a cru que c'était la radio, que j'étais excitée et voulais lui montrer ma reconnaissance. Je pourrais désormais venir quand bon me semblerait pour écouter *Young Widder*, *The Lone Ranger* ou *Stella Dallas*, en faisant semblant de n'avoir aucune responsabilité. Depuis notre escapade à New York, j'avais plus d'énergie nerveuse et je réussissais à ne dormir que cinq heures par nuit, même s'il n'était pas envisageable de maintenir ce rythme.

« Tu es différente, m'a dit Beppe.

— Peut-être bien. Tu veux du thé ?

— Oui, mais n'y va pas tout de suite. »

Après avoir fait l'amour une seconde fois, je me suis levée et ai enfilé la robe de chambre que je gardais dans le placard (c'était d'ailleurs le seul vêtement qu'il contenait). J'avais hâte de m'échapper dans la cuisine pour réfléchir. Depuis des jours, je m'inquiétais que « les Anglais n'aient pas débarqué ». Je souffrais de brûlures d'estomac et de nausées. Il n'y avait plus aucun doute possible.

Beppe m'a appelée depuis la chambre. « On ne peut pas rester trop longtemps. Il faut que j'y retourne.

— Et moi j'ai une livraison qui arrive », ai-je renchéri tout en faisant chauffer la bouilloire et en préparant le thé. Je devais être nerveuse, car en me tournant pour prendre des tasses, dans ma précipitation mon bras a cogné l'étagère sur laquelle était posée la coupe à fruits bleue à laquelle je tenais tant. Je l'ai vue avec horreur heurter le sol. De rage, j'ai fondu en larmes. Beppe s'est précipité dans la cuisine et m'a trouvée agenouillée par terre, tenant en main les deux plus gros fragments de la coupe brisée.

« Laisse ça, Marie. Tu vas te blesser. Viens, je vais t'aider. » Il m'a tendu la main.

La tristesse qui s'était insidieusement accumulée en moi depuis si longtemps s'est subitement déversée comme si une digue avait lâché. Je tremblais des pieds à la tête, incapable de m'arrêter de pleurer. À son expression, il était évident que Beppe était catastrophé. Je l'ai imaginé en train de contempler les bris de verre bleu en se disant que les femmes étaient décidément bien mystérieuses, avec leurs débordements d'émotions, et cette fâcheuse habitude de tout faire trop vite dans une cuisine.

37

On aurait dit que le monde avait dévié de son axe et que je faisais de mon mieux pour m'accrocher. Le temps était insupportablement chaud et couvert, et l'air si lourd que je peinais à respirer. Dire qu'à une époque j'avais adoré la fin de l'été. Mais avec mon humeur du moment et la pesanteur de mon corps, je me demandais tout bonnement comment j'allais survivre.

Une longue journée touchait à sa fin durant laquelle nous n'avions pas vu un seul client, lorsque à ma grande surprise Angie est entrée dans la boutique. Je me sentais coupable de négliger notre amitié. Venait-elle pour une raison précise, en quête de torchons, de poudre de riz, d'un pot de miel ? En la voyant s'accouder distraitement à un casier, j'ai deviné qu'elle n'était pas venue faire ses courses.

« Comment vont les affaires ? m'a-t-elle demandé.

— Plutôt bien.

— Je vois que tu proposes de nouveaux produits.

— Ils vendent de la meilleure qualité chez Miller, alors je me suis dit : “Pourquoi pas moi ?” »

Avec l'argent liquide que j'avais réussi à mettre de côté avec toutes ces courses de nuit, j'avais acheté une série de bols colorés et une demi-douzaine de verres à pied. J'étais encore endettée auprès de mes fournisseurs, mais au moins nous n'aurions pas l'air en faillite.

« Papa ne serait pas fâché que les affaires marchent si bien à la concession », a-t-elle prétendu avec un enthousiasme forcé.

C'était de la pure flatterie, cet air de me ranger dans la même catégorie que son père riche. Puisqu'elle était venue aux nouvelles, je lui en ai donné. « J'ai obtenu un prêt.

— Oh ? De la Banque du Peuple ? »

Nous y voilà.

« Non. D'un ami de la famille, ai-je menti tout en élaborant intérieurement un scénario.

— Qui ?

— Tu ne le connais pas. » En frustrant ainsi sa curiosité, je sentais à quel point je pouvais ressembler à ma mère. « Laisse-moi te montrer mes nouveaux articles. »

Beppe n'avait pas donné son accord pour le prêt, mais il m'apportait des cadeaux. Un carton de chemises de travail et de casquettes pour homme dont j'essayais de me persuader qu'elles ne représentaient pas une concurrence déloyale vis-à-vis des Oletsky, jusqu'à ce que je décide finalement de ne pas les exposer. Cependant, j'avais donné une place de choix à un assortiment de petits outils qui me rappelaient des souvenirs de New York. J'avais demandé à Kenny de descendre les vieux plateaux perforés qui s'écaillaient pour les remplacer par ce grand présentoir tout neuf. Puis, pour que par comparaison le reste de la boutique ne paraisse pas vétuste, nous avions ciré les étagères voisines pour leur redonner de leur lustre.

Angie a attendu patiemment que je décroche les articles afin qu'elle puisse les inspecter. Je savais pertinemment que ce n'était pas pour cela qu'elle était venue, mais pas question de lui donner du grain à moudre au sujet de ma relation.

« Attends, ai-je ajouté. Il faut que tu voies les nouveaux batteurs. »

Ils étaient empilés dans une tour étincelante, à côté d'une pile de linge de table immaculé, décoré de petits motifs ronds et carrés qui lui donnaient un air gai. C'était un cadeau de Kenny, donné par un de ses fournisseurs qui mettait parfois la main sur des articles de maison à un bon prix. Kenny essayait toujours de faire amende honorable depuis l'incident des décorations de Noël, aussi avais-je promis de passer commande de temps à autre à son ami.

Le regard d'Angie s'est posé sur la coupe à fruits bleue. « Ça me plaît, a-t-elle déclaré. Combien ? » Les Pullia faisaient partie de ces rares familles qui pouvaient encore dépenser sans compter sur un coup de tête. J'aurais pu annoncer n'importe quel prix.

« Je suis désolée, Angie. Elle est déjà vendue.

— Comment ça ? À qui ? s'est-elle enquise d'un air outré.

— À une dame qui vit au bord du lac. Je ne révèle jamais le nom de mes clients. Disons simplement qu'ils peuvent se le permettre. »

J'étais déterminée à emporter la coupe dans notre appartement clandestin, en remplacement de celle que j'avais cassée. Dans cette vie, il y avait des hauts et des bas, et c'étaient les femmes qui étaient chargées de tout régler. Nous faisions de notre mieux pour résoudre des monceaux de problèmes. Si s'offrir exceptionnellement un petit luxe pouvait nous rendre heureuses, pourquoi nous en priver ? Je voulais croire que, par la simple vision de cette coupe bleue, j'avais le pouvoir de déjouer la destinée que m'avait transmise une lignée ininterrompue de femmes, cette existence remplie de vaisselle ébréchée, de frugalité et de corvées. De son côté, Angie paraissait complètement perdue, comme si cet objet incarnait subitement pour elle un rêve fantastique. Peut-être pouvait elle encore échapper à l'horreur du rituel d'accouplement. Dans son cas, se faire mener à l'autel par Bobby Cavuto, avec ses grandes oreilles et son sale caractère. *Angie*, ai-je songé, *pourquoi ne te bats-tu pas ? Achète cette fichue coupe, remporte-la chez toi et laisse-la chanter pour toi. Puis un jour, quand ça tournera mal, que tu seras en proie à l'émotion et en retard, tu auras un geste maladroit et tu la feras tomber, et elle explosera en mille morceaux. Et alors tu te diras : « Non seulement j'ai gaspillé de l'argent, mais peut-être même toute ma vie. » Parce que les années auront passé, et que pendant tout ce temps tu auras dû supporter Bobby Cavuto.*

« Il faut que j'y aille, Marie », a-t-elle déclaré, m'arrachant à ma rêverie. Elle m'a touché le bras. « C'était agréable de te voir. Je me disais qu'on pourrait faire quelque chose ensemble, un de ces jours.

— Ça me plairait.

— Tu vas bien, Marie ? Tu es un peu pâle. Tu devrais t'asseoir.

— Je me suis couchée tard », ai-je prétendu en souriant.

Sitôt qu'elle a passé la porte, j'ai appelé Kenny pour qu'il me remplace à la boutique et je suis montée, mais je n'ai pas pu me détendre très longtemps. Le second réfrigérateur de la réserve était rempli à craquer de mes ingrédients de pâtisserie. Par cette chaleur, je ne pouvais pas prendre le risque de laisser quoi que ce soit à l'air libre. Et avec tous ces sacs de farine éparpillés dans la cuisine, je me suis demandé où j'allais bien pouvoir ranger tout cela.

J'ai repensé au commentaire d'Angie sur mes liquidités. Il fallait bien reconnaître que ce n'était pas si mal. C'était un petit miracle que j'aie tant de commandes de gâteaux. Mon problème principal était de trouver le temps de les honorer.

38

Nous étions en plein été indien et, en temps normal, j'aimais cette période où le soleil jouait les prolongations. Mais je me réveillais chaque matin avec la nausée et, malgré mes efforts, j'étais incapable de garder mon petit déjeuner.

Sammy a téléphoné pour m'annoncer qu'il viendrait en voiture de Camden le samedi suivant. Depuis la bagarre avec son frère qui l'avait envoyé à l'hôpital, deux mois plus tôt, il passait de plus en plus de temps là-bas avec Gloria. Il travaillait toujours au magasin pendant la semaine, mais je ne le voyais pratiquement plus le week-end. J'ai senti à sa voix qu'il désirait parler.

J'ai préparé un bon déjeuner. Je nous ai servi à chacun un verre de vin, et on s'est assis dans la cuisine comme au bon vieux temps. Sans mes frères, l'appartement était devenu si calme, et voilà que Sammy le remplissait tout entier avec ses larges épaules d'homme.

« Tu as eu des nouvelles d'Ada ? a-t-il demandé.

— Non. »

Il avait le regard chargé d'émotion, ses yeux de petit garçon insouciant et triste à la fois.

« Je l'aime bien, a-t-il poursuivi. On devrait peut-être l'inviter à dîner à Camden. Ce serait plus près, pour elle, venant de Philadelphie. Est-ce que tu arrives à croire que monsieur E. ait été fiancé à Maman ?

— Quoi ?

— Tu ne savais pas ? C'était en Campanie. »

Il m'a raconté toute l'histoire. Maman avait jugé Salvie trop vieux pour elle. À l'époque, il devait avoir trente ans, et elle dix-sept. C'était donc avant qu'elle rencontre notre père et qu'ils emménagent en Amérique. Je me suis remémoré les paroles de la chanson qu'Ada lui avait demandé de traduire : *Mon amie m'a quitté. Je suis enfin libre*. Et cette expression qu'il avait eue, de colère et de désespoir mêlés.

Sammy s'est penché en travers de la table pour poser son avant-bras sur le mien. « Ce n'est pas grave, sœurette. Je croyais que tu étais au courant. Au pique-nique, Ada m'a dit qu'elle t'avait rendu visite et qu'elle t'avait parlé de Maman, alors j'ai pensé que… »

Je me suis rappelé le moment où Ada avait quitté la fête, où elle s'était approchée pour me glisser à l'oreille : « *Fais attention, avec Esposito.* » Mais elle avait l'haleine chargée de vin rouge et la diction plus traînante que d'habitude, aussi n'avais-je pas su quel crédit accorder à ses paroles.

« Marie ? » Sammy m'a secoué le bras.

« Je ne peux pas le croire.

— Je sais. » Il a ri. « On est tous de la même famille.

— Non. Monsieur E. n'est pas de la famille. »

Gloria était la nièce de monsieur E., je comprenais donc que Sammy souhaite que tout ce beau monde s'entende à merveille. Mais j'avais beau apprécier Gloria, cela ne changeait rien à mon opinion concernant monsieur E., sa manière vulgaire de me traiter et la violence qu'il encourageait chez Gino. Sammy ignorait tout des *avances* de monsieur E., cet euphémisme hypocrite qui désignait en réalité de véritables agressions. J'avais envisagé de tout lui dire, mais par égard pour Gloria je m'étais ravisée. Ada avait-elle su avant de venir que monsieur E. était à Littlefield ?

« Je ne comprends pas pourquoi Ada ne m'a pas dit qu'elle le connaissait », ai-je marmonné.

Mais Sammy était déjà passé à autre chose, et je me suis sentie déplacée, membre de cette génération qui demeurait obsédée par ce qui avait eu lieu jadis au pays, et trop tournée vers le passé.

« Tu sais ce que devient ton frère ? »

Je n'avais pas pensé à lui une seule seconde, mais je voulais m'assurer qu'il ne revienne pas.

« Je doute qu'il ose se montrer. Je suis allé voir Ruth et Gersh pour m'excuser. Je me sens responsable. »

J'ai haussé un sourcil.

« Toi ? Qu'est-ce que tu as à voir avec ça ?

— J'aurais dû l'arrêter.

— Tu n'aurais pas pu. Personne ne le pouvait.

— Marie, je suis venu chercher le reste de mes affaires. »

Je savais que ce jour finirait par arriver, mais le choc n'en a pas été moins brutal.

« Tu vas pouvoir retrouver une vie normale », s'est-il empressé d'ajouter.

Quelle vie ?

« On est à Camden, ce n'est pas le bout du monde. Viens nous voir. Je veux que tu voies notre appartement.

Et comme ça, tu pourras nous faire à dîner. » Il a ri, sachant à quel point je détestais qu'on exige que je cuisine.

« Si tu le demandes gentiment, ai-je répondu pour le taquiner, en feignant la gaieté.

— J'ai déjà parlé à Kenny pour qu'il reprenne certaines de mes responsabilités. Il dit qu'il n'y a pas de problème, qu'il peut s'en charger. »

En toutes situations, Sammy avait toujours été mon allié. Si un fournisseur faisait des difficultés ou si Kenny refusait de m'obéir, il intervenait souvent pour arranger les choses. Sans lui pour faire barrage, Kenny ne serait-il pas tenté de me piéger à nouveau, en me forçant à acheter de la marchandise inférieure à un membre de sa famille ? Et qui me défendrait ? Un long silence a suivi que ni lui ni moi n'avons osé rompre pendant plusieurs minutes.

« Tu ne travailleras plus du tout ici ?

— Je peux faire deux journées par semaine, pour le moment. J'essaie de décrocher un boulot à l'usine de soupe Campbell, à Camden. » Il a repris une gorgée de vin. « Écoute, Marie. Il y a un tas de gars célibataires, dans le coin. Et tu es magnifique.

— Viens-en au fait.

— Tu devrais sortir avec quelqu'un de disponible. »

Quelqu'un de disponible. Et si je révélais à mon adorable petit frère que j'étais enceinte ?

Il est parti emballer ses affaires. J'ai débarrassé la table en veillant à rester occupée pour ne pas entendre les cintres s'entrechoquer et les portes de l'armoire claquer. J'ai ouvert la fenêtre pour me laisser distraire par Kenny qui sifflait sur l'aire de chargement. Lorsque

Sammy s'est planté dans l'entrée avec ses valises, j'ai dû m'adosser au mur.

« Marie, je dois partir. Tu me raccompagnes en bas ?

— Oui. Bien sûr. »

Au loin, un véhicule produisant un bruit de tracteur remontait la grand-rue. Nous sommes restés tous les deux un moment dans l'entrée. « Ça doit être le camion de DeLucca, a commenté Sammy. La pédale d'embrayage est bousillée. » Il était si sérieux. Il avait la tête tournée vers la rue et j'ai pu étudier son long cou. Visiblement, il avait encore un pied dans cette ville.

« Je ferais bien d'y aller. »

Nous nous sommes enlacés et j'ai senti l'odeur de sa nuque, qui m'était aussi précieuse que celle d'un enfant et me donnait envie de le serrer plus fort.

« Donne-moi de tes nouvelles. Et n'oublie pas d'embrasser Gloria de ma part. »

Je me suis détournée en hâte et me suis précipitée dans l'escalier pour ne pas le voir partir.

39

La sonnette du rez-de-chaussée m'a fait sursauter et je me suis ruée au salon pour regarder en bas. Je craignais que ce soit Ruth qui ait sonné et qu'il y ait eu un nouvel incident. Mais la silhouette de femme que j'ai aperçue portait un chapeau de paille et une jupe, or Ruth serait venue nu-tête et sans avoir retiré son tablier.

Ada se tenait sur le pas de ma porte. Elle était vêtue trop chaudement, mais ne semblait pas incommodée par la température. Comparé au soir où elle était venue dîner, elle était sereine, maîtresse d'elle-même et portait à la main ce qui ressemblait à une sacoche de médecin avec un fermoir en laiton. Elle s'est avancée d'un pas et m'a saisie par les épaules pour m'inspecter de haut en bas.

« Ada, il faut qu'on parle », ai-je annoncé.

J'avais répété mon laïus. J'étais furieuse qu'elle ne m'ait pas dit que monsieur E. avait été fiancé à notre mère et qu'elle-même le connaissait depuis leur jeunesse. Mais je n'ai pas réussi à rester fâchée très longtemps car, sous son chapeau de paille, Ada avait attaché ses cheveux en un chignon flou sur la nuque, comme le faisait notre mère. Elle m'a serrée dans ses bras avant de pratiquement me bousculer pour s'engager au pas de charge dans l'escalier. Je l'ai suivie jusque dans la cuisine, mais l'urgence que je ressentais quelques instants plus tôt de la mettre face à ses cachotteries s'était dissipée. Je l'ai regardée s'immobiliser devant le plan de travail pour examiner les outils que j'avais étalés là : un tamis, des cuillères et une spatule.

Elle a ouvert sa sacoche d'un geste vif et j'ai eu un bref aperçu de ce qu'elle contenait et qui ressemblait à un nécessaire d'apothicaire, avec ses rangées de fioles en verre fumé remplies de feuilles et de substances moussues, chacune ornée d'une étiquette blanche écrite en italien, avec la traduction à côté. L'index d'Ada s'est attardé sur celle estampillée *digitale/digitale pourprée*. Puis elle m'a tendu une rose rouge, que je n'avais pas remarquée jusque-là et, sans un mot, elle a descendu de leur étagère le mortier et le pilon de Maman. Elle a extrait de son sac un petit flacon de chlorophylle et s'est rendue à la fenêtre scruter l'aire de chargement avant d'ordonner : « En bas. On y va.

— De quoi as-tu besoin ? »

Elle ne m'a pas répondu, se contentant de me lancer un regard direct qui ne souffrait aucune contestation.

« De la terre », a-t-elle fini par dire en tendant sa main en coupe.

Mon gros pot de basilic aurait eu besoin d'un bon arrosage, aussi l'ai-je plutôt conduite côté rue où, sur le trottoir ensoleillé et après avoir vérifié que personne ne nous surveillait, je lui ai indiqué la jardinière de Ruth. Sans hésiter, Ada a plongé les mains dans un bouquet de géraniums rouges pour en extraire deux belles poignées de terreau.

De retour dans la cuisine, elle a rempli une tasse d'eau puis m'a fait signe de passer au salon. Son regard a glissé vers la bouteille de vin entamée que je gardais sur le vaisselier et qui trahissait mon habitude quotidienne. Je m'attendais à une réprimande, mais elle s'est contentée de déboucher la bouteille pour verser une infime quantité de liquide dans un petit bol en verre.

« Assise, Marie. »

Ada s'est agenouillée par terre, face à moi. Sur un morceau de papier, elle a dessiné un symbole.

« Qu'est-ce que c'est ?

— Une digitale. » Elle s'est levée, a disparu brièvement dans la cuisine et en est revenue avec la rose, qu'elle s'est mise à effeuiller pétale après pétale pour les disposer en triangle autour du dessin, tout en m'ordonnant de regarder attentivement ce qu'elle était en train de faire. Une fois tous les pétales en place, elle s'est mise à parler en italien :

« *Presentarmi a questo spirito.* » Elle a débité le reste à une telle vitesse que j'ai aussitôt perdu le fil. Elle a posé le mortier et le pilon à côté d'elle, tout en continuant à taper en rythme et à réciter sa liste :

Seme (graine)
Germoglio (germe)
Radice (racine)
Foglia (feuille)
Fiore (fleur)
Frutta (fruit)

Je n'ai reconnu que quelques mots : *fiore*, *frutta*, *seme*. Et devant cette démonstration des vieilles superstitions païennes d'Ada, j'ai imaginé Maman s'écriant : *Da da da fortuna ! Va-t'en. Tu portes malheur.*

Elle a levé le mortier et l'a passé au-dessus du dessin. Dans la tasse d'eau, elle a ajouté trois gouttes de vin à l'aide d'une pipette qu'elle avait tirée de sa sacoche. Puis elle a trempé le pilon dans l'eau et en a frotté le bord du mortier en disant : « Esprit de la digitale, rejoins-nous. Je te libère. Maintenant ! »

« Marie ! a-t-elle chuchoté avec une telle urgence que j'en ai sursauté. Tu veux quoi ? »

Elle tenait son beau visage à quelques centimètres du mien. Elle m'a fait penser à la Befana, la sorcière au balai, lorsqu'elle a brandi vers moi son long index : « Tu veux ? Pas trop de mots ! »

Contrainte de réfléchir vite, j'ai balbutié : « Je veux… » Elle a opiné pour m'encourager à poursuivre, et mon vœu est sorti tout seul : « Je veux que ma fille hérite du magasin. »

Elle a saisi le papier et en a recouvert le mortier, avant de poser le pilon dessus. Le poids de la pierre a creusé la feuille, dessinant une cavité comme dans une pâte fripée attendant sa garniture. Ada a fermé les paupières. *Comment n'avais-je pas remarqué plus tôt qu'elles avaient les mêmes mains ?*

« Tu laisses ça, a-t-elle ordonné en désignant la construction sur le parquet. Vingt-quatre heures. Puis verse l'eau. Le papier doit boire. Fais une boule comme ça. Serre. Fais forme ronde. Puis enterre dans la terre. Nettoie ça. » Elle a désigné le pilon et le mortier. « Je pars maintenant. »

J'ai fait mine de répliquer, mais elle a levé la main : « C'est fait », a-t-elle conclu en ramassant ses affaires.

Soudain prise d'une grande fatigue, je l'ai reconduite au rez-de-chaussée. Puis, à peine la porte refermée derrière elle, j'ai tout oublié. En retournant au salon et en voyant l'autel, j'ai alors reçu ce que le texte de sainte Thérèse d'Avila appelle le don des larmes. D'après mon éducation dans une école catholique, j'en avais compris que lorsque Dieu nous donne les larmes, il nous offre en réalité le don des larmes, si bien qu'il ne faut jamais s'excuser de pleurer. Et même si je n'ai pas fondu en sanglots, j'ai ressenti en cet instant un incommensurable soulagement, une allégresse indescriptible qui n'a duré qu'une fraction de seconde.

Ayant retrouvé ma force et mon énergie, je suis retournée dans la cuisine mettre en route une nouvelle fournée de *cupcakes*, j'ai fouetté infatigablement la crème et mélangé les ingrédients en une pâte incroyablement homogène. Mon vieux four a même réussi à maintenir une température constante et, contrairement à d'habitude, la condensation ne s'est pas accumulée sur la fenêtre de la cuisine. J'avais accueilli chez moi une étrangère, une femme dont j'ignorais encore tout mais qui, elle, me connaissait.

40

J'étais léthargique, totalement dépourvue d'énergie, et j'avais l'impression que mes seins étaient sur le point de faire craquer ma robe. Mais malgré mon état, je me suis traînée jusque chez Ferrara car j'avais besoin de farine, et c'est là que j'ai aperçu Mme Romasello. Maman et elle n'avaient jamais été amies. Carmela la jugeait ignorante, médisante et sans pitié. Mme Romasello a jeté un coup d'œil dans ma direction avant de se détourner abruptement et de disparaître. Alors je me suis dit : *Viola est au courant. Elle voit bien que j'ai pris du poids et meurt d'impatience d'aller le rapporter à ses amies.* Je savais qu'elle parlait dans mon dos et qu'elle saisirait toutes les occasions qui se présenteraient de dire du mal de moi. Mais je me moquais bien de ce qu'elle ou les autres pouvaient bien penser. Je n'avais pas l'énergie de m'inquiéter de leur avis. J'avais trop à faire. J'aurais pu m'enfuir à toutes jambes ou bien la rattraper pour la forcer à me saluer. Au lieu de quoi j'ai terminé de faire mes courses et suis sortie d'un pas alerte, chargée de mon sac lourd, en prenant soin de ne regarder ni à droite ni à gauche, au cas où quelqu'un m'aurait espionnée. C'est alors que j'ai remarqué le nuage noir en train de se former. Comme j'adorais les orages électriques, j'ai appelé de mes vœux les éclairs, la foudre fracassante et le plaisir de cette libération.

J'étais presque arrivée devant ma porte lorsque j'ai vu la berline des Ashworth s'immobiliser devant la Papeterie de Dan. Un instant plus tard, Priscilla Ashworth est descendue de voiture. Elle a marqué une pause et a adressé un vague sourire dans ma direction. J'étais certaine qu'elle ne m'avait pas reconnue, pourtant j'ai subitement ressenti un lien entre nous, celui unissant deux femmes qui partagent le même homme. Plus tard dans l'après-midi, pliée en deux sur mon lit après avoir vomi tout ce que j'avais dans le ventre, j'ai fini par me lever pour appeler Ruth.

« Tu peux passer me voir ? » J'avais besoin qu'elle me prenne dans ses bras comme l'avait fait Maman toutes les fois que mon imagination débordante s'était inventé des soucis. Cette fois-ci, la peur était bien réelle. J'avais franchi une limite.

« J'arrive tout de suite. »

Nous nous sommes assises à la table de la cuisine, et mes nerfs ont lâché. « Je me sens tellement mal, Ruth. Ça fait des semaines. Je n'ai aucune énergie. Et je vomis – pas seulement le matin, même si c'est pire au réveil.

— Tu penses que tu pourrais être… ?

— Peut-être. »

Elle m'a dévisagée avec une telle intensité que j'ai fondu en larmes.

« Comment vous êtes-vous protégés ?

— Protégés ? Il a… »

Elle me fixait patiemment, attendant la suite.

« Des capotes anglaises.

— Je vois.

— Mais pas systématiquement. Tu sais, je compte les jours. Et une fois ou deux – je déteste ça –, je me suis lavée à l'intérieur avec du Lysol. Bien dilué.

— Très bien, tu vas m'écouter. » Elle a posé ses mains sur les miennes. « Tout va bien. Prends ton temps et raconte-moi tout. »

À délivrer à voix haute ce que j'avais visualisé si souvent – un scandale que la ville tout entière découvrirait sous peu –, je suis devenue extrêmement agitée. J'étais persuadée que les clients ne passaient que pour me lorgner car ils achetaient rarement quoi que ce soit. Les amies de Maman et leurs filles, qui autrefois venaient s'offrir un rouge à lèvres ou un éventail, chercher des fournitures scolaires ou des torchons, ne se montraient plus. Était-ce dû à la crise économique, au comportement de Gino ou à ma propre transgression ? C'était un miracle que le téléphone continue à sonner et les commandes de gâteaux à tomber, mais combien de temps cela durerait-il encore ?

« Il est au courant ?

— Pas encore.

— Et tu es allée à New York.

— Comment le sais-tu ?

— C'est Sammy qui me l'a dit.

— Quand ?

— Ce soir-là… » Elle a marqué une pause et a baissé les yeux. Elle parlait évidemment du soir où Gino avait jeté un baril de clous à travers leur vitrine. J'ai failli m'excuser de nouveau, mais je savais que Ruth ne voulait plus qu'on aborde le sujet.

« Sammy t'a dit que j'étais avec Beppe ?

— Beppe ?

— Joseph Ashworth. Je l'appelle Beppe.

— Oh. » Ruth a souri. « Où êtes-vous allés, à New York… avec Beppe ?

— À l'Exposition universelle. C'était tellement merveilleux, Ruth. »

Elle est demeurée silencieuse une minute entière. « Et maintenant ?

— Je n'en sais rien ! » me suis-je écriée, au moment où une rafale venait secouer le chambranle de la fenêtre. C'était à n'en pas douter un *folletto*, un coup de vent dont tout le monde savait que c'était un esprit qui avait pour habitude de surgir au beau milieu des crises, surtout lorsqu'elles avaient trait au sexe.

« Tu devrais voir un médecin, a-t-elle recommandé. Tu l'as fait ?

— Non.

— Je peux t'accompagner. » Elle s'est levée pour préparer le thé. « J'en connais un. À Roseview.

— Je crois que la mère d'Angie le connaît aussi.

— Voilà qui est intéressant, a gloussé Ruth d'un air cynique.

— C'est un de ces médecins-*là* ?

— À moins que la grossesse ne soit trop avancée, mais ça ne semble pas être le cas. Lui saura te dire. Pas question d'aller voir Agnoli, ici en ville.

— Mon Dieu, non ! »

Elle a planté son regard dans le mien. « J'ai vécu ça, une fois. Ce n'était pas le bon moment. Pas le bon homme. »

Qui était cet homme, et pourquoi n'avait-elle pas pu avoir son bébé ? Était-ce avant Gersh ? Les questions se bousculaient dans mon esprit.

« Tu ne voulais pas d'enfants ?

— Si. Mais pas avec cet homme. Avec Gersh. Mais on n'y est pas arrivés.

— Et tu as regretté, tu sais… l'autre ?

— Non. Jamais. » Je voyais bien qu'elle ne souhaitait pas s'étendre sur le sujet. « Je vais me renseigner, pour le médecin. Je pourrai t'y emmener. Tu as des amis, dans cette ville, Marie.

— Toi aussi. »

Nous nous sommes pris les mains. J'ai envisagé un instant de lui parler de la visite d'Ada, mais l'émotion était trop forte. Ruth m'a caressé les cheveux comme si j'étais sa fille. Sitôt qu'elle est repartie, je suis montée dans l'ex-voto et j'ai descendu le *Materia medica* de Maman de son étagère. Plutôt que d'aller voir un de ces médecins, il serait bien plus pratique de boire des tisanes chez moi. Je me suis représenté les plantes se mélangeant entre mes doigts. La décoction serait amère, mais j'étais déterminée.

41

Je t'en prie, Maman, aide-moi.

Tout en murmurant ces paroles, assise dans la petite pièce où je conservais ses affaires, je sentais la chaleur de ses bras autour de moi. L'unique fenêtre de l'ex-voto était très haute dans le mur et, avec l'orage qui approchait, on aurait dit que la pièce était suspendue dans un autre monde. En tailleur par terre, j'ai contemplé les cimes des arbres d'Orchard Street qui se pliaient et se balançaient furieusement. En temps normal, j'ouvrais le *Materia medica* et le feuilletais au hasard, mais aujourd'hui, après plusieurs essais, et n'ayant récolté que des remèdes contre les aigreurs d'estomac, les rhumatismes et les verrues, je suis allée consulter l'index en quête d'abortifs.

J'ai lu les articles consacrés à diverses plantes réputées efficaces : menthe pouliot, actée à grappes bleues, gossypium, herbe à cent goûts, et même persil. Je n'avais pas encore de plan précis, j'ignorais même quelles étaient réellement mes intentions. J'ai refermé le livre, ai glissé son dos entre mes jambes et l'ai laissé se rouvrir à sa guise, à une page marquée par un fin ruban bleu. Jusqu'à ce jour, je n'avais jamais fait attention à ce marque-page improvisé, mais en l'inspectant j'ai vu qu'il s'agissait d'une de ces attaches que l'on ajoute à l'intérieur d'un corsage pour qu'il ne glisse pas de son cintre. *Maman, de laquelle de tes robes provient-il ? Étais-tu tombée enceinte sans que nous le sachions ?* La page traitait spécifiquement de l'herbe à cent goûts, ou armoise commune, sa « plante mère ».

Dans la lumière blafarde, le ruban entre mes doigts, j'ai invoqué ma mère. Tout comme Bernadette plissant les paupières devant l'apparition soudaine de la Sainte Vierge tout auréolée d'un éclat bleu et argent, j'ai senti mes yeux s'embuer tandis que j'appelais ma mère à intervenir. Je me suis roulée en boule près du livre et me suis assoupie.

Je dormais tant. Le sommeil me saisissait de sa main douce mais impérieuse plusieurs fois dans la journée, alors que la nuit je retrouvais un second souffle. Le Five&Ten était un lieu charmant, une fois que tout le monde était rentré se coucher, un lieu chargé d'histoire, de temps et d'attention. J'ai rêvé de ma mère penchée sur le comptoir des friandises, le sourire aux lèvres face aux petits dont les yeux s'écarquillaient à la vue de ces grandes bonbonnières transparentes remplies de couleurs et de sucre. Et en cet instant, je l'ai entendue dire dans mon sommeil : « *Tiens, reprends-en un.* »

42

Ma cuisine était une véritable étuve. Non seulement je travaillais plus dur, mais j'avais à peine le temps de me coiffer, ou de reprendre mes robes à la taille à mesure que je m'élargissais. J'étais épuisée en permanence, et pourtant j'avais le rose aux joues, comme si j'avais trop bu de vin. En me regardant, personne n'aurait pu soupçonner le tourment qui me torturait.

Jamais on n'avait connu de mois de septembre aussi chaud. En général, les ventes de pâtisseries s'interrompaient net à la rentrée scolaire, mais cette année le téléphone n'arrêtait pas de sonner. Rien que pour cette semaine, j'avais déjà deux commandes. Assise dans la boutique, je regardais tourner le ventilateur paresseux fixé au plafond. Au moment de pivoter il émettait un lent crissement avant de se redresser et de repartir pour une rotation, encore et encore, tandis que les minutes s'écoulaient interminablement. Je suis allée me réfugier dans la réserve pour nettoyer le bazar de Kenny. Il réussissait toujours à laisser traîner de la ficelle ou des copeaux d'emballage sur le sol, que je fourrais dans un carton vide avec un petit mot à son attention : *J'ai balayé tes saletés. Maintenant tu peux faire le reste.*

En retournant dans le magasin, j'ai aperçu une silhouette de femme, à l'extérieur. J'ai d'abord cru qu'elle faisait du lèche-vitrines. Penchée en avant, sa main gantée en coupe au-dessus de ses yeux pour les protéger du soleil, elle contemplait mes articles. Qui portait des gants par une chaleur pareille ? En outre, il était impossible de voir clairement à l'intérieur, à cause du film jaune que j'avais installé pour tamiser la lumière. C'est alors que je l'ai reconnue. Me voyait-elle aussi distinctement que je la voyais ? *Pourquoi ne pas entrer*, ai-je pensé, *histoire que nous discutions ?* Mais Priscilla Ashworth est restée debout là pendant quelques secondes avant de tourner subitement les talons et de disparaître.

Mme Bellafiore, que j'avais toujours plaisir à voir, est entrée en soufflant et a déposé sa lourde sacoche sur le comptoir avec un bon sourire. J'aimais beaucoup Mme Bellafiore, d'autant plus peut-être qu'elle m'avait sévèrement mise en garde au sujet de Gino. À l'époque, ses paroles m'avaient paru dures, mais quelques jours plus tard mon frère saccageait la vitrine des Oletsky.

« Je me suis dit que j'allais t'apporter ça. » Elle était aussi directe que Maman.

« Ils sont magnifiques, madame Bellafiore. Combien les vendez-vous ? » J'espérais qu'elle comprendrait à demi-mot que je ne pourrais lui faire aucune avance.

« Oh, je ne veux rien du tout, a-t-elle rétorqué, avant d'ajouter, en me prenant vivement la main : la femme de Louie est enceinte. »

C'était donc sa façon de me payer. *Mon Dieu*, ai-je pensé, *le vieux Louie Bellafiore y est arrivé, et il aura suffi d'un de mes gâteaux.* J'ai fait le tour du comptoir pour venir l'enlacer. « C'est une bonne nouvelle. Mais je ne peux pas accepter ce cadeau. J'aimerais beaucoup les vendre ici. Mais alors vous serez payée.

— Il n'en est pas question. » Ses yeux se sont embués.

« Je vous en prie, ne pleurez pas. »

J'ai été prise d'une nausée, et elle n'a pas manqué de le remarquer. Elle a tendu la main pour me soutenir. « Ne t'inquiète pas, Marie. Et tiens-moi au courant », a-t-elle conclu en désignant les napperons.

Je les ai exposés près de la pile de linge de maison. C'était agréable de pouvoir mettre à cet endroit une touche de couleur vive. Et aussi d'avoir une tâche précise à accomplir qui me ferait oublier, ne fût-ce que quelques minutes, la vision de Priscilla Ashworth.

Lorsque Kenny est rentré de sa pause déjeuner, je suis montée me reposer, mais le téléphone m'a aussitôt dérangée. Sans prendre la peine de dire bonjour, Mme Vitolo est allée droit au but. « Marie, crois-tu que tu aies des pouvoirs spéciaux ? Comme de faire advenir une chose que tu souhaites ? »

La pointe de scepticisme dans sa voix ne m'a pas échappé. Comme bon nombre d'Italiennes de ma connaissance, elle savait jouer les mégères. Et quand bien même j'aurais eu des pouvoirs magiques, elle remettait en question ma légitimité. Et pourtant, dans le même temps, elle avait envie d'y croire. C'était comme si j'étais Bernadette dans sa grotte et que j'avais le culot d'affirmer avoir vu la Vierge.

« Non, madame Vitolo, je ne crois pas avoir de pouvoirs spéciaux. » *Si tel était le cas et que je savais faire advenir les choses à ma guise, à l'heure qu'il est j'aurais un magasin flambant neuf et une file d'attente de cinquante mètres devant l'entrée, mon amant quitterait sa femme, Sammy et Gloria viendraient vivre et travailler avec moi, et je virerais Kenny.*

« Il est guéri, tu sais. »

Cette fois, plus la moindre trace de scepticisme. Le médecin de Jimmy n'était plus aussi certain qu'il eût une maladie cardiaque. Il pensait finalement qu'il s'agissait d'une simple poussée de croissance. Il s'était écoulé un an depuis que Mme Vitolo avait passé sa première commande, et son fils allait mieux.

« Je suis tellement contente, ai-je dit.

— C'est toi qui as fait ça, Marie.

— C'est juste un coup de chance, madame Vitolo. »

Nous avons raccroché et je venais enfin de m'asseoir quand le téléphone a sonné de nouveau. C'était Beppe, et il voulait que l'on se voie.

« Marie, il faut qu'on parle… » J'entendais à sa voix qu'il souriait. Il essayait de prendre l'air de rien, mais je devinais qu'il avait quelque chose en tête.

« Je ne peux pas », ai-je rétorqué.

Était-ce à propos du prêt ? Nous n'avions plus abordé le sujet depuis notre dispute, lorsqu'il avait clairement dit que le comportement de Gino était rédhibitoire. Sans les livraisons de sucre et l'argent que me donnait monsieur E. pour l'autoriser à utiliser mon aire de chargement, j'aurais déjà dû fermer boutique. Heureusement, mon commerce de gâteaux était florissant. Beppe n'ignorait pas que j'avais toujours besoin de cet argent. *Tu ferais bien de surveiller ce que tu dis. Je ne suis pas d'humeur.*

« Je suis seule au magasin, ai-je expliqué.

— Où est Kenny ?

— Il n'est pas là. Et j'attends une livraison. »

Loretta s'était salement coupée en émincant des légumes. Elle allait bien mais était sous le choc et Kenny avait dû rentrer. En outre, j'étais contrariée de ne pas avoir d'horaire précis pour l'arrivée de la cargaison. Mais Beppe a insisté, aussi ai-je fait une chose que je n'avais jamais envisagée auparavant : j'ai mis un panneau sur la porte disant que je serais de retour dans une heure.

Le long de Bellevue Avenue, le doux bruissement des frondaisons des chênes dans la brise tiède m'a apaisée. Pourtant dans le feuillage pointaient déjà les teintes de l'automne et j'étais d'humeur chagrine. Je me demandais s'il fallait parler d'Ada à Beppe. Je comptais le remercier pour les articles qu'il avait achetés pour le magasin, et le nouveau batteur pour mes gâteaux. Je me suis juré de ne pas parler de l'apparition de sa femme devant ma vitrine. Ni de ma grossesse – du moins, pas encore.

À mon arrivée, il était déjà là. Il s'est levé subitement, et sur son visage j'ai lu qu'il s'était passé quelque chose depuis son coup de téléphone. Sa réaction m'a rappelé la dernière fois, quand Gino s'était battu et avait attaqué les Oletsky. Cet homme convenable, qui faisait grand cas de la politesse et de la bienséance, ne pouvait dissimuler ses sentiments que jusqu'au moment où il me voyait apparaître devant lui.

« Pourquoi, Marie ? Je ne comprends pas. Pourquoi quiconque éprouve-t-il encore le besoin de fabriquer de l'alcool illégal, puisque c'est désormais *légal* ? » Il a écarté les bras sur le côté en signe d'impuissance, et il a haussé le ton comme s'il réprimandait une classe de demeurés. « Le jeu n'en vaut pas la chandelle.

— Pourquoi ? Eh bien voyons voir… Pour l'argent ?

— C'est illégal, Marie.

— Je ne sais jamais ce que contiennent ces camions, me suis-je empressée d'ajouter, ce qui n'était pas tout à fait la vérité. Je ne fais que conduire pour monsieur E…

— Tu as transporté le sucre *toi-même* ? »

Il m'est passé devant pour rejoindre la cuisine. Je l'ai entendu se servir un verre d'eau. Puis il a juré et a claqué la porte du placard. Il est revenu avec une bouteille de whisky et deux verres.

« Je n'en veux pas, ai-je dit.

— Ça te calmera.

— C'est toi qui as besoin de te calmer. »

Sans un regard pour moi, il s'est servi un double whisky et en a avalé une gorgée. Il respirait vite. Une minute s'est écoulée en silence. L'alcool le détendait peut-être, mais pour ma part j'étais furieuse.

« Pourquoi ne me demandes-tu pas comment je pourrais m'en sortir sans ma commission hebdomadaire ?

— Ta *commission* ? Quelle commission ? Alors tu prends l'argent de bootleggers sordides ? Quel autre délit prévois-tu ensuite ?

— Un délit ? Comment oses-tu m'accuser d'une chose pareille ? Qu'ont fait ces banquiers, pour que certains sautent par la fenêtre ? ou tirent sur leurs associés ? Que se passait-il, là-bas ? » Enivrée par ma propre bravade, j'ai poursuivi de plus belle. « T'es-tu retrouvé forcé de renvoyer un domestique ? d'annuler des réceptions ou des commandes de soupe pour trente ? Tu dois te passer de chauffeur ? Parce que si tel est le cas, je n'ai rien remarqué. »

Il a posé son verre. Nous nous faisions face. Il s'est avancé vers moi dans l'intention de m'enlacer, mais je me suis écartée. Cet incident ne se réglerait pas par des caresses, des promesses ou des larmes. Et certainement pas sur l'oreiller.

« Je suis enceinte. »

J'entendais les pépiements des oiseaux et le ronron assourdi des voitures dans la rue en contrebas. Dans son coin, le ventilateur haletait plus bruyamment que d'habitude, et mon cœur pulsait dans mes oreilles. Je me sentais débordée et, en même temps, tous mes sens étaient comme aiguisés. Mais rester debout était une torture, aussi me suis-je assise à cette horrible table ronde, particulièrement lugubre sans fleurs pour la décorer. J'ai posé la tête sur mon avant-bras et, les paupières mi-closes, j'ai examiné la pièce.

« Tu en es sûre ? » a-t-il demandé d'une voix particulièrement douce.

Lentement, je me suis redressée. « Oui. J'en suis sûre.

— Tu as vu un médecin ?

— Non.

— Eh bien. » Il a sorti un mouchoir de sa poche et s'est essuyé le visage. « Marie… »

Nous avions toujours su que cela pourrait arriver. Lorsque après l'amour, allongés sur le lit, nous discutions de nos vies – sans envisager un avenir, mais en nous berçant discrètement d'illusions –, avais-je été trop naïve de croire qu'un jour nous pourrions vivre ensemble ? Qu'exprimaient ces rendez-vous clandestins, cette passion et cette sensualité, sinon une forme d'attachement ? Admettrait-il au moins qu'un bébé avait toujours été une possibilité ? Comment pouvait-il être surpris ?

Il a vidé son verre d'un trait, puis s'est assis et a enfoui son visage dans ses mains.

« Priscilla était enceinte. C'est d'ailleurs *pour ça* qu'on s'est mariés. On était amoureux. Puis ça nous a passé. Et elle a perdu le bébé. » Il paraissait en colère. « Et maintenant, elle ne peut plus avoir d'enfants. Crois-moi, j'ai souvent pensé à tout lui dire… à propos de nous. » Il a cherché mon regard comme si la réponse à tout s'y trouvait. « Comment lui dire ? » Il avait les larmes aux yeux. « Comment dit-on : "Écoute, ce qui n'est pas possible avec toi, je l'ai avec quelqu'un d'autre" ? »

J'étais totalement démunie. Il y avait de longues pauses entre les phrases, et je tombais dans chacune comme dans un abîme sans fond.

« Je n'attends pas de toi que tu me répondes. Ni que tu résolves la situation. C'est ma responsabilité. Je le sais.

— Alors quitte-la et vis avec moi ! »

Les mots étaient sortis tout seuls. J'étais tendue vers lui comme un arc, comme si je pouvais influencer sa décision. Mais il m'a adressé ce regard compatissant que je détestais, comme s'il ne pouvait exprimer son amour autrement qu'en étant désolé pour moi. Alors que ce qui en réalité le désolait, c'était l'inconséquence de ses propres actes, d'avoir tout d'abord mis son mariage en péril, puis d'avoir été incapable de prendre en main notre situation.

Étais-je censée me comporter comme ces femmes dans les films que je méprisais ? comme cette héroïne, pauvre et avilie, qui s'en remet corps et âme à son amant ? qui, au lieu d'être pleinement cette femme forte qu'elle sent vibrer en elle, prend des décisions fondées sur la honte et le besoin de se cacher ?

« Marie. Il faut que tu sois patiente. »

On aurait dit qu'il s'adressait à une enfant à qui il n'estimerait pas devoir une véritable explication.

« Ta femme est venue au magasin, aujourd'hui. »

Il s'est levé. « Qu'a-t-elle dit ? Tu lui as raconté quelque chose ?

— Que voudrais-tu que je lui raconte ?

— Tu me le dirais ?

— Évidemment. Elle n'est pas entrée. Elle était dehors, à regarder à travers la vitrine.

— C'est ridicule.

— Tu sous-entends que je mens ?

— Non. Simplement que ça ne lui ressemble pas. »

C'était presque grisant, cette montée en puissance. Il n'avait pas vraiment l'air triste, plutôt perplexe. Peut-être l'aimait-il toujours. Peut-être nous aimait-il toutes les deux.

« Ce n'est pas une bonne chose ? » J'avais la voix étranglée par l'émotion.

« Marie, calme-toi.

— C'est tout ce que tu as à répondre ? » J'ai planté mon regard dans le sien. « Je ne sais pas si je le veux.

— Si tu veux quoi ?

— Le bébé.

— C'est mon bébé, a-t-il rétorqué.

— Non, Beppe. Pas le tien. Le mien. Si je décide de le garder. »

Qu'espérait-il donc ? Que je resterais assise là à tricoter gentiment ?

« Mais de quoi parles-tu, au nom du ciel ? Il faut que je réfléchisse, Marie. S'il te plaît. Discutons-en quand nous serons calmés.

— Je suis parfaitement calme. Tu n'as aucune idée de la honte que ça représente, me suis-je écriée. La ville tout entière est une menace. Je regarde autour de moi en me demandant : "Qui parle dans mon dos ? Qui boycottera la boutique ?" C'est la ville qui décide si je mange ou non. Tu n'imagines pas. »

J'avais en horreur ce ton suppliant, ce cliché de l'autre femme. Je savais que je paraissais déraisonnable, mais son air paniqué me réjouissait, son étonnement innocent et totalement décalé.

« Je sais qu'on ne peut pas continuer comme ça », a-t-il conclu.

Le destin se jouait de lui, le garçon privilégié élevé dans l'idée que tout a un sens et est pour le mieux. La vie n'était-elle pas magnifique ? Une fois accomplis les rites de passage obligés, la voiture le jour de ses dix-huit ans, le bordel à vingt, la voie lui était toute tracée. Tel un somnambule, il n'avait qu'à poser un pied devant l'autre.

J'ai ramassé mes affaires.

« Marie, s'il te plaît, attends. Il faut qu'on parle.

— Quand tu seras prêt », ai-je répliqué avant de quitter l'appartement.

Je suis rentrée comme un automate, sans rien voir ni entendre, et chaque battement de mon cœur résonnait comme une urgence.

43

J'avais besoin de me changer les idées, ou bien j'allais céder au désespoir : cela faisait trois jours, et je n'avais toujours aucune nouvelle. Comme nous étions mercredi, j'ai décidé d'aller au cinéma. Je gardais l'espoir de compléter mon service. Il ne me manquait que trois assiettes plates et deux soucoupes à pain pour être équipée pour six personnes.

Pour un mercredi soir, la salle était étonnamment remplie de jeunes gens apparemment venus en amoureux, aussi ai-je fait comme si j'étais une jeune fille sans attaches qui retrouvait des amis au cinéma. Je me suis placée dans la file et, quand est arrivé mon tour, je me suis approchée du guichet pour prendre mon assiette, mais on m'a tendu une tasse et sa soucoupe.

« Qu'est-ce que c'est que ça ?

— On est à court d'assiettes. Désolée. C'est tout ce qu'on a.

— Je suis ici pour avoir mon assiette.

— Je suis désolée, a répété l'ouvreuse.

— Eh bien, je ne veux pas de ça », ai-je décrété en lui rendant sa vaisselle.

Derrière moi, une femme a soupiré et j'ai fait volte-face, prête à compatir tant j'étais persuadée qu'elle aussi voulait son assiette, mais à son expression j'ai compris qu'elle s'agaçait que je ne me contente pas de ce qu'on me donnait.

« Qu'est-ce que vous regardez ? » ai-je aboyé. Je me suis à nouveau tournée vers le guichet. « Vous pouvez les garder.

— Quelle grossièreté ! » s'est indigné quelqu'un dans la queue. Les gens me dévisageaient. J'ai eu l'impression que les murs se rapprochaient et que l'air devenait suffocant. Je me dirigeais au pas de charge vers la sortie lorsque je suis tombée sur Angie et Bobby Cavuto.

« Marie ! Tu pars déjà ?

— Il fait trop chaud, ai-je prétexté en regardant autour de moi et en m'éventant avec un programme.

— Tu te sens bien ?

— Très bien. Je crois que j'ai attrapé une saleté dans l'œil », ai-je menti, craignant qu'elle s'aperçoive que je pleurais. Je me suis mise à tirer ostensiblement sur mes cils.

« Ces films de série B ne sont pas très bons, s'est plainte Angie. On voulait juste sortir un peu après un gros déjeuner chez la mère de Bobby. N'est-ce pas, Bobby ? » Elle lui a donné un petit coup de coude affectueux.

Bobby Cavuto avait presque dix ans de plus que nous. Il ressemblait déjà à un vieillard et sa silhouette massive s'épaississait, déformée par la cuisine de sa mère qui détruisait à petit feu sa carrure d'ancien défenseur. Sous peu, il serait énorme.

« Regarde ! » s'est exclamée Angie en tendant sa main gauche.

Bobby a désigné la bague pour bien souligner qu'il était le noble acquéreur de cette merveille étincelante.

« On est fiancés ! » est-elle montée dans les aigus, faisant se retourner les gens autour d'elle. « C'est une taille en poire, a-t-elle précisé.

— Félicitations. »

J'avais devant moi ma plus vieille camarade de classe avec son trophée, un homme ayant les moyens de lui acheter des cadeaux, de lui assurer une vie aussi lisse que possible. Je me suis dit qu'en me regardant elle ne devait voir qu'une existence tragique. La pauvre Marie, avec son magasin sur les épaules, tous ces hommes à manipuler avec habileté, et ces soucis d'argent permanents.

Angie a rejeté en arrière son épaisse chevelure et a roulé les yeux de manière théâtrale : « On a passé la matinée à acheter des meubles, pas vrai, Bobby ? Il aime les meubles confortables. Alors c'est ça qu'on prend. » Elle a haussé les épaules comme pour dire : *Chacun sa croix*.

Je l'ai serrée dans mes bras en lui chuchotant : « Il faut que j'y aille.

— Non, reste. Viens avec nous. Allez, quoi.

— J'adorerais, mais je ne peux pas. »

Une fois rentrée, je me suis assise au salon pour contempler le crépuscule mauve. J'ai retardé le plus possible le moment de tirer les rideaux et d'allumer les lampes. J'ai fini par me lever pour aller mettre de l'eau à chauffer pour le thé et, en revenant dans la pièce plongée dans le silence et la pénombre naissante, j'ai senti une présence. J'ai d'abord cru ou espéré que c'était Sammy, le sachant toutefois à Camden avec Gloria. J'ai guetté le bruit de sa porte qui s'ouvrait, son pas traînant jusqu'à la salle de bains ou la cuisine et, réel ou imaginaire, ce bruit m'a réconfortée. Mais en parcourant la pièce du regard, je n'ai vu que les vieux meubles, les napperons de ma mère sur les accoudoirs élimés et le vaisselier fraîchement épousseté, tout esseulé sans son saladier.

Je suis retournée à la cuisine prendre la petite enveloppe d'armoise. *Comment la moudre ? Et comment masquer l'amertume et la texture grumeleuse ? Maman, où es-tu ?* Elle était dans l'ex-voto, allongée par terre près de son *Materia medica*, son grimoire en cuir usé dont les coins se desséchaient. Elle était dans la pile de chandails et dans les livres. Elle était partout. J'ai senti des bras m'entourer et, dans un élan indescriptible, j'ai lâché mes cuillères à mesurer, qui ont heurté le carrelage dans un fracas métallique. Guidée par une force singulière, j'ai vidé tout le contenu de l'enveloppe dans une théière d'infusion de menthe poivrée.

La veille, Ruth m'avait annoncé avec nonchalance que le médecin de Roseview ne recevait plus de patients. Elle avait hésité à m'en informer et s'était étonnée que je le prenne si bien. Elle m'avait assuré que, même s'il fallait aller jusqu'à Philadelphie ou New York, elle me trouverait quelqu'un.

Élever un enfant seule, qui plus est sans avoir de quoi le nourrir, c'était un peu comme vouloir confectionner un gâteau sans ingrédients, tenir un magasin sans stock, ou bien mettre à manger sur la table sans un sou. J'avais déjà passé trop de temps dans ma jeune vie à faire tout cela. Seule, livrée en pâture à la ville, je me ferais ostraciser.

J'ai avalé une gorgée d'infusion et, l'arrière-goût légèrement amer encore en bouche, je suis montée dans l'ex-voto vérifier une nouvelle fois les instructions. Le *Materia medica* s'est ouvert à la même page. Selon un certain docteur Trotula de Salerne, l'herbe à cent goûts était l'antidote de choix du « fruit de l'amour », de même que sa plante mère, *Artemisia*, qui tirait son nom de la déesse de la fertilité, du mariage et de la naissance. Artémis était aussi connue pour être la protectrice des femmes et des enfants, et je ne voyais aucune contradiction dans tous ces rôles, qui dans mon esprit reflétaient à la perfection la complexité de la vie des femmes.

Le livre recommandait l'usage de l'armoise et de la menthe pouliot, mais je n'avais pas réussi à me procurer la seconde. Il fallait prendre l'infusion trois fois par jour pendant cinq jours, pas un de plus, au risque de voir ses reins lâcher. J'ai repris une gorgée généreuse.

Je suis allée me coucher tôt et ai sombré dans un sommeil sans rêves.

Le lendemain matin, la nausée du réveil était plus forte et a persisté même après les vomissements. Je me sentais affaiblie, la vue trouble. Des formes flottaient dans ma vision périphérique. En descendant à la boutique, j'ai failli tomber dans l'escalier. Je devais produire d'énormes efforts pour garder les idées claires et il me semblait que les murs n'en finissaient pas de grandir, obstruant toute source de lumière. J'ai prévenu Kenny que je ne me sentais pas bien et suis remontée. Une fois allongée, je me suis aussitôt rendormie.

J'ai rêvé d'Ada. Elle poussait une brouette comme celle que Maman avait remplie de géraniums et placée devant le Five&Ten. Ada allait et venait sur le trottoir et, défiant la circulation dense, se mettait même à rouler sur la chaussée. À l'intérieur de la brouette se trouvait ce qui ressemblait à de la terre, mais je savais que c'étaient des plantes aromatiques. Et chaque fois qu'elle passait devant le magasin, je lui faisais signe et elle me répondait, son regard disait : *Veux-tu que j'entre ?* La scène se répétait plusieurs fois, puis le décor changeait. Ada se tenait devant le manoir au bord du lac. D'un geste, elle m'invitait à entrer. C'est là que le rêve s'est interrompu. En me réveillant, j'avais l'impression de ne pas avoir dormi du tout et d'avoir laissé une tâche inachevée.

Ruth est entrée en trombe dans ma chambre. « Marie ! Marie ! Réveille-toi ! Que se passe-t-il ?

— Rien. » J'ai levé les yeux vers elle et lui ai souri. J'ignorais pourquoi elle se trouvait là, et ce qui l'inquiétait tant. Je me suis demandé si je n'étais pas encore en train de dormir, si Ruth ne faisait pas partie de mon rêve. Mon corps s'est mis à grandir et à s'épaissir, ma poitrine à gonfler jusqu'à toucher mon menton. J'avais tout le corps gonflé comme un ballon de baudruche.

« Ça ne va pas. J'appelle le docteur Agnoli, a-t-elle décrété.

— Non. N'appelle personne.

— Si. » Sur ces paroles, elle a quitté ma chambre et je l'ai entendue composer un numéro, mais j'étais trop faible pour bouger ou pour protester. Lorsque j'ai rouvert les yeux, le docteur Agnoli et Ruth étaient tous deux penchés au-dessus de moi. J'ai demandé ce qui se passait.

Ruth s'est agenouillée et m'a pris la main. « Tu as dormi toute une journée, Marie. Tu as failli perdre le bébé », m'a-t-elle chuchoté à l'oreille.

Failli ?

Elle s'est encore rapprochée pour ajouter : « Il est venu.

— Qui ?

— Ashworth.

— Quand ça ?

— Hier soir.

— Que s'est-il passé ? » J'ai fait mine de me redresser, mais le docteur Agnoli a posé doucement sa paume en travers de ma poitrine.

« Repose-toi, Marie. Je reviendrai plus tard. »

Il m'a prescrit de rester alitée une semaine. J'ai passé tout le lendemain à dormir, avec une vague conscience de va-et-vient dans la pièce. Mais, le deuxième jour, je me sentais assez vaillante pour me lever. Mimi est venue déposer un plat de ragoût et m'a dit de ne pas me faire de souci. Elle faisait courir en ville la rumeur que j'avais un gros rhume. À Kenny, j'avais prétendu m'être pris les pieds dans un tapis et avoir fait une mauvaise chute.

Sammy était naturellement venu de Camden pour me veiller, assis pendant des heures à me tenir la main. Il m'avait fait du bouillon et du pain grillé, mais j'étais trop rompue de fatigue pour m'en souvenir. Mimi m'a fait remarquer à quel point il était beau, viril et heureux. Elle s'est réjouie qu'il se soit remis de ses blessures, et j'ai furtivement pensé à Gino.

Le troisième jour, j'ai eu un accès de délire. J'ai fait des rêves, entrecoupés de brefs réveils dans l'appartement anormalement silencieux. Quelques heures plus tard, je me suis sentie mieux, mais alors j'ai fondu en larmes, incapable de me contrôler. Sans demander mon reste, j'ai fini par me redresser dans mon lit. Mais au moment de me lever je suis restée interdite. Qu'y avait-il donc par terre ?

On aurait dit de minuscules graines, proprement alignées, comme si un oiseau très méticuleux avait mis la table pour sa famille nombreuse. Qui pouvait avoir fait cela ? Certainement pas Ruth. Elle ne croyait pas aux esprits et aurait tout ignoré des moyens de les repousser. Ce n'était pas non plus Mimi, même s'il me semblait qu'elle avait été la dernière à me rendre visite. Ni Sammy. Alors qui ? Je me suis remémoré Ada et sa brouette. Étais-je censée disposer les graines ainsi ? Étaient-ce même des graines ? Je me suis penchée pour les inspecter de plus près, et le parfum entêtant et sucré du clou de girofle m'a enveloppée. Faciliter la purification, l'amour, le désir et la sagesse faisait partie de ses propriétés, ainsi que prévenir les nausées et repousser les pensées négatives. Je me suis finalement décidée à les ramasser et bien m'en a pris, car une minute plus tard Ruth entrait dans la pièce. Elle trépignait de me raconter en détail la visite de Beppe.

« Comment a-t-il su qu'il devait venir ? ai-je demandé.

— C'est moi qui l'ai appelé. J'espère que j'ai bien fait.

— Le docteur Agnoli était ici en même temps que lui ?

— J'ai commencé par prévenir Agnoli. Et ensuite Ashworth, juste après son départ.

— À quel numéro ?

— Celui de la banque. Ne t'inquiète pas, j'ai inventé une histoire. J'ai dit que j'étais une cousine à lui et que j'avais des renseignements concernant une voiture qui l'intéressait.

— C'était une nouvelle Packard ? ai-je plaisanté, et nous avons ri en chœur.

— Avec Gersh, on s'est fait un sang d'encre. »

Je lui ai pris la main.

« Marie. Il avait l'air si triste. »

Plus tard cet après-midi-là, je l'ai appelé sur sa ligne directe, au bureau. J'espérais trouver les mots appropriés une fois que j'entendrais sa voix, mais j'ai été prise de court lorsqu'il a décroché dès la première sonnerie.

« Comment te sens-tu ? »

J'ai entendu une porte se fermer.

« Je vais bien.

— Tu es sûre ? Tu étais si pâle. » Son ton était tendre. Je voulais qu'il me prenne dans ses bras, qu'il vienne me frotter le dos. Au lieu de quoi il a dit : « Je dois m'absenter quelques jours. Je promets que je t'appellerai dès mon retour.

— Où vas-tu ?

— J'ai des réunions à Philadelphie, je ne peux pas y couper. Je serai rentré mercredi. Je t'appellerai. » Puis, après une pause, il a ajouté : « Je suis heureux que vous alliez bien, tous les deux.

— Je ne veux pas raccrocher.

— Je sais. Mon Dieu, je sais. »

Il avait la voix qui tremblait, et j'ai senti la distance entre nous.

« Je ne peux pas te parler jusqu'à mercredi ? Pourquoi te donner la peine d'appeler en rentrant, si rien ne doit changer ? Si on ne parle pas ? » J'étais en larmes.

« On parlera. Je te le promets.

— Pourquoi ne peux-tu pas venir maintenant ?

— C'est impossible, Marie. Je te téléphonerai. » Il a marqué une pause, puis : « Je suis heureux.

— Dès ton retour. Promets-le-moi. »

44

Allongée sur le canapé, j'ai réfléchi à ce que j'avais tenté de faire. J'étais effondrée, brisée, mais pas honteuse. J'avais rêvé de me réveiller frappée de chagrin, mais aussi soulagée. Je m'étais attendue à une autre issue, et elle aurait été bienvenue. Je voulais être libre de reprendre mon travail à la boutique, pas seulement pour moi mais pour Sammy, Kenny et tous mes futurs employés. Je brûlais de redevenir la femme que j'avais été avant de tomber enceinte. Je n'étais toujours pas en paix avec la perspective d'avoir un bébé, mais je manquais de force pour élaborer un plan de rechange. Je savais pouvoir compter sur l'aide de Ruth mais, ayant échoué lors de mon premier essai, je ne trouvais plus la force de me battre. Je gardais de ma tentative bâclée l'impression de m'être réveillée d'un cauchemar avec la certitude que je préférerais mourir plutôt que d'en repasser par là. Je souhaitais toujours m'affranchir. Si l'infusion avait eu l'effet escompté, je n'aurais pas eu le moindre regret.

Lorsque Kenny a appelé pour m'annoncer que tout allait bien au magasin, il s'est montré gentil. Il a dit qu'il n'avait pas besoin de moi et qu'à moins que je désire descendre, il valait mieux que je reste en haut à me reposer. Je me sentais si mal que j'ai d'autant plus apprécié sa prévenance. Le docteur Agnoli avait conclu que j'étais gravement déshydratée et m'avait ordonné de boire autant d'eau que je pouvais en tolérer. J'ai repris une gorgée et me suis rallongée contre les oreillers.

J'ai pensé à Beppe et à sa femme. J'ai pensé à la ville. J'avais l'impression que des foules s'étaient massées autour de moi dans la chambre et que les passants dans la rue levaient tous la tête vers mes fenêtres. Je me sentais épiée de tous côtés. Je finirais bien par regagner des forces, mais comment pourrais-je affronter mes clients ? Je n'allais pas rester cachée éternellement.

Le sommeil me saisissait sans crier gare, par courtes plages. Je débordais d'énergie et, l'instant d'après, je sombrais dans une suite de rêves confus et agités. J'appelais ma mère, je l'invoquais. Et puis il s'est passé une chose étrange. J'ai senti une présence, comme un esprit qui se serait glissé dans la pièce. Qui était cette femme ?

J'ai dû ensuite m'assoupir, car j'ai été réveillée en sursaut par un son brutal et néanmoins familier : trois coups brefs suivis d'un plus long.

Étant très affaiblie, je me mouvais avec difficulté et je suis descendue lentement jusqu'à la porte.

« *Ciao* », m'a lancé Ada en s'engouffrant dans l'escalier. Je l'ai suivie d'un pas apathique, sans me soucier qu'elle s'aperçoive que je n'étais pas dans mon état normal, mais elle ne m'a pas adressé un coup d'œil. Pas même une fois dans la cuisine. Bien que douée d'une grande faculté de perception et d'un sixième sens infaillible, Ada paraissait totalement inconsciente du changement qui s'était produit en moi. J'étais désormais certaine que c'était elle qui avait dispersé les graines autour de mon lit, qu'elle était venue ici même, dans cet appartement, et qu'elle avait été témoin de mon état.

« Comment va Salvie Esposito ? » ai-je demandé.

Elle a haussé les épaules et une lueur étrange est passée furtivement dans son regard.

« Tu le connaissais. J'ai bien vu », ai-je ajouté, faisant référence à leur complicité lors du pique-nique sur l'aire de chargement.

Elle a tiré de son sac un emporte-pièce représentant la Befana, la sorcière censée porter bonheur. J'en avais trouvé un identique dans les affaires de Maman.

« On a toutes les deux, a-t-elle commenté, lisant dans mes pensées. Farine ? »

J'étais totalement perdue. Je n'avais qu'un peu de farine de pomme de terre et j'imaginais déjà la pâte collante qu'elle produirait.

« Montre-moi », a ordonné Ada.

J'ai sorti ce que j'avais, et elle a descendu de leur étagère mon mortier et mon pilon avant de se mettre à écraser une herbe aromatique trouvée dans sa sacoche. D'un mouvement bref de la mâchoire, elle m'a signifié de chercher mon emporte-pièce.

« Je suis trop fatiguée, ai-je argué. En plus, les *befanini* se font à Noël.

— Le moule ? Tu as ?

— Pourquoi prépares-tu tout ça maintenant ? » Prise d'un vertige, je me suis adossée au chambranle de la porte.

« L'anis. Encore frais, de cet été. » Elle a fini par remarquer mon état et m'a prise par le coude pour me conduire jusqu'à un fauteuil. Elle a extrait une fiole de son sac à main.

« Digitale ? ai-je demandé.

— On utilise. En Campanie.

— Puis vous avez déménagé au Nord.

— Oui. »

Allait-elle finir par admettre qu'elle avait connu Salvie Esposito en Italie ?

« Les *befanini* sont une coutume du Nord, ai-je fait remarquer.

— *Si*. Ton père les adore. »

J'ai eu un mouvement de recul en l'entendant mentionner Giuseppe Genovese.

Ainsi, Sammy avait dit vrai. Ma mère et Ada étaient originaires du Sud. Voilà qui expliquait sans mal les sortilèges et les superstitions que les Italiens du Nord quant à eux considéraient comme rétrogrades et primitifs.

Gino rejetait les pâtes au profit du risotto et de la polenta. Il voulait éradiquer notre passé du Sud. Pour ma part, je voulais moi aussi me sentir puissante, et une Américaine à part entière, mais j'avais un pied dans chacun de ces deux mondes. Maman avait porté un de ces horribles scapulaires pour honorer Notre-Dame du Mont-Carmel. On était censé garder les deux images saintes sur soi, l'une sur le torse et l'autre dans le dos. « Quiconque mourra dans ce vêtement ne subira pas le feu éternel », disait le message inscrit sous l'image de saint Simon agenouillé aux pieds de la Vierge, en date du 16 juillet 1251. Le scapulaire était une tradition carmélite ; en l'enfilant, on faisait vœu de chasteté. Chaque année, le 16 juillet, les Italiens défilaient dans la rue principale de Littlefield et honoraient Notre-Dame en épinglant de l'argent sur la statue de plâtre et en jouant de leurs tristes trompettes. Je n'étais encore qu'une enfant lorsque j'avais remarqué le scapulaire de Maman, qu'elle arborait non pas sur le buste mais autour de la taille, contre son ventre. Cette vision m'avait révoltée, et j'avais refusé d'en porter un.

Ada s'était rassise sur sa chaise. Elle s'était rembrunie et j'ai senti la présence d'un secret.

« Vous étiez proches, Maman et toi ? Vous vous racontiez des choses ?

— Oui, oh oui.

— Comment Maman a-t-elle rencontré mon père ? »

J'ai patienté, imperturbable, pendant que les secondes se muaient en minutes.

« Ton père. Giuseppe et moi. Amoureux. »

Mon père ? Amoureux d'Ada ?

Pourquoi avoir épousé Carmela, si c'était sa sœur qu'il voulait ? Cela signifiait-il que Giuseppe n'avait pas aimé notre mère ?

« Maman ne m'en a jamais parlé. »

Elle a repris, d'une voix lente : « Il a essayé de me trouver. Après Carmie. Mais je suis cachée. Il voulait les deux. D'abord Carmie, et puis moi. Ha ! Je suis ici, maintenant. Pas besoin de lui. »

Mon père était donc encore vivant cinq ans plus tôt ? Cinq ans seulement ?

« Où est-il ? » J'ai retenu mon souffle.

« Il a nouvelle famille.

— Ici ?

— Non, non. Italie. Il est retourné. »

Je n'avais aucun souvenir de lui – j'étais trop jeune lorsqu'il nous avait abandonnés –, mais la nuit précédente j'avais eu une vision de nous ensemble. Une personne absente, même morte depuis longtemps, peut apparaître. Il suffit d'avoir aimé quelqu'un pour qu'il vous remplisse tout à coup le cœur du désir de vous souvenir. Rien ne disparaît jamais totalement. L'air et la cendre se mêlent dans un vaste cratère. Le Vésuve.

Brusquement, Ada s'est penchée vers moi, comme frappée d'horreur. « *Vesuvio !* » a-t-elle chuchoté. C'était plutôt un sifflement. Une fois encore, elle avait lu dans mes pensées.

« Je sors ! Maman est morte. Maladie, a-t-elle poursuivi en secouant la tête. On était des bébés. Puis notre père part. Pas de mère. Pas de père.

— Quelle maladie ? »

Elle n'a rien répondu.

J'avais souvent entendu des Italiens en ville ressasser des bribes du passé, avec une telle emphasc qu'il leur fallait un public fourni.

« Vésuve. Nous peur tout le temps », a-t-elle ajouté.

J'avais eu vent de ces calamités. Quand ce n'était pas la maladie, c'était une catastrophe naturelle ou un désastre économique. Le seul espoir était quc ccs fléaux ne frappent pas tous en même temps.

Elle s'est levée pour s'atteler à la pâte et je suis montée dans l'ex-voto chercher mon emporte-pièce. Toutes deux, nous avons estampillé les biscuits. Nous avons travaillé sans parler, mais une fois la préparation au four, Ada a repris son récit tandis que la cuisine se remplissait du parfum sucré des *befanini*.

« Ton père *sauve* Carmie.

— Comment ça, il la *sauve* ? »

Elle m'a fait comprendre que Salvie Esposito avait tenté de forcer Maman à l'épouser. Ainsi Ada avouait-elle enfin qu'elle le connaissait depuis bien longtemps. Monsieur E. avait promis à Carmela de l'argent et une bonne maison. Il s'était donné l'apparence d'un ami, et il passait son temps chez elles.

« Il… » Elle s'est interrompue.

« Quoi ?

— Carmie le trouvait trop vieux. Elle seulement dix-sept ans.

— Ada ? » Je voyais bien qu'elle n'avait pas tout dit.

« Elle avait peur viol. » Elle a secoué la tête.

Peur ?

« Est-ce qu'il a violé ma mère ?

— Moi pas sûre. Je ne dis plus rien.

— Pourtant tu t'es montrée amicale avec lui, l'autre soir.

— C'est le passé, il y a longtemps. Lui inoffensif, maintenant.

— Tu savais qu'il vivait ici, à Littlefield ?

— Nooooon. Moi pas surprise. Tout le monde d'Avellino va dans les villes. Pareil. »

Dans son anglais bancal, elle m'a expliqué comment, en acceptant d'épouser Giuseppe, Maman avait réussi à échapper à Salvie Esposito. Elles en avaient parlé entre sœurs. Elles n'avaient ni parents pour les en empêcher ni personne pour les protéger de monsieur E. si elle était restée. Ada avait bien voulu renoncer à son fiancé pour que sa sœur puisse s'enfuir en Amérique.

« J'étais triste. » Un voile sombre est passé sur son visage.

Toutes ces conversations entre Maman et monsieur E. à la porte de derrière du magasin prenaient soudain sens. Devait-elle passer son temps à le repousser ? J'avais toujours cru Maman extrêmement forte et indépendante, mais il y avait l'aide de monsieur E., l'argent, les contrats, l'intérêt qu'il portait au magasin, et à nous. Elle avait besoin de lui. Et je n'imaginais que trop bien comment il profitait de la situation. Et l'autre soir, après qu'Ada l'avait excité, c'est moi qui en avais fait les frais. Pensait-il vraiment qu'il pourrait essayer de contraindre une à une toutes les femmes Parodi ? Si je l'avais eu en face de moi en cet instant, j'aurais été capable de le tuer.

L'histoire de ce vieux pays barbare, de ces compromis et de ces arrangements vicieux me donnait le vertige. Maman avait-elle seulement aimé Giuseppe, ou n'avait-elle fait que remplacer un ravisseur par un autre ?

Ada a fait voler le silence en éclats en s'exclamant soudain : « *I befanini*. Prêts ! »

Outre l'anis et la digitale, qu'avait-elle glissé d'autre dans la pâte ? Car comment les biscuits pouvaient-ils avoir si belle allure avec la seule farine de pomme de terre ? Les yeux dans les yeux, nous avons croqué de concert la croûte délicate. Ma tante semblait heureuse. Que voyait-elle en me regardant ?

45

Quelques jours plus tard, l'ami de monsieur E. m'a appelée pour m'informer que le distributeur de glace était prêt à être livré, et Kenny a eu une bonne idée pour l'installer sans avoir à fermer la boutique. Il nous suffirait de déplacer les présentoirs de fournitures scolaires et de trouver un nouvel emplacement aux corbeilles remplies de bric-à-brac, de cendriers et de chaussons chinois, qui de toute manière ne se vendaient pas. La livraison coïncidait avec les soldes de la rentrée. L'automne était une de nos périodes les plus chargées mais, si la buvette marchait aussi bien que je le prévoyais, ce nouveau revenu compenserait largement nos pertes.

J'étais en train de confectionner une crème anglaise lorsque j'ai entendu le crissement suraigu de freins de camion. Pensant que c'était le distributeur de glace qui arrivait, je me suis précipitée au rez-de-chaussée. Mais je n'ai trouvé que Kenny, l'air inquiet.

« Que se passe-t-il ? » ai-je demandé, hors d'haleine. Près de lui se tenait Howie, le livreur de Corley. « Qu'y a-t-il ? » ai-je insisté en les interrogeant tour à tour du regard.

« Je suis désolé, mademoiselle Genovese. Corley m'a dit de reprendre la marchandise. Il dit qu'il a tenté trois fois de se faire payer. Il est navré, mais il lui faut un chèque. Vous pouvez m'en donner un aujourd'hui ? »

Kenny a lâchement gardé les yeux baissés tandis que Howie remballait mes jolis ustensiles en verre ultra-résistant.

« Pas aujourd'hui, Howie. Mais je peux payer, me suis-je empressée d'ajouter. Kenny, dans le bureau. Tout de suite ! » Je suis passée la première et ai refermé la porte derrière nous. « Je devrais te renvoyer sur-le-champ.

— De quoi tu parles ?

— Des cent dollars manquants. Ne fais pas semblant de ne pas savoir. C'était ton écriture, sur le chèque. Cet argent était destiné à payer Feldman, et Corley pour sa livraison.

— Gino a dit que c'était d'accord.

— Alors tu avoues ? De quel droit… ? » J'ai inspiré à fond. « C'est Gino qui a pris l'argent ?

— Je ne sais pas. J'imagine. »

J'ai compris que je ne saurais jamais le fin mot de l'histoire. Kenny aurait préféré endurer toutes les tortures plutôt que de trahir Gino. Je méprisais cette faiblesse chez lui, mais comme nous tous, il craignait trop mon frère pour s'offrir le luxe de l'honnêteté. « Tu étais occupée, Marie. C'était juste avant que tu partes voir ta *cousine*… »

Je suis ressortie sans répondre à sa provocation, et me suis adressée à Howie d'un ton calme : « Tout va bien, j'appellerai votre patron. Je lui enverrai un chèque. Ce n'est pas votre faute. »

J'ai regardé mes beaux rayonnages se vider. *C'est ainsi que les femmes migrent,* ai-je songé. *D'une catastrophe à une autre.*

Ce comptoir était un véritable miracle. Le marbre était immaculé, sans aucun défaut hormis quelques minuscules ébréchures inévitables sur le rebord, à l'emplacement de la caisse. En dehors de ces infimes imperfections, il était impeccable et j'imaginais déjà mes clients assis sur les tabourets – combien y en avait-il, déjà ? Sept ? Plantée les bras croisés au milieu du magasin, forte de cette confiance en moi héritée de Carmela, j'ai regardé les hommes installer la buvette.

« Vous êtes trop près du montant de la porte. Attention ! N'abîmez pas le marbre. »

Ils ont commencé par décharger les tabourets et, à les voir descendre du camion, avec leur coussin en vinyle rouge et leurs chromes rutilants, j'ai senti l'espoir renaître. Mais mon enthousiasme a bien failli être ruiné lorsque j'ai vu apparaître monsieur E. Sa mauvaise humeur crevait les yeux et j'ai songé : *Vas-y, mets-toi en colère parce que j'ai aussi commandé des tabourets. Et quelle est ton excuse pour ne pas m'avoir dit que tu avais connu Maman dans sa jeunesse ? Et que dire de tes crimes ?* Ada avait à peine réussi à prononcer le mot *viol*.

« Montons », ai-je ordonné en me détournant de sa mine revêche.

Peut-être était-ce le fait de se retrouver dans la cuisine, mais il a soudain paru moins grincheux, une fois assis à table. C'était un vieil homme, j'imaginais qu'il l'avait toujours été, perpétuellement à manigancer, à aligner les conquêtes, tant personnelles que commerciales. Toujours à tout contrôler, sauf lui-même, et alors il se vengeait en imposant aux autres cet air maussade ou cette menace physique. Je m'étais juré de ne plus jamais le laisser m'approcher et pourtant il était là, à ma table. Il a déplié l'emballage des *cupcakes* que j'avais posés devant lui, de belles bouchées d'un blanc immaculé strié de rouge vif, au chocolat et à la vanille.

« Mari. Délicieux.

— C'est mon nouveau "Red Velvet". Ravie qu'il vous plaise. »

Il mangeait la tête baissée, lénifié par le sucre, le cacao et mon ingrédient secret – je n'avais plus que des morceaux d'un horrible cheddar, auquel j'avais toutefois réussi à donner la texture onctueuse d'une crème au beurre en le fouettant énergiquement. J'étais devenue une experte en ersatz. Et surtout, je n'avais pas lésiné sur l'ingrédient principal, l'anis. Je l'ai regardé se reculer dans sa chaise et se tapoter l'estomac.

Il ne pouvait savoir qu'Ada m'avait tout révélé. Il s'imaginait sans doute en sécurité, puisqu'ils s'étaient parlé en italien. Tous ces secrets avaient paru normaux à Naples, ce lieu de crasse et d'ignorance, comme le décrivait Maman. Elle croyait probablement avoir laissé tout cela derrière elle mais la manipulation, la saleté, et finalement Salvie Esposito l'avaient suivie jusqu'ici.

J'ai soudain regretté de ne pas avoir ajouté quelque chose de plus fort, par exemple le restant d'hellébore noir, ou peut-être un peu de belladone. Cependant, au bout de quelques secondes à peine, j'ai vu s'éteindre la lueur dans son regard, chassée par une expression de confusion. Son attention a dérivé vers la fenêtre et le ciel au-dessus de l'aire de chargement.

« Je m'occupe du comptoir, Mari, a-t-il marmonné, comme quelqu'un errant dans la nuit en quête d'un endroit où s'allonger.

— Merci.

— Et des lampes en plus.

— Merci, ai-je répété.

— Et j'envoie quelqu'un pour faire la plomberie. Quoi d'autre, Mari ?

— Corley attend son chèque.

— Oui, Mari. Je m'occupe. »

46

Les hommes ont travaillé toute la journée et jusque tard ce soir-là pour installer le distributeur, et je suis restée en bas pour les regarder faire. Ruth est passée et s'est montrée très élogieuse. C'était une de ces journées où personne ne semble inquiet ou bougon, grâce à la promesse de délices sucrés, de crème glacée couronnée de chocolat et de pralin, de biscuits et de gâteaux confectionnés par mes soins.

Sur le long bloc noir reposait une rangée de bacs à crème glacée, surmontée d'une série de robinets d'eau gazeuse, de Coca-Cola et autres sodas sous pression. Il s'intégrait si bien dans le décor qu'on aurait dit qu'il avait été réalisé sur mesure. À l'extrémité du bar, ma tour de livres de poche Dell était du plus bel effet, créant une séparation entre les clients en train de déguster leur glace et leur soda et ceux qui faisaient leurs courses. Pour vingt-cinq cents, le prix d'un paquet de cigarettes, vous pouviez avoir un roman à la couverture osée. Je n'étais pas certaine d'avoir raison de vendre des livres avec des images de femmes en imperméable largement entrouvert sur leurs cuisses, dégainant un revolver ou défaillant dans les bras d'un homme. Mais la nécessité de trouver de nouveaux débouchés avait eu raison de mes scrupules. Lorsqu'un ami de monsieur E. qui les distribuait avait proposé de me faire crédit, je n'avais pas hésité une seconde. Dès l'arrivée des livres, un groupe de filles et de garçons était venu s'agglutiner autour en chuchotant. J'avais bien veillé à les laisser tranquilles, en espérant qu'ils se cotiseraient pour en acheter un. Mais ils avaient traîné si longtemps dans le rayon, à lire et à les feuilleter tous, que j'avais fini par lancer : « Achetez-le ou reposez-le ! »

J'ai été déçue que Gersh ne passe pas. Je ne l'avais plus revu depuis des semaines. J'avais même pensé à organiser une petite réunion pour lever des fonds, durant laquelle j'aurais vendu des gâteaux un samedi, notre journée la plus chargée, pour faire une donation aux Oletsky pour la réparation de leur vitrine. Mais lorsque j'avais fait part de cette idée à Ruth, elle m'avait répondu : « Ne te donne pas cette peine. Vraiment, je ne veux plus jamais entendre parler de cette nuit-là. »

Après le départ de Ruth, je suis montée m'allonger dans le canapé du salon. J'étais en train de m'éventer avec un magazine lorsque le téléphone a sonné. Sachant que c'était probablement Beppe, je ne voulais pas paraître nerveuse ou impatiente, aussi ai-je laissé sonner une douzaine de fois.

« Comment te sens-tu ? a-t-il demandé d'une voix inquiète.

— Je vais beaucoup mieux. » C'était la vérité. J'avais retrouvé mon énergie et repris des couleurs, et j'avais retouché quelques-unes de mes robes pour tenter de dissimuler les modifications de ma silhouette. Je me suis bien sûr abstenue de lui dire que je sentais sur moi le poids écrasant des regards, comme si toute la ville m'avait en ligne de mire.

« Ton dossier d'emprunt est prêt.

— Quel dossier d'emprunt ?

— Il est temps de rendre l'affaire officielle.

— Quelle affaire ?

— Le prêt. Que je te donne de l'argent pour le magasin. Je sais que tu en as besoin, et tes projets d'amélioration m'intéressent. J'ai entendu dire que le comptoir avait été livré. »

Comment était-il au courant ?

« Attends un peu de voir…

— 14 heures ? a-t-il suggéré.

— Oui. 14 heures.

— J'apporterai les papiers. Je suis fier de toi, Marie », a-t-il ajouté avant de raccrocher.

C'est alors que m'est revenu mon rêve de la nuit précédente. Ada qui me faisait signe à l'arrêt de bus. Je me suis aussitôt ruée dans l'ex-voto, où je me suis agenouillée devant une pile de cartons. *Maman. Je sais comment je vais l'appeler. Catherine, ton deuxième prénom.* Car j'étais certaine d'attendre une fille, et ce serait mon cadeau à Maman. Beppe avait fini par comprendre l'importance du magasin pour moi. Désormais, outre un nom, notre bébé avait un avenir. En me prêtant cet argent, il s'impliquait auprès de moi, et auprès d'elle.

Je suis entrée dans l'appartement et il était là, souriant comme un homme sur le point d'offrir un cadeau.

Ce même air de confiance qu'il avait en me regardant ouvrir l'écrin en velours, à Noël. Cette fois-ci étaient posés sur la table une liasse de papiers et, à côté, un beau stylo, celui qu'il gardait toujours dans la poche intérieure de sa veste. Il a tiré une chaise sans même attendre que je pose mon sac à main.

« Je suis désolé de ne pas t'avoir appelée plus tôt, s'est-il excusé en me prenant dans ses bras. J'étais débordé. » Il m'a embrassée, longuement et passionnément. « Je voulais tout préparer avant de te revoir. Pour te faire une surprise. » Il m'a serrée encore une minute avant de m'inviter à m'attabler devant les papiers.

« Tu es forte, Marie. Tu te bats pour sauver le magasin. Je t'admire.

— Merci, Beppe, mais pourquoi dois-je signer des papiers ?

— C'est un prêt, Marie. Et j'ai des comptes à rendre au conseil d'administration. »

Son ton était hésitant, celui d'un père patient cherchant les mots justes pour ne pas braquer sa fille qu'il ne contrôle pas totalement.

« Quels sont les termes ? » ai-je voulu savoir.

Il a paru surpris. *Ne t'avise pas de rire*, ai-je songé. *Je connais tout de cette histoire d'intérêts.* Lorsqu'il se montrait sérieux, j'avais un aperçu fugace du banquier en lui.

« Les intérêts sur ce prêt sont très modestes, Marie. Les paiements sont étalés sur dix ans. C'est la durée la plus longue consentie par mon conseil. »

J'ai baissé les yeux et me suis attaquée à la lecture, mais j'avais à peine dépassé le premier paragraphe que j'ai cru suffoquer. En voyant ma réaction, il s'est justifié : « Il le fallait, Marie. Avant que tu dises quoi que ce soit… »

Mon regard était tombé sur la signature, Salvatore Alphonso Esposito, dans l'espace intitulé « coemprunteur ». Monsieur E., coemprunteur avec moi ? En outre, il avait déjà signé.

Était-ce ainsi que Beppe avait eu vent de la livraison du comptoir ?

« J'ai besoin d'une garantie, Marie. Jamais le conseil ne…

— C'est toi qui en es le président.

— J'ai un conseil d'administration…

— Tu es allé voir Salvie derrière mon dos ? Ou c'est lui qui est venu te trouver ? Ou bien vous êtes de mèche ?

— Non. Bon sang !

— Quand est-ce arrivé ? Pourquoi ne m'as-tu rien dit ? »

J'avais trouvé l'épitaphe parfaite pour ma pierre tombale. On lirait ceci : *Ci-gît Marie, qui n'a cessé de se demander : Pourquoi ne m'as-tu rien dit ?*

Je serrais son stylo entre mes doigts tremblants. La sueur me dégoulinait entre les omoplates et j'avais la tête qui tournait. Il ne fallait pas que je me leurre quant à mes propres intentions. J'allais manquer à mes obligations, concernant ce prêt. Pensait-il vraiment qu'il y avait de l'argent traînant quelque part qui permettrait de rembourser un emprunt ? Il se moquait visiblement de l'identité du propriétaire de la boutique, mais se rendait-il compte aux mains de qui il me livrait ? Évidemment, il ne savait rien des manigances de monsieur E., des agressions, des antécédents.

Mais qu'en était-il du bébé, à qui l'homme qui se tenait en face de moi devait tant ? Pourtant, si je refusais de signer, je pouvais dire adieu à la rénovation des sols, à la couche de peinture sur le toit métallique et à l'argent pour payer le stock. Pire que tout, mon enfant n'hériterait de rien.

« Si je ne peux pas payer, qui récupérera le magasin ?

— Il devra rembourser le crédit. Tu sais aussi bien que moi…

— Mais tu ne l'aimes pas.

— Marie. Je pense que tu ne devrais pas t'inquiéter de tout ça pour le moment.

— Ne pas m'inquiéter ? »

Si je n'avais pas craint de confirmer les préjugés que les Anglo-Saxons nourrissaient à notre égard, nous autres Italiens – que nous n'étions que des escrocs et des violeurs –, je lui aurais tout raconté. Ce n'était pas à monsieur E. mais à moi-même que je tentais d'épargner cette réputation qui collait à la peau de l'Italie, celle d'un vieux pays brutal où l'on devait payer et créer des alliances en échange de liberté, d'opportunités ou de nourriture. Il allait de soi qu'il en était de même ici, et j'en avais la preuve sous les yeux. Le sempiternel opportunisme des vautours prêts à frapper. C'était ainsi que tournait le monde. J'étais à deux doigts de lui révéler que j'avais été agressée par monsieur E. Ce magasin était la seule chose sur laquelle j'avais le contrôle et, si je signais, j'allais perdre cela aussi. J'ai senti m'échapper le peu d'indépendance qui me restait.

« C'est lui qui est venu te voir ? ou toi qui es allé le trouver ? ai-je articulé à voix basse, résignée.

— C'est Esposito qui m'a appelé. »

Ce n'était pas une surprise.

« Et mes frères ? » Je redoutais d'entendre la suite.

« Eh bien quoi, tes frères ? Ton nom est le seul sur le titre, Marie. Tu ne dois rien… Tu as discuté de cette histoire de comptoir avec eux ? Dans quelles décisions sont-ils impliqués ? Et où est Gino, d'ailleurs ?

— Je ne signerai pas. »

Il a tenté de m'enlacer, de me réconforter. Mais il n'y aurait pas de réconfort, pas d'étreinte passionnée, pas de célébration des travaux. J'étais habituée à me sentir comme une enfant en présence des hommes, et pourtant cela me prenait chaque fois par surprise. J'ignorais tout des ressorts les plus élémentaires de ce monde. Je me suis levée pour partir.

« Marie. Attends.

— Impossible. Merci, monsieur le banquier.

— Marie, je t'en prie, ne m'appelle pas comme ça. Ceci est l'avenir du magasin. Assieds-toi. Laisse-moi t'expliquer.

— Et si je ne peux pas rembourser…

— C'est le défaut de paiement.

— Et si monsieur E. recouvre cette dette, il sera propriétaire du magasin.

— Pas entièrement. Mais il aura un intérêt financier, oui.

— Un intérêt financier. Qu'est-ce que ça signifie ?

— Ça signifie que tu lui devras l'argent qu'il aura mis pour rembourser ton crédit.

— Et si je ne peux pas payer et que lui non plus, ou s'il ne veut pas, que se passera-t-il ?

— C'est la banque qui sera propriétaire du magasin.

— Toi ?

— Non. Pas moi. La Banque du Peuple. Je ne suis pas la banque, Marie. J'ai…

— Un conseil d'administration, oui. J'avais compris. »

Je me suis rassise.

« Marie. » Il a tiré une chaise pour prendre place à côté de moi. « C'est ton avenir.

— L'avenir de qui ?

— Le tien. Je t'en prie. »

Il tenait à ce que je signe, que je prenne l'argent et qu'on en finisse. L'alternative était de rester piégée dans ma situation actuelle. J'ai pris les papiers. Et après y avoir jeté un dernier coup d'œil, je les ai déchirés en deux.

Nous n'avons plus prononcé un mot. Je suis partie sans verser une larme et sur le trajet du retour je me suis parlé intérieurement : *Tu crois être aux commandes, mais c'est faux. Les hommes suivent les règles, et toi tu les brises.* Furba e fessa. *Maligne et stupide. Tu es les deux.*

J'ai réussi à parcourir les cent mètres sans croiser personne. Une fois chez moi, je me suis fait une tasse de thé, que j'ai bue en regardant dehors. J'avais laissé du linge sur le fil de l'aire de chargement qui claquait au vent. Mes sous-vêtements pendaient en évidence, ce qui jusqu'alors ne m'avait jamais gênée, sauf une fois, lorsque Gino avait subtilisé ma gaine pour la brandir sous le nez de Sammy et de Kenny pour les faire rire. J'ai mesuré tout ce que j'avais mis sous le boisseau pour maintenir ce que Maman appelait *les apparences positives*. *À quoi bon tous ces efforts ?* me demandais-je à présent, alors qu'il était tellement évident qu'eux ne nous voyaient pas du tout, nous autres les femmes. Nos émotions, nos ambitions, le respect que nous méritions et cherchions à obtenir n'étaient qu'un château de cartes.

47

Dès les premiers frissons de l'hiver, la rue s'est mise à grouiller de gens faisant leurs courses. J'ai reconnu des voisins, des camarades de classe et aperçu quelques nouveaux visages. Tout le monde avait brusquement besoin de vêtements plus chauds, et Ruth commençait à vendre des écharpes et des gants. À présent que j'avais ouvert la buvette, j'avais hâte que les profits augmentent, et je m'attendais à ce que ce Noël soit bien meilleur que le précédent.

Les premiers clients de la buvette avaient été des connaissances, mais rapidement des inconnus commencèrent à venir. Avaient-ils entendu parler du comptoir ? Ou bien étaient-ils simplement en route pour Atlantic City et étaient passés là par hasard en s'arrêtant en ville pour faire le plein d'essence ? J'aurais été plus optimiste sans ces grands magasins qui depuis peu s'implantaient dans les villes voisines. Ils allaient nécessairement drainer notre clientèle. Tout près, à Roseview, l'entreprise Milners, une affaire familiale, avait été rachetée par Waples, et aussitôt ils avaient doublé le rayon articles de cuisine. Je le tenais de Ruth, qui s'était fait passer pour une cliente et m'avait rapporté les résultats de son inspection en règle. Le Five&Ten ne pourrait jamais faire le poids, m'avait-elle expliqué, face à leur choix d'appareils, de poêlons, de vaisselle et de linge de maison – nappes, couvertures et parures de lit –, ce qui n'avait fait que renforcer ma certitude qu'ajouter le comptoir était une sage décision.

Le fait est que je vendais plus qu'avant et qu'en fin de journée il y avait un peu d'argent liquide dans la caisse. Nous étions loin des chiffres d'avant la Grande Dépression, mais les gens venaient prendre une glace et finissaient par flâner dans les rayons et acheter quelque chose. Monsieur E. faisait toujours transiter des cargaisons par mon aire de chargement et me donnait ma commission hebdomadaire. Heureusement, cette semaine-là, il avait remis l'enveloppe à Kenny et je n'avais pas eu à le croiser. Il m'évitait. Je me demandais s'il avait appris par Beppe que j'avais refusé de signer les papiers. Sinon, j'étais impatiente de le lui apprendre en personne.

Cela faisait des jours que je n'avais plus parlé à Beppe. Au moins avais-je osé m'affirmer, et en l'espèce je ne regrettais en rien ma décision.

En attendant qu'unc fournée de biscuits finisse de cuire, je me suis pelotonnée dans le canapé du salon avec un de mes livres de poche, en prenant soin de ne pas casser le dos ou plier une page afin de pouvoir le remettre ni vu ni connu sur son présentoir. Les histoires étaient sordides et j'aurais pu me sentir gênée, si ce n'est qu'elles commençaient à se vendre. Le démarrage avait été lent, mais le bouche à oreille fonctionnait.

Une fois les biscuits prêts, je me suis servie de mon dessous-de-plat le plus lourd pour descendre la grille chaude, me réjouissant d'apercevoir quatre personnes au comptoir alors que l'on n'était que mercredi. Ce devait être l'heure de sortie de la séance de cinéma en matinée. Une femme s'est penchée vers une autre, la cuillère en suspens dans l'air, pour lui glisser à l'oreille : « Ceux-là sont délicieux. » Elle mâchait joyeusement un de mes biscuits au beurre fourrés d'une cerise. Leurs visages irradiaient de plaisir. On entendait parfois prononcer à mi-voix le mot « guerre », dans la rue ou dans les rayons chez Ferrara, mais jamais au Five&Ten depuis l'installation de la buvette.

Je suis allée me planter derrière un rayonnage afin de pouvoir observer Anthony, mon serveur. Ce n'était peut-être pas une question d'horaire ou de matinée, ni même mes biscuits qui les attiraient, mais plutôt le ravissant et courtois Anthony.

En remontant, j'étais ravie. L'appartement était accueillant, rempli des arômes de beurre et de vanille. Au moment de reprendre ma lecture sur le canapé, j'ai remarqué une autre odeur, en provenance de l'escalier. J'ai suivi la piste jusque dans l'entrée et, lorsque j'ai ouvert la porte sur la rue, une spirale de fumée s'est engouffrée à l'intérieur. J'ai reconnu le parfum familier pour l'avoir senti d'innombrables fois à la messe et lors des fêtes religieuses. C'était de l'encens. À mes pieds était posée une petite coupe en métal contenant un morceau de charbon incandescent, saupoudré de cristaux. En me protégeant la main de ma jupe pour ne pas me brûler, je l'ai ramassée pour la remonter dans l'appartement.

Quand Ada avait-elle déposé cela devant ma porte ?

Quand je suis finalement redescendue à la boutique, il se faisait tard et Kenny et Anthony étaient tous deux rentrés chez eux. Pieds nus sur le parquet tiède, j'ai fermé les paupières. J'ai posé la main à la hauteur de ma taille, et l'avenir est entré dans le Five&Ten. J'ai vu une rangée de barils de clous et de vis, des tiroirs empilés du sol au plafond et remplis d'appareils de cuisine, de poignées de placard décoratives et de gants de travail. Un rayon de binettes, de râteaux et de pelles flambant neufs se reflétait dans mon miroir.

Lorsque la nuit tombait, la ville se dissipait lentement derrière un voile. Les bruits de la rue étaient assourdis et les voitures se faisaient plus rares. C'était toujours ainsi, et nous autres commerçants n'étions pas conscients des autres, ceux qui vivaient dans des fermes, le long des chemins de terre, ou bien au bout d'une longue allée serpentant jusqu'au lac.

48

Monsieur E. a appelé. Il avait mon enveloppe. Nous avions réussi à maintenir un dialogue cordial le jour de la livraison du distributeur, mais au son de sa voix j'ai senti mon estomac se serrer.

Dès son arrivée, je l'ai remercié d'avoir réglé Corley et il m'a complimentée sur l'allure de la boutique. Je lui ai montré le nouvel étalage des outils que Beppe avait achetés. Je savais qu'il croyait que j'avais signé les papiers, et que par conséquent ces articles avaient été achetés avec l'argent du prêt. Je ne l'ai pas détrompé sur le moment.

Il m'a donné un pot de miel du coin. Son grand ami Massimo avait des ruches, et les abeilles produisaient beaucoup. Ce printemps, elles avaient essaimé à deux reprises. Il m'a fait savoir qu'il avait plusieurs autres pots. « Je partage avec toi, Mari. »

Cet accès de générosité était-il un effet de mon *cupcake* ? Ou bien s'inquiétait-il qu'Ada puisse révéler la vérité sur lui et son comportement odieux avec ma mère ?

Anthony était derrière le comptoir en train de servir un client, aussi ai-je conduit monsieur E. au bureau, hors de portée des oreilles indiscrètes.

« Il y a quelque chose qu'il faut que vous sachiez. Je n'ai pas signé vos papiers. Je les ai déchirés.

— Quoi, Mari ? »

Il prétendait ne pas avoir entendu. Il s'est laissé choir sur une chaise. Faisait-il une crise cardiaque, ou bien était-ce sa comédie habituelle ? Je voyais bien qu'il réfléchissait. Je savais comment fonctionnaient ces vieux Italiens. Ils traînaient dans les parages, aussi collants que du papier tue-mouches, en espérant vous avoir à l'usure.

J'ai fermé la porte du bureau.

« J'ai déchiré ces papiers. Je ne veux pas de votre argent. Et vous ne posséderez jamais mon magasin.

— Je ne veux pas le magasin, Mari. Je veux aider.

— Ada m'a tout raconté.

— Tout quoi ? »

Il s'est levé sans crier gare. « Je mérite le respect, Mari. »

Jamais auparavant je n'avais eu de pulsions violentes. Je me suis approchée d'un pas.

« Maman. L'Italie. Inutile de mentir. »

Il avait un regard étrange, comme s'il anticipait ce que j'allais faire, ce qui n'a fait que me provoquer davantage. J'ai levé la main et l'ai giflé, fort. Il a reculé et pendant une fraction de seconde j'ai cru que j'allais m'en tirer. J'étais enceinte, après tout. Mais presque aussitôt, il s'est jeté sur moi. Il m'a attrapée par les cheveux. Il transpirait de manière répugnante, et j'ai presque eu honte de l'avoir poussé à dévoiler cet aspect ignoble de lui. Je l'ai imaginé plaquant Maman au mur de la même manière. Je pouvais hurler, ce qui ferait accourir Anthony, mais alors tout le monde serait au courant. J'ai réussi à le repousser. J'ai saisi une agrafeuse et l'ai brandie, prête à la lui balancer à la tête. En Italie, les jeunes femmes n'avaient pas de voix. Mais nous étions en Amérique. Il voulait le double trophée, me posséder physiquement et financièrement ; jamais je ne lui céderais.

Il a reculé. Je me suis frotté le cuir chevelu à l'endroit où il avait tiré.

« Ne revenez jamais ici, ai-je ordonné.

— Mari. Je suis désolé. Tous les deux fous. C'est juste une humeur.

— Non. »

Il s'est approché, mais pas question de le laisser me toucher. Il essayait de me prouver que ce qui venait de se passer ne l'avait pas ébranlé. Il menaçait, et la seconde d'après s'écroulait. Il a reculé calmement et est sorti. Je suis aussitôt remontée pour m'asseoir derrière ma machine à coudre. C'était le seul moyen de me calmer. J'ai balayé la table d'un revers de main, envoyant valser par terre bobines, canettes et aiguilles. Mes ciseaux sont tombés au sol, lames ouvertes. Je les ai ramassés, espérant ne pas les avoir abîmés. J'ai attrapé le tailleur sur lequel je m'affairais depuis quelques jours et, sans prendre aucune précaution, me suis mise à couper et à coudre en appuyant furieusement sur la pédale. Le tissu filait sous mes doigts tandis que je modifiais les coutures et que la machine cliquetait bruyamment en rythme avec ma respiration saccadée.

49

On nous avait prévenus qu'il fallait économiser le tissu, et à partir d'une jupe je pouvais en confectionner deux en retirant les plis et en réduisant les ourlets et les revers au strict minimum. Il était déjà assez indigne de voir ma taille s'élargir de jour en jour sans devoir ajouter à cela l'injure de porter des vêtements sans aucune grâce. Le scandale des jupes courtes n'en était plus un, même si le décret s'adressait principalement aux femmes qui n'étaient pas enceintes. Si bien qu'avec la bénédiction du Bureau de la production de guerre, mes ourlets sont remontés. Et alors que pour les hommes la mode était au « costume de la victoire », sans manchettes ni revers, ceux de Beppe passaient pour l'exception, avec leur coupe généreuse, aussi larges que ceux de Roosevelt.

J'ai traversé la rue et pénétré dans la banque pour remettre une boîte de biscuits à Louise, la caissière en chef. « Pour vous et les filles.

— Oh, comme c'est gentil. Vous savez que nous adorons toutes la buvette. C'est exactement ce dont cette ville avait besoin. »

Elles ont formé un petit attroupement autour de mes douceurs ; pendant qu'elles se servaient, j'ai échangé des banalités avec elles tout en passant en revue la salle, espérant l'apercevoir. Lisant dans mes pensées, Louise a glissé : « M. Ashworth est en déplacement. Encore ! » Elle a roulé les yeux et les autres filles ont ri. « Ça ne nous dérange pas, a-t-elle ajouté. On peut faire des pauses biscuits.

— Ce sera notre secret », ai-je badiné.

De retour à la boutique, j'avais à peine passé la porte que j'ai été assaillie par Anthony, mon charmant serveur. Il voulait discuter de quelque chose, semblait-il. Je n'étais pas d'humeur, mais je ne pouvais rien lui refuser, surtout quand son petit chapeau en papier s'alignait impeccablement sur la minuscule tache de naissance qui n'enlevait rien à la beauté de son visage. Je lui ai fait signe de me suivre dans le bureau, où je lui ai désigné une chaise, mais il a refusé de s'asseoir.

« Marie, je vais devoir démissionner. »

Ma première réaction a été d'éclater de rire. C'était forcément une plaisanterie. Je savais qu'il avait besoin d'argent. J'ai attendu qu'il demande une augmentation, que j'étais prête à lui accorder sur-le-champ. Je m'y étais préparée. De plus, il était toujours partant pour travailler les vendredis et samedis, les journées les plus chargées à la buvette.

« J'ai trouvé un autre travail, a-t-il ajouté.

— Où ?

— Dans une usine de chaussures.

— Quelle usine de chaussures ?

— Millhurst.

— Là-bas, sur la route nationale ? »

En quoi fabriquer des chaussures valait-il mieux que faire des boules de glace ?

« Quel est le salaire ? Je peux m'aligner. » J'aurais tout fait pour le garder.

« Cinquante dollars par semaine, et je suis rentré chez moi à 17 heures. Pas de travail le week-end.

— Cinquante dollars ? Comment peuvent-ils donner tant ? »

Je le payais moins de la moitié, et il acceptait de rester aussi tard que je le lui demandais. Il a croisé ses beaux bras en travers de sa poitrine, contre son tablier taché de crème glacée. Le duvet châtain sur ses bras ressemblait à la fourrure soyeuse d'un chat.

« Ils ont obtenu un gros contrat de fabrication de bottes. Pour les soldats. Incroyable, hein ? Ils les envoient à l'étranger. »

Je ne l'écoutais pratiquement plus, car je venais d'être frappée par une évidence. Posséder un commerce, c'était naviguer dans un autre monde, où l'argent ne provenait pas des clients mais d'un gouvernement fort et puissant qui se préparait à la guerre. Cet optimisme que je voyais chez Beppe et chez monsieur E., qui semblait toujours avoir de l'argent dans la poche, était caractéristique de cette autre économie, de ce monde parallèle auquel je n'avais pas accès. Eux pouvaient décrocher des contrats et se faire payer des sommes inimaginables pour fabriquer des produits de base tels que des chaussures ou de l'huile d'olive. Quelles miettes de bénéfices pouvais-je espérer chaparder dans un système pareil ?

« Qui est le propriétaire de cette usine ?

— Ce gros banquier en ville. Comment il s'appelle, déjà ? Ashworth. Juste en face. » D'un revers de pouce, il a désigné la banque de Beppe. « Hé, Marie, si ça vous convient, je peux demander à mon cousin s'il veut ma place. Il est trop jeune pour travailler à l'usine, mais il peut faire des boules de glace. »

Comment se faisait-il que j'ignore que Beppe possédait une usine ? Que m'avait-il caché d'autre ? Avait-il une autre famille quelque part, une seconde femme, des enfants, un autre manoir, des voitures ? Dans cet instant où la panique ouvrait un abîme sous mes pieds, j'aurais pu jurer que mon amant avait de multiples vies et que c'était un arnaqueur de génie.

« Marie ? »

Je me suis assise et ai fixé le mur. Au bout d'un moment, voyant que je ne disais plus rien, il est sorti. Je suis allée me rasseoir derrière la caisse, le catalogue de la grande chaîne de magasins Montgomery Ward ouvert sur mes genoux. Tout en le feuilletant, j'ai évité de regarder dans la direction d'Anthony. Tout à coup, je considérais le stock présenté dans ces pages d'un tout autre œil. Comment des radios miniatures pouvaient-elles être si bon marché ? Le modèle noir ne coûtait que 5,75 dollars, et les autres couleurs seulement 6,55. Une boîte de chocolats d'une livre, 98 cents. Selon la taille, mes gâteaux coûtaient entre 1,50 et 2,50 dollars. Mon plus petit était deux fois plus cher que leur plus gros. C'était un miracle que j'aie encore des commandes. Mon modèle économique n'était pas seulement unique, il était précaire.

La colère m'a de nouveau saisie. En consultant ma montre, j'ai été surprise de constater qu'il était déjà midi. J'avais faim et me sentais un peu faible, pourtant j'ai décidé de déballer un petit carton dont je demanderais ensuite à Anthony de mettre le contenu en rayon. Tant qu'il était là, j'avais l'intention de le faire travailler dur, et je me moquais qu'il pense que c'était pour le punir.

« Je peux vous aider ? » Mme Delfina venait d'entrer, accompagnée de Mme Romasello. Mais elles se sont contentées de rester plantées là à me dévisager. J'étais penchée en avant sur mon carton, une main sur les reins. Sans témoin, je me serais laissée aller à pousser un grognement en me relevant, mais dans le cas présent je me suis redressée avec la vigueur d'une adolescente.

« Que cherchez-vous ? » me suis-je enquise d'un ton joyeux. Maman avait toujours recours au charme. J'avais vu nos clients se faire amadouer par sa légèreté, sa volonté d'ignorer la grossièreté, et ainsi elle réussissait toujours à s'attirer leur sympathie. Jamais l'on n'accorderait la même considération à sa fille, qui appartenait à une génération plus jeune et plus audacieuse. Était-ce le fruit de mon imagination, ou leurs regards s'étaient-ils ostensiblement attardé sur mon ventre ?

« Je ne crois pas que vous ayez ce que nous voulons, a décrété Mme Romasello d'un ton cassant.

— Et que voulez-vous ? »

Aucune des deux ne m'a répondu. Mme Delfina a regardé sa montre avant de s'exclamer : « Il est déjà si tard ? Il faut y aller. »

Comptait-elle me dire si les prêtres avaient aimé mon quatre-quarts aux fruits confits ? J'ai failli poser la question, mais j'attendais qu'elle me soumette comme d'habitude sa requête pénible : pourquoi n'avais-je jamais telle couleur de papier crépon ? Pourquoi les boîtes de crayons de couleur étaient-elles si petites ?

« Si vous ne voyez pas en rayon ce que vous désirez, je peux toujours vérifier dans la réserve, ai-je hasardé.

— Oh, ne vous donnez pas cette peine », a rétorqué Mme Romasello, puis elles ont toutes les deux tourné les talons, le dos aussi rigide que leurs opinions.

Après leur départ, j'ai laissé Kenny aux commandes et suis montée. Totalement perdue, je suis allée et venue dans l'appartement en me demandant si je n'étais pas folle. Et qui s'en serait soucié ? Je me suis fait une tasse de thé et ai appelé Ada.

À sa diction, j'ai compris que la femme qui répondait était une de ses amies italiennes, une Mortellite. Je me suis exprimée lentement, espérant me faire comprendre.

« *È Ada lì ?*

— *Se n'è andata.*

— Où ? *Dov'è andata ?* »

Je frôlais l'hystérie.

« *È andata via.*

— *Dove ?* »

Elle l'ignorait. Elle s'est mise à parler à toute vitesse dans un dialecte du sud de l'Italie dont je n'ai pas saisi un mot, avant de raccrocher brutalement. Abasourdie, j'ai fixé le combiné. Pourquoi ces Italiens étaient-ils toujours si grossiers ?

Cette nuit-là j'ai mal dormi, d'un sommeil agité. J'ai rêvé d'Ada. Cette fois, Maman et elle se tenaient la main et, même si je reconnaissais bien ma mère, la femme censée être Ada m'était inconnue. Nous étions en Italie. Elles disaient avoir faim, mais mon attention était attirée par les hommes qui se tenaient près de nous, des chasseurs armés de carabines et accompagnés de chiens. C'était l'automne et les détonations se répercutaient dans les collines. Qui disait détonations disait viande : un coq de bruyère, un cerf, n'importe quoi. La femme accompagnant Maman a fini par prendre les traits d'Ada. Je l'ai surtout reconnue à sa manière de balancer ses cheveux d'ébène en arrière, en éclatant de ce rire sonore et insouciant.

Je me suis réveillée affamée. C'est alors que je me suis rappelé qu'Ada était partie quelque part. Mais où ? J'avais la tête qui tournait et j'ai failli tomber en préparant le café. Dans ma tête les soucis tournoyaient sans relâche : l'usine de chaussures de Beppe, monsieur E. et mon amant de mèche pour me voler le magasin, l'expression blessante sur le visage de ces femmes qui avaient apprécié Maman mais se méfiaient de moi.

Lorsque la sonnerie a retenti, je n'étais pas d'humeur à accueillir de visiteur. Sur le pas de la porte se trouvait Angie, qui s'est engouffrée dans le vestibule puis dans l'escalier. « Toi et moi, on va monter une collecte en ville. On doit se mettre à vendre des titres d'emprunt de guerre. Ne t'inquiète pas, je me charge de tout.

— Angie, s'il te plaît. Quels titres d'emprunt de guerre ? » À mon air, elle a dû comprendre dans quel état d'esprit je me trouvais, car elle a pris un ton plus posé pour ajouter : « Marie, on ne peut pas porter la faute, pour Mussolini.

— Pour l'amour du ciel, ça se passe à des milliers de kilomètres », ai-je protesté en m'asseyant.

Roosevelt faisait des appels fréquents à la radio, et des publicités pour les titres d'emprunt de guerre fleurissaient partout. Il voulait que les *Américains* fassent montre de leur patriotisme. Il comptait sur la honte des Italiens face au soutien qu'apportait l'Italie à l'Allemagne pour nous obliger à contribuer à l'effort de guerre. La honte était un levier efficace, même si la plupart des gens en ville considéraient qu'il valait mieux rester en dehors de tout ça.

Je n'avais jamais cru Mussolini, ni ses promesses de nous protéger. Les hommes me semblaient particulièrement sensibles à son influence, même s'il y avait bien sûr pléthore de femmes prêtes à suivre un dictateur les yeux fermés. Et elles ne s'en cachaient pratiquement plus. Pas plus tard que la semaine précédente, j'avais entendu Mme Delfina vanter les uniformes de Mussolini. « Il a une allure régalienne », avait-elle dit. Où diable était-elle allée chercher ce mot ? J'étais devant le comptoir à viande chez Ferrara, quand Eddie Ferrara lui-même s'était approché en laissant tourner sa mandoline. À sa mine renfrognée, j'avais cru qu'il allait rabattre le caquet de Mme Delfina, au lieu de quoi il lui avait demandé de sa voix la plus mielleuse : « Bonjour, madame Delfina, vous attendez toujours votre commande ? »

Je n'avais aucune envie de vendre des titres d'emprunt pour l'effort de guerre, mais Angie se montrait si insistante. Nous avions tous peur. Peut-être était-ce un moyen d'arranger les choses.

« Qui d'autre participe ? »

Elle m'a adressé un regard grave. « Mme Bertolli.

— Tu plaisantes ! »

Mme Bertolli, qui avait dit peu de temps auparavant que Mussolini rendait son honneur à l'Italie, rejoignait maintenant l'effort de guerre contre lui. Peut-être avait-elle finalement entendu raison, sachant que sa fille vivait avec un homme violent et qu'on la voyait parfois en ville avec un œil au beurre noir. Même si je n'en étais pas fière, j'aurais voulu lui dire : *Voilà ce qui arrive quand on aime un homme fort.*

« Mme Fiedler, Mme Fiorello, Mme Giuffre, Mme Bellafiore, Mme Bertolli et Mme Rizotte. On doit le faire, Marie. Et il faut qu'on porte des tenues traditionnelles.

— Quelles tenues traditionnelles ? Comme les Indiennes, tu veux dire ?

— Non, des tenues traditionnelles *italiennes.* »

Une image m'est subitement revenue, une photographie des nièces de Mme Rizotte debout devant le palais du Quirinal à Rome, vêtues de chemisiers amples et de ces horribles jupes froncées trop larges. En janvier, elles avaient assisté aux noces de la fille du roi Victor-Emmanuel, la princesse Maria de Savoie, avec le prince Louis de Bourbon-Parme. Elles faisaient partie du contingent de paysans expédiés du sud du pays pour exprimer leur soutien au roi du Nord. Le dictateur lui-même était présent, affublé de ses galons dorés et de son chapeau à cornes. À en croire les actualités, on l'avait laissé seul dans un coin.

Ses nièces portaient également des hauts-de-forme. Je n'arrivais pas à croire que ce puisse être la mode en Italie du Sud. À l'évidence, on leur avait distribué des costumes spécialement conçus pour le mariage. « Je te préviens que je ne porterai pas de haut-de-forme, Angie, ai-je décrété en repensant à leurs sourires crétins sur la photo.

— Pas de haut-de-forme, a-t-elle promis.

— Et je ne me déguise pas.

— Tu veux bien au moins m'aider à poser des affiches ? Elles sont expédiées de New York. Elles viennent directement du bureau de Henry Morgenthau.

— Qui est-ce ?

— Enfin, Marie ! C'est le secrétaire du Trésor. C'est pour ça qu'on organise l'événement à la banque. » Sans me regarder, elle a pointé l'index dans la direction de ma fenêtre. Puis, toujours sans un regard, elle m'a attirée contre elle et m'a furtivement serré l'épaule.

Le lendemain, j'ai parlé à Ruth des titres d'emprunt.

« Non, je ne le ferai pas. Je déteste tout ce qui touche à cette guerre. Ça me répugne ! Et je refuse de les aider.

— Dans ce cas, moi aussi. Ils veulent qu'on porte des tenues traditionnelles. Tu as raison, c'est stupide.

— Pas stupide, a rétorqué Ruth. Hypocrite. Le gouvernement attend de nous que l'on refourgue ses titres d'emprunt, alors que cette guerre ne fera que nous détruire.

— Ce club dont tu fais partie. Ils soutiennent l'initiative. Comment s'appelle-t-il, déjà ?

— B'nai B'rith.

— Et rappelle-moi ce qu'ils font ?

— C'est un groupe de femmes auxiliaires. Nous sommes douze mille membres, a-t-elle précisé avec une pointe de fierté. On entretient la culture juive. C'est une organisation d'entraide, comme les Fils d'Italie. » Elle m'a lancé un regard chargé de sous-entendus. Je m'attendais à une allusion à l'incident avec Gino, mais heureusement elle s'est abstenue. « J'ai entendu dire qu'il y aurait une table à la banque. Quel effet ça te fait ? Est-ce pour ça que tu veux participer ?

— Non. Je veux dire, c'est un moyen de…

— Le voir ?

— Non !

— D'être acceptée ? » Et, à nouveau, ce regard entendu.

« Je ne l'ai pas vu depuis plus d'une semaine, Ruth. Pas un appel. Rien. Chaque matin au réveil, je me sens lourde et… vieille. Je sais que je ne le suis pas, mais on dirait que ma vie est finie. Je suis piégée. Je veux ce bébé. Et en même temps je ne veux pas ce bébé. Je n'arrive pas à me décider.

— Il est un peu tard pour ça.

— Tu crois que je n'en suis pas consciente ? »

J'avais beau en avoir envie, je ne pouvais pas lui raconter que Beppe s'était allié à monsieur E. pour cette histoire de prêt. Gersh et elle n'avaient jamais fait confiance à monsieur E., et elle me considérerait comme une idiote. Je ne pouvais pas non plus lui dire que mon amant m'avait volé Anthony, ou qu'il possédait une affaire secrète fournissant des bottes aux soldats.

« Ruth, je suis hors de moi !

— Ils ne partent jamais, n'est-ce pas ? Mais il y a parfois des exceptions. » Elle s'est penchée pour me prendre la main. « J'ai connu une femme, à Roseview. Son amant a quitté son épouse. Ça peut arriver. » Son regard s'est perdu au loin. « Très bien. Je t'accompagnerai. Pour vendre ces fichus titres d'emprunt. Mais c'est pareil pour nous, tu sais. Ils font en sorte qu'on se sente coupables d'être qui l'on est. Et on s'incline. »

50

Entrer dans ce bustier de velours noir était un calvaire, et le mien se trouvait être extrêmement étroit, contenant difficilement ma poitrine de plus en plus généreuse. Je prévoyais de porter dessous le beau chemisier que j'avais acheté pour aller avec la jupe de Maman, mais il semblait avoir rétréci. Je suis montée dans l'ex-voto fouiller dans la vieille malle de Maman, et j'y ai dégotté un tablier bordé de dentelle et tissé de motifs violet profond, vert, magenta et noir. Le contour était rebrodé de fleurs pastel. Pour apprécier pleinement ce genre de vêtement, il fallait être une femme et non pas une fille. Je l'avais souvent touché, mais jamais déplié pour révéler toute sa beauté. L'épaisse trame tissée de fils colorés était le résultat de nombreuses heures de travail et je me suis demandé qui l'avait réalisé.

Contrairement à mes autres tabliers – j'en avais deux, un dont je me servais pour la pâtisserie, l'autre pour les tâches salissantes comme le déballage des cartons – qui étaient dotés d'une attache à passer autour du cou et de lanières assez longues pour s'enrouler deux fois autour de la taille, celui-ci était traditionnel et ferait l'affaire.

Dans un effort pour le moderniser légèrement, j'ai sorti de leur boîte les bretelles encore bien préservées que j'avais emportées à New York. En m'inspectant dans le miroir en pied au dos de la porte de l'armoire, j'ai pensé à Beppe. J'avais l'air présentable, pas trop enceinte, avec un teint frais.

Le jour venu, nous nous sommes réunies dans le hall de la banque. Je balayais nerveusement la salle du regard dans l'espoir de l'apercevoir, tout en m'inquiétant que les autres s'en rendent compte.

« Je sais, a dit Ruth, on dirait que j'ai une *challah* sur la tête. » Elle s'était couvert les cheveux d'un long foulard qu'elle avait tressé et tordu artistiquement à l'arrière. « Très bien, je suis là. Que puis-je faire ? » Elle a roulé les manches de sa longue tunique en coton. Je reconnaissais la jupe, mais avec cette coiffure singulière, elle était une tout autre personne, venue d'une autre époque et d'un autre lieu.

« M. Ashworth a dit que nous pouvions ouvrir la double porte pour que les gens nous voient », a expliqué Angie.

En entendant prononcer son nom, je n'ai pas pu m'empêcher de tressaillir. *Quand lui avait-elle parlé ?*

« Nous sommes prêtes », a-t-elle annoncé en accrochant une grande affiche à l'avant de notre table pliante, sur laquelle étaient disposés des fascicules :

> *Venez trouver n'importe laquelle de nos employées*
> *Derrière chaque guichet, elles seront heureuses de vous servir*
> ***Soyez patriotes, achetez des titres d'emprunt de guerre !***

Quelques minutes plus tard, Angie est venue me murmurer à l'oreille : « Je l'ai vu hier en venant décider avec lui où nous pourrions nous installer. Il m'a demandé qui serait là pour vendre, et quand j'ai cité ton nom il a souri.

— Je suis sûre que c'est très bien », ai-je rétorqué, ce qui n'avait aucun sens.

Nous avons achevé l'installation dans le petit vestibule entre les portes extérieures et les portes vitrées intermédiaires. Le temps était frais et venteux, mais je ne sentais plus le froid. Les gens ont commencé à entrer et, chaque fois que j'accompagnais un client sérieux à l'intérieur, j'en profitais pour passer la banque au crible.

À midi, nous étions épuisées d'avoir passé la matinée debout sur le sol de marbre dur. J'allais demander une pause lorsque Angie s'est tournée vers le groupe, tout en me regardant droit dans les yeux. « Il n'y a aucune raison de rester toutes plantées à la même table. »

Les femmes discutaient de l'intervention radiophonique de Roosevelt programmée le soir même, et Ruth s'est demandé à voix haute s'il mentionnerait la vente de titres d'emprunt. « J'en tremble d'avance. Et s'il veut qu'on remette ça toutes les semaines ? » a-t-elle plaisanté.

Ruth et Mme Fiorello nous avaient apporté des sandwichs, que nous avons mangés sans bouger de notre table, au cas où il y aurait du passage durant le déjeuner, ce qui a en effet été le cas. Après cela, la journée a tiré en longueur, et Angie a suggéré de remballer. La banque fermait à 15 heures, toutefois les caissières nous ont fait savoir que nous pouvions rester plus tard et qu'elles nous attendraient. Mme Fiorello, qui s'était coiffée d'un petit napperon blanc – ce qui la faisait ressembler à la dame sur les bidons d'huile d'olive –, a proposé que nous patientions jusqu'à 16 heures au moins.

« Très bien, a acquiescé Angie. Mais on n'est pas toutes obligées de rester. » Une fois encore, elle a planté son regard dans le mien. Même si sa sollicitude me touchait, je n'avais aucune envie de partir. Quel était l'intérêt d'avoir produit tous ces efforts, si c'était pour ne pas le voir ? J'ai senti les larmes monter et les ai aussitôt refoulées.

« Peut-être Ruth peut-elle rentrer », ai-je soufflé, remarquant au passage son air soulagé.

Mme Fiedler, la seule Allemande parmi nous, a pris la parole alors qu'elle n'avait pratiquement pas ouvert la bouche de la journée. « Oui, c'est Ruth qui est là depuis le plus longtemps. Vous devriez y aller. » Ruth l'a remerciée d'un sourire crispé.

J'avais toujours apprécié Mme Fiedler, et je voyais bien qu'elle souffrait. C'est son costume allemand qui était le plus sophistiqué, avec ses rangs de dentelle cousus sur son tablier blanc immaculé. Elle avait glissé un châle en dentelle dans le corset noir ajusté et avait épinglé un petit bouquet de fleurs fraîches sur sa poitrine généreuse. Une grande plume blanche de marabout était plantée dans son chapeau plat en forme de bol. Il y avait fort à parier que le succès des titres d'emprunt tiendrait aux efforts fournis par celles qui se sentaient le plus coupables.

Ruth a rassemblé ses affaires. Par-dessus son épaule, elle m'a glissé : « Marie, si tu veux écouter Roosevelt chez nous ce soir, passe à la maison. »

Mme Fiorello avait raison. Dès l'heure de sortie des bureaux, les clients ont commencé à affluer dans la banque et nous avons vendu plus de titres en une heure que durant tout le reste de la journée. La caissière en chef est venue nous dire qu'elle et ses collègues seraient heureuses de fermer encore plus tard si cela pouvait nous être utile, mais à 16 h 30 nous étions en train de remballer.

S'il y avait une leçon à tirer de cette journée, c'était que Beppe ne voulait plus rien avoir à faire avec moi. Je redoutais de me retrouver seule chez moi, aussi ai-je suggéré que nous allions toutes au Sweet Shoppe. Angie a prétexté qu'elle devait rentrer, Mme Fiorello qu'elle avait mal aux pieds, ce qui ne laissait que Mme Fiedler, qui Dieu merci a répondu que ce serait pour une autre fois.

« Quelle bande de rabat-joie vous faites », me suis-je exclamée pour plaisanter, alors que je me sentais d'une tristesse sans fond. « Je peux stocker les affiches, si vous voulez. Après tout, je suis tout près. » J'ai désigné le Five&Ten de l'autre côté de la rue.

« Je vais t'aider à les porter jusque chez toi, a proposé Angie.

— Je peux aider, a dit une voix. Je peux les porter chez Mlle Genovese.

— Oh, a fait Angie. C'est très gentil à vous, monsieur Ashworth. Et merci encore de nous avoir laissées nous installer dans la banque.

— Je vous en prie. Il était naturel de faire ce petit geste. Il faut que tout le monde s'y mette.

— C'est bien vrai », a opiné Angie.

J'ignore quelle tête je faisais, toujours est-il que Mme Fiedler me dévisageait avec insistance.

« Votre costume est superbe, l'a-t-il complimentée, la faisant rougir.

— Il appartenait à ma mère, qui nous a quittés.

— Si tout est arrangé, je pense que je vais y aller, moi aussi », a annoncé Mme Fiorello.

Avec Angie, nous avons ramassé les derniers fascicules. Je gardais la tête baissée. « Je vous propose quelque chose, a dit Beppe. Pourquoi ne les laisserait-on pas à la banque ? Vous répéterez l'opération, je pense.

Oh, ce serait très pratique, a acquiescé Angie.

— Ainsi, Mlle Genovese n'aura pas à les entreposer dans son magasin. Nous avons toute la place, ici. »

Angie m'a déposé un baiser furtif sur la joue, a serré la main de Beppe et s'est éclipsée. Les caissières sont sorties une à une en nous saluant et nous remerciant pour notre travail en faveur de l'effort de guerre. Et nous nous sommes retrouvés seuls. Beppe a fermé la grande porte et l'a verrouillée de l'intérieur.

Debout à un mètre l'un de l'autre, nous nous dévisagions comme des inconnus curieux.

« Je suis heureux de te voir, Marie.

— Moi aussi.

— Marie, je veux qu'on parle. Je le veux vraiment.

— Moi aussi.

— Ce soir. À l'appartement ?

— Il n'y a personne chez moi. Tu pourrais venir.

— J'aimerais mieux à l'appartement. Tu veux bien ? »

Nous avons convenu d'une heure.

Je m'attendais à trouver les lieux froids et vides, mais il était déjà là, et l'appartement propre et chauffé. Et il y avait des fleurs. Lorsque je suis entrée, il était agenouillé devant le poste de radio. « Roosevelt va bientôt parler », a-t-il annoncé en se tournant vers moi, le sourire aux lèvres. J'avais complètement oublié la causerie au coin du feu.

En le voyant, et sans même qu'il effleure mon bras du bout de ses doigts, j'ai senti l'étincelle familière, qui s'est transformée en brasier dans mon corps rempli de son bébé. Il s'est approché, m'a aidée à retirer ma veste et nous avons traîné quelques minutes en faisant comme si tout allait bien.

« Pourquoi n'as-tu pas donné de nouvelles ? ai-je fini par demander.

— Je reviens tout de suite. » Il s'est dirigé vers la cuisine. « Tu veux un verre ? » J'ai entendu la porte du réfrigérateur s'ouvrir. « L'émission commence dans quinze minutes.

— Je ne devrais pas boire », ai-je fait remarquer en m'asseyant lourdement dans le canapé.

Il est revenu dans la pièce et m'a tendu un verre d'eau.

« Où étais-tu, Beppe ? »

Il s'est assis dans le fauteuil en face de moi et s'est raclé la gorge avant de se pencher en avant. « Mon père possédait plusieurs commerces. En réalité, il les a tous coulés avant de racheter la banque. J'ai compris très tôt que je ne conduirais pas mes affaires comme lui. Je visais plus haut. Il m'a appris à ne pas prendre de risques inconsidérés. » Il a marqué une pause. Il regardait par la fenêtre, alors qu'il faisait pratiquement noir dehors. « Marie, parfois on peut être tenté d'emprunter de plus en plus d'argent, mais ça ne fonctionne jamais. Je sais que tu traverses une passe difficile. Il faut tenir la distance. C'est ça, l'astuce.

— Que fais-tu de mon serveur ?

— Quoi ?

— Anthony. Il part travailler pour toi.

— Je ne sais pas qui est Anthony. Travailler où ?

— Dans ton usine de chaussures. Quand comptais-tu m'en informer ? »

Il a paru déstabilisé.

« Tu vas me dire que tu n'étais pas au courant, pour mon serveur ?

— Mon Dieu. Jamais je ne te volerais un employé. Jamais.

— Et pourtant, tu l'as fait. Maintenant qui vais-je trouver pour servir à la buvette ? »

Ses traits se sont tordus. J'attendais qu'il s'explique, mais il fixait le sol. Il a avalé une gorgée de son whisky.

« Il gagne beaucoup plus chez toi, c'est sûr.

— Je ne sais pas quoi dire. Je suis désolé.

— Tu ne savais pas ? Comment veux-tu que je te croie ? Pourquoi ne pas m'en avoir parlé, sinon ? » Je devais lutter pour garder une voix calme et neutre.

Il faisait chaud dans la pièce. Il a desserré le nœud parfait de sa cravate. « Je ne veux pas que tu t'inquiètes. » Puis, nonchalamment, comme s'il s'agissait d'une banalité, il a annoncé : « J'ai rédigé un nouveau contrat.

— Un contrat ? »

Il est allé prendre un document dans sa mallette et l'a posé à côté de moi sur le canapé. Un contrat de prêt.

« Vas-y », m'a-t-il encouragée.

Sans une seconde d'hésitation, je suis allée directement à la page de signature.

« Tout ira bien », s'est-il empressé de dire lorsque mes yeux se sont posés sur le nom du nouveau coemprunteur : M. Joseph P. Ashworth. Puis il a attiré mon attention sur un paragraphe qu'il voulait que je lise. Il y était dit qu'il posséderait 70 % du magasin si je ne remboursais pas l'emprunt dans les trois ans. *Trois ans seulement.* Le contrat précédent m'en donnait dix.

« Que se passe-t-il si je ne peux pas payer ? C'est toi qui deviendras propriétaire du Five&Ten ?

— Oui. Mais lis plus bas, Marie. Ça va te plaire.

— *En tant qu'investisseur principal, M. Joseph P. Ashworth entreprendra toutes les réparations et améliorations requises en accord avec les projets d'expansion de Mlle Marie Genovese.* Tu paieras pour transformer le Five&Ten en grand magasin, et c'est de l'argent que je n'aurai pas à rembourser ?

— C'est exact. » Il arborait un sourire ravi.

Le montant du prêt était considérable et suffirait non seulement à racheter du stock, mais à procéder à une rénovation complète de l'extérieur, avec ravalement et stores. Je pourrais même m'offrir de nouvelles corbeilles et étagères.

« Je fais repeindre la cuisine, ai-je annoncé.

— Il doit y avoir assez pour ça, a-t-il acquiescé.

— Non, je veux dire, c'est en cours. J'ai engagé quelqu'un. »

Un artisan italien, fraîchement arrivé de Naples, était en train d'ajouter à la corniche de ma cuisine des feuilles d'or légères comme la soie en un motif de lierre.

La feuille d'or était un cadeau de Gersh et Ruth, dégotté à la foire professionnelle de Philadelphie où ils achetaient leurs articles de mercerie.

Beppe était tout ouïe. Il a poussé les papiers vers moi.

« Je vais faire chauffer l'eau pour le thé », ai-je déclaré. J'avais besoin de me retrouver seule une minute. Nous aurions dû être en train de parler du bébé. Tel un *folletto*, elle bondissait malicieusement dans l'appartement, aussi vivante dans l'air qu'elle l'était dans mon ventre. C'était comme le jour où Ruth et moi discutions dans ma cuisine, alors que je venais de découvrir que j'étais enceinte. Ce jour-là aussi, nous parlions de l'avenir du magasin.

J'étais si calme et tranquille, lorsque j'ai posé devant nous les *cupcakes* que j'avais apportés, deux petites bouchées à la vanille d'une délicatesse parfaite avec un glaçage de chocolat riche et velouté. Je les ai placés sur les petites assiettes en porcelaine décorées de saintpaulia, encore des rebuts du manoir.

J'ai croqué une bouchée. « Parle. Je t'écoute.

— Ne sois pas comme ça, s'il te plaît. » Il a passé les bras autour de moi et je me suis laissé faire. « Tu as raison. Tout ce que tu prévois est bien. » Il m'a pris la main et a planté son regard dans le mien. « Je le vois. »

J'ai patienté.

« Je crois au magasin, Marie. J'aime tes projets d'agrandir le rayon d'articles ménagers. La demande va monter, et tu es idéalement placée. Avec cet argent, tu pourras financer beaucoup de travaux. »

Il ne tenait pas en place. Il s'est dirigé vers la fenêtre et s'est mis à caresser machinalement le suspendeur en brocart que j'avais accroché près de l'horrible commode.

« Mais il va falloir que tu surveilles tes dépenses. C'est toujours la crise. Il est possible que le contexte soit encore houleux pendant un moment. »

J'ai saisi le stylo. J'avais déjà décidé de signer. Pour lui, c'était une dette. Pour moi, une nouvelle pierre dans un mur déjà solide. Il était miraculeux que nous ayons encore des sentiments l'un pour l'autre, en plus de cette nouvelle certitude d'être destinés à partager nos vies. J'ai signé à la hâte et suis allée le rejoindre près de la fenêtre. Il a regardé longuement mon ventre puis a posé ses mains dessus, et nous avons totalement oublié Roosevelt.

Assise au bord du lit, je venais tout juste de remettre ma robe et m'échinais à rattacher les brides de mes chaussures lorsqu'il a dit : « J'ai quelque chose d'autre pour toi. Mais je ne veux pas que tu l'ouvres tout de suite. »

Il m'a tendu une petite boîte, de la taille et de la forme d'un écrin.

« Pourquoi ne puis-je pas l'ouvrir maintenant ?

— Une fois que tu seras chez toi », a-t-il insisté.

Sur la carte, j'ai reconnu son écriture nette et précise. *Pour Marie*.

Nous nous sommes embrassés et il a promis d'appeler le lendemain. Il a tenu à ce que je parte la première. Sur le chemin du retour, je m'imaginais ce que les gens diraient s'ils me voyaient passer dans cette rue déserte en pleine nuit. *Regarde cette pauvre femme, seule, avec la guerre qui arrive. Et il paraît qu'en plus elle est enceinte*. Oui, j'étais enceinte. C'était le genre de choses qui pouvaient arriver lorsque les femmes tombaient amoureuses. Ces femmes si promptes à juger une autre femme n'avaient-elles donc jamais été jeunes elles-mêmes ? N'avaient-elles jamais connu l'amour ? Elles pouvaient bien aller au diable.

De retour chez moi, je me suis fait du thé et suis allée m'installer près de la fenêtre. J'ai tiré la petite boîte de ma poche. Nichée dans une volute de velours noir se trouvait une bague en or ornée d'un grenat cerclé de petits diamants. Je l'ai inspectée sous la lampe, admirant les reflets charmants qui l'illuminaient.

Joseph avait écrit sur la carte :

Je suis sans défense, Marie. Sans toi, je ne suis rien ni personne. J'espère que tu le sais.
Avec tout mon amour,
Beppe.

Ayant abandonné de longue date l'espoir de passer tout mon temps en sa compagnie, et cette vision idyllique de nous deux assis tendrement autour d'un feu ou d'un poste de radio, je ne savais quel sens donner à ce cadeau. Perplexe, j'ai parcouru la pièce du regard, et j'ai mesuré tout à coup à quel point j'aimais la solitude de mon foyer. Peut-être qu'au-delà d'une certaine souffrance, le cœur ne pouvait plus en supporter davantage et se résignait à lâcher prise. J'ai enfilé la bague à mon annulaire et posé ma main sur mes cuisses. Puis j'ai pensé à Priscilla Ashworth et me suis dit qu'il n'y avait décidément aucune justice ici-bas.

51

J'ai informé mes clients réguliers que je ne pourrais pas honorer mes commandes pendant quelques semaines car je faisais retapisser ma cuisine. Cela devait paraître un luxe insensé, et c'en était un en effet. Alors que tout le monde épargnait ou du moins essayait, incessamment exhorté par le gouvernement à *tirer le maximum, faire avec* ou *faire sans*, je dépensais allégrement. Et j'ai commencé à mettre en public la bague offerte par Beppe. Quel était l'intérêt de faire un tel cadeau, s'il n'avait pas l'intention que je le porte ?

Mais j'ai rapidement appris qu'avoir de l'argent ne signifiait pas nécessairement obtenir le stock dont j'avais besoin. Les grands magasins accaparaient de plus en plus la chaîne de distribution et, ce qu'ils ne s'appropriaient pas, la guerre se préparait à le réquisitionner. Les articles en caoutchouc tels que les spatules et les gants de cuisine se faisaient rares. Heureusement, il y avait des gens désireux d'effectuer du troc, et une fois ma cuisine remise en service, je me suis mise à confectionner tous les quinze jours une commande de soixante-douze *cupcakes* pour un fournisseur au nord de Littlefield qui, en échange, m'envoyait des règles à calcul, des chapeaux mous pour femme, des bijoux fantaisie et des briquets Zippo. Il fallait que je propose des articles pratiques aussi bien que de petites babioles attrayantes. D'autres produits comme le linge de maison brut étaient ordinaires ou de mauvaise qualité et se vendaient à des prix exorbitants, et je ne trouvais plus du tout de pantoufles pour femme. J'en avais toujours eu un stock en quelques pointures, mais les chaussures en tous genres devenaient impossibles à dénicher.

J'avais pourtant réussi à vendre une poêle méchamment cabossée d'un côté – manipulée sans précaution par Kenny – à un client qui ne s'était pas plaint et n'avait pas demandé de remise. Il est vrai que je l'avais déjà beaucoup soldée, mais je considérais comme un miracle qu'au lieu de devenir de plus en plus sagaces, mes nouveaux clients soient de moins en moins exigeants. Et puis, récemment, une femme que je ne connaissais pas était entrée dans la boutique et, après avoir examiné mes poêles et mes casseroles, avait ostensiblement chuchoté à l'oreille de son amie : « Quelle camelote ! Mais ce n'est pas étonnant, venant d'*eux*. » Lorsqu'elle était passée à la caisse avec une série de dessous de verres crochetés à la main par Mme Bertolli, j'avais failli dire : *Je vois que vous avez choisi de beaux articles faits main, aux coutures parfaites et en fil supérieur, confectionnés par nos soins*. Naturellement, je n'en avais rien fait, je m'étais contentée de la remercier en souriant, tout en regrettant intérieurement de ne pas lui en avoir demandé plus cher.

Des femmes que je ne connaissais pas ont commencé à venir se renseigner sur mes gâteaux. Qui étaient ces gens qui n'avaient jamais mis les pieds dans ma boutique ? J'en ai déduit que c'était grâce à la buvette. Ç'avait été un grand soulagement que Mimmo, le cousin d'Anthony, accepte de prendre la relève. Il n'était ni aussi mignon ni aussi efficace, mais il était toujours ponctuel et ne se plaignait jamais.

Un gâteau pour le père Barnes avait remporté un grand succès, de même qu'une fournée de biscuits pour Mme Fiedler, et c'est par Ella, la gouvernante des Ashworth, que je l'avais appris. Elle était passée un jour et non seulement elle savait ce que les femmes en ville disaient de mes gâteaux, mais elle si timide et peu communicative n'avait pas tari d'éloges. « Oh, oui, avait-elle admis en souriant. C'est moi qui leur ai donné votre numéro. » Au moment où elle partait, alors que j'allais prendre le risque de demander pourquoi les Ashworth n'avaient plus repassé commande, Ella m'avait dit en haussant les épaules : « Mme A. n'est presque jamais là, ces temps-ci. »

En constatant que le prêt de Beppe avait été versé en intégralité sur le compte du Five&Ten, sur lequel j'étais la seule à avoir procuration, j'ai d'abord cru à une erreur. Ensuite je me suis demandé si ce n'était pas un moyen de me manifester sa confiance, sa foi en moi et dans le magasin. Quoi qu'il en soit, j'ai décidé de ne pas en parler. J'ai fait des folies pour du linge importé de France, deux petites nappes, une série de serviettes de table et de jolies chandelles. J'ai même rentré une crèche de luxe que j'avais très peu de chances de vendre, mais j'avais décrété que ce Noël-ci serait meilleur. Il fallait que le magasin ait l'air prospère.

Je me suis figuré une queue remontant jusqu'au coin de la rue, dès que le bruit courrait que le Five&Ten avait fait le plein.

Mais alors Beppe a appelé, faisant l'impasse sur les banalités habituelles. « Marie, la totalité de l'argent a été versée. Nous n'avions pas l'intention de tout…

— Tout va bien se passer, l'ai-je rassuré en employant une de ses expressions favorites.

— Mais il faut que tu te régules.

— Je suis toujours prudente, Beppe. »

Lorsqu'il lui arrivait de ne pas tout maîtriser, on aurait dit que le ciel allait lui tomber sur la tête. Et lorsque je prenais une décision sans le consulter, je sentais un regain de puissance.

« Tu n'as pas à t'inquiéter, Beppe. Je contrôle la situation. On se voit jeudi ?

— Oui. À jeudi. »

Avec tout cet argent sur mon compte, je suis allée de l'avant. J'ai rédigé une liste de produits dont j'avais toujours rêvé, comme le dernier Breakfaster, une machine qui grillait le pain en même temps que l'on faisait cuire un œuf sur le plateau. Je comptais commander des poêlons de service et des rideaux de douche. J'épluchais les catalogues que je considérais autrefois comme trop chers pour choisir des outils de bricolage, deux ou trois échelles et des paquets de graines. Rien ne m'arrêtait. J'étais enivrée, épuisée, heureuse et débordée. C'était le bébé, et la liberté d'avoir de l'argent.

Et pourtant, j'étais seule, et au moment où j'avais le plus besoin d'elle, Ada avait disparu. Je l'avais rappelée, pour obtenir la même réponse de la femme grossière au fort accent italien. Pendant ce temps, ma grossesse avançait et je me sentais chaque jour différente. Malgré l'essoufflement et les vertiges, je ne ralentissais pas le rythme. J'arrivais au magasin tôt le matin, plus optimiste que jamais. Le comptoir étincelait comme un wagon de chemin de fer neuf et, avec les clients qui affluaient, la nouvelle vitalité du Five&Ten me laissait croire que le monde n'allait pas rester très longtemps à l'arrêt, même s'il devait y avoir la guerre. Certains jours, je me sentais invincible.

J'ai demandé à Ruth à combien de semaines j'étais, selon elle. Beppe avait tellement insisté que j'avais vu le médecin. Mais le docteur Agnoli, dont le bon visage patient était toujours un réconfort, ne me donnait aucune information hormis : « Tout se déroule à merveille, Marie. »

« Il ne t'explique rien ? s'est étonnée Ruth.

— Non.

— Mon Dieu. Eh bien, force-le !

— J'ai l'impression qu'il considère que ce ne sont pas mes affaires, ai-je rétorqué en riant.

— Tu plaisantes. J'irai avec toi, la prochaine fois. »

En réalité, je ne savais pas quelles questions lui poser, et j'étais gênée de devoir avouer que j'ignorais pratiquement tout de ce qui se passait dans mon propre corps. Je remarquais seulement mon poids, qui semblait grimper vertigineusement de semaine en semaine, et les coups de marteau dans mon ventre quand je m'y attendais le moins. Pourquoi, quand j'étais en train de me coucher, le bébé décidait-il précisément de se réveiller et de me bourrer de coups de pied ? Pourquoi ne pouvions-nous dormir au même moment ?

Avec l'aide de Ruth, je me préparais à accoucher à la maison. Elle connaissait une sage-femme, un peu plus loin sur la route de Franklin. Nous avions encore plusieurs mois devant nous, mais avec Noël qui approchait et la masse de travail qui nous attendait, mieux valait prendre les devants.

J'étais en train de débarrasser les cartons d'emballage et de balayer la poussière après une livraison lorsque j'ai remarqué un tas de mouchoirs en papier chiffonnés au beau milieu du passage. Avec Kenny, j'étais à bout de patience, et je m'apprêtais à le semoncer vertement quand monsieur E. est entré.

« Mari, j'ai de mauvaises nouvelles. J'essaie d'apporter l'argent. Je ne sais pas si je peux. Pendant combien de temps…

— Je n'ai pas besoin de votre argent », ai-je rétorqué, impatiente de le chasser au plus vite du magasin. Les hommes que j'avais engagés pour restaurer les rayonnages étaient arrivés. Ils étaient en train d'installer leurs échelles et de déballer leur matériel de peinture.

« Mari, mon Dieu, qu'est-ce que c'est ?

— J'ai signé de nouveaux papiers.

— Quels nouveaux papiers ?

— Un autre prêt.

— Quel prêt ?

— M. Ashworth et moi sommes les seuls noms au contrat », ai-je annoncé triomphalement. J'avais beau détester l'idée d'un second nom associé au magasin, pouvoir éliminer Salvie Esposito de ma vie me procurait un plaisir inouï.

Il m'a dévisagée, sous le choc. Alors j'ai décidé de tenter le tout pour le tout.

« Vous l'avez suivie ici ?

— Quoi, Mari ? »

Je n'avais pas prévu d'amener le sujet, mais il fallait profiter de mon avantage.

« Êtes-vous venu en Amérique pour essayer de piéger Maman, comme vous n'aviez pas pu le faire en Italie ?

— *Madonna mia !* s'est-il écrié en levant les bras au ciel.

— Je sais tout, pour vous et Maman.

— Mari, on parle. Si tu veux.

— Inutile, ai-je répliqué. Je ne vous retiens pas. »

Sammy et Gloria m'ont invitée à Camden le soir du réveillon, mais lorsque mon frère m'a annoncé qu'il s'était arrangé avec monsieur E. pour qu'il m'emmène en voiture, j'ai prétexté que j'étais trop fatiguée. Je gardais l'espoir qu'Ada me fasse signe, cependant depuis mon dernier appel aux Mortellite – qui s'était encore soldé par un échec –, j'avais baissé les bras. Je me sentais découragée, et pourtant déterminée à ne pas laisser mon humeur gâcher la fête, aussi avais-je dit à Sammy de ne pas s'inquiéter. Comme ils viendraient tous pour Noël de toute manière, il n'était pas nécessaire de se réunir deux soirs de suite.

Au début, la perspective de passer Noël seule m'avait attristée, mais j'avais fini par m'en faire une joie lorsque Ruth et Gersh m'ont invitée chez eux le 24 au soir. J'ai dit oui sans hésiter.

« Ne t'inquiète pas, a plaisanté Ruth avec son cynisme habituel. On ne passera pas la soirée à lire la Torah. » Elle m'a expliqué que leur réveillon de Noël s'appelait *Nittel Nacht*, du nom d'un savant juif du XVIIe siècle, et qu'il marquait le début d'une restriction des activités. Selon Ruth, il était aussi recommandé que les juifs jouent aux cartes !

« Que puis-je apporter ?

— Rien. On s'occupe de tout. »

Une amie des Oletsky qui habitait New York et descendait rendre visite à des relations à Roseview devait leur déposer des plats chinois achetés dans un restaurant qu'ils adoraient tous. « Je devrai les réchauffer, m'a expliqué Ruth. J'espère que ça ira. »

À mon arrivée, elle m'a annoncé : « Il n'y a pas de lait, donc on est presque casher. Quant aux crevettes et au porc… » Elle a haussé les épaules. « Ils sont déguisés. » Gersh et elle ont ri de bon cœur. Je ne les avais jamais vus si heureux. Nous avions implicitement décidé que notre amitié importait plus que cette idéologie odieuse qui se répandait comme une gangrène, aussi avions-nous mis de côté ces incidents terribles et personne n'avait plus parlé de Gino.

« Il fallait bien faire *quelque chose* aujourd'hui, m'a dit Ruth, pendant que vous vous retrouvez tous avec votre petit groupe.

— Ruth, je déteste ça. Je ne suis pas avec *mon groupe*. Je suis ici.

— Ce n'est pas ce que je voulais dire. » Elle m'avait pris la main. « Je suis heureuse que tu sois là et que tu n'aies pas fait la route jusqu'à Camden, avec toute cette neige fondue. À présent, jouons aux cartes ! »

J'ai comparé ce Noël au précédent. Il y avait un an jour pour jour, je m'étais habillée chic pour livrer de la soupe chez mon amant et j'avais rencontré sa femme. Cette année, j'avais l'impression de peser une tonne. Une fois ou deux, je me suis figuré Beppe dans sa grande demeure avec un sapin gigantesque, et une fête, même si cette année personne n'avait appelé pour commander de la soupe. Et dès lors que j'ai décidé de ne plus m'en soucier, Gersh, Ruth et moi avons passé une soirée délicieuse.

Le rituel était très différent. Ruth m'avait dit que, la veille du shabbat, ils devaient déchirer le papier toilette en avance car le samedi, tout *travail* était interdit. « Tout notre papier toilette est prédécoupé, Marie. On est fin prêts. » J'aurais pu jurer qu'on entendait nos rires à trois rues de là. Je ne me rappelais pas m'être jamais autant amusée. Je suis restée tard, bien au-delà de 23 heures, sans pourtant me sentir fatiguée.

Le lendemain, Noël pour de bon, nous nous sommes réunis comme les années passées, Sammy et Gloria, Kenny et Loretta, et monsieur E. dont j'avais espéré qu'il resterait à l'écart, mais après tout il était l'oncle de Gloria. Si l'absence de Gino a d'abord paru étrange, nous nous sommes empressés de l'oublier. Mais lorsqu'en brandissant une bouteille de Four Roses monsieur E. a annoncé qu'il s'agissait d'un cadeau de lui, j'ai eu envie de la lui arracher des mains pour la fracasser contre le mur. En outre, je ne le croyais pas. Monsieur E. avait encore changé de tactique, ou peut-être choisissait-il de faire comme si je n'avais posé aucune question concernant sa relation avec ma mère. À le regarder faire, on pouvait penser que notre dispute n'avait jamais eu lieu. J'en ai conclu qu'il était fou.

Ma silhouette était en pleine éclosion, et j'étais embarrassée de mon corps. Un petit verre de vin m'a aidée à me détendre. L'avantage, c'est que je n'avais rien à faire. Gloria et Sammy avaient apporté des lasagnes bolognaises, du salami, du fromage et des olives ; monsieur E., du vin, des fleurs, des artichauts et du rôti de veau ; Kenny et Loretta, leur reste de *baccalà*, le plat traditionnel de Noël à base de morue salée. Je n'avais eu qu'à cuisiner le dessert. Aussi avais-je opté pour un gâteau d'amour à l'italienne.

La soirée s'est déroulée sans tension ni incident. Je me demandais si j'étais la seule à qui Ada manquait. J'avais espéré qu'elle serait là et qu'elle dirigerait ses intentions vers une meilleure année pour nous tous. Mais mon plus grand vœu était que nous nous entendions tous bien, que le magasin prospère et que Beppe et moi arrivions à un accord.

1940

52

Les ventes de Noël n'étaient pas extraordinaires, mais peu m'importait, car grâce au prêt de Beppe je roulais sur l'or. Cependant, je ne pouvais m'empêcher de me demander pourquoi tout ce nouveau stock, la peinture fraîche et le comptoir flambant neuf n'avaient fait aucune différence. Ruth et Gersh me disaient qu'eux non plus n'avaient pas fait un bon chiffre au magasin.

Protégée par le crédit de Beppe, j'ai pu payer Kenny, Feldman, Corley et Mimmo, le nouveau serveur de la buvette. L'aire de chargement continuait à voir défiler les mystérieuses cargaisons de monsieur E., mais désormais, en entendant les camions, je roulais sur le côté et m'enfouissais la tête sous un oreiller pour étouffer le bruit et aussi les remords que m'inspiraient ces activités illégales.

Deux fois dans le mois, je m'étais rendue chez le médecin pour me plaindre d'élancements inhabituels. Les coups de pied avaient cessé, ce qui m'inquiétait, mais Agnoli se montrait toujours rassurant. « Le bébé arrivera bientôt », m'a-t-il annoncé. *Oh, merci pour cette grande nouvelle*, ai-je songé. *Je ne l'aurais jamais deviné toute seule.* J'avais des crampes atroces aux jambes et, tous les jours vers 16 heures, j'étais prise d'une fatigue irrésistible. Dès que je le pouvais, je faisais la sieste. Pourtant mon désir sexuel était incessant et, avec Beppe, nous nous voyions deux fois par semaine. Que pouvait-il bien raconter à Priscilla, lorsque nous nous retrouvions la nuit chez moi ou dans l'appartement de Bellevue ? Car il était fréquent que nous nous séparions très tard.

Beppe semblait ailleurs, et nous continuions à nous disputer. J'étais déterminée à accoucher chez moi, quand lui était persuadé qu'il serait plus sûr d'aller à l'hôpital. Il promettait de payer, que tout était arrangé. Je devais l'appeler à la seconde où commencerait le travail, et il me conduirait en voiture. Il m'a donné le numéro de téléphone de quelqu'un, sans doute une secrétaire ou une amie, qui saurait le joindre le moment venu.

« Et Priscilla ? Si c'est au milieu de la nuit ? »

Je me suis remémoré les paroles d'Ella, lorsqu'elle m'avait appris que Mme A. n'était pratiquement jamais à la maison. J'avais attendu sa réponse en retenant mon souffle.

« Laisse-moi me préoccuper de ça, veux-tu ?

— Je ne veux pas aller à l'hôpital.

— Ne sois pas ridicule, Marie. Il le faut. »

Nous étions rhabillés et sur le point de quitter l'appartement après de folles étreintes lorsqu'il s'est approché pour me prendre dans ses bras. Mais le bébé appuyait contre mes côtes, me coupant la respiration, si bien que je n'ai pas réagi à son geste. Il a paru alarmé et, en levant la voix, s'est exclamé : « Qu'est-ce que tu attends de moi ? »

Je lui ai répondu sur le même ton. « Franchement, tu ne le sais pas ? »

Au même moment, une souris a filé sur le tapis et contourné ma chaussure avant de disparaître derrière le canapé. Beppe s'est prestement mis à genoux pour regarder sous le meuble.

« Laisse-la tranquille ! me suis-je écriée.

— Tu plaisantes ? Je vais l'attraper. On a des pièges, dans la cuisine.

— Non. Je ne veux pas.

— Pourquoi ? Pour l'amour du ciel… »

J'ai fondu en larmes. « Tu ne peux pas la tuer !

— Marie, ce n'est qu'une souris. »

Et si c'était en réalité un esprit amical ? Une *fata* venue me porter chance et bonheur ? Il a de nouveau essayé de m'enlacer, et je l'ai repoussé. Il s'est relevé et a ajusté son costume. « Dis-moi ce qui ne va pas. »

Le bébé m'a envoyé un énorme coup de pied.

« Quand la quitteras-tu ? Quand ?

— Marie. Pas maintenant. S'il te plaît. »

Tout cela était-il seulement réel ? Et qui était-il vraiment ? J'aurais pu mettre fin à cette histoire sur-le-champ. Peu importait que nous prononcions ou non ces paroles, *Je t'aime*. Elles demeuraient secondaires, sinon inutiles.

53

Je m'étais sentie lourde toute la journée, peinant à respirer. Le docteur Agnoli ne s'était pas montré très précis quant au terme, mais j'avais calculé qu'il devait me rester au moins un mois. Après notre dernier rendez-vous, nous avions convenu, Beppe et moi, qu'il était vain de discuter de son mariage, du magasin et de la naissance du bébé. Nous étions trop à fleur de peau, l'esprit frétillant d'impulsions et d'inquiétudes. Nous ne voulions ni l'un ni l'autre risquer une nouvelle querelle.

J'avais une liste de choses à régler avant l'arrivée du bébé. J'avais l'intention de faire un grand ménage dans l'appartement et de raccommoder une déchirure à mon manteau d'hiver. J'étais en train de monter lentement l'escalier après avoir enfin fini de remballer le stock invendu de la Saint-Valentin – ce que Kenny aurait dû avoir terminé depuis des semaines – lorsque j'ai dû m'arrêter à mi-chemin. En sentant un liquide chaud me dégouliner le long des jambes, j'ai vérifié furtivement qu'il ne s'agissait pas de sang et constaté avec soulagement que c'était de l'eau claire. Les contractions ont aussitôt démarré, bien plus profondes que ces douleurs mystérieuses que j'avais eues au début de la grossesse. La souffrance n'était pas cantonnée à un seul côté du ventre, ni reliée à l'apparition soudaine et effrayante d'un coude ou d'un genou sous la peau. On aurait plutôt dit que des fils électriques délimitaient les contours du bébé à l'intérieur de mon ventre et irradiaient jusqu'aux jambes comme des éclairs illuminant le ciel. Sous l'effet de la douleur, je me suis pliée en deux et ai tout juste réussi à me traîner jusqu'au téléphone dans le salon, où je me suis assise pour appeler Ruth.

Elle m'a dit qu'elle préviendrait la sage-femme, puis elle a raccroché et est arrivée presque aussitôt, suivie de près par la sage-femme. J'ai expliqué que je croyais que le bébé était en avance, mais elles m'ont ignorée et se sont attelées à la préparation de l'appartement, disposant des serviettes de toilette et mettant de l'eau à bouillir. Au milieu de tout cet affairement et de leurs efforts pour me trouver une position aussi confortable que possible, la sonnette a tinté.

« Je vais voir qui c'est et m'en débarrasser », m'a rassurée Ruth.

J'ai furtivement pensé à Beppe. Je savais d'ores et déjà que je ne l'appellerais pas. Je me suis demandé si c'était lui, à la porte.

« Quelles fleurs magnifiques », ai-je entendu Ruth s'exclamer, puis deux personnes se sont engagées dans l'escalier. Des femmes. Ce n'était donc pas Beppe, ce qui m'a soulagée autant qu'attristée.

Ada se tenait dans l'embrasure de la porte avec une brassée de fleurs sauvages, de l'hellébore et de l'hamamélis qui semblaient avoir été volés dans le jardin d'un voisin, sauf que ce n'était pas la saison. Où diable était-elle allée, et pourquoi n'avait-elle pas appelé ?

Et comment avait-elle pu savoir que le travail avait commencé ?

« Je viens », a-t-elle simplement dit, mais une contraction m'a saisie avec une telle violence que j'ai failli m'évanouir. Lorsque j'ai repris mes esprits, j'ai dit à Ruth en guise de présentations : « Ada est la sœur de Maman. »

Ruth m'a dévisagée comme si je venais de faire un salto arrière. Puis elle a assailli ma tante de questions. « Depuis combien de temps êtes-vous là ? Quand êtes-vous arrivée ? Et comment avez-vous fait le voyage ?

— Je viens une année. Puis je rentre.

— Que se passe-t-il, en Italie ?

— Comment ?

— Avec les juifs.

— Le bébé est en avance, suis-je intervenue, leur rappelant au passage que j'accouchais.

— Pas mauvais comme Allemagne », a répondu Ada.

Ruth allait poursuivre son interrogatoire lorsque la contraction suivante m'est tombée dessus. J'ai réprimé un cri. « Je pourrais avoir un verre d'eau, s'il vous plaît ?

— Oui, Marie. Je vais te le chercher. » Ruth était visiblement agacée de devoir s'interrompre. Elle a ajouté à l'intention d'Ada : « Je crois qu'il y a de la grappa. »

Ada a opiné, et Ruth est sortie en hâte de la pièce.

« *È forte !* s'est exclamée ma tante en vidant son verre d'un trait. *Si, si*, a-t-elle insisté en poussant son verre pour se faire resservir. Je vais laver. » Elle a jeté son manteau sur une chaise et a remonté ses manches. La sage-femme nous dévisageait tour à tour, Ruth et moi, ne sachant que faire puisque Ada prenait les commandes.

Le travail a duré toute la nuit, mais pas un instant je ne me suis sentie seule ou effrayée. La douleur était insoutenable, mais j'arrivais par moments à m'en extraire. Je traversais une contraction à la fois, persuadée que j'allais y survivre, puis soudain la pièce se mettait à tourner. Je fixais alors les rideaux ondulant à la chaleur du radiateur, cela me distrayait le temps de me reprendre.

Ada m'avait fait boire une mixture qui m'avait donné des visions : toute une famille de petits animaux s'était réunie sur le parquet de ma chambre. Ils étaient translucides, avec des contours étincelants, comme l'enseigne en néon de la publicité Packard dans les magazines. J'avais inspiré à fond, les petits visiteurs avaient disparu et la douleur avait repris le dessus.

Une fois que Carol, la sage-femme, a pu constater qu'Ada savait ce qu'elle faisait, elles se sont mises à travailler de concert. L'une d'elles me chuchotait à l'oreille, puis l'autre venait prendre le relais pour m'encourager, et c'est ainsi que j'ai été portée à chaque étape, avec des ordres précis : « Respire. » « Ne pousse pas. Pas encore. » « Pousse ! » Ruth faisait bouillir de l'eau et apportait des serviettes propres. Elle a confectionné des en-cas et m'a fait boire le breuvage d'Ada par petites gorgées. Les heures se sont écoulées lentement. Peu à peu, la lumière a filtré entre les plis des rideaux. Les yeux remplis de larmes causées par l'épuisement, je l'ai regardée passer du bleu profond au gris puis à un jaune citron ravissant. Lorsque l'aube a paru, je me suis rendu compte que dans mes efforts surhumains pour ne pas laisser la douleur me submerger, j'avais perdu toute notion du temps.

De temps à autre, en levant les yeux, je voyais Ada fixer intensément un coin de la pièce où se trouvaient sur ma petite table de chevet un numéro du *Ladies Home Journal* et la Bible, que je gardais par superstition mais n'avais jamais ouverte.

Maman était là, elle aussi. Ses mains fantômes étaient ouvertes comme si elle s'apprêtait à attraper le bébé et son visage irradiait de compassion.

Le contact réconfortant des serviettes chaudes que l'on appuyait doucement entre mes jambes venait adoucir les ordres impérieux d'Ada, mais je ne sentais toujours pas le bébé. Jusqu'au moment où Carol et Ada se sont exclamées à l'unisson : « On voit la tête !

— Il est temps de faire sortir le bébé, a annoncé la sage-femme avec un regard d'avertissement.

— Le voilà ! » a crié Ada.

À la poussée suivante, je suis retombée en arrière lorsque la masse chaude a glissé de mon corps. Après tant de souffrance, c'était si facile, gratifiant, et même apaisant.

« Elle est parfaite ! » a triomphé Carol. En apprenant qu'elle avait tous ses doigts et ses orteils, j'ai senti le soulagement m'envahir. Il m'a fallu un instant pour assimiler cette syllabe radieuse : *elle*.

Ada a déposé la chose minuscule sur mon ventre après avoir enveloppé son ravissant corps tout ridé bien au chaud dans une couverture. J'ai planté mon regard dans celui de mon enfant. On m'avait prévenue que les bébés ne voyaient pas encore à la naissance, mais je n'y croyais pas vraiment. Je débordais d'effarement et de gratitude que mon vœu ait été exaucé. *Une fille.* Une autre issue aurait été un choc pour moi. Je savais que j'attendais une fille.

Carol est apparue avec un biberon, et Ada a littéralement hurlé : « Pas de Similac !

— Sobee, a rectifié Carol. C'est meilleur.

— Pas de Sobee ! » Elle s'est avancée pour soulever Catherine et la positionner contre mon sein. Sans que j'aie eu le temps de réagir ou de comprendre ce qui m'arrivait, Ada a saisi mon téton entre son pouce et son index et l'a pressé sauvagement, en faisant suinter de minuscules gouttelettes jaunâtres. « Regarde. Si riche ! Bébé, tiens », a-t-elle ajouté en ignorant ma douleur et en fusillant Carol du regard. Ada a poussé Catherine contre le téton, puis elle a tendu l'index en direction de ma poitrine avec l'œil fou d'une sorcière.

54

Avant l'accouchement, Beppe avait pris l'habitude de m'appeler tous les jours. Mais comme Catherine était en avance, il ne savait pas encore qu'elle était arrivée. Pourtant, j'attendais toujours son appel. J'avais dormi pratiquement tout le lendemain de la naissance et, dans mes moments de lucidité, le bébé prenait totalement possession de ma vie. Le délicat mouvement de succion sur mon téton était constant et aussi charnel, et j'étais remplie d'émotions intenses.

Ruth avait passé la nuit chez moi, se réveillant et se rendormant en même temps que moi. *Maman, qu'avons-nous fait pour mériter une telle amie ?*

C'est Kenny qui m'a rendu visite en premier, avec un bouquet de jasmin d'Italie d'un jaune éclatant. Il était gêné et je voyais qu'il n'était pas dans son élément dans cette atmosphère sentant le lait. Il ne savait comment approcher sa patronne, alitée, avec un bébé minuscule dans les bras. Loretta et sa mère, Mme Monatra, patientaient derrière la porte. Elles étaient toutes deux vêtues de noir, tels des corbeaux, et je me suis demandé si elles étaient passées me voir en se rendant à un enterrement. Je leur ai fait signe d'entrer.

« Qui a appelé ta tante Ada ? s'est enquise Ruth quand nous nous sommes retrouvées seules.

— Pas moi.

— Quand comptais-tu me parler d'elle ? Elle ressemble à Carmela. » Ruth a détourné le regard et nous nous sommes tues. Elle était en colère contre moi, et si elle n'en disait pas plus, c'était par égard pour mon état fragile.

Le bébé dormait au creux de mon bras et je sentais la présence de Maman dans la pièce. « J'aimerais tellement qu'elle puisse la voir », ai-je murmuré. Les tensions des semaines et des mois passés ont soudain ressurgi et j'ai pleuré dans les bras de Ruth sans pouvoir m'arrêter.

« Là, là. Tout va bien.

— Il faut que je l'appelle.

— Tu veux que je le fasse ? »

J'ai opiné et Ruth s'est éclipsée dans le couloir, pour revenir quelques instants plus tard m'annoncer qu'il arrivait tout de suite. Puis elle est allée chercher mon rouge à lèvres et m'a aidée à me recoiffer.

« Ma liseuse. Celle en soie. Là-bas. » J'ai désigné la patère à l'arrière de la porte. La liseuse était douce et matelassée, de couleur pêche, richement rebrodée aux manchettes et au col. Pendant des mois, j'avais prévu de la porter pour sa première visite après la naissance.

Le bébé a réclamé à manger et Ruth a proposé de faire réchauffer un biberon. Tant qu'Ada n'était pas là, nous étions libres de nourrir Catherine comme nous l'entendions. Mais mes seins ont protesté et j'ai dû fourrer des linges dans ma liseuse pour absorber le lait qui s'écoulait.

Je me débattais et pestais lorsque Ruth est revenue avec le biberon. « Du calme, a-t-elle dit d'une voix douce. Tu as pensé à un prénom ?

— Oui. Catherine. Je vais l'appeler Catherine. »

La petite a pris le biberon sans rechigner, puis elle a paru fatiguée.

J'attendais en scrutant la porte. Après ce que j'avais vécu, entendre mon amant discuter avec Ruth dans le couloir était une expérience étrange, indescriptible. Tant de choses avaient changé en si peu de temps, on aurait dit qu'il était désormais accepté de tous que Beppe et moi étions ensemble.

« Marie, ma chère Marie. »

Il arborait un air surpris. Il a marqué un temps d'arrêt sur le pas de la porte, les bras chargés de roses roses, dont Ruth l'a soulagé avant de s'éclipser.

« Je suis si heureux. Je suis si content que tu ailles bien.

— Naturellement, je vais bien. »

J'ai imaginé à quoi nous devions ressembler – moi dans ma liseuse en soie et Beppe en costume –, tels Loretta Young et Tyrone Power dans *L'Amour en première page*.

J'ai d'abord craint que Beppe n'effraie le bébé en s'approchant si près de son visage, mais ses yeux bleu marine vagabondaient, encore aveugles. Nous, ses parents, étions en train de la contempler, totalement médusés, lorsque soudain son petit visage s'est ratatiné et a viré au vermillon. L'instant d'après, le bruit caractéristique nous a indiqué que sa couche se remplissait.

Nous avons tous deux été pris d'un fou rire incontrôlable.

« Est-ce que c'était atroce, Marie ? a-t-il demandé en tentant de reprendre son sérieux.

— Non, Beppe. Pas atroce. »

J'aurais été incapable de décrire cette douleur car elle s'était effacée de ma mémoire, remplacée par des élancements dans les fesses et des courbatures dues au manque de sommeil et à l'excitation nerveuse.

« Tant mieux. » Il s'est de nouveau concentré sur la minuscule figure. « Comment allons-nous l'appeler ? » Il arborait un air si fervent que je n'ai pas osé lui dire que j'avais déjà choisi un prénom. Je n'avais pas songé un instant à attendre ou à l'inclure dans cette décision. Il était évident qu'elle porterait le deuxième prénom de Maman, jamais il n'avait été question pour moi qu'il en soit autrement.

« Que penses-tu de Catherine ? ai-je glissé.

— J'adore ce prénom. Je le trouve parfait. Elle ressemble à une Catherine, a-t-il confirmé en se penchant plus près. Mais… Marie, il faut absolument changer cette couche.

— Tu veux bien demander à Ruth ? » ai-je répondu en riant.

Quand nous nous sommes à nouveau retrouvés seuls, Beppe a passé en revue la pièce comme s'il inspectait une cellule de prison. « Tu as accouché *ici* ?

— Évidemment. » J'ai ignoré le sous-entendu selon lequel j'aurais mis la vie de Catherine et la mienne en danger en ne suivant pas son plan et en refusant d'aller à l'hôpital. De plus, ma chambre était ravissante, particulièrement avec toutes ces fleurs. Mimi avait déposé des jacinthes et Mme Vitolo avait envoyé son cousin Vincent avec un bouquet de fleurs en soie que j'avais vues dans leur magasin. J'étais heureuse que Beppe soit témoin de l'amour et des attentions qui m'étaient adressés par les habitants de cette ville. Je voulais qu'il mesure que j'avais une vie en dehors de *nous*, qu'il voie que mes amis et mes clients tenaient à moi.

« Je t'aime tellement », a-t-il murmuré.

La lumière pâle du soleil hivernal filtrait à travers les persiennes, qui Dieu merci masquaient en partie les vitres que je n'avais pas eu le temps de nettoyer.

« Je t'aime, moi aussi. »

Je désirais me confier à lui, mais je ne savais comment lui dire que je me sentais totalement démunie, que je n'étais pas préparée à m'occuper de cette nouvelle vie si fragile. Catherine m'apparaissait comme une étrangère, alors que j'étais censée répondre au moindre de ses pleurs et que la nourrir si souvent finirait par me tuer – admettre tout cela aurait été brutal et cruel. Aussi ai-je simplement dit : « Je suis la femme la plus heureuse du monde. »

Il a pris sa tête dans ses mains et s'est mis à pleurer. Puis nous nous sommes enlacés avec force, comme si nous venions tous deux de réchapper d'un accident d'avion. Il a fallu qu'il parte. Il avait des rendez-vous. J'ai dit que je comprenais, et j'étais épuisée. Sur le pas de la porte, il s'est retourné pour me sourire vaillamment. Ruth l'a raccompagné et j'ai écouté le bruit de ses pas vers la sortie.

Le lendemain, Sammy et Gloria sont venus. Derrière eux se tenait monsieur E., son chapeau à la main.

« Entrez. Entrez, tous autant que vous êtes. »

Catherine s'est mise à gazouiller et Gloria était enchantée. J'ai failli lui glisser : *Fais attention, tu n'imagines pas l'énergie que ça demande.*

« Magnifique, Mari. » Monsieur E. s'est avancé dans la pièce. Il m'a tendu une enveloppe contenant non pas de l'argent liquide, mais un titre d'emprunt de guerre. Le montant était considérable.

« Merci », ai-je dit.

Il s'est penché un peu plus pour murmurer : « Ne t'inquiète pas, Mari. Je ne pars pas. »

Sammy a voulu prendre Catherine dans ses bras et, sans attendre ma permission, l'a soulevée entre ses mains expertes. Comme j'aurais voulu que Maman soit là, non seulement pour qu'elle voie le bébé, mais pour que nous soyons tous les trois réunis, rien qu'un instant.

Sammy a bercé gentiment Catherine sans la quitter des yeux. « Gloria et moi, on a une nouvelle à vous annoncer.

— Je suis enceinte ! » Elle est venue se placer à côté de Sammy pour lui prendre le bras. Ils se sont blottis autour de Catherine, et c'était presque insupportable, parce que je pensais à Beppe, qui était à la banque ou chez lui alors qu'il aurait dû être ici.

« Avant que tu dises quoi que ce soit, est intervenu Sammy, Gloria et moi, on va se marier. Le week-end prochain. Sans chichis. Juste la mairie. Tu veux bien être notre témoin ? »

Je n'ai pas réussi à dissimuler mon effarement. *La mairie ? Pas d'église ? Pas de prêtre ?* Mais j'étais mal placée pour les juger.

« Oui, oh oui. »

Une semaine plus tard, Ruth et Gersh sont venus me chercher. Me sentant nerveuse, j'ai eu un instant d'hésitation sur le pas de la porte d'entrée. C'était ma première sortie hors de l'appartement depuis la naissance de Catherine et, au lieu d'un ventre proéminent à cacher, j'avais désormais un bébé vivant. C'était aussi la première fois que je renfilais des vêtements normaux, un tailleur de Maman et par-dessus son manteau en poil de chameau. J'ai jeté un coup d'œil en direction de la banque, puis de notre petit groupe : Ruth et Gersh, Sammy, Gloria et moi – la seule à ne pas être en couple. J'étais surprise de ne pas voir monsieur E. Ne l'avait-on pas invité ? J'ai préféré ne pas poser la question.

Catherine avait beau être bien emmaillotée, nous étions à peine dehors que de délicats nuages de vapeur se sont échappés de sa bouche minuscule en formant d'adorables « o ». J'ai chatouillé son petit menton tout plissé par le froid. « Aujourd'hui, mon tout-petit, c'est toi la cavalière de Maman. »

55

Beppe voulait que nous reprenions l'habitude de nous retrouver à l'appartement clandestin, mais j'inventais systématiquement des prétextes pour qu'il vienne plutôt chez moi. Il était compliqué de devoir toujours transporter toutes les affaires nécessaires à Catherine, qui était encore trop jeune pour être confiée à Ruth. Mais la véritable raison était que je voulais être près du magasin, ce que j'étais incapable d'expliquer et que je craignais qu'il ne comprenne pas.

Un jour, après l'amour, je suis allée ouvrir mon armoire, ce que je n'avais jamais fait en sa présence. Ma première impulsion a été de vouloir disparaître sous terre. Il y avait là mes robes élimées, les vêtements d'une femme qui travaillait dans un Five&Ten en péril. J'étais sur le point de dire à Beppe l'immense satisfaction que je tirais de mon travail. Bien sûr, il arrivait que je me révolte. Parfois aussi je détestais Kenny tout comme j'avais autrefois détesté Gino. Même Sammy était capable de me rendre folle. Mais ces derniers temps, j'avais moins laissé prise aux contrariétés. La vue de ces robes donnait à Beppe un aperçu de ma vie. Elles représentaient également la partie qui me rendait le plus fière.

« Je peux engager quelqu'un pour t'aider, Marie. Tu ne devrais pas travailler », a-t-il déclaré en refermant la porte de la penderie. Nous étions en train de nous rhabiller pour reprendre nos journées respectives.

« J'aime travailler, ai-je objecté. Et je prévois de passer plus de temps en bas dès que Catherine sera un peu plus grande. »

Il a eu l'air surpris. Pauvre Beppe, enfermé dans ces vieilles idées poussiéreuses. Il voulait prendre soin de moi, mais cela impliquait toujours des compromissions de ma part. J'ai eu une vision fugace du perdant, dans cette partie de poker lors de laquelle mon père avait gagné le titre de propriété du magasin. Beppe aurait considéré cette scène comme une transaction commerciale réussie, là où je ressentais presque physiquement le revers de fortune qui avait coûté à un homme son bien, son gagne-pain et son héritage familial. Jamais auparavant je n'avais pensé à lui, que mon père avait ruiné et dont j'ouvrais chaque matin la boutique.

Comment expliquer à mon amant que Catherine n'était pas un substitut du Five&Ten ? Elle était ce que j'avais de plus important dans ma vie, mais c'était le Five&Ten qui me faisait me lever le matin. Je considérais même le bien-être de la boutique comme essentiel au sien. C'était en m'en préoccupant quotidiennement que je serais un jour en mesure de lui transmettre un héritage. Comment expliquer à Beppe cette ligne qui partait de Carmela pour rejoindre Catherine à travers moi, ce cordon ombilical ininterrompu qui nous reliait non seulement entre femmes, mais en tant que propriétaires du Five&Ten ? Pour une femme, transmettre à sa fille était très loin d'être la norme. Il aurait trouvé ces considérations idiotes.

Aucun de nous n'évoquait le fait qu'il était toujours en couple avec Priscilla. Ni l'éventualité qu'un jour je tombe à nouveau enceinte. Les non-dits entre nous étaient légion. Mais j'adorais les voir ensemble, lui et Catherine. Elle faisait ressortir le meilleur en lui. S'il arrivait qu'elle se réveille en pleurant lorsqu'il était présent, il se précipitait dans sa chambre pour la prendre dans ses bras. Je le voyais aussi s'attarder près de son berceau en osier. Et il ne parlait que d'elle. Je m'agaçais qu'il s'ennuie ostensiblement alors que je lui racontais ma journée, une course chez Ferrara, un problème avec une livraison. En revanche, j'étais certaine de le divertir en parlant de pleurs, de couches sales et de croûtes de lait.

Un jour, alors que je discutais avec lui du magasin, il s'est brusquement tourné vers moi, l'air combatif. « Kenny travaille plus dur. Pourquoi ne lui accordes-tu pas une petite augmentation ? Marie, tu m'écoutes ?

— Je t'écoute. Et je n'augmenterai pas Kenny. »

Je me suis levée et ai fait le tour de la pièce pour ramasser les vêtements épars. La relation avec Kenny était mon affaire. En cet instant, je me sentais forte et assurée. Et j'étais en train de reconquérir mes atouts physiques, mon teint frais et ma silhouette. J'avais de nouveau la taille marquée et pouvais même rentrer dans certaines de mes jupes, celles à ceinture plus large. Nue, j'étais même mieux qu'avant.

Il a préféré changer de sujet et me raconter qu'il envisageait de s'acheter une nouvelle voiture, peut-être une

Cadillac Fleetwood. Je n'arrivais pas à comprendre cette obsession masculine pour les automobiles. Quelques jours plus tôt, j'avais entendu deux hommes dans la rue parler de Ford, qui venait de vendre sa vingt-huit millionième voiture. Où tant de gens trouvaient-ils les moyens de se les offrir ?

« Tu achèterais une Ford ? ai-je demandé.

— Jamais. » Il a secoué vigoureusement la tête.

« Pourquoi ça ?

— Ford soutient l'Allemagne, c'est-à-dire les nazis. »

J'ai regardé par la fenêtre, me languissant du printemps qui semblait ne jamais vouloir revenir. La pluie glaciale se transformait en neige et s'accumulait sur le rebord de la fenêtre. « Je n'en peux plus de ce temps. Il devrait déjà faire meilleur. Je dois aller voir la petite. » J'étais brusquement de mauvaise humeur.

Catherine faisait maintenant de plus longues siestes, ce qui ne faisait qu'accroître ma peur de la retrouver étouffée dans son lit. Beppe m'a suivie dans la chambre qui avait été celle de Sammy.

« J'ai commandé la série des Ellery Queen, ai-je soudain annoncé, cherchant par tous les moyens à faire dévier la conversation de la guerre et des nazis. Et aussi des cigares explosifs et des bagues lance-eau. Ils viennent de chez un fabricant de jouets italien qui s'est installé en Amérique. Il s'en sort très bien…

— Tu savais qu'Ellery Queen était en fait deux personnes ? m'a-t-il interrompue.

— Comment ça ?

— Ellery Queen, l'écrivain. En réalité, ces livres sont écrits par Manfred B. Lee et Frederic Dannay.

— Vraiment ? Mais alors, qui est le vrai Ellery Queen ?

— C'est un nom inventé.

— J'adore l'émission du dimanche soir.

— Moi aussi. »

Je l'ai imaginé chez lui, assis à côté de Priscilla.

« Tu savais qu'ils se disputaient en écrivant ?

— Qu'en sais-tu ? ai-je rétorqué.

— Je l'ai lu quelque part. Dis, Marie, pourquoi on ne sortirait pas ? Pourquoi je ne vous emmènerais pas quelque part, le bébé et toi ?

— Par ce temps ? » Il neigeait dru.

« C'est une idée folle, n'est-ce pas ?

— En effet.

— Faisons-le quand même.

— Je pourrais bien la couvrir. »

Catherine avait les yeux grands ouverts et nous observait. Elle allait bientôt se mettre à pleurer pour qu'on la prenne dans les bras et qu'on la nourrisse.

« Elle a une nouvelle combinaison de ski. Elle est rouge. » C'était étrange de lui décrire les tenues de sa propre fille, comme s'il était sous-entendu qu'il ne la verrait jamais les porter. « Tu sais que c'est une année incroyable, pour l'électricité statique ?

— Quoi ? » Il a éclaté de rire.

J'ai pris Catherine dans mes bras. « Les fournisseurs se plaignent. Ils disent n'avoir jamais vu ça. L'autre jour, en serrant la main à Feldman, j'ai reçu une décharge. J'ai même vu une petite étincelle.

— Tu es sûre qu'il n'a pas eu le coup de foudre pour toi ?

— Il a le double de mon âge. »

J'ai emmené Catherine jusqu'à la commode pour la déposer sur le matelas de change. Beppe m'observait, ce qui m'a mise mal à l'aise. Désapprouvait-il que je mette le bébé sur le meuble ? Ou bien était-ce cette anecdote idiote à propos de Feldman ? Il s'enquérait souvent de l'âge de mes fournisseurs. Il était même un peu jaloux de l'immature Mimmo. J'étais flattée, mais au fond cela m'agaçait.

« Je pense vraiment qu'on devrait aller faire un tour, a-t-il insisté.

— Il faut d'abord que je nourrisse Catherine, puis que je l'habille.

— Je peux attendre. » Il s'est assis sur l'ancien lit de Sammy.

J'étais toujours gênée de m'occuper du bébé sous ses yeux. La veille, il avait refusé de quitter la pièce pendant que je l'allaitais. C'était la première fois qu'il me voyait sortir mon sein et placer mon téton dans la bouche de Catherine. Il avait paru embarrassé par ses gloussements de plaisir et son ronronnement de petit moteur, mais nous avions fini par en rire.

Un bébé réclamait plusieurs paires de bras, mais un commerce aussi. Dans les jours qui avaient suivi la mort de Maman, j'étais effrayée, mais je n'avais jamais vraiment douté que j'y arriverais. Mais là… Catherine était si pleine de vie. Trop pleine de vie.

Nous avons quitté Littlefield par Moss Mill Road, en direction du sud et d'Atlantic City. Les routes étaient épouvantables, pleines de neige sale et fondue, mais dans la voiture de Beppe, avec le chauffage poussé à fond et une couverture de laine enroulée autour de

Catherine et moi, nous étions dans notre petit monde à nous, ordonné et confortable.

« Tu veux aller marcher sur les planches ? Marie, j'ai envie de voir l'océan. Et toi ? » Il m'a lancé un regard incertain.

« Moi aussi. » Mais je m'inquiétais pour Catherine : pour l'instant elle était de bonne humeur, après sa sieste et sa tétée, mais qui savait de quoi serait faite la prochaine heure ?

Plus nous approchions de la côte, plus le temps s'améliorait. Il s'était arrêté de neiger et les routes paraissaient en meilleur état, bien qu'encore luisantes de neige fondue. Sur le bas-côté s'empilaient d'horribles congères marron, mais la lumière était éclatante.

L'océan ressemblait à un gigantesque animal agité. Il faisait si froid que nous ne pouvions rester longtemps. Après un bref aperçu, nous sommes remontés dans la voiture. Beppe semblait au moins comprendre qu'avec un bébé les sorties se devaient d'être de courte durée. Repensait-il comme moi à notre escapade à New York, et à tout ce temps libre que nous avions partagé ?

En un rien de temps, nous étions rentrés. Dans l'escalier, il m'a embrassée chastement sur le front, puis plus fougueusement sur la bouche. Catherine a lâché un pctit cri.

56

Beppe venait tous les jours après le déjeuner, et lors d'une de ses visites il m'a apporté un meilleur transistor. Comme nous n'allions plus aussi souvent à l'appartement clandestin, il voulait être sûr que nous pourrions tout de même écouter le président ensemble. Dans sa dernière causerie, Roosevelt, qui jusqu'ici parlait de rester neutre, avait assuré aux Américains non seulement que nous avions la marine la plus puissante du monde, mais qu'elle était parée à se déployer. Il avait énuméré en détail une liste de coûts, décrivant toutes les acquisitions de l'armée, tous les navires et les avions. Je ne pouvais croire qu'on dépense autant dans la guerre – on aurait dit qu'elle engloutissait tout l'argent du pays.

Je ne prêtais en général que peu d'attention à la politique, mais deux événements ont brusquement réveillé ma conscience. Je faisais des courses chez Ferrara lorsque j'avais entendu prononcer les mots « France », « Paris » et « Alliés ». Les femmes se préoccupaient normalement de savoir quelle quantité de viande elles pourraient s'offrir. Il était rare qu'elles s'engagent dans des conversations impliquant le monde au-delà de Littlefield. Mais ce jour-là, Eddie Ferrara ne cessait de répéter que les Allemands étaient entrés dans Paris et qu'Hitler avait fait défiler ses troupes sur les Champs-Élysées. J'avais lu l'horreur sur les visages de mes voisines. Si la France tombait, nous ne pourrions plus prétendre que cette guerre ne nous concernait pas. La nouvelle suivante avait été comme un coup de grâce, et j'avais couru chercher Kenny. Mme Monastra, sa belle-mère, avait dit à une autre femme que les Fils d'Italie projetaient de défiler dans la rue principale le week-end suivant. Ils comptaient agiter des drapeaux italiens et manifester contre le soutien de l'Amérique aux Alliés. Je n'en croyais pas mes oreilles. Comment pouvions-nous hésiter une seconde à faire front commun avec l'Angleterre et la France ? La honte était à notre porte, le danger aussi. Que les Italiens puissent soutenir pareille idéologie inciterait l'Europe au mépris et donnerait à nos voisins anglo-saxons une bonne raison de nous ostraciser.

Lorsque j'ai demandé à Kenny si sa belle-mère avait dit vrai, il a feint de ne pas s'intéresser au sujet, mais je devinais l'excitation qui bouillait en lui.

« Ouais. » Il s'est tourné vers moi et m'a lancé un regard perçant. « Gino sera là.

— Ici ? Pour la manifestation ? » Je l'ai attrapé par le bras pour l'empêcher de se défausser.

Il serait toujours du côté de Gino, mais je savais aussi qu'il craignait les troubles et les ennuis que la réapparition de mon frère ne manquerait pas d'engendrer. Nous redoutions tous un autre incident violent.

« C'est monsieur E. qui est derrière tout ça ? » ai-je grondé entre mes dents.

Sans répondre, Kenny a reculé, prétextant avoir du travail.

J'ai disposé le tapis de jeu de Catherine derrière la buvette et l'ai laissée sous la surveillance de Mimmo pendant que je me ruais chez les Oletsky. Ruth m'a appris qu'elle avait déjà entendu parler de la manifestation, qu'elle appelait « parade ». Elle avait le chic pour tout minimiser. Néanmoins, Gersh et elle avaient prévu de fermer le magasin et de recouvrir la vitrine de planches, voire de quitter la ville. J'étais mortifiée. Je ne savais pas s'il fallait l'avertir que Gino serait là. Mais pourquoi l'inquiéter encore plus, sachant surtout que j'avais l'intention d'empêcher tout ça ?

Mesurer soudain l'ampleur de l'antisémitisme au sein des Fils d'Italie m'a donné la nausée. Lorsqu'on les questionnait sur leurs activités officieuses, ils déroulaient la liste interminable des bienfaits qu'ils accomplissaient pour la communauté : ils n'étaient qu'une association d'entraide, qui soutenait les pauvres et s'assurait que les rues de la ville soient balayées. Tout cela était bien réel, mais leurs croyances fascistes et leur hypocrisie ne l'étaient pas moins. Certains des hommes qui avaient le culot de défiler dans la grand-rue en soutien à Mussolini étaient les mêmes qui jouaient régulièrement au poker avec des juifs à Philadelphie. Au fil des ans, nous autres Italiens avions noué des relations personnelles avec nos voisins et commerçants juifs, et c'est tous ensemble que nous luttions contre la crise économique.

J'avais entendu dire que Gino se trouvait toujours au chantier naval, plus que jamais assuré d'avoir du travail grâce à la guerre. Je me demandais si ses collègues savaient qu'il lisait *Justice sociale* et qu'il était du côté des fascistes. Oserait-il leur répéter ce qu'il avait proféré dans la réserve de notre magasin ? Qu'il œuvrait pour que l'opinion publique s'oppose à l'entrée des États-Unis dans cette guerre ?

Je m'étais tue trop longtemps. J'avais honte du comportement de mon propre frère et peur de ce qu'il pourrait faire, mais je redoutais un nouvel affrontement avec monsieur E. Lorsqu'il m'avait rendu visite pour la naissance de Catherine et m'avait offert un titre d'emprunt de guerre, je m'étais montrée courtoise. Je savais qu'il avait pris ma réaction pour une invitation à dépasser nos différends. La vérité, c'est que je ne voulais plus jamais avoir affaire à lui.

J'ai décroché le combiné et composé son numéro. Au son de ma voix, il a émis un « Bonjour » glacial. *Très bien*, ai-je pensé. J'ai bien failli renoncer, jusqu'à ce que la nécessité de l'arrêter me rattrape. Je me suis enfoncé les ongles dans la paume de la main et je l'ai dit. Je lui ai annoncé que s'il autorisait ce défilé, je dirais à tout le monde en ville qu'il avait violé ma mère. Un long silence a accueilli mes menaces.

« Vous m'avez entendue, Salvie ? »

Il a inspiré nerveusement. « Oui, oui. J'entends. C'est mensonges, Mari.

— Moi j'y crois.

— Mensonges ! a-t-il rugi.

— Ada m'a tout révélé. »

Nouveau silence.

« Gino habite-t-il chez vous ? Et ne vous avisez pas de me raconter n'importe quoi.

— C'est la famille, Mari. Il est temps d'arranger les choses.

— Jamais ! ai-je rétorqué avec force.

— Je peux expliquer.

— Inutile. Vous m'avez parfaitement entendue. » Je lui ai raccroché au nez.

Je suis directement retournée travailler, mais j'avais les mains qui tremblaient violemment. Je l'avais accusé d'un crime. Ada n'avait fait que suggérer qu'il y avait eu un viol, mais j'avais senti ce qu'elle n'avait pas voulu me dire. Mes propres altercations avec Esposito n'avaient fait que renforcer cette conviction. Il fallait toujours que nous passions sur les horreurs qu'on nous faisait endurer, et dire la vérité était à double tranchant – elle visait l'agresseur mais pouvait aussi nous transpercer la chair. Même en mettant de côté mes propres mésaventures avec lui, je savais qu'Ada avait dit la vérité.

Après l'appel à monsieur E., l'ancienne Marie aurait dû s'asseoir. La nouvelle Marie est allée chercher la grappa dans le placard et s'en est servi un verre.

57

En réaction à ma menace, monsieur E. a convaincu les membres des Fils d'Italie d'annuler le défilé. Ou peut-être avait-il assez d'influence pour émettre une interdiction. Je n'ai pas pu m'empêcher d'admirer son courage, lorsqu'il m'a téléphoné pour m'assurer que Gino ne se montrerait pas. Loin d'exprimer la moindre contrition, il avait délivré la nouvelle d'un ton neutre, sans estimer une seconde les horreurs qu'il avait été prêt à provoquer.

« Maintenant tu peux te détendre, Mari. » Un silence a suivi. Il attendait que je le remercie.

« Parfait », ai-je dit avant de raccrocher.

Ruth et Gersh n'ont pas eu à clouer des planches sur leur vitrine ou à quitter la ville, ce qui aurait ruiné leur commerce, et le Five&Ten n'aurait pas à endurer un nouveau boycott à cause des actes de Gino. J'avais également échappé à un laïus de Beppe. Mais ce qui me réjouissait le plus, c'était d'avoir pu me venger de monsieur E. pour la souffrance qu'il avait fait subir à ma mère. Le jour de l'événement annulé, en contemplant par ma fenêtre la grand-rue paisible, je me suis sentie fière de ce que j'avais accompli.

Mimi Rizotte est passée me voir et a demandé si elle pouvait monter. Je savais toujours quand cette vieille amie de Maman avait quelque chose d'important à me dire. J'ai fait du café et me suis armée de courage, craignant qu'elle veuille discuter de Gino. Nous nous sommes installées dans la cuisine. Mimi s'est penchée en travers de la table d'un air sévère qui m'a rappelé Maman quand elle avait une réprimande à formuler. Elle a pris mes mains dans les siennes.

« Tout le monde est au courant, Marie. Pour Catherine.

— Oui.

— Je veux dire, pour l'identité de son père.

— Oui », ai-je répété.

C'est alors qu'elle m'a appris une chose que je soupçonnais déjà, mais dont je n'avais pas pu avoir la confirmation. Priscilla Ashworth savait tout : non seulement que son mari et moi avions une liaison, mais aussi qu'il était le père de mon enfant. Et à l'évidence, elle le savait depuis un moment. Ce qui m'a le plus ébranlée, c'est d'entendre Mimi prononcer son nom. À Littlefield, il y avait deux classes sociales distinctes, et le sens de son avertissement était de m'informer que j'avais franchi cette frontière interdite.

« Je ne vois pas ce que je peux y faire, Mimi », ai-je simplement rétorqué.

Je ressentais plus de compassion pour sa gêne que de honte à avoir entaché ma réputation. Cependant l'intervention de Mimi a ravivé des questions que je ruminais tout en rechignant à les poser à Beppe. Si Priscilla était au courant depuis longtemps, cela signifiait-il qu'ils étaient tous deux arrivés à une sorte d'arrangement ? Priscilla avait-elle accepté de fermer les yeux à la condition qu'il reste avec elle ? Pourquoi diable n'avais-je jamais tiré cela au clair avec lui ?

Par chance, l'été s'est déroulé sans aucun incident. Je suis toutefois restée vigilante, à l'affût de toute activité inhabituelle dans la rue ou de tout attroupement d'hommes semblant parler avec véhémence. À ma connaissance, Gino s'était tenu à distance de la ville, et je n'avais plus aucune nouvelle de monsieur E.

C'est au plus fort de la chaleur d'août que Gloria a accouché d'un petit garçon, que Sammy et elle ont baptisé August, en référence à son mois de naissance. Il pesait pratiquement cinq kilogrammes et avait hérité des longues jambes de Sammy et du visage angélique de Gloria. Il me faudrait attendre encore quelque temps pour trouver dans sa figure ronde une ressemblance avec mon frère, mais les traits d'un bébé n'arrêtent pas de changer. Alors qu'elle ressemblait beaucoup plus à son père au départ, Catherine était maintenant mon portrait craché.

Les ventes de rentrée ont été florissantes, ce que j'ai attribué à la buvette et au bouche à oreille. Les commandes de biscuits et de gâteaux se succédaient. Le magasin regorgeait de nouveaux produits disposés sur des étagères flambant neuves construites par Sammy. Je nourrissais l'espoir qu'il rentre un jour à Littlefield avec Gloria pour m'aider à tenir le magasin. La semaine précédente, il m'avait apporté plusieurs cartons d'articles obtenus grâce à un de ses amis à Camden qui mettait parfois la main sur des retours de grands magasins. Je l'avais regardé déballer des gants de travail, des bêches, des pelles et un assortiment de petits outils de bricolage. Sa prévenance m'avait touchée.

À six mois, Catherine semblait déterminée à marcher le plus vite possible, et une fois qu'elle avait pris une décision, elle n'en démordait pas. Elle rampait aux quatre coins de l'appartement, s'accrochait infatigablement aux meubles pour essayer de se hisser sur ses pieds. J'ai veillé à prendre le temps de jouer avec elle dans les feuilles mortes que Kenny avait ramassées pour moi et entassées sur l'aire de chargement. Elle s'y roulait avec une joie pure, et il fallait beaucoup de vigilance pour l'empêcher de tomber. Elle aimait éparpiller les feuilles partout en poussant des cris suraigus. Kenny serait ensuite forcé de tout ratisser, mais il riait de bon cœur de la voir si joyeuse. Catherine le menait par le bout du nez.

Mais l'insouciance avait ses limites. Beppe se montrait généreux et l'horrible pression financière s'était relâchée ; pourtant, en dépit du nouveau stock, du comptoir et du prêt, je me suis rendu compte qu'il faudrait toujours des fonds supplémentaires pour acheter d'avance, du moins jusqu'à ce que l'économie se rétablisse ou que nous puissions enfin nous agrandir.

Alors qu'au commencement, tout le monde décortiquait les moindres paroles de Roosevelt à la radio, les nouvelles de l'Europe s'étaient tellement dégradées que l'inquiétude collective se traduisait désormais par un silence sinistre. C'en était terminé de la noble rhétorique de Roosevelt, remplacée par des chiffres, des plans inflexibles. On exigeait de nous que nous fassions des sacrifices. Spectateurs impuissants, nous demeurions en suspens et médusés face à la catastrophe qui marchait sur nous.

Avec l'arrivée de l'hiver, j'ai eu besoin de me remonter le moral, aussi ai-je invité Sammy et Gloria à venir déjeuner avec bébé August. Il peinait à soulever sa petite tête, mais Catherine était enchantée et lui s'intéressait beaucoup à elle. Elle se donnait en spectacle pour attirer son attention, hurlait et faisait mille cascades dans le salon, au point que je devais finir par la prendre dans mes bras pour qu'elle ne se blesse pas. Si je leur avais demandé de venir, c'était aussi pour avoir leur avis sur la fresque que je comptais faire réaliser sur l'aire de chargement. J'avais trouvé un artiste local qui, le printemps venu, peindrait le mur en ciment de derrière pour lui donner des airs de jardin italien, avec vigne vierge, treillis et une colonne antique en ruine.

Nous étions dans le salon et nous apprêtions à descendre pour repérer le futur emplacement de la fresque. Peut-être était-ce dû à la perspective d'un changement, d'améliorations à venir, mais tout en enfilant mon manteau j'avais du mal à contenir mon enthousiasme. Gloria était en train d'habiller August et d'aider Catherine à mettre ses gants lorsque Sammy s'est immobilisé dans l'embrasure de la porte. Il s'est tourné vers nous avec une expression étrange. « J'ai reçu mon numéro.

— Quel numéro ? me suis-je empressée de demander.

— La circonscription. J'attends d'être appelé. »

Cela ne pouvait pas être réel. Catherine a poussé un cri et tous les regards se sont posés sur elle tant la diversion était bienvenue.

Mon Dieu, n'aurait-ce pas pu être Gino, à sa place ?

Sammy s'est mis à faire les cent pas, et nous avons retiré nos manteaux. Gloria a pris August dans ses bras et est allée s'asseoir dans le canapé, où elle s'est laissée choir contre le dossier.

« Et Gino ? ai-je demandé.

— Il est au chantier naval. Sursis automatique.

— Il n'ira pas au front ?

— Non. »

C'était monsieur E. qui avait obtenu ce poste à Gino. Il avait essayé d'enrôler aussi Sammy, mais celui-ci préférait rester à l'usine Campbell de Camden. Il a évité mon regard et s'est assis par terre pour chahuter avec Catherine.

« C'est dur pour tout le monde, en ce moment, a-t-il fait remarquer, allongé sur le dos avec Catherine qui lui tambourinait sur le torse.

— Pas tout le monde, non. »

Personne n'a dit mot pendant une minute entière. Catherine escaladait Sammy sans relâche et il se protégeait les yeux des coudes et des pieds qui fusaient en tous sens. Nous avons tenté de rire, mais notre bel optimisme s'était envolé et le cœur n'y était plus.

« Ils sont en train de démonter ce qu'il reste de l'Exposition universelle », a dit Sammy.

Gloria a détourné le regard comme pour signifier qu'il était inutile de changer de sujet. En entendant évoquer l'Exposition, je me suis repassé intérieurement le film des deux années qui venaient de s'écouler. D'abord, l'escapade idyllique à New York, puis la découverte de ma grossesse, et la naissance de Catherine. J'étais une autre femme, à l'époque. Je savais que Sammy n'avait pas voulu se montrer cruel, mais il avait suffi de cette remarque pour qu'un nouveau pan de ma jeunesse s'évanouisse à tout jamais.

En contemplant le beau visage de mon frère, j'ai mesuré à quel point j'avais été égoïste, avec mon histoire de fresque. Sammy allait devenir un soldat. Il en a eu assez de jouer, et Catherine s'est mise à pleurer. Je l'ai prise contre moi et, prétextant d'aller surveiller la cuisson de la soupe, je suis sortie en toute hâte.

58

La patience, cette qualité que je n'avais jamais possédée ni particulièrement respectée, s'insinuait désormais dans chaque échange, chaque décision. Je ne m'emportais plus à tout bout de champ contre Kenny ou Mimmo, qui oubliait trop fréquemment de remplir les bacs de crème glacée le soir afin que tout soit prêt pour les ventes du lendemain. Et lorsque Kenny m'offrait son regard perplexe qui m'agaçait tant, au lieu de le moucher, je lui donnais un *cupcake*. Après cela, il se mettait souvent à travailler plus dur et à moins se plaindre.

Ada m'a rendu visite pour la deuxième fois en quinze jours. Nous étions dans la cuisine et je cherchais une recette, lorsque je me suis souvenue que le livre se trouvait dans l'ex-voto, avec les affaires de Maman. Ada n'était jamais entrée dans la petite pièce, aussi ai-je pris Catherine et fait signe à ma tante de me suivre.

Son regard s'est posé sur chaque centimètre carré, et moi-même j'ai vu la pièce et les affaires de Maman par les yeux d'Ada. Il me restait encore des cartons à déballer qui en attendant me servaient de table. J'avais ajouté des touches personnelles pour rendre les lieux plus accueillants, un vase de fleurs en soie et un vide-poches en porcelaine dans lequel j'avais recueilli un assortiment de boucles d'oreilles dépareillées de Maman. Dans une vieille boîte à biscuits j'avais rangé des boutons – ce qui faisait un jouet parfait pour Catherine. Mais elle était très lourde et je craignais qu'elle lui échappe des mains, aussi lui avais-je donné à la place un petit bocal de spaghettis crus qu'elle puisse secouer à sa guise. Je n'avais pas bien dormi la nuit précédente et le bruit des pâtes contre le verre me portait sur les nerfs. Sentant ma détresse, Ada l'a prise dans ses bras. C'était une experte pour deviner comment arranger les choses. Souvent, une seconde avant que ma fille se mette à hurler ou salisse sa couche, Ada était déjà à la tâche.

Il n'y avait pas un souffle d'air dans la pièce, pourtant j'ai clairement senti le petit vent coulis d'un *folletto*, ou d'une *fata* changeante, exigeant qu'on l'entende. Nous avons toutes les trois regardé autour de nous. Aucune de nous n'a prononcé un son. Même Catherine avait arrêté de secouer son bocal. Brusquement, Ada s'est assise par terre et a calé Catherine sur ses genoux.

« Trop de choses », a-t-elle commenté en balayant la pièce du regard.

Sous-entendait-elle par là que je devais me débarrasser de certaines affaires ? Elles appartenaient à Maman.

Puis, avec un moulinet de son bras droit au-dessus de sa tête, comme si elle pouvait envelopper l'appartement et son contenu dans une tornade tendue vers le ciel, elle s'est penchée vers moi. Catherine s'est mise à gigoter : elle n'aimait pas être serrée entre nous.

« Je rêve », a-t-elle chuchoté.

Après des semaines d'absence, nous étions reconnaissants à Ada d'avoir ressurgi dans nos vies telle une brise rafraîchissante. Elle venait lorsque j'avais besoin d'elle, agitant ses plantes magiques et baragouinant en italien, et tout à coup mes pensées se faisaient limpides. Toutefois, juste avant chacune de ses déclarations, je passais toujours par quelques secondes de peur et de désarroi.

Sans que j'aie pu réfléchir, les mots sont sortis tout seuls. « Tu pourrais vivre ici », ai-je suggéré. Ada a considéré la pièce d'un air dubitatif. « Pas ici, ai-je précisé en souriant. Dans l'appartement. »

Étais-je subitement devenue folle ? Si elle venait vivre avec nous, il me faudrait accueillir chez moi les augures, l'Ancien Continent, des us et coutumes d'un autre âge. Ma tante dans ses jupes élimées et ses chaussures éculées. Elle avait même résisté à mes cadeaux, un nouveau bandeau en velours et une barrette en écaille. Elle avait été touchée, mais les avait considérés comme des objets tout droit venus d'une autre planète.

« Je rêve, a-t-elle répété. Des valises. »

Allait-elle emballer ses affaires chez les Mortellite pour venir s'installer ici ? Ou bien quelqu'un devait-il partir en voyage ?

« Tu as nouvelle vie. On s'en va. »

Et sans crier gare, elle s'est levée, a pris Catherine et est redescendue directement à la cuisine.

À plusieurs reprises, j'ai ensuite essayé de lui en faire dire davantage, mais elle n'a plus prononcé un mot. Elle s'est mise à ranger la vaisselle, puis a saisi sa sacoche d'apothicaire en me faisant signe de prendre la boîte en fer dans laquelle je gardais ma farine. Elle s'est attablée et s'est attelée à la pâte.

Tout le reste de l'après-midi, dès que le téléphone sonnait ou qu'on venait frapper à la porte d'en bas, Ada me regardait en haussant un sourcil, comme si elle attendait de la visite. Kenny m'a appelée pour m'annoncer l'arrivée d'une livraison, puis une nouvelle fois pour me dire qu'il s'était enfermé à clef dehors par mégarde. Les deux fois, en entendant le timbre, Ada s'était brusquement redressée et avait écouté intensément. Ce n'est que lorsque la sonnerie a retenti et que Ruth a déboulé à l'étage qu'Ada s'est enfin détendue. Était-ce Ruth qu'elle attendait ?

« Tu ne devineras jamais ! La femme de ton amant a un amant !

— Mais qu'est-ce que tu racontes, Ruth ?

— Avant de prétendre que ce ne sont que des ragots, laisse-moi te raconter. Ils se sont fait *prendre.* »

Ada a quitté la pièce en emmenant Catherine.

« De quoi parles-tu ?

— Devine qui les a surpris ? Tu ne devineras jamais.

— Ella ?

— Son mari ! »

J'ai demandé qui était l'amant.

« Quelle importance ?

— C'est arrivé quand ?

— Je n'ai pas bien compris. Je l'ai appris par… tu sais qui ? Louise, la caissière en chef. J'étais allée déposer de l'argent à la banque, et les filles se faisaient des messes basses entre elles. En me voyant, elles se sont arrêtées net. Elles avaient l'air… lugubres. Peut-être que la banque va devoir fermer ?

— Je suis censée voir Beppe dans une heure, ai-je annoncé.

— Eh bien, fais-lui dire qui est l'amant. Et ensuite, promets de tout me raconter. »

Je me suis précipitée à l'appartement, où j'ai trouvé Beppe à la fenêtre. En m'entendant entrer, il a levé les yeux, m'a adressé un sourire crispé et a détourné le regard. Il a lissé l'intérieur de son col de chemise, s'est passé la main dans les cheveux. Puis il est allé se servir un whisky et, lorsqu'il est revenu au salon, je me suis approchée pour le prendre dans mes bras. Il s'est laissé faire, mais l'étreinte a été de courte durée. Il s'est dirigé vers un fauteuil dans lequel il s'est affalé.

« Priscilla est partie, a-t-il déclamé en se penchant en avant et en enfouissant son visage dans ses mains.

— Combien de temps sera-t-elle absente ?

— Elle est partie, Marie. Pour de bon. » Il m'a dévisagée comme si j'étais folle.

J'ai revu la main en coupe au-dessus des yeux, appuyée contre ma vitrine. Jamais une femme italienne ne saurait ignorer l'infidélité de son mari. Il y aurait des cris. Y avait-il eu des cris ?

« Tu me fais peur, Beppe. Ce n'est pas si terrible. Je t'aime, et tu m'aimes. »

Qu'est-ce qui l'indisposait le plus ? Qu'elle ne l'aime plus, ou bien qu'il y ait un scandale ? Je ne savais comment interpréter son humeur. Le scandale avait rarement prise sur lui, du moins en était-il beaucoup plus protégé que moi. C'était un homme important, alors que j'étais forcément coupable, moi, une jeune femme qui luttait financièrement et était trop séduisante pour être honnête. Et jamais personne ne condamnerait sa conduite, cette faiblesse normale, cette tendance masculine à s'attirer des ennuis.

« C'était devenu l'enfer depuis la naissance de Catherine, mais elle refusait d'en parler. Elle m'a dit qu'elle ne m'aimait plus. Qu'elle avait déjà prévu de partir.

— Tu voulais la quitter. C'est ce que tu m'as dit. Est-ce que tu me dis bien tout ?

— Qu'est-ce que ça signifie ? »

Allait-il admettre que sa femme était amoureuse d'un autre homme ? Il n'y avait pratiquement rien d'aussi embarrassant que de se faire quitter au vu et au su de tous. Je me suis remémoré Maman, dans les jours qui avaient suivi le départ de notre père. Elle était en colère, et humiliée. Mais elle n'avait personne d'autre dans sa vie, alors que Beppe m'avait, moi. Il nous avait *nous*. Il avait sous-estimé Priscilla. Les femmes étaient fortes. Pourquoi les hommes ne comprenaient-ils pas à quel point nous étions puissantes ?

Contrastant totalement avec notre humeur, le soleil a soudain inondé la pièce de lumière. Mille questions me brûlaient les lèvres, mais je voyais qu'il était triste. J'aurais voulu compatir, pourtant j'en étais incapable. Je savais qu'il ne répondrait à aucune de mes interrogations, ni n'entrerait dans les détails de ce qu'il m'avait déjà révélé. Si j'insistais, nous finirions par nous quereller, et nous avions si peu de temps.

Il s'est levé et m'a emmenée dans la chambre. Là, nous nous sommes enlacés, et nos corps ont retrouvé le chemin familier du désir et de l'abandon. Nous avons fait l'amour avec une énergie neuve, violente. Il s'était produit un changement, nous le sentions tous les deux. Mais après, nous n'avons pas pu échanger un regard.

1941

59

Sammy a reçu l'ordre de se présenter au rapport au quartier de marine de Parris Island, en Caroline du Sud, au mois d'avril suivant. Beppe a tenté de m'expliquer la situation en Europe et en Afrique du Nord, mais je m'y perdais. Roosevelt n'avait pas encore de stratégie claire pour réagir à l'agression menée par Hitler dans l'Atlantique. Tout ce que nous savions, c'est que la Grande-Bretagne avait besoin de notre aide et que les États-Unis fournissaicnt déjà un soutien matériel conséquent, ce qui en toute logique finirait par nous mener à la guerre. Après son entraînement de base, nous n'avions aucun moyen de savoir où serait envoyé Sammy. J'ai eu du mal à contenir mon angoisse lorsque Gloria m'a appris quc Roosevelt venait d'étendre la durée de service des soldats à douze mois.

Le jour du départ de Sammy, transis de froid sous la pluie battante, nous avons attendu en bas de chez eux le taxi qui devait l'emmener à la gare routière. Monsieur E. avait proposé de l'y conduire, mais Sammy voulait nous saluer tous chez lui. Les enfants pleuraient, et je savais que je n'oublierais jamais l'expression sur le visage de Gloria. Ce n'était que la deuxième fois que je disais au revoir à mon frère, après le jour où il était parti vivre à Camden avec Gloria. Cette fois-ci, ce n'était pas sûr qu'il reviendrait.

Il nous écrivait régulièrement de son camp d'entraînement, et avec Gloria nous partagions nos lettres, hormis les pages intimes qui lui étaient personnellement adressées. Elle les serrait contre son cœur, le visage rosi par le plaisir et le désespoir. J'essayais de plaisanter en faisant semblant de lui voler ces pages, et nous commencions par rire, avant de fondre en larmes. Ni l'une ni l'autre n'étions dupes de son ton optimiste. Il accomplissait un programme d'entraînement de sept semaines et venait de rempiler car il espérait devenir fusilier. La routine était éreintante. Il se servait de ses bras et de ses jambes comme un singe pour évoluer dans une structure de poutrelles métalliques, ou bien on l'obligeait à ramper aussi vite qu'il le pouvait à quelques centimètres du sol, le tout avec un sac énorme sur le dos. Mais il adorait le tir. Puis, après des semaines sans nouvelles, Sammy avait fini par envoyer des renseignements concernant son affectation. Il serait déployé en Islande dans les jours suivants. Il était tout excité. Il promettait d'écrire.

À vingt mois, Catherine passait son temps à fourrer ses petites mains dans les cageots derrière la buvette. Je ne pouvais pas non plus l'empêcher de suivre Mimmo lorsqu'il servait les clients. Beppe nous avait acheté un petit four et une plaque chauffante portative pour le comptoir, et Mimmo proposait désormais des sandwichs grillés à certaines heures de la journée. Par temps froid, il n'y avait rien de plus agréable qu'un croque-monsieur accompagné d'un bon chocolat chaud. Beppe avait dégusté le premier, et Mimmo avait été tout content de voir le banquier manger ce qu'il avait préparé de ses mains. Catherine jouait, nous laissant fort heureusement tranquilles, son père et moi. Je m'amusais de voir Mimmo faire comme si Beppe n'était qu'un ami de la famille. Désormais, tout le monde était au courant de notre relation, mais lorsque Catherine lui avait passé ses petits bras autour du cou en hurlant « Pa, Pa, Pa », il y avait tout de même eu une gêne passagère.

Kenny s'était mis à surnommer Catherine « Petite Carmie », ce qui me causait un choc à chaque fois. J'avais envisagé de lui demander d'arrêter, mais pour une raison qui m'échappait je ne pouvais m'y résoudre. Pour une fois, les affaires étaient florissantes dans notre petit commerce, et je n'avais plus constamment la boule au ventre. Je ne craignais plus non plus les vieilles bonnes femmes qui venaient m'espionner et me critiquer jusque chez moi. Totalement conquises par Catherine, elles souriaient maintenant en nous voyant ensemble et plusieurs d'entre elles achetaient même quelque chose, ce qui me confirmait qu'elles n'avaient pas boycotté le magasin. Je ne me faisais plus un sang d'encre pour chaque facture de fournisseur à régler. Tous nos soucis n'avaient pas disparu comme par enchantement, mais j'avais miraculeusement pris le contrôle de ma propre vie, de nos vies, à Catherine et à moi.

Beppe et moi continuions à nous voir à l'appartement clandestin lorsque Ruth était disponible pour garder la petite. Nous avions atteint un certain rythme de croisière et menions une vie rangée, sinon ensemble, du moins séparément avec la responsabilité partagée de Catherine et du magasin. Mais, à mesure que le temps passait, les termes du contrat me semblaient de plus en plus pénibles, et il m'arrivait souvent de me réveiller la nuit et d'imaginer le Five&Ten avec un nouveau nom ou une tout autre activité, parce que la banque l'avait saisi. Avec Beppe, nous n'en avions jamais rediscuté. Nous ne parlions jamais non plus de notre avenir ensemble. Certains jours, je trouvais qu'il y avait bien trop d'inconnues, trop de questions en suspens. Je voulais les réponses, mais je me disais immanquablement ensuite : pourquoi voir toujours tout en noir ?

Un jour, Beppe a fait venir un ouvrier pour réparer le chauffage de l'appartement qui était tombé en panne en plein milieu d'un coup de froid tardif. Je m'étais installée avec Catherine sur les genoux dans le fauteuil en mohair de Maman et je nous avais couvertes avec son manteau en poil de chameau.

Lorsque Beppe est entré, Catherine a bondi vers lui pour savoir s'il lui avait acheté quelque chose. « Pa, Pa, cadeau ? »

Le réparateur, dont le prénom était Frank, nous a lancé un regard lourd de sens.

« Tu sais que j'ai oublié, a répondu Beppe. Mais j'ai vu une petite chose l'autre jour… »

Elle a ouvert des yeux comme des soucoupes et s'est jetée à son cou. « Achète-le-moi ! Achète-le-moi ! Pa-pa !

— Catherine ! suis-je intervenue d'un ton cassant, mais Beppe m'a interrompue.

— Tout va bien, Marie. N'est-ce pas, ma toute petite ? » Et il l'a chatouillée sous le menton.

Je suis sortie de la pièce en emmenant Catherine afin que Beppe puisse discuter chauffage avec Frank, et pour que celui-ci n'assiste pas à nos conversations domestiques. Une fois qu'il a été parti, Beppe a soulevé le sujet du magasin et je me suis aussitôt sentie nerveuse. Mais il tenait simplement à m'informer que la boutique voisine était toujours en vente depuis la mort du serrurier.

« Elle est très étroite, Marie. On pourrait l'avoir pour un bon prix.

— On pourrait en faire l'annexe pour les outils, ai-je renchéri.

— C'est exactement ce que je pensais. Et on pourrait remettre une rambarde au balcon du premier étage. Marie, tu pourrais installer ton bureau là-haut, si tu voulais. » Il attendait ma réponse. Évidemment, je dirais oui à tout.

« Les sols doivent être refaits, ai-je souligné.

— On pourrait aussi faire ça. »

Tout nous souriait, nous avions des projets et des espoirs. J'ai imaginé des brouettes empilées, comme les rouges et vertes que j'avais vues dans le petit commerce familial, à New York.

Catherine grandissait vite et se découvrait chaque jour un nouveau centre d'intérêt. Elle passait de plus en plus de temps au magasin avec Mimmo et me suppliait de la laisser l'aider à cuisiner. Elle était devenue très douée pour ouvrir le petit réfrigérateur sous le comptoir, aussi fallait-il la surveiller de près pour que la lourde porte ne se referme pas sur ses doigts. Mais nous savions toujours où elle se trouvait, car elle parlait sans arrêt. Elle faisait des petits spectacles pour les clients, et il fallait parfois que j'endigue ses débordements, surtout si j'étais en train de servir quelqu'un de plus réservé ou qui n'était pas du coin.

J'étais heureuse, et Beppe aussi. Pourtant nous évitions toujours soigneusement de parler d'avenir, ce qui décontenançait Ruth et lui faisait dire que j'autorisais Beppe à se disperser. Lorsque nous prenions le thé dans ma cuisine, elle ne cessait de me demander : « Et maintenant ? » Je lui répondais invariablement que nous étions heureux ainsi. « Lui aussi ? Je ne peux pas le croire, Marie », rétorquait-elle avec autorité.

Priscilla partie, Beppe et moi ne vivions plus dans l'urgence, mais je ne pouvais l'expliquer clairement à Ruth alors même que je ne comprenais pas bien moi-même pourquoi commander mon stock, concevoir l'annexe pour les outils et vaquer quotidiennement à mille tâches pénibles pouvait me combler. Ma vie était bien remplie. Ada me rendait visite plus souvent, à l'improviste comme à son habitude. Elle m'agaçait parfois lorsqu'elle se lançait dans de longues litanies sur l'Italie, ou les orages avec la foudre et les éclairs qui terrorisaient les enfants, le tout d'un ton catégorique, mais je ne perdais jamais patience. Il nous arrivait de rester assises en silence au salon, une assiette de gâteau sur les genoux, pour le simple plaisir d'être ensemble. Quand elle repartait, je la regardais regagner son arrêt de bus avec tristesse. Sa démarche, sa manière de se mouvoir avec ce mélange d'assurance et de défi, sans s'excuser de quoi que ce soit, me rappelait Maman.

Je ne lui avais pas reparlé d'emménager avec nous et elle semblait avoir oublié ma proposition. Ada était ainsi, toujours dans le présent. Après chacune de ses visites, en mettant nos assiettes dans l'évier, je balayais du regard ma petite salle des machines, ma cuisine fraîchement repeinte, et en plein milieu brillait une tache de lumière étincelante.

60

Nous étions dans notre appartement clandestin, et j'étais en train de disposer le thé et le gâteau sur la table lorsque Beppe s'est penché pour me prendre la main.

« Marie, a-t-il dit avec de l'urgence dans la voix. Viens vivre avec moi.

— Ici ? Comment veux-tu que l'on tienne à trois dans…

— Non. Je veux que Catherine et toi veniez habiter avec moi dans la grande maison. »

Dans mes rêveries, je me tenais parfois sur l'aire de chargement à scruter le lac, tout ce calme et cette beauté, mais je ne me représentais jamais à l'intérieur de la maison.

Voyant que je ne répondais pas immédiatement, il a camouflé sa déception et s'est levé en décrétant : « Je vais me raser. »

Il s'est dirigé vers la salle de bains et j'ai déboutonné ma robe. Dès qu'il est revenu dans la pièce, nous avons commencé à nous embrasser.

« On a un tas de choses à organiser », m'a-t-il glissé en effleurant mon cou de ses lèvres.

Il était déjà torse nu et s'apprêtait à retirer son pantalon. Il a soutenu mon regard et j'ai vu à quel point il était satisfait d'avoir enfin exprimé son idée. Il était prêt à aller de l'avant, à prendre des dispositions pour notre avenir. Nous avons fait l'amour, puis il m'a dit qu'il voulait que je l'accompagne à la propriété. Il a suggéré une date la semaine suivante. « Pour jeter un coup d'œil, rien de plus », a-t-il promis avec une désinvolture étudiée.

Il faisait chaud dans la voiture, j'ai ouvert mon manteau. Beppe m'a pris la main et dans ses yeux brillait un plaisir intense. Une fois arrivé au manoir, il a garé la voiture dans l'allée de derrière, en donnant un coup de volant abrupt dans lequel j'ai vu la marque de l'habitude. Qu'allais-je apprendre d'autre à son sujet ? Qu'au petit déjeuner il coupait les coins durs de son pain grillé pour les laisser sur le bord de son assiette ? Qu'il aimait l'argenterie et la porcelaine fine ? Était-il aussi méticuleux au quotidien qu'avec ses tenues vestimentaires ? J'allais le savoir tôt ou tard.

C'était une journée grise et le lac formait une bande argentée à la surface de laquelle se reflétait un rayon de soleil solitaire. La même pensée m'a traversée que le jour où j'étais venue livrer la soupe, lorsque je m'étais arrêtée pour contempler le plan d'eau. Était-il possible que ce soit le même lac que celui autour duquel nous nous promenions adolescentes, Angie et moi ? Le parc qui l'entourait était bien situé dans cette zone, mais j'étais ici dans un monde radicalement différent et la ville me paraissait à des années-lumière, avec sa soirée Assiette, les commerces sur Bellevue Avenue, le Sweet Shoppe et les passants, Mme Tilton avec son chapeau neuf, Mme Mastri qui marchait avec une canne. Si Angie avait été là, j'aurais pu partager ces réflexions avec elle.

« Marie, tu n'as pas froid ? » Le vent s'était levé. Il m'a prise par le coude pour m'attirer vers la maison. Il paraissait impatient que nous entrions. Il m'a dit avoir une surprise pour moi. Nous avons pénétré dans la cuisine que Gino et moi avions découverte baignée de lumière jaune et qui avait été mon premier aperçu du monde de mon amant. Aujourd'hui la pièce était froide et rien ne semblait indiquer qu'on y ait cuisiné récemment. Je me suis soudain dit que j'ignorais où il prenait l'essentiel de ses repas lorsqu'il n'était pas avec nous.

Je n'arrivais pas à l'imaginer dans cette maison sans amour. Dans la lumière blafarde, le vaste salon avec son plafond voûté était aussi triste et caverneux qu'une grotte. Les meubles gigantesques, les vaisseliers pleins à craquer et les deux paires de fauteuils style Louis XV – tout était recouvert de draps blancs, tel un océan de fantômes.

« Et cette surprise, Beppe ? » J'ai resserré mon manteau autour de moi.

« Tu verras. »

Je l'ai suivi dans le couloir qui menait à une grande porte en bois. Quand il l'a ouverte, nous avons été assaillis par un souffle chaud et bienvenu. Il s'est écarté et m'a fait signe d'entrer dans un petit boudoir meublé d'une série de fauteuils en cuir et d'un canapé. Aux fenêtres, les lourds rideaux étaient ornés d'une scène de chasse, avec cavaliers en veste rouge et meute de chiens. Au milieu de la pièce, une petite table avait été dressée pour deux et d'un plat de service fumant émanait une odeur alléchante de nourriture. Ella est entrée. Elle a jeté un bref coup d'œil à son employeur, non sans respect mais avec une pointe de gêne. J'ai essayé de croiser son regard. *C'est moi, Marie*. Mais elle a rapidement détourné la tête.

Beppe m'a avancé une chaise et s'est penché pour me prendre la main. Il semblait sur le point de rire et espérait que je me joigne à lui, mais je songeais à Ella et me demandais ce qu'elle pouvait bien penser. Voilà que débarquait la jeune femme qui il n'y a pas si longtemps n'était pas même une employée et qui avait sans doute poussé Mme A. à quitter son mari et sa maison. Notre condition commune, à Ella et à moi, nous avait fait tisser des liens. Allait-elle maintenant faire le service pour moi ? J'ai senti la honte me submerger.

J'ai à nouveau cherché son regard, sans plus de succès. Puis est entrée la jeune femme à qui Gino avait conté fleurette, le jour où nous avions livré la soupe. Tandis que toutes deux nous servaient du *welsh rarebit* et de la salade, Beppe remplissait nos flûtes de champagne. Il a levé son verre : « À ma belle et charmante Marie.

— Et à toi, Beppe », ai-je renchéri à voix basse, remerciant le ciel que les deux femmes soient sorties de la pièce, probablement pour aller chercher un autre plat à côté, dans ce qui devait être une seconde cuisine.

« Je t'aime, Marie. Je veux vivre avec toi. Je veux qu'on vive tous ensemble. » Ces femmes venaient juste de sortir et pouvaient peut-être nous entendre, pourtant il ne semblait pas s'en soucier le moins du monde. Nous avons mangé lentement et en silence, et je ne parvenais pas à me débarrasser de la peur que m'inspirait cette maison. Il était évident qu'il nous faudrait discuter, avant de prendre une décision de ce genre. Il n'y avait que dans les films que les femmes succombaient comme si elles avaient été droguées ou hypnotisées. « Oh oui, oh oui », chuchotait Myrna Loy dans *L'Ennemi public n° 1*.

Il faisait trop chaud dans la pièce. Beppe souriait et attendait visiblement que je me joigne à sa joie, à son émerveillement et à son excitation. Mais je ne pensais qu'à Maman et à son ex-voto. Comment tout déménager ici, et accepterait-elle de venir ? Je n'imaginais pas une seconde ses meubles dans cette maison. J'avais rêvé de notre mère conduisant un char romain, souffletée par le vent, ses longs cheveux tombant en cascade dans son dos, le regard droit devant elle tandis que nous volions toujours plus haut. Nous trois, ses enfants – Gino, Sammy et Marie –, nous glissions dans son sillage et la prochaine génération vaudrait mieux que la précédente. Nous, propriétaires d'un commerce dans la grand-rue de Littlefield, enfin à flot financièrement après des années de lutte.

J'ai ajusté mes bracelets, ceux que m'avait offerts Beppe et un qui avait appartenu à Maman. Il n'avait pas grande valeur, mais il venait d'Italie et son style en filigrane sophistiqué était ravissant.

Nous avions trop mangé. Nous nous sommes reculés sur nos chaises.

« C'est comme à New York, ai-je fait remarquer en faisant référence à la richesse de la nourriture.

— C'est mieux qu'à New York », a rectifié Beppe avec un regard entendu.

Il voulait dire que, cette fois, nous étions vraiment ensemble, que ce que nous avions si ardemment désiré était enfin possible. Il était prêt à passer à l'étape suivante. Mais entre-temps j'avais cessé d'espérer dans le vide et je ne souhaitais plus qu'une chose : que le magasin continue de prospérer et que, avec l'aisance que nous procurait l'argent de Beppe, un avenir soit envisageable et défie le présent effrayant et la menace de la guerre. Et puis il y avait la compagnie radieuse de Catherine. Riche de tout cela, je ne manquais de rien.

« Suis-moi à l'étage, a-t-il suggéré. Je veux te montrer quelque chose. »

Nous avons quitté le boudoir surchauffé pour le couloir glacé. Sur le côté s'ouvrait l'immense salon et je me suis à nouveau demandé pourquoi il n'avait pas fait retirer les draps sur les meubles. Je l'ai suivi dans le grand escalier majestueux qui rappelait ceux des films que j'aimais tant, mais dans cette lumière grise il y manquait la beauté à laquelle je m'étais attendue. Nous avons longé un couloir bordé de bibliothèques jusqu'à une porte, tout au bout, devant laquelle Beppe s'est arrêté. Il s'est tourné vers moi, m'a pris la main et de l'autre a ouvert. « Voici la chambre de Catherine », a-t-il annoncé, son beau visage rayonnant de plaisir. J'ai revu l'homme que j'avais rencontré la première fois, avec son épaisse chevelure blond-roux et son cou fort et lisse. Je le reconnaissais, et il était très différent de l'individu lunatique que j'avais fréquenté entre-temps et qui dissimulait ses pensées et ses sentiments.

Je suis allée à la fenêtre regarder dehors. Elle ne donnait pas sur le lac, mais sur un dédale de sentiers de pierre bordés d'une haie de buis, ravagée par l'hiver et trouée par endroits. J'ai examiné les meubles, et Beppe s'est empressé de préciser : « On lui achètera de la layette, et tout ce dont elle aura besoin. »

De la layette ? Elle n'était plus un bébé. J'ai souri. Il ne le savait pas, mais il allait apprendre. Je lui enseignerais de quoi a besoin une jeune enfant. Je lui donnerais du temps. Pourtant, je me suis soudain sentie différente. Je n'aurais su dire précisément pourquoi, mais cette maison avait l'avantage sur moi.

61

Peu après mon retour à la maison, Ruth a ramené Catherine au magasin. Elles avaient passé une bonne journée ensemble. Ruth m'a adressé un clin d'œil lorsque ma fille a entrepris de m'expliquer qu'elle avait aidé à plier des mouchoirs. Ruth avait tenté de lui apprendre à les ranger dans les petits tiroirs en bois des valets pour homme. J'ai pris Catherine par la main et nous avons raccompagné Ruth. À la porte, celle-ci m'a lancé un regard qui disait : *Je veux tout savoir dans le détail*.

Étrangement, au même instant, le soleil a fait sa première apparition de la journée et un rayon violet s'est déversé par les fenêtres. Catherine l'a remarqué elle aussi, et nous avons pris le temps de le regarder ensemble.

« Où tu étais, maman ? a-t-elle demandé.

— Je suis allée rendre visite à Beppe.

— Où ça ?

— Chez lui.

— Il pourrait habiter ici.

— Dans la boutique ? » J'ai gloussé.

« Là », a-t-elle précisé en désignant la réserve avec sa vieille banquette.

J'ai ri de nouveau en imaginant mon amant, cet homme exigeant et raffiné dans ce canapé. « Je ne crois pas que ça lui plairait.

— Il n'a qu'à dormir avec nous.

— Dans l'appartement ?

— Quelque part, Maman. » Elle a planté son regard dans le mien comme le font les enfants quand ils veulent une meilleure réponse.

Je me suis penchée pour embrasser sa joue, toute sèche et couverte de miettes. « Allons te laver la figure. »

Je l'ai autorisée à prendre un bonbon dans la boutique et elle l'a serré contre elle tandis que je lui prenais l'autre main et que nous remontions à l'étage.

« Faisons un gâteau, Maman.

— Je ne crois pas avoir les ingrédients.

— On va regarder. » Elle m'a traînée dans la cuisine.

Il me restait un peu de farine et de sucre, mais très peu de Crisco, la graisse végétale bien utile en pâtisserie. Et pas d'œufs du tout.

« Je n'ai pas ce qu'il faut, ma chérie.

— Mais si ! s'est-elle écriée.

— Regarde, ai-je insisté en lui montrant mes maigres trouvailles. On ne peut rien faire, avec ça.

— Si, on peut ! » a-t-elle hurlé, et j'ai dû la gronder.

Elle s'est hissée tant bien que mal sur une chaise et a posé sa tête sur ses bras. Elle ne pleurait pas mais était déçue et en colère contre moi. Je me rappelais m'être comportée de la même manière avec ma mère. Et, ce chagrin en amenant un autre, j'ai éprouvé un regret immense à l'idée de quitter cet endroit, surtout l'ex-voto. Je me suis remémoré les graines autour de mon lit, l'encens devant ma porte, le *folletto* qui me coupait le souffle mais me redonnait courage et espoir. C'était ici que tout cela était arrivé.

« On peut essayer », ai-je concédé en examinant mes malheureux ingrédients.

Qu'aurait fait Ada ?

Catherine a souri et s'est mise à balancer ses jambes. « Chouette ! » s'est-elle exclamée en tapant sur la table. Le drame était oublié.

Je savais très bien quel genre de gâteau nous ferions : collant, refusant d'adhérer au plat, et tellement dense qu'une fois cuit il se désagrégerait sous le couteau. J'ai décidé de simplifier la recette, même s'il n'était pas question ici de recette. Nous allions confectionner un petit plateau de *cupcakes*. Pendant que le four préchauffait, j'ai battu les ingrédients ensemble aussi vigoureusement que j'ai pu. Catherine a insisté pour mesurer la farine, mais à l'évidence il nous faudrait en utiliser la totalité. Hormis la farine, l'ingrédient principal était de l'eau ! J'ai installé le matériel sur la table de la cuisine et laissé Catherine croire qu'elle faisait le gâteau toute seule. À la dernière minute, j'ai ajouté ce qu'il me restait de fenouil et une pincée d'anis.

« Qui c'est, Maman ?

— Qui, ma chérie ?

— C'est Tante Ada ? »

J'ai fait volte-face, pensant que quelqu'un s'était introduit sans qu'on l'entende, mais il n'y avait personne dans la cuisine paisible, avec ses objets familiers baignés de lumière. En me retournant vers Catherine, je l'ai trouvée fixant la porte, les yeux écarquillés.

« Qu'y a-t-il, Catherine ? » J'ai essayé de ne pas laisser transparaître la panique qui me gagnait.

« Tante Ada. Elle a les cheveux comme toi, Maman. »

Qui voyait-elle ? Qu'est-ce qui lui avait fait penser à sa tante en cet instant précis ?

Une fois le plateau au four, j'ai suggéré qu'elle prenne un bain et elle n'a pas protesté. Il faisait froid dans l'appartement et elle commençait à le sentir. J'ai savonné son petit corps et son visage tourné vers moi avec une expression niaise destinée à me faire rire. Puis je l'ai rincée, séchée et lui ai mis un pull-over bien chaud et une salopette.

Il restait cinq minutes de cuisson. J'avais envie d'être seule avec mes pensées, aussi ai-je attrapé une des poupées de Catherine ainsi que deux de ses tenues pour les poser devant elle sur la table.

Maman, que dois-je répondre à l'offre de Beppe ?

Cela faisait si longtemps que je n'avais pas eu un moment à moi. En serait-il autrement dans la grande maison ? Beppe s'était empressé de me dire que j'aurais ma propre salle de couture, non loin de la chambre d'enfant, mais je cousais de moins en moins. Si je le voulais, je pourrais m'acheter des vêtements neufs. Je l'aimais et il m'aimait. Il avait l'air de croire que tout fonctionnerait à merveille.

Maman, si tout dans nos vies est déterminé par lui, je me sens déjà enfermée.

Il y avait la question de l'argent. Mme Bertolli n'aurait pas dit non à d'autres commandes de napperons et de tabliers. Je pourrais la payer plus, et rubis sur l'ongle. Et Mimi pourrait enfin obtenir un prix décent pour ce blé supérieur qu'elle réussissait toujours à se procurer, Dieu seul savait par quel miracle. Elle et son mari voulaient agrandir la champignonnière. Je pourrais peut-être convaincre Beppe d'y investir de l'argent.

On a été heureux ici, n'est-ce pas, Maman ? Tout comme toi, je regrette la poussière. Mais tu sais comme moi qu'elle est inévitable, quand on vit dans la grand-rue. Et on a toujours refusé de se laisser décourager par la pauvreté, n'est-ce pas ? Et d'ailleurs ce terme ne me correspond pas. Je n'ai jamais vu et ne verrai jamais rien de pauvre dans nos vies d'alors.

Carmela n'a pas dit mot. Je n'ai rien ressenti, pas même un sentiment particulier. Depuis des semaines maintenant, il n'y avait plus que ce silence fantomatique. J'aurais aussi bien pu discuter avec une planche Ouija, avec ses chiffres de 0 à 9 qui vous laissaient toujours sur votre faim, son Oui et son Non sommaires, Bonjour et Au revoir. Sans la main de Maman pour me guider, j'étais pétrie de peurs.

J'ai vérifié d'un œil que tout allait bien pour Catherine et ai saisi un regard terrorisé qui n'a duré qu'une seconde. Puis elle a glissé de sa chaise pour venir se planter à côté de moi.

« Qu'y a-t-il, ma chérie ?

— Maman, Tante Ada est là ! » s'est-elle écriée, avec de l'urgence dans la voix.

Pourquoi n'avais-je pas entendu la sonnette ? J'ai regardé mais n'ai vu personne. Je venais de m'accroupir pour jeter un coup d'œil dans le four quand j'ai aperçu Ada dans l'embrasure de la porte.

« *Ciao*, a-t-elle lancé avec un grand sourire. *Si*, je viens.

— Comment…

— Les biscuits. On finit.

— C'est prêt ? C'est prêt ? » Catherine trépignait à côté de moi.

« On va vérifier. » Elle s'est baissée. « Fais attention, l'ai-je mise en garde. C'est très chaud. » J'ai enfilé une manique avant de glisser la main dans le four. J'ai senti Ada derrière moi.

« Oooooh », s'est extasiée Catherine.

La crête était légèrement craquelée à l'endroit où la pâte avait coulé, révélant en dessous un gâteau fumant, moelleux et ferme à la fois. Il sentait divinement bon, comme si j'avais ajouté de la mélasse ou du sirop d'érable, que je n'avais ni l'un ni l'autre.

« Je peux en manger un maintenant ? Je peux ?

— Oui. Mais laisse-les d'abord tiédir une minute. »

Le four avait réchauffé la pièce. Ada a tiré une chaise. Elle s'est mise à caresser les cheveux de Catherine que le bain avait emmêlés. Puis elle a hissé sa grosse sacoche sur la table pour fouiller activement à l'intérieur.

Nous avons attendu que les *cupcakes* refroidissent. En regardant par la fenêtre, j'ai remarqué que le bouleau arborait ses tout premiers bourgeons. Les branches élancées cinglaient la vitre. Il allait falloir le faire tailler.

Ada a écarté délicatement le papier d'un *cupcake* pour le tendre à Catherine, qui s'est mise à gigoter et à balancer ses jambes. J'ai posé gentiment ma main sur ses cuisses et de l'autre ai immobilisé ses menottes. Elle a levé les yeux vers moi et m'a souri lorsqu'un plumet de vapeur chaude et odorante est venu nous chatouiller le nez. Ada est allée verser un verre de lait à sa petite-nièce. Puis elle a déposé un gâteau devant moi et s'est servie à son tour. Ils étaient parfaits et sentaient merveilleusement bon. J'ai attendu que Catherine pousse un « Beurk » pour expliquer que nous n'avions pas les ingrédients adéquats.

Les yeux écarquillés, la petite a pris une bouchée. « Hmmmm… » Elle a expiré lentement avant de se reculer vivement dans sa chaise de manière théâtrale. « C'est tellement bon, Maman. »

Ada a enfin trouvé ce qu'elle cherchait dans les profondeurs de son sac, une fiole au contenu moussu qu'elle a tournée et retournée dans sa main. « *La protezione* », a-t-elle précisé en levant le flacon dans la lumière, tandis que son regard glissait vers la quatrième chaise autour de la table. Elle avait initié le mouvement. Elle me dévisageait avec cette même expression que le jour où elle m'avait ordonné de déterminer ce que je voulais, mon *intention*. Tout comme la dernière fois, une seule pensée m'obsédait. Je voulais le meilleur commerce de quincaillerie et d'articles de maison de la grand-rue, je voulais tenir tête aux grands magasins, les Millers, Woolworth, Kress et Waples.

Ada a agité les mains à la hauteur de son visage, comme pour dissiper de la fumée ou une odeur nauséabonde. Puis, d'un mouvement sec de la tête, elle a désigné la fiole, qu'elle avait placée sur ma paume. Cette fois-ci, elle ne m'a pas demandé d'énoncer mon intention à voix haute. Elle a brusquement changé d'humeur, a repris le flacon et ordonné que nous fermions les yeux. Je l'ai entendue se lever, puis ouvrir et refermer un placard. « OK, maintenant tu regardes. » La fiole avait disparu. Elle l'avait cachée.

Ada s'est rassise et a souri à Catherine. En les regardant, j'ai remarqué l'air de famille. Ada a paru se désintéresser totalement de moi et j'ai eu l'impression d'être en suspens dans le vide. Elle avait tiré ses cheveux en arrière en une queue-de-cheval qui glissait le long de son épaule droite. Elle avait épinglé une broche à son pull-over, un bijou en forme de brin d'herbe serti de faux diamants. On voyait à l'œil nu que c'était de la pacotille, mais c'était le premier bijou fantaisie que je lui voyais porter. C'était *américain*, et ça ne lui ressemblait absolument pas.

Elle s'est levée à nouveau pour faire du café. Catherine était absorbée par son *cupcake* et je réfléchissais à la proposition de Beppe. Tout à coup, Catherine est redevenue attentive, avec ce même air paniqué que quelques minutes plus tôt. Ada aussi s'était redressée, le dos droit, le regard implacable.

« Ça va, mon trésor ? » J'ai effleuré le bras de ma fille sans quitter Ada des yeux.

Catherine a posé sa main sur la mienne. « J'adore notre maison, Maman. J'adore notre magasin.

— Je sais, mon amour. »

J'ai senti que Maman tirait une chaise.

Ada dévisageait Catherine avec la même adoration que celle que je ressentais pour ce petit être, la génération suivante de la lignée des femmes Parodi. Sammy serait d'accord pour qu'Ada vive avec nous dans l'appartement. Lui qui adorait la famille, avec ses bonnes vieilles conversations, ses querelles et son grand spectacle.

Ada a apporté le café sur la table et s'est assise là où Maman se trouvait déjà. Toutes les trois, nous avons picoré nos *cupcakes* et Catherine a demandé du café. Ada en a versé quelques gouttes dans une tasse avant d'ajouter plein de lait. Catherine a goûté et fait une drôle de tête, ce qui a déclenché un fou rire. Je ne me rappelais pas avoir jamais été aussi heureuse. J'avais le temps de donner une réponse à Beppe. J'étais rarement aussi indécise. Mais j'avais deux certitudes : j'allais continuer à travailler au magasin, et un jour le Five&Ten appartiendrait à Catherine. Je n'avais discuté aucune de ces décisions avec lui, mais là encore, il y avait tout le temps.

La lumière de l'après-midi a nimbé la pièce d'or. Sous mes pieds, je sentais le magasin respirer.

Remerciements

Je suis infiniment reconnaissante à ceux qui m'ont aidée à bâtir ce roman. Avant tout à mon conjoint, Nick Bogle, pour sa foi inébranlable, sa patience et son soutien sans faille ainsi qu'à ma fille Ava, mon âme sœur, ma consœur en écriture, ma muse. Merci à mes amies de cœur, les auteures Kim Chernin, Renate Stendhal, et Muriel « Aggie » Murch pour avoir lu et relu le manuscrit et m'avoir tenu la main. Je ne saurais assez vous remercier pour le temps et le soin que vous avez consacrés à ce projet. Merci aux éditions Bordighera Press, tout particulièrement à Nic Grosso pour ses multiples talents et pour m'avoir guidée dans la confiance. Pour leur amitié, leur soutien et leur sensibilité, je remercie celles et ceux qui ont contribué à ce livre : Suz Lipman, Else Johnson, Judith Lowry, Hannah Collins, Cathy Cook, Maria Laurino, Bathsheba Monk, Mary Lawler, Julia Pétel, Jennifer Martelli, Kathy Curto, Susan Dalsimer, Jane Silvia, Cathy Sanchez-Corea, et mon amie la regrettée Joanne Kyger. À Brett Hall Jones et à cette merveilleuse famille qu'est la Community of

Writers. Merci pour toutes ces années d'inspiration et d'encouragements.

Que soit également remerciée Elena Ferrante, mentor spirituel d'exception dont l'œuvre m'a permis d'écrire l'histoire de mes Italiens à moi, et qui m'a aidée à découvrir notre lien profond à l'Italie et cet héritage qui n'a pas toujours paru évident aux Italo-Américains de la troisième génération.

Merci à Marie de Prémonville, la traductrice dont rêve tout auteur, ainsi qu'à Stephen Carrière et aux éditions Anne Carrière pour avoir transmis ce livre aux lecteurs français. Je leur suis à tous infiniment reconnaissante pour leur enthousiasme et leur professionnalisme, ainsi qu'à Cerise Heurteur pour sa magnifique illustration de couverture.

À mes chères sœurs, Lisa et Donna, pour leur amour et leur soutien. À ma mère, Lorraine Reitano, qui m'a appris qu'il était possible d'être une artiste, et à mon regretté père, John, le meilleur conteur que j'aie connu.

Enfin, mes pensées vont à ma grand-mère maternelle, Anna Renzi, dont les luttes et les triomphes ont été des ingrédients essentiels dans la juste recette de *Liberata*.

Composition et mise en pages
FACOMPO, Lisieux

Imprimé en Espagne par
Liberdúplex
à Sant Llorenç d'Hortons (Barcelone)
en janvier 2023

Pocket – 92 avenue de France, 75013 PARIS

S32908/01